Für alle Sternschnuppenzähler,
Nachteulen und Mondmenschen.
Dieses Buch ist für euch.

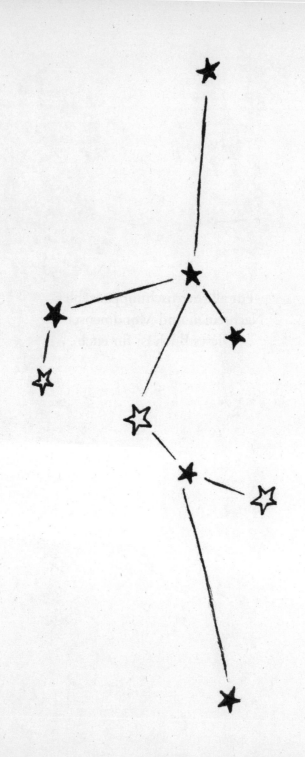

»Die Sterne lügen nicht.«

Friedrich von Schiller

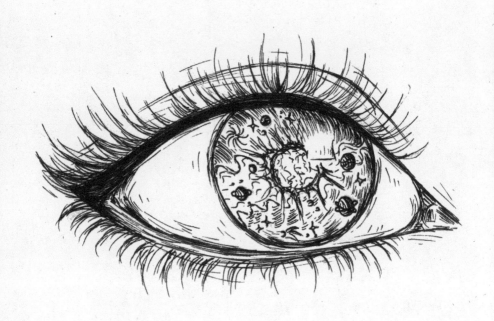

Prolog

*Wir tragen das Universum in uns. Es ist Teil von uns und
tief in unseren unwissenden Seelen verwurzelt.
Ganze Galaxien schlummern in unseren Genen.
Sterne strahlen im Licht unserer Augen.
Planeten kreisen in unseren Köpfen umher wie ziellose Gedanken.*

Eigentlich müsste mir beim Anblick des Nachthimmels mulmig zumute werden. Ich sollte mich klein und unbedeutend fühlen.

Stattdessen versetzt mich das Aufblitzen der Sterne in Euphorie. Meine Haut kribbelt und meine Finger tasten nach dem Himmel. Die Sterne sind Abertausend Lichtjahre entfernt, doch das hält ihr Licht nicht davon ab, auf meiner Haut zu tanzen. Mondschimmer fließt über die Arme und taucht mich in silbrigen Schein. In diesen Momenten strahlen meine Augen sicherlich im Licht fremder Galaxien.

Ich fühle mich mit allem verbunden. Mit dem Sternenschimmer, dem Mondlicht und der samtenen Schwärze des Universums. Die unersetzlichen Gegebenheiten des Kosmos sind aus demselben Stoff, den gleichen Atomen und Teilchen gesponnen wie ich. Wie wir alle.

Jeder Mensch trägt einen Teil des Universums in sich, ohne es zu wissen. Der Kosmos in unseren Köpfen leitet uns. Manche nennen es Zufall oder Schicksal. Ich weiß, dass es viel mehr ist. Die Universumsfragmente in unseren Körpern sind Naturgewalten, Überbleibsel fremder Welten, die stärker an uns zerren als die Anziehungskraft der Erde. Materie zerfällt niemals. Sie setzt sich immer wieder, ebenso wie die Fragmente, neu zusammen.

In uns vereinen sich die Milchstraße, die Sterne, alle toten Sonnen und der Urknall. *Wir* sind der Kosmos.

Mit der Geburt des Universums sind auch wir entstanden. Mir gefällt der Gedanke, dass wir Menschen die Funken sind, die der große Knall bei der Entstehung unseres Universums gesprüht hat, und dass der Kosmos seitdem unsere Wege lenkt.

Schließlich wird sich niemand jemals seinem inneren Universum widersetzen. Vermutlich, weil niemand weiß, dass es existiert.

Niemand, außer mir ...

Denn ich sehe das Miniaturuniversum in euren Augen strahlen und könnte innerhalb von Sekunden bis auf den Grund eurer Seele hinabschauen, um eure dunkelsten Geheimnisse zu ergründen.

Fremde Seelen werden auf meinen Befehl hin in ihre kleinsten Teilchen zerlegt. Meistens zeigt sich mir das Universum in einer Ahnung, dem Gefühl von gut und böse. Bezeichnet es ruhig als Bauchgefühl, doch an solche Dinge, die einem Zufall gleichkommen, glaube ich nicht, wie ihr wisst. Die Pläne des Universums sind zu durchdacht, um Zufälle zuzulassen.

Allerdings grenzt mein Wissen mich aus. Einmal auf den Seelengrund geschaut, bin ich kaum in der Lage, mich ihm zu entziehen. Neugierde wird durch Gewissheit ersetzt und Nähe kommt nicht zustande. Menschen sind kompliziert und verwirren mich. Ständig widersprechen sie sich, lügen oder verschleiern die Wahrheit. Dabei lese ich die Realität in ihrem Blick ab.

Deshalb bevorzuge ich die Sterne und den Nachthimmel gegenüber anderen Menschen. Sie sind ehrlich zu mir. Ihr Schein hat mich noch nie fehlgeleitet. Wenn ich zu ihnen spreche, dann spüre ich, dass sie zuhören. Sie leiten mich selbst durch die dunkelsten Stunden meines Lebens.

Seltsam, dass ich mich der Unendlichkeit des Weltalls verbundener fühle als Nachbarn oder meinen eigenen Eltern. Niemand versteht mich und im Gegenzug erwarte ich auch von niemandem Verständnis.

Das bedeutet nicht, dass ich mir nichts für meine Mitmenschen wünschen darf. Ich habe nur einen Wunsch. Jede Nacht flüstere ich ihn den Sternen zu, in der Hoffnung, dass mir eines Tages vielleicht einer von ihnen antwortet und ihn erfüllt.

Ich wünsche mir, dass die Menschen dem Universum lauschen werden, wenn es seine Stimme erhebt und meine Geschichte erzählt ...

Erstes Kapitel
Haltlos

Farblose Nebelschwaden krochen über den Asphaltboden, als ich von der Schule nach Hause ging. Sie verschleierten meine Sicht und ich musste darauf achten, wohin ich trat. Die Gurte des Rucksacks schnitten mir schmerzhaft in die Schultern, da das Gewicht der Lehrbücher ihn zu Boden drückte. Lautlos schlich ich voran. Die dichten Schlieren verschluckten jegliche Geräusche, sodass ich in meinem schwarzen Hoodie und der tief ins Gesicht gezogenen Kapuze nichts weiter als einen wandelnden Schatten darstellte.

Ich wich keinen Zentimeter vom Weg ab. Keine Ablenkungen, keine Abkürzungen, keine Umstimmung, keine Diskussion. Meine Eltern hatten mir diese Lektion mehr als einmal eingeflößt. Ich sollte mich von fremden Dingen fernhalten.

Das beinhaltete nicht nur den Heimweg, sondern auch den Einfluss unbekannter Menschen.

Ich schaute hoch, als mir ein Mann auf dem Bürgersteig entgegenkam. Für jeden anderen wäre er bloß ein weiterer Schatten, der durch den Nebel streifte. Für mich war er eine potenzielle Bedrohung. Mein Rücken versteifte sich bei seinem Anblick und ich zog die Kapuze noch ein Stückchen tiefer, damit unsere Augen in keinen Kontakt miteinander kamen.

Meine Eltern hatten mir oft genug eingebläut, dass ich mich von jedem, dessen Absichten ich nicht auf Anhieb durchschauen konnte, fernhalten sollte.

Jede Bekanntschaft, die sich zwischen mir und einem anderen Menschen anbahnte, wurde von meinen überfürsorglichen Eltern im Keim erstickt. Besonders während meiner frühen Schulzeit war das ein Problem gewesen. Ich wurde ausgeschlossen und gemieden. Falls sich trotzdem Gleichaltrige in meine Nähe wagten, bemerkten sie schnell, wie eigenartig ich war. Es kam mehr als einmal vor, dass ich in den Universen anderer Menschen versunken war. Intensiver Augenkontakt mit einem anderen Schüler reichte aus, dass ich in einen Strudel aus Sternenwirbeln hinabgesogen wurde. Wie ein Komet schoss ich über das fremde Firmament und beobachtete, wie sich die Welt meines Gegenübers zusammensetzte. Ich gewann schnell ein Gefühl dafür, wie sie tickten. Doch immer wenn ich einen kurzen Blick auf die neue Galaxie erhaschte, zog sich mein Gegenüber zurück.

Es dauerte nicht lange, bis mir der »Außenseiter«-Stempel förmlich auf die Stirn gedrückt wurde. Offenbar mochte es niemand, wenn das Gegenüber einen in Grund und Boden starrte. Natürlich wussten sie nichts von meiner Gabe; das Unbehagen, das ich durch mein Starren und Schweigen auslöste, reichte völlig aus. Die meisten Gleichaltrigen hielten sich schnell fern von mir. Niemand wollte sich länger als unbedingt nötig mit mir befassen. Tatsächlich machte mir das wenig aus. Ich war geradezu unbegabt im Umgang mit Menschen. Zwar entschlüsselte ich ihre inneren Universen, allerdings bescherte das einem nicht gerade viele Freundschaften. Doch das war mir egal. Immerhin hatte ich meine Sterne. Meine ständigen Begleiter.

Manchmal war meine Gabe wie eine Sucht. Zum Beispiel in Momenten wie diesen, in denen ich den unmittelbaren Drang verspürte, die Seele dieses fremden Menschen zu berühren, zu fühlen, zu sehen …

Der Mann rauschte an mir vorbei, seine Schritte echoten in meinem Kopf. Sein flüchtiger Blick strich über meine Gestalt hinweg und schien meine Gabe geradezu hervorkitzeln zu wollen. Ich blieb stark und starrte auf den Betonboden. Erst als er mehrere Meter hinter mir war, atmete ich durch.

Leise seufzte ich auf. Heimlich wünschte ich mir ein normales Leben, normale Eltern, normale Mitschüler. Wäre es so viel verlangt, nur einen einzigen Tag lang normal zu sein?

Das Wissen, niemals gewöhnlich, sondern immer anders zu sein, zerfetzte mein Herz und meinen Verstand. Es fühlte sich an, als würde man ein Blatt Papier in kleine Stücke zerreißen. In meinen Gedanken hallte das ratschende Geräusch endlos nach.

Vehement verdrängte ich dieses Bild an den Rand meines Bewusstseins. Ich wollte jetzt nicht darüber nachdenken.

Als ich an unserem Bungalow ankam, stand der Wagen meiner Eltern unverändert in der Auffahrt. Normalerweise müssten sie längst zum Labor aufgebrochen sein. Meine Eltern waren zwei Wissenschaftsnerds, die zwischen Reagenzgläsern und Destillatoren ihre wahre Liebe gefunden hatten … wie romantisch.

Vermutlich hatten sie sich einen Tag freigenommen und mir nichts erzählt. Auf diese Art und Weise beruhigte ich mein Gewissen ein wenig. Eigentlich wusste ich, dass meine Eltern nur in Extremfällen Urlaub nahmen oder sich krankschreiben ließen. Gänsehaut überzog meine Haut, trotz des warmen Kapuzenpullovers.

Ich schüttelte die seltsame Empfindung ab. Währenddessen marschierte ich auf die Haustür zu, die zu meinem Erschrecken lediglich angelehnt war.

Wie konnte das sein? Heute Morgen hatte ich sicher abgeschlossen.

Ich beugte mich vor. Am Türrahmen war das Holz gesplittert und sofort schlug mir das Herz bis zum Hals. Das Schloss musste gewaltsam ausgehebelt worden sein. Ein gigantischer Kloß verschloss meine Kehle, weshalb ich nur gepresst atmen konnte.

War jemand bei uns eingebrochen?

Und viel wichtiger: War dieser Jemand noch im Haus?

So ein Quatsch! Mach dich nicht wahnsinnig. In einer verschlafenen Vorstadt wie dieser hier passiert nie etwas.

Ohne lange darüber nachzudenken, schob ich die Tür ein wenig weiter auf.

»Hey! Wer von euch hat schon wieder seinen Schlüssel vergessen?« Ich lachte über meinen eigenen Witz und versuchte so die Anspannung von meinen Schultern zu schütteln. Bestimmt würde meine Mutter gleich um die Ecke schießen und mich begrüßen. Dann konnte sie mir auch gleich die Sache mit der Tür erklären.

Das Geräusch meines Lachens verklang in der Stille des Hauses. Anscheinend war tatsächlich niemand da. Aber der Wagen stand doch in der Einfahrt.

Allein der Gedanke daran, dass jemand uns berauben würde, wirkte weiterhin so absurd, dass ich mich dazu entschloss, durch den entstandenen Spalt zwischen Tür und Rahmen ins Haus zu schlüpfen. Der Teppichboden, auf dem ich Spuren aus Pfützenwasser und zusammengeklumpten Dreck hinterließ, dämpfte meine Schritte. Meine Mutter würde mir den Hals umdrehen, wenn sie das sähe. Das war gerade meine geringste Sorge.

Die Stille des Hauses umfing mich wie eine erstickende Decke. Es wirkte geradezu ausgestorben. Das war ungewöhnlich.

Ganz ruhig bleiben, Stella.

Sieh dich erst einmal um und sobald du merkst, dass hier etwas schiefläuft, rennst du los und holst die Polizei.

Wieso kam ich mir wie ein Einbrecher vor, während ich durch den Eingangsbereich schlich?

Langsam ließ ich den Rucksack auf den Boden gleiten, da mich seine Last in meinen Bewegungen einschränkte. Zudem schlug ich mit bebenden Händen die Kapuze des Hoodies zurück, um besser zu hören, falls sich ein ungebetener Besucher näherte. Die ganze Situation wirkte so unrealistisch und fremd, dabei stand ich in meinem eigenen Zuhause. Was, wenn doch mehr hinter der offenen Tür steckte, als zunächst gedacht?

Ich benötigte eine Waffe, irgendetwas, um mich im Notfall verteidigen zu können! Lediglich das Schüreisen für unseren Kamin entdeckte ich. Das Feuer war längst erloschen und die Glut zu Asche zerfallen. Ein kalter Windzug streifte über meinen Rücken.

Ich ergriff den schweren Gegenstand und drückte ihn fest an meinen Oberkörper. Nun war ich nicht gänzlich unvorbereitet auf die Gefahren, die auf mich lauerten.

Als ich langsam auf die verschlossene Wohnzimmertür zuging, atmete ich tief ein und aus. Sie ragte wie ein böses Omen vor mir auf. Was würde mich dahinter erwarten? Ich presste mich an den Rahmen, zählte bis fünf und langte zur Klinke, die ich hastig hinunterdrückte.

Die Tür schwang auf und knallte gegen die dahinter liegende Wand. Mein Herz sprang mir beinahe aus der Brust. Das Pochen musste durch den gesamten Flur zu hören sein. Fast glitt mir das Schüreisen aus der schweißnassen Hand. Ich festigte meinen Griff und zwang mich zur Ruhe.

Atemlos zählte ich in meinem Kopf erneut einen Countdown hinunter, während ich abwartete, ob sich irgendwo im Haus etwas regte. Das plötzliche Geräusch würde jeden Einbrecher verschrecken oder zumindest aus seiner Deckung locken.

Als ich die Null erreichte und sich immer noch nichts geregt hatte, kam ich mir ein bisschen peinlich vor. Wie sollte ich das bloß meinen Eltern erklären, wenn sie jetzt nach Hause kommen würden?

Weitere zehn Sekunden verharrte ich in vollkommener Stille, dann spähte ich um die Ecke des Türrahmens, hinein ins Wohnzimmer.

Ich stolperte in den Raum hinein und ließ jegliche Deckung fallen. Das Schüreisen rutschte mir aus der Hand und fiel mit einem lauten Klirren zu Boden. Meine Beine schienen in Beton gegossen worden zu sein. Ich konnte sie keinen Zentimeter weiterbewegen. Meine Glieder begannen unangenehm zu kribbeln, als würden unzählige Ameisen über die Haut wandern. Obwohl mein Gehirn wie leer gefegt war, schlug der Anblick des Raumes wie ein Tsunami über mir ein. Mit einer steifen Bewegung meines Kopfes versuchte ich das gesamte Bild zu erfassen.

Die Couch sah aus, als wäre darauf eingestochen worden. Die weiche Füllung ergoss sich in einer Masse aus flauschigen Wolken über den Fußboden. Das groteske Bild einer ausgebluteten Couch schlich sich in meinen Kopf.

Oh, verdammte …!

Der Glastisch, der vor der Couch gestanden hatte, hatte sich in einen Haufen Scherben verwandelt. An einigen scharfen Kanten haftete rote Flüssigkeit. Auf dem Boden hatte sich bereits eine kleine Pfütze gebildet.

Mein Körper versteifte sich bei diesem Anblick. Die Zeit stand still. Ich wagte es nicht, meine Augen von der Szenerie abzuwenden.

Die Sekunden flossen träge dahin, während meine Gedanken rasten. Ich konnte mir nichts mehr vormachen. In diesem Haus war etwas Grauenhaftes passiert. Jemand war verletzt worden. Vielleicht meine Mutter oder mein Vater? Möglicherweise auch der Eindringling.

Ich blinzelte diese grauenhaften Gedanken hinfort und versuchte, das Bild vor mir irgendwie einzuordnen. Natürlich scheiterte ich kläglich.

Was ist hier vorgefallen?

Mein hektischer Blick tigerte umher und erfasste blutige Handabdrücke an der Wand des Wohnzimmers. Mit zittrigen Knien trat ich näher heran. Plötzlich zogen Bilder an meinem inneren Auge vorbei, die ich unmöglich ausblenden konnte. Matter Nebel umwirbelte die Szene. Alles wirkte blasser, farbloser als in der Realität.

Ich sah, wie mein Vater keuchend gegen genau diese Stelle stolperte und sich abstützte. Es wirkte so real …

Mein Arm schnellte nach vorn, doch er griff ins Leere. Der Gedankennebel hatte sich genauso schnell verzogen, wie er aufgetaucht war, und hinterließ nichts als ein Echo der Vergangenheit.

Ein Schrei bahnte sich in meiner Kehle an, steckte mir im Hals und verschloss meine Luftröhre. Ich ließ die Hand sinken und versuchte meine Atmung zu beruhigen, indem ich mehrmals tief ein- und ausatmete.

So etwas ist noch nie passiert.

Hat das etwas mit meiner Gabe zu tun?

Will mir das Universum etwas mitteilen?

Falls dem so war, so entschloss ich mich, nicht auf das Universum zu hören. Ich taumelte von einer Blutspur zur nächsten. Mit jedem weiteren Tropfen, den ich entdeckte, verstärkte sich der Druck auf meinem Brustkorb. Währenddessen fand ich weitere zerstückelte Teile unserer Möblierung. Selbst die Lampen waren zerschlagen worden und baumelten an offen gelegten Kabeln von der Decke.

Ich schlich an diesem Abbild fremden Hasses vorbei. In meinem Kopf war kein Platz mehr, um die Eindrücke zu verarbeiten. Meine Gedanken wurden ausgefüllt von dem Blut, das schmatzend unter meinen Fußsohlen klebte und jeden weiteren Schritt erschwerte.

Bitte. Bitte nicht!

Tränen rannen an meinen Wangen hinunter und gruben tiefe Furchen in meine Seele. Ich wischte sie eilig fort, da mein überfordertes Gehirn das Bild erzeugte, dass Blut über mein Gesicht lief und keine Tränen. Alles war so absurd und anormal. Meine Gedanken kamen nicht hinterher.

Ich weinte fast nie. Früher, in meiner Kindheit einige Male, aber diese Zeiten waren längst vorbei. Ich hatte gelernt, meine Gefühle zu verdrängen und eine Mauer zu errichten, die mich von allen abschottete. Meine Andersartigkeit hatte mich in der Hinsicht gestärkt. Wenn man Tag für Tag schief angeglotzt wurde und sich dumme Sprüche anhören musste, härtete das einen ab. Schon seit Jahren hatte ich keine Träne mehr vergossen.

Ein Mädchen, das nicht weint?

Ein Mädchen, das in die Seele anderer Menschen schaut, indem es ihr Universum, ihre innersten Bestandteile entschlüsselt?

Ich gebe zu, das klingt verrückt. Doch ich habe nie das Gegenteil behauptet.

Meine Eltern hatten mich immer geliebt, so wie ich war. Sie hatten meine Tränen getrocknet, als ich noch wegen der Gemeinheiten der anderen Kinder geweint hatte. Sie hatten mich vor der Welt zu beschützen versucht, und als sie gemerkt hatten, dass das nicht für immer gehen würde, hatten sie mich gewappnet. Durch ihre aufbauenden Worte und ihre Unterstützung hatte ich mir ein dickes Fell zugelegt. Und ich wusste, dass sie mich genauso verehrt hätten, wenn ich nicht über eine seltene Gabe verfügt hätte. Sobald meine seltsame Begabung aufgetaucht war, hatten sie dafür gesorgt, dass ich mir keine Sorgen um meine Andersartigkeit machen musste. Ich war kein Problem, sondern ein Geschenk. Und ich verdankte ihnen alles …

Allein der Gedanke daran, dass ihnen etwas Schlimmes zugestoßen sein könnte, drehte mir den Magen um.

Meine Hände ballten sich zu Fäusten, während die Tränen unaufhörlich flossen. Das interessierte mich nicht im Geringsten. Ich wollte sie nicht stoppen. Sie waren die Zeugen meiner Hilflosigkeit.

Wie Sand zerrann die Hoffnung zwischen meinen Fingern. Die Zuversicht, die beiden lebendig zu finden, schwand von Sekunde zu Sekunde mehr. Jeder Blutstropfen war ein weiterer Hinweis dafür, dass hier Leben verschüttet worden war.

Kopflos stolperte ich umher. Auf der Suche nach den einzigen Personen auf dieser Welt, die mir etwas bedeuteten. Schließlich rannte ich in die angrenzende Küche und blieb stocksteif im Türrahmen stehen.

Nein, nein, nein!

Auf den polierten Fliesen lagen sie, längs über den Boden gestreckt. Ihre Finger waren ineinander verschränkt, als wollten sie sich selbst im Moment des Todes nicht voneinander lossagen. Ihre trüben Augen begegneten sich in einem ewig andauernden Blick voll Trauer.

Meine ohnehin schon wackeligen Knie versagten nun vollends ihren Dienst, sodass ich neben meiner Mutter zusammensackte. Ich konnte mich nicht von ihrem Gesicht losreißen. Überall war Blut. Gänsehaut überfiel meinen ganzen Körper, als ich realisierte, dass ich mich nicht traute, meine eigene Mutter zu berühren. Ihre Haare waren verkrustet und die blasse Haut zierten dunkelrote Sprenkel. Ihre Bluse hing, vollgesogen vom Blut, in Fetzen von ihrem Leib. Ich musste schlucken.

Das Bild meiner Mom konnte ich nicht mit dieser Frau vereinbaren. Heute Morgen hatte sie mir noch einen Kuss auf die Stirn gedrückt, bevor sie mich, ein Lächeln auf den Lippen, zur Schule geschickt hatte. Nun waren dieselben Lippen zu einem Todesschrei verzerrt.

Zögernd streckte ich die Hand aus und strich ihr über das weiche Haar. Meine Knie ragten in die Blutlache hinein. Kalt. Nass. Ich erschauerte, doch ich schreckte nicht zurück. Es zählte nur, meiner Mutter nahe zu sein.

Obwohl ich wusste, dass sie mich nicht mehr hören würde, flüchtete ein erstickter Laut aus meinem Mund und die ungesagten Worte hingen wie eine Gewitterwolke über mir. Meine Tränen waren der Regen, der auf die Wangen meiner Mutter prasselte. Sie zersprangen auf ihrer Haut in winzige Rinnsale.

Verzweifelt starrte ich in ihre Augen, die sonst so lebendig gewirkt und in einem hellen Blau gestrahlt hatten. Immer wenn ich sie ansah, machte ich hinter der Regenbogenhaut das Glitzern weit entfernter Sterne und Kometen aus. Ich allein bildete die Sonne ihrer Galaxie. Ihre Planeten, ihre Monde und ihre Asteroidengürtel hielten ihre Umlaufbahn zuverlässig ein und umkreisten mich. Kontinuierlich. Immerwährend. Ihr inneres Licht hatte mich stets gewärmt. Nun war es erloschen.

Ihr trüber Blick verwandelte sich in ein Schwarzes Loch. Jegliche Wärme, Liebe, jedes noch so kleine Anzeichen von Licht wurde absorbiert und verschwand für immer. Nichts war mir von ihr geblieben. Ihr

Mörder hatte das Fundament ihres Universums zerstört, sodass jeder Funke Hoffnung erbarmungslos von der Finsternis erstickt wurde.

Eine eiserne Faust umschloss mein Herz und drückte zu. Es krampfte sich zusammen, schüttelte meinen Körper, während ich nicht in der Lage war, mich von meiner Mutter abzuwenden. Einen Wimpernschlag lang dachte ich, dass ich noch an Ort und Stelle sterben würde. So unerträglich war der Gedanke an eine Welt ohne Mom und Dad.

Mein tränenverschleierter Blick folgte den Krümmungen und Windungen des Körpers meiner Mutter. Bei jeder der dreizehn Stichwunden spürte ich ein Brennen in meiner Brust, als wäre ich selbst niedergestreckt worden. Ich prägte mir alles genau ein und brannte die Erinnerung in mein Gedächtnis. Als Warnung.

Schließlich betrachtete ich die ineinander verschränkten Hände meiner Eltern. Weitere Schluchzer erschütterten mich, sobald sich meine Aufmerksamkeit auf Dad richtete. Er lag so still und stumm dort.

Mein Dad hatte stets ein Lächeln auf den Lippen getragen und ein offenes Ohr für all meine Geheimnisse und Blödeleien gehabt. Und er hatte mich nie, niemals für das verurteilt, was ich war. Für ihn blieb ich immer seine geliebte Tochter. Stella.

Er hatte mir geholfen, meine Gabe zu verstehen. Indem er mir von den Sternen und den Universen erzählt hatte, hatte ich begonnen zu verstehen. Ich wusste plötzlich, was ich in den Köpfen der Menschen suchte. Dad wusste vermutlich selbst nicht einmal, wie gravierend er mich mit seiner Sternenkunde beeinflusst hatte, doch ich würde es niemals vergessen. Mein Vater hatte mir die Welt erklärt, obwohl er sie nie so wie ich gesehen hatte.

Trotzdem war er immer an meiner Seite gewesen, um mich zu trösten, wenn mir alles über den Kopf wuchs und meine Gedanken in den Wolken festhingen.

Das Universum hinter seinen Augen hatte in jedem erdenklichen Rotton gestrahlt. Seine Sonne hatte ebenso hell geglüht wie die meiner Mutter. Doch seine Abgründe waren tiefer gewesen als die ihren.

Wo besonders viel Licht herrscht, werden auch die Schatten immer länger.

Er hatte einiges durchgemacht. Bis heute wusste ich nicht, was genau. Gedanken las ich schließlich nicht. Meistens offenbarte sich mir ein Universum in einer Ahnung. Ich war dazu fähig, einzuschätzen, was für ein Mensch mein Gegenüber war, mehr nicht. Ich sah, dass jemanden böse Absichten antrieben, jedoch nicht, welche Ereignisse ihn dazu gebracht hatten.

Hatte ein Mensch die Kontrolle über seine Gedanken und Gefühle, war es für mich unsagbar schwer, ihn zu durchschauen. Erwachsene bauten im Laufe ihres Lebens Schutzmauern auf, die anscheinend selbst die eigene Tochter nie in der Lage war, zu durchdringen.

Kinder oder Jugendliche besaßen keine Schutzmechanismen. Stattdessen spazierten sie blind und naiv durch die Welt und trugen ihre seelischen Narben auf der Haut. Für jeden sichtbar, besonders für mich.

Glücklicherweise waren die meisten in meinem Alter relativ reif. Selbst mit siebzehn Jahren hatte die Welt einen bereits gelehrt, nicht jedem zu vertrauen, sodass die Narben verschleiert wurden:

Verdrängung, Vergessen, Überlagerung.

Die Menschen waren herzlose Wesen.

Das hatte die Welt mir an dem heutigen Tag beigebracht und ich würde die Folgen dieser Lektion von nun an immer in meinem Geist tragen.

Sobald mein Blick wieder das leblose Gesicht meines Vaters fokussierte, erstarrten meine zuvor rasenden Gedanken. Keine meiner Erinnerungen spielte eine Rolle, da meine Eltern nie wieder bei mir sein würden.

Wieso habe ich es nicht gesehen?
Warum hat mir das Universum kein Zeichen gesendet?

Ich hatte nicht erwartet, dass der Tod an uns vorbeizog wie ein ungebetener Besucher. Allerdings hatte ich immer geglaubt, es zu spüren, wenn meinen Eltern oder mir tatsächlich eines Tages etwas passieren sollte. Doch das Universum hatte geschwiegen.

Ich fühlte mich wie eine Versagerin. Ich hatte alles verloren. In meiner Brust brannte der Verrat, denn mehr als jeder andere wusste ich, dass der Kosmos unseren Weg vorherbestimmt hatte. Obwohl ich immer auf seine Worte lauschte, hatte er mich nicht gewarnt. Vielleicht war der Fremde auf der Straße der Mörder meiner Eltern gewesen. Mit einem Blick in seine Augen hätte ich es herausfinden können.

Das Schicksal war unergründlich. Der Weg des Lebens war nicht immer richtig oder gar leicht. Warum sollte es für mich eine Ausnahme machen?

Hätte ich das Schicksal aufhalten können?

Wäre ich dazu fähig gewesen, den Plan des Universums zu vereiteln?

Nein, unsere Lebenspfade sind verworren, ineinander verschlungen, sie überkreuzen sich und verlangen von einem, wieder rückwärts zu laufen. Und manchmal steht man in einer Sackgasse und weiß sich nicht mehr zu helfen.

Ich verharrte eine Ewigkeit im Schweigen, bevor ich überhaupt bemerkte, dass meine Lippen sich gespalten hatten und ein sterbender Laut aus meinem Mund drang. Mein eigener Schrei, so schrill und kreischend wie splitterndes Glas, zerfetzte die Realität und riss mein Universum endgültig aus den Fugen.

Zweites Kapitel
Mondlichttränen

Der Schrei riss mich in ein Loch, aus dem ich eigenhändig nicht entkam. Für mich existierte nur noch das Zimmer, in dem meine toten Eltern und ich mich befanden. Die Welt außerhalb der vier Wände war mir gleichgültig. Nichts hätte mir in diesem Moment weniger bedeuten können.

Ich wollte ihnen nahe sein. Ihre Wärme und Nähe auf meiner Haut spüren und das Bild ihrer leblosen Leiber aus meinem Gedächtnis verbannen.

Mein Körper wurde immer schwerer, als würde ihn die Last des Funds zugrunde reißen. Ich ließ mich fallen und schlug neben meiner Mutter auf dem Boden auf, sah ihr direkt in die trüben Augen. Ihr Blut klebte an meinen Haaren, auf meinen Armen und meiner Kleidung. Es ätzte sich in meine Haut und meine Erinnerungen hinein.

Der Aufprall drang kaum zu meinem Bewusstsein durch. Ich spürte keinen Schmerz, nur diese alles verzehrende Leere, die von innen an mir nagte, als ich meine blutbesudelten Finger anstarrte.

»Es tut mir so leid, so leid«, schluchzte ich immer und immer wieder. Meine Mutter blinzelte nicht. Ihre Augen fokussierten einen Punkt in weiter Ferne. Eine andere Welt.

Sie ist tot, Stella.
Begreif es endlich!

Ein Beben durchzuckte mein Rückgrat bei diesem Gedanken und ließ jedes meiner Glieder vor Furcht erzittern. Meine Hände ballten sich zu Fäusten und umschlangen meinen Bauch, bevor ich mich zu einer Kugel zusammenrollte und meine Lider schloss. Eine Welt ohne meine Mutter und meinen Vater wollte ich nicht sehen. Das Universum wurde in tintenschwarze Stille getaucht.

Zwei Monate später

Wie schnell die Zeit vorbeizieht, wenn man in einem Trauma gefangen ist. Während man selbst das Gefühl hat, nicht eine Sekunde wäre vergangen, rasen die Tage und Wochen nur so dahin.

Ich hatte keinen Fuß mehr in mein Haus gesetzt, mich vor der Außenwelt verbarrikadiert und wurde mit meinen Gedanken und Emotionen vollkommen allein gelassen. Wer hätte mir beistehen sollen? Ich hatte niemanden.

Stattdessen war ich gefangen – in meinem eigenen Körper, meinem eigenen Kopf.

Nach dem Einbruch und meiner Entdeckung wurde ich kurzzeitig im Krankenhaus versorgt, wo geprüft wurde, ob ich in irgendeiner Art und Weise verletzt worden war. Offenbar hatte mich ein Nachbar gefunden. Es spielte keine Rolle für mich.

Die Ärzte behielten mich eine Woche lang unter Aufsicht, bis sie mich aufgrund der Diagnose »Traumapatientin« in eine Nervenheilanstalt verlegten.

Nach meinem Schreien folgte das Schweigen. Ich sprach kein Wort. Zu niemandem. Selbst im Krankenhaus nicht. Auch als die Polizeibeamten mich mit Fragen löcherten, schwieg ich. Es war nicht so, dass ich nichts sagen wollte. Ich konnte es nicht.

Meine Lippen verweilten die meiste Zeit lang fest zusammengepresst, als hätte jemand meinen Mund zugenäht. Eine unbeschreibliche Angst schnürte mir die Kehle zu. Die Furcht, wieder zu schreien. Die Panik, mich an die vergessenen Minuten oder Stunden zu erinnern, die ich bei den Leichen meiner Eltern verbracht hatte, sorgte dafür, dass ich mit den Zähnen knirschte. Manchmal schmeckte ich Krümel in meinem Mund. Abgebrochene Zahnstückchen.

Ich vermied jeglichen Augenkontakt mit den Polizeibeamten und Ärzten, da ich auf keinen Fall die Galaxien hinter ihren Pupillen entdecken wollte.

Keine Sterne, keine Sonne, keine Planeten mehr ...

Die toten Blicke meiner Eltern hatten meine Seele gebrandmarkt. Es wäre ein Verrat gewesen, wenn ich weiterhin das Antlitz der Universen bei fremden Menschen zu ergründen versuchte.

Und so wurde ich weggebracht. In ein Gebäude bestehend aus weißen Wänden, weißen Böden und weißen Kitteln. Ich lag in meinem weißen Bett und starrte stundenlang an die weiße Decke. Die helle Farbe an den Wänden löste in mir einen Brechreiz aus. Saure Galle wanderte meinen Rachen hinauf, jedoch drängte ich sie zurück. Mein Mund blieb geschlossen. Selbst in diesen Momenten der Schwäche.

Immer wenn ich eine weiße Fläche sah, erzeugte mein geschädigter Verstand das Bild von tiefroten Blutspritzern, die mich unweigerlich an jenen Tag erinnerten. An das Ereignis, das verantwortlich war, dass ich mich hier befand. Unweigerlich musste ich auch an den Menschen denken, der mir das alles angetan hatte. Hass glühte in meinem Inneren wie ein stetig schwelendes Feuer, als ich an den gesichtslosen Täter dachte. Ich hatte keinen Namen, keinen Anhaltspunkt. Doch ich schwor mir, dass ich denjenigen, der meine Familie zerstört hatte, auffinden und für seine Taten büßen lassen würde. Rachegelüste strömten durch meinen Kopf und betäubten jedes andere Gefühl für einen kurzen Moment.

Nachts fand ich deswegen keine Ruhe und erst recht keinen Schlaf. Mein Kiefer malmte, mein Magen knurrte und meine Gedanken schrien durcheinander, bis sie sich mit der Geräuschkulisse der Klinik vermischten. Falls mich der Schlaf trotz allem für ein paar Stunden heimsuchte und Albträume an meine geschlossenen Lider projizierte, so wachte ich jedes Mal mit tränennassen Wangen auf. Ich sah ihre Gesichter, während ich träumte, und hörte ihre Stimmen. Sie sagten, sie liebten mich. Das Schlimmste an meinen Träumen war das Erwachen. Sobald ich die Augen öffnete, empfing mich Leere. Einsamkeit. Die Illusion, dass meine Eltern bei mir waren, verpuffte. Das war schlimmer als jeder erdenkliche Albtraum.

Nach den Polizisten folgte der Psychiater, der ebenfalls mit mir reden wollte. Mein Schweigen wies ihn jede Sitzung aufs Neue ab. Er hoffte, dass ich mich ihm öffnete, dass ich meine Geheimnisse preisgab, um die Suche nach dem Mörder meiner Eltern zu erleichtern. Vor allen Dingen sollte er natürlich *mir* helfen. Der armen, traumatisierten Stella.

So ein Heuchler!

Als ob er meine Lage verstehen oder wissen kann, wie es mir geht. Das tut er nicht. Niemand tut das.

Ich schaute ihm nicht ein einziges Mal in die Augen. Der Seelenklempner bemerkte meinen Widerstand und war tatsächlich hartnäckiger, als ich dachte. Offensichtlich war ich nicht der erste und letzte Härtefall dieser Klinik. Man war auf so eine Situation vorbereitet. Auf eine zerbrochene Seele.

Anstatt mich in dem See aus Einsamkeit ertrinken zu lassen, arrangierte der Mann doppelte Sprechzeiten und zeigte auffällig viel Interesse an einer traumatisierten Jugendlichen, dafür dass ich nur stumm und steif vor ihm saß.

Es dauerte fast drei Wochen, bis ich in seiner Gegenwart auftaute. Es fing an, dass ich ihn für wenige Sekunden in Augenschein nahm. Sein darauffolgendes Lächeln entging mir nicht. Nach fünf weiteren Sitzungen hielt ich den Blickkontakt und wagte es schließlich sogar, sein Universum zu ergründen, wenn auch nur für einen flüchtigen Moment.

In der Mitte seiner Pupille glühte eine Sonne, die drei Planeten umkreisten. Ein größerer und zwei kleine. Sie besaßen eine feste Umlaufbahn. Routiniert. Planbar. Der Mann vor mir war die Verkörperung von Stabilität. Ich runzelte die Stirn über diesen Gedanken. Er war geschaffen für den Job als Psychiater und hatte mir schon jetzt bewiesen, dass er Durchhaltevermögen und Verständnis hatte.

Jeden Tag fühlte ich mich ein bisschen besser. Nein, nicht besser, sondern ... menschlicher. Ich gewöhnte mir eine Routine an, die ich jeden Tag ohne Ausnahme befolgte. Nach einer Weile kümmerte ich mich wieder um meinen Körper. Ich wusch mich und versuchte mehr zu essen als nur eine trockene Scheibe Brot am Tag. Ich füllte die Hülle, die nach dem Mord meiner Eltern von der alten Stella zurückgeblieben war, langsam mit Leben. Bloßes Existieren war nicht mehr genug, denn ich wollte leben.

So entschloss ich mich dazu, endlich zu reden. Meine Stimme war rau und kratzig nach dem monatelangen Schweigen. Es fühlte sich ungewohnt an, die Lippen zu bewegen. Die Gesichtsmuskulatur schmerzte beinahe. »Ich möchte nicht mehr so sein. Bitte helfen Sie mir.«

Ich senkte den Kopf. Mir einzugestehen, dass ich mich in einer Sackgasse befand und ohne Hilfe nicht mehr zurechtfand, war schwerer als gedacht. Trotzdem tat es gut. Ich hatte mir die Wahrheit eingestanden und war bereit, an mir zu arbeiten. Es war ein kleiner Schritt und der erste in eine neue Richtung. Ich verspürte ein sanftes Kribbeln am ganzen Körper. Das hier war ein Erfolg. Ich konnte das schaffen. Ich wollte keine weißen Wände mehr sehen.

Und so begannen der Psychiater, Doktor Brown, und ich Schritt für Schritt mit meiner Rehabilitation.

»Wir starten heute mit Phase eins der Traumabewältigung. Der Stabilisierungsphase«, erklärte er, nachdem ich mich ihm gegenüber niedergelassen hatte.
»Was bedeutet das?«, fragte ich nach.
»Wir werden dir die Angst nehmen.«
»Ich habe keine Angst«, behauptete ich, obwohl das natürlich völliger Quatsch war.

Doktor Brown zog lediglich seine Augenbraue in die Höhe, als hätte er mich längst durchschaut. Statt eine Anmerkung zu machen, deutete er auf das blaue Sofa, dem einzigen Farbklecks in seinem sterilen Behandlungszimmer. Ich setzte mich und beobachtete den Arzt, der sich auf einem Stuhl vor mir platzierte.
»Hast du oft Albträume, Stella?«, fragte er.
Jede Nacht.
Keine Antwort verließ meinen Mund und Doktor Brown nickte wissend. Ich wurde unruhig und begann, meine Finger miteinander zu verknoten.
»Würdest du mir von ihnen erzählen?« Seine Stimme war sanft und drängte nicht. Er würde warten, bis ich bereit war zu reden. Das wusste ich.

Ich atmete tief durch und schloss die Augen. Die Traumbilder verfolgten mich jederzeit, sodass ich sie selbst jetzt rekonstruieren konnte.
»Ich träume von ihnen. Meinen Eltern. Ich höre ihre Stimmen aus weiter Ferne und sehe ihre Gesichter an mir vorbeiziehen. Doch ich kann sie nicht festhalten. Jedes Mal verliere ich sie und jedes Mal fühlt es sich an wie an jenem Tag. Als würde man mir das Herz aus der Brust schneiden.« Ich holte zitternd Luft. »Es tut so unfassbar weh. Und es hört nie auf. Es passiert immer und immer wieder. Ich kann es nicht stoppen, die Stimmen, ihre Blicke, ihre Schreie.« Ich verlor mich in

der Schwärze meiner Albträume, während ich verzweifelt versuchte, sie in Worte zu fassen.

Plötzlich spürte ich eine fremde Berührung an meinem Arm. Sanft. Bestimmend. Ich hielt inne und vernahm eine Stimme, die beruhigend auf mich einredete. Doktor Brown. »Öffne die Augen, Stella. Die Träume haben keine Macht über dich. Du kannst ihnen entkommen. Sie sind nicht echt.«

Er hat recht.
Das hier ist nicht die Wirklichkeit.

Das Gedankenkarussell in meinem Kopf verlangsamte sich. Schließlich wurde es so lahm, dass ich aussteigen und meine Lider heben konnte.

»Was ist passiert?« Meine Frage verlor sich in einem Schluchzen. Hilflosigkeit ummantelte meine Gedanken, sodass ich keinen klaren Entschluss fassen konnte.

»Das war eine Flut an Traumabildern. Sie haben dich in einen Angstzustand versetzt, der beinahe an eine Panikattacke herangereicht hat.«

»Es hat sich angefühlt, als wäre ich von einem Sog erfasst worden. Ein Strudel, der mich immer weiter in die Tiefe spülte.«

Doktor Brown nickte verständnisvoll und reichte mir ein Glas Wasser, das ich mit zitternden Händen ergriff. Ich klammerte mich daran, als wäre es mein einziger Halt in dieser Welt. Trinken tat ich nichts.

»Ich werde dir beibringen, wie du den Albträumen entkommst, auch wenn sie dich im wachen Zustand heimsuchen. Du bist ihnen nicht schutzlos ausgeliefert, Stella. Wir schaffen das zusammen.« Die Sonne in seinen Augen strahlte voller Zuversicht. Ich glaubte ihm.

Über Wochen hinweg brachte mir Doktor Brown Techniken bei, wie ich meine Gedanken fokussieren und bündeln konnte, um sie von den »Problemzonen« meines Geistes wegzulenken. Mit verschiedenen Entspannungsübungen zeigte er mir, wie ich eine Panikattacke unter Kontrolle brachte.

Jede Sitzung sprachen wir über die Albträume und die Angstzustände, die mich heimsuchten. Dank der Techniken bewahrte ich nun die Ruhe und schaffte es, die Realität von meiner verkorksten Traumwelt zu unterscheiden.

Zwischendurch führten wir Gespräche über oberflächliche Themen, damit ich meine Komfortzone verließ. Von Mal zu Mal fiel mir das Reden leichter, bis ich Doktor Brown von selbst grüßte, sobald ich das Zimmer betrat. Um meine Therapie zu unterstützen, wurden mir Tabletten verschrieben, die mich in Sekundenschnelle in einen komatösen Schlaf versetzten. Sie halfen. Nach einiger Zeit träumte ich nicht mehr von meinen Eltern.

Doktor Brown verzeichnete die Erfolge mit großem Enthusiasmus, sodass er bald die erste Phase für abgeschlossen erklärte. Ich war seiner Meinung nach stabil genug, um mit der Aufarbeitung meines Traumas zu beginnen. Im Klartext bedeutete das die Konfrontation mit dem Ereignis und seinen Folgen.

Verunsicherung trieb mir den Schweiß auf die Stirn, als ich mich zu meiner ersten Sitzung der zweiten Phase bei meinem Arzt einfand. Ich wusste nicht, was mich erwartete, und diese neue Art des Kontrollverlustes gefiel mir nicht. Mit einer Atemübung vertrieb ich mir die Wartezeit und versuchte, meine innere Ruhe zurückzuerlangen.

Doktor Brown will dir helfen.
Er wird dir nicht schaden.

Obwohl ich mich nach wenigen Minuten beruhigt hatte, schoss mein Puls in die Höhe, als die Tür sich öffnete und mein Psychiater eintrat.

»Bereit für Phase zwei?«

Ehrlich gesagt nicht.

Ich nickte, trotz meiner Bedenken.

Doktor Brown nahm seinen gewohnten Platz mir gegenüber ein und öffnete den Aktenkoffer, den er stets an seiner Seite führte. Papier raschelte, als er durch die Tasche wühlte. Schließlich brachte er eine Akte ans Tageslicht, auf deren Vorderseite mein Name geschrieben stand.

»In diesem Ordner befinden sich Bilder, Stella. Familienporträts, die die Polizei in eurem Haus gefunden hat, ebenso wie Tatortfotos. Sie sind in einer bestimmten Reihenfolge sortiert und ich möchte, dass du sie dir einfach nur ansiehst. Nichts weiter.«

Ich hielt inne.

Tatortfotos?

»Aber es werden keine Bilder von ...« Ich wagte es nicht einmal, den Satz zu beenden.

»Deine Eltern sind nur auf den Familienfotos zu sehen, keine Sorge.« Er reichte mir die Akte hinüber.

Einen quälend langen Augenblick ließ ich den Arzt mit dem ausgestreckten Arm ausharren. Ich fixierte die Mappe und spürte, wie sich mein Magen zusammenzog.

Was wird mich erwarten?
Welche Bilder werden sich darin befinden?
Werden sie mir mehr schaden als helfen?

Es gab nur einen Weg, um das herauszufinden. Meine Finger schlossen sich um die beigefarbene Pappe, als ich die Akte an mich nahm. Vorsichtig legte ich sie auf meinen Schoß. Zögernd schwebte meine Hand über dem Ordner.

Soll ich das wirklich durchziehen?

Doktor Brown nickte mir zu. Solange er bei mir blieb, war alles in Ordnung. Hier war ich sicher. Er würde auf mich aufpassen. Ich zwang mich, die Luft, die ich in meinem Brustkorb gefangen gehalten hatte, auszustoßen. Dann öffnete ich die Akte.

Das erste Bild zeigte unser Haus von draußen. Der Bungalow mit dem niedrigen Dach war umgeben von gigantischen Tannen, die sich wie zum Schutz um ihn herum angeordnet hatten. Ein schmerzhaftes Ziehen zuckte wie ein Blitz durch meinen Körper. Meine Füße begannen zu wippen.

Das ist mein Zuhause.
Nein!
Das war es einmal.

Einerseits wollte ich zu dem Ort auf dem Foto zurückkehren, andererseits ergriff mich eine solche Unruhe bei dessen Anblick, dass ich mir möglichst viel Distanz zu dem Haus wünschte.

Ich versuchte, meine Gefühle für Doktor Brown in Worte zu fassen, woraufhin er sich eifrig Notizen machte und einige verständnisvolle Worte an mich richtete. Schnell legte ich das Bild zur Seite, nur um mit dem nächsten Foto konfrontiert zu werden. Es war eine Collage von unserem Wohnzimmer. Auf der linken Seite befand es sich im normalen Zustand, während die rechte Seite den Tatort von vor einigen Monaten abbildete.

Verzweifelt versuchte ich meinen Blick von den Blutspuren am Boden und den Wänden loszueisen, allerdings versagte ich kläglich. So lange hatten mich diese Bilder in meinen Träumen heimgesucht. Ich konnte sie nie vollständig aus meinem Gedächtnis verbannen und nun, da ich sie wieder vor mir sah, erkannte ich, dass man vor der Realität nicht davonlaufen konnte. Sie holte einen immer wieder ein. Zielstrebig und erbarmungslos.

Ich strich mit dem Zeigefinger über das fotografierte Blut und erkannte den Handabdruck. Für einen Wimpernschlag befand ich mich in der Vergangenheit und spürte, wie der schwarze Nebel mich umwogte. Verzweiflung strömte durch meine Adern, vertrieb jeglichen Gedanken an die Entspannungstechniken, die Doktor Brown mir beigebracht hatte. Ich war wieder dort. Konnte das Blut sehen und riechen. Der kupferne Geruch verbiss sich in meiner Nase. Ich wollte schreien, doch die Vergangenheit hielt mich in ihrer eisernen Faust.

Erst als ich mehrmals blinzelte, verblasste das Bild der blutverschmierten Wand und das Behandlungszimmer meines Arztes kehrte zurück. Ein Schauder jagte meinen Rücken hinab, als ich die Collage zur Seite legte und Doktor Brown eine vage Antwort über mein Empfinden gab.

Als ich meine Augen wieder auf die Akte richtete, war nur noch ein einziges Bild zu sehen. Ein Familienfoto. Es war das schlimmste von allen.

Ich konnte den heiseren Laut, der meiner Kehle entwich, unmöglich unterdrücken. Lächelnd schauten meine Eltern in die Kamera. Sie hatten ihre Arme um mich gelegt. Das Bild war vor weniger als einem Jahr entstanden, als mein Vater seine neue Kamera austesten wollte.

Das Echo ihres Lachens klingelte in meinen Ohren und plötzlich meinte ich, die Wärme ihrer Umarmung an meinen Oberarmen zu spüren. Ich strich mir über die Stelle, an der die Hand meiner Mom geruht hatte. Sie wirkten so glücklich und lebendig. Tränen brannten in meinen Augenwinkeln und tropften auf das Sofa. Meine Hände verkrampften sich um das Foto, sodass es an den Kanten verknitterte.

Ich wagte es nicht, meinen Blick von den vor Leben sprühenden Augen meiner Mutter und meines Vaters zu wenden. In meiner Erinnerung waren sie trüb und blass, doch auf diesem Bild strahlten sie so stark, dass ich das Universum hinter ihrer Regenbogenhaut erahnen konnte. Ich musste nur genauer hinsehen.

»Stella?« Doktor Browns Stimme riss mich aus den Gedanken, sodass ich unweigerlich von dem Foto aufsah. »Ich möchte, dass du dieses Bild behältst. Du sollst dich an deine Eltern so erinnern, wie sie wirklich waren. Nicht auf die Art und Weise, wie du sie damals gefunden hast.«

Ich schluckte den Kloß in meinem Hals hinunter, um dem Arzt zu danken. Als ich jedoch den Mund öffnete, kam kein Laut heraus. Stattdessen liefen mir immer noch unaufhörlich Tränen über die Wangen. Sie sickerten in meine Haut, bis hinab auf den Grund meiner Seele. Sie füllten und versiegelten die Risse, die in den vergangenen Monaten entstanden waren, bis mich statt Trauer und Angst nur noch Dankbarkeit erfüllte.

Doktor Brown setzte sich neben mich auf die Couch und wartete geduldig, bis ich mich beruhigte. Als die letzte Träne geweint worden war, lächelte er mich an.

»Ich denke, du wirst schon sehr bald bereit für die dritte Phase sein. Integration. Die Akzeptanz der Vergangenheit und der Aufbau einer neuen Zukunft.« Die Sterne in seinen Augen funkelten heller als jemals zuvor. Hoffnung. Er glaubte daran, dass ich das schaffen würde. Ich strich ein letztes Mal über die Gesichter meiner Eltern. Für sie wollte ich das erreichen. Ein neues Leben beginnen.

In dieser Nacht träumte ich nach langer Zeit von meinen Eltern. Sie suchten mich nicht heim, sondern spendeten mir Wärme und Zuspruch.

»Wir sind so stolz auf dich, kleine Sternenseele«, flüsterte meine Mutter mir zu, woraufhin ich die Augen aufschlug und hellwach im Bett lag. Das Mondlicht fiel durch mein Fenster und tauchte die Tränen, die mir über das Gesicht flossen, in einen silbrigen Schein. Ich lächelte.

Mondlichttränen.
Mom hätte diese Vorstellung gefallen.

Kurz nach der zweiten Phase und einigen Besprechungen bezüglich meiner Zukunft wagte ich es zum ersten Mal, gemeinsam mit Doktor Brown durch die Parkanlage der Klinik zu wandern. Trotz des bitterkalten Winters tat die frische Luft unheimlich gut. Sie klärte die Gedanken und reinigte meinen Kopf von schädlichen Erinnerungen. Für den Moment war ich den weißen Wänden entkommen. Die letzten Wochen lang hatten sie mich beschützt und mir einen Rahmen gespendet. Allerdings kam es mir, je besser es mir ging, mehr vor wie ein Gefängnis. Sosehr ich die Zeit mit meinem Arzt auch nutzte, die Wände meines Zimmers machten mir immerzu deutlich, dass ich eines war: krank.

Meine oberste Priorität galt deswegen dem Verlassen der Klinik. Ich wollte endlich das echte Leben außerhalb dieser Mauern erleben. Umso mehr genoss ich den kurzen Ausflug in die Natur. In mir lauerte allerdings noch eine viel stärkere Empfindung. Ich hatte den Mörder meiner Eltern nicht vergessen und meine Heilung würde seine Taten nicht ungeschehen machen. Stattdessen wäre ich stärker als jemals zuvor. Ich hatte nichts zu verlieren und ich brannte geradezu darauf, die Psychiatrie hinter mir zu lassen und ihn ausfindig zu machen. Doch dazu musste ich erst einmal hier rauskommen.

Im Park, dessen Büsche, Bäume und Gräser von schimmerndem Raureif überdeckt waren, glaubte ich, das Leben außerhalb der Klinik meistern zu können.

Eine Welle neuer Leichtigkeit umwogte mich und hüllte mich in wärmende Zuversicht, trotz der klirrenden Kälte des Winters. Ich legte meinen Kopf in den Nacken und streckte die Zunge raus, um eine Schneeflocke aufzufangen. Sobald der Kristall auf meine Zunge traf und zerschmolz, musste ich lachen. Zum ersten Mal seit so langer Zeit.

Natürlich entging mir der glückliche Seitenblick meines Psychiaters nicht, der schließlich meinte: »Und damit hast du Phase drei bewältigt.«

Es dauerte noch ungefähr eine Woche, bis Doktor Brown alles geklärt hatte und die Entlassungspapiere bereitlagen. Am Tag meiner Abreise war ich dermaßen zappelig, dass ich kaum in der Lage war, den Reißverschluss des Koffers zu schließen.

Ich schmeckte die neu gewonnene Freiheit auf meiner Zunge. Einerseits süß wie Zucker und andererseits so bitter wie Lakritz.

Diesem Tag hatte ich so lange entgegengefiebert und nun war er endlich gekommen. Begreifen konnte ich es immer noch nicht.

Um zu überprüfen, ob das hier die Realität war, zwickte ich mich in den Arm. Ich träumte nicht, sondern durfte tatsächlich gehen!

Als ich mich zur Tür umdrehen wollte, stand dort bereits Doktor Brown und beobachtete mich amüsiert.

»Nun ist es also endlich so weit, hm?«

Ich nickte schnell und zwang mich dazu, meinen Koffer für einen Moment ruhen zu lassen.

»Ich wollte mich noch bei Ihnen bedanken«, fing ich an. »Ohne Ihre Hilfe wäre ich niemals in der Lage gewesen, das alles zu bewältigen.«

Er lächelte sanft. Ein letztes Mal ließ ich mich von dem Schein seiner inneren Sonne wärmen. Von seiner Zuversicht und der Hoffnung, die ihn wie zwei Monde stets umkreiste.

»Du bist hier immer willkommen, Stella. Falls du mal Probleme haben solltest. Wir, unser Klinikteam, sind immer für dich da.«

Ein erleichtertes Seufzen entfuhr mir. »Das ist gut zu wissen. Ich danke Ihnen.«

»Du wirst entlassen, weil du bereit dazu bist, vergiss das nicht. Dir droht keine Gefahr mehr.«

Ich nickte gedankenverloren, als ich an ein Gespräch kurz vor meiner Entlassung zurückdachte. Ein Polizeibeamter hatte sich dazu bereit erklärt, mir Auskunft über den Fall meiner Familie zu geben. Er meinte, dass die Beweise auf einen Raubdiebstahl hindeuteten und dass in meiner ehemaligen Nachbarschaft noch zwei weitere Male auf dieselbe Weise eingebrochen worden war. Allerdings ohne Todesopfer.

Ich konnte es einfach nicht fassen. Die Polizei hatte die Ermittlungen zwar nicht eingestellt, aber ihre Anstrengungen, den Mörder meiner Eltern zu finden, waren geradezu lächerlich.

Sie haben doch den Tatort gesehen!

Das war etwas Persönliches, nicht nur ein dummer Raubüberfall!

Es steckt garantiert mehr hinter dem Ereignis, und sobald ich hier raus bin, werde ich herausfinden, wer und was genau.

Ein Gutes hatte die Sache allerdings: Ich schwebte laut den Beamten nicht mehr in direkter Gefahr, da die Täter es offenbar nur auf die Beute abgesehen hatten. Das Wissen erleichterte mich keineswegs, aber es schien meinen Arzt zu beruhigen, also beließ ich es dabei.

Ich konnte nicht aufhören, daran zu denken, dass meine Eltern vielleicht einfach nur zur falschen Zeit am falschen Ort gewesen waren. Wären sie möglicherweise noch am Leben, wenn sie früher zur Arbeit aufgebrochen wären?

Ich schüttelte den Kopf und damit die Vergangenheit von mir. Diese ganzen Überlegungen änderten nichts an der Wirklichkeit, an der Realität. Was jetzt zählte, war die Gegenwart und meine Entlassung. Mein Start in eine neue Zukunft. Meine Suche nach dem Mörder.

»Ich wünsche dir viel Glück. Erinner dich immer daran, dass Licht und Dunkelheit nie allein existieren können. Sie finden ihre Balance und erschaffen so das Leben. Die dunklen Zeiten gehören genauso dazu wie die hellen. Nur du allein entscheidest, was du mit diesem Wissen anfängst. Nutze es weise.« Zwinkernd kehrte Doktor Brown mir den Rücken zu und verließ mein Zimmer. Ich schaute ihm lange hinterher, bis mir einfiel, warum ich vorhin so in Eile gewesen war.

Neuer Tatendrang packte mich, weshalb ich meinen Koffer eilig vom Bett hob und ihn hinter mir her durch den Gang zog. Das Klackern der Rollen zerriss die allgegenwärtige Stille der Klinik und trieb mich dazu an, das Tempo zu erhöhen. Ich schwebte geradezu auf den Ausgang zu und musste mich zurückhalten, um nicht durch die Vordertür hinauszusprinten.

Eine Schwester erwartete mich und übergab mir die Entlassungspapiere, während sie betonte, was für einen beachtlichen Fortschritt ich geleistet hatte. Meine Vorfreude steigerte sich bei jedem ihrer Worte mehr, da ich mich tatsächlich gewappnet für die Welt da draußen fühlte.

»Dein Onkel und deine Tante erwarten dich. Sie konnten dich leider nicht persönlich abholen, haben aber ihr Einverständnis gegeben, dass wir uns um die Angelegenheit kümmern. Die Klinik stellt dir den Transport zu deinem neuen Zuhause selbstverständlich bereit. Sie übernehmen die Haftung für alles, was auf der Fahrt passieren könnte, schließlich bist du noch minderjährig.« Das Lächeln der Schwester wirkte plötzlich ein wenig matter und auch ich spürte die Zweifel in mir aufkeimen.

Die Klinik hatte mich vor Wochen darüber informiert, dass sie nahe Verwandte von mir ausgemacht hatten, die nicht allzu weit von meinem ehemaligen Wohnort entfernt lebten. Einen Onkel und eine Tante.

Die Fremden hatten zugestimmt, mich aufzunehmen, und, soweit ich wusste, das Sorgerecht für mich beantragt. Sie hatten mich mehrmals in der Klinik besucht, nachdem ich die zweite Phase meiner Rehabilitation absolviert hatte. Da das Ehepaar hauptsächlich mit meinem Psychiater gesprochen hatte, konnte ich sie währenddessen in Ruhe beobachten und einschätzen.

Die fremden Gesichter sahen keinem meiner Elternteile besonders ähnlich, worüber ich sehr froh war. Nicht auszudenken, was passiert wäre, wenn allein der Anblick meiner Verwandten mich zurück in eine Schockstarre versetzt hätte. Während der Treffen hatte ich es allerdings nicht gewagt, ihnen in die Augen zu sehen und ihre Universen zu untersuchen.

Obwohl die beiden einen netten Eindruck gemacht hatten und gewillt waren, mir ein neues Zuhause zu bieten, nagte die Unsicherheit an mir. Ich kannte sie nicht.

Was, wenn sie sich kurzfristig umentscheiden würden?
Was, wenn sie mich plötzlich nicht mehr in ihrem Leben haben wollen?
Was, wenn sie realisieren, dass ich einen ganzen Berg Probleme in ihren zuvor sicher unkomplizierten Alltag schleppen würde?

Also presste ich die Lippen zu einem schmalen Strich zusammen und sprach mir Mut zu, indem ich behauptete, dass alles besser war als eine Welt aus weißen Wänden. Ich ließ mein Gefängnis hinter mir, als ich durch die gläsernen Türen trat und auf den Krankenwagenfahrer zuging, der mich mürrisch erwartete. Er hievte mein Gepäck in den Wagen und wartete darauf, dass ich einstieg. Meine Hand umfasste den Türgriff, bevor ich ein letztes Mal zurückschaute und mein Blick die Fassade der Klinik emporkroch.

Wehmut erfasste mich, als ich das Gebäude so betrachtete. Dieser Ort hatte mich vor meinem seelischen Untergang bewahrt. Die Menschen hier hatten mir geholfen, über die schwierigste Zeit in meinem Leben hinwegzukommen. Ich hatte das Gefühl, dass dankbare Worte nicht ausreichten, um zu empfinden, wie sehr ich in ihrer Schuld stand. Dank ihnen habe ich begriffen, dass mein Leiden keine Schwäche war, die mich beherrschte, sondern ein Kampf, an dem ich wachsen konnte.

So kehrte ich schließlich dem Gebäude den Rücken zu und stieg in den Krankenwagen, der in gemächlichem Tempo in Richtung Hauptstraße fuhr. Im Rückspiegel wurde die Klinik immer kleiner und verschwand schließlich gänzlich.

Lediglich zwei Stunden Fahrzeit trennten mich von meinem Onkel und meiner Tante, meinem neuen Zuhause.

Vorfreude glühte in meinem Inneren und entwickelte sich zu einer schwachen Flamme.

Ich wollte die neu gewonnene Freiheit genießen. Zwei unendlich lange Monate hatte ich in der Spezialklinik verbracht und kaum etwas ohne Begleitung oder Erlaubnis getan. Meine Hände ballten sich zu Fäusten. Aus der Flamme wurde ein schwelendes Feuer, das mich in Brand setzte und meine Gedanken befeuerte.

Nun war die Zeit der Einsamkeit vorbei und ich schwelgte in bisher unerfüllten Hoffnungen. Ich würde wieder Luft zum Atmen haben und nicht mehr durch die Wände der Klinik eingeengt werden. Mein Alltag würde eine 180-Grad-Wende vollführen. Ein vollkommen neues Leben lag vor mir. Eines, das ich neu kreieren und gestalten konnte.

Ein Lächeln zuckte an meinen Mundwinkeln. Ich konnte es in der Spiegelung der Scheibe erkennen und spürte eine kleine Welle des Stolzes über mich schwappen. Ein ehrliches Lächeln. Das war mir lange Zeit unglaublich schwergefallen.

Allerdings wurde mir in diesem Moment eine bittere Tatsache klar:

Ich muss meine Fähigkeiten für mich behalten.

Einzig und allein meine Eltern haben davon gewusst und sie haben dieses Geheimnis mit ins Grab genommen. Dieses Wissen könnte auch meine Tante und meinen Onkel in Gefahr bringen.

Bis ich den Mörder meiner Eltern nicht ausfindig gemacht habe, darf niemand von dem Seelenlesen erfahren.

Ich konnte ja nicht ahnen, wie meine Verwandtschaft auf meine Gabe reagieren würde. Sie würden mich garantiert unter Verschluss halten. Oder noch schlimmer: Sie schickten mich vielleicht zurück in die Psychiatrie, weil sie nicht verstanden, was mit mir los war. So weit würde ich es nicht kommen lassen. Ich lächelte verschwörerisch vor mich hin, während das Auto mich in die Richtung meines neuen Lebens lenkte.

Mein Blick schweifte über die Landschaft, das kleinwüchsige Gebirge vor uns und den Nadelwald, der von dichten Nebelschwaden umwabert wurde.

Ich kurbelte das Autofenster hinunter, um die frische Waldluft in mich aufzusaugen und die angenehme Kühle des Winters über die Haut streichen zu lassen. Die Kälte wusch die Erinnerungen an die letzten Monate für einen Moment hinfort.

Währenddessen fuhren wir quälend langsam eine steile Piste hinauf, deren Fahrbahn sich wie eine Schlange aus der Stadt hinaus wand. Ich fieberte dem Moment entgegen, in dem wir die Kuppe erreichten und auf dem höchsten Punkt des winzigen Berges angelangt sein würden. Sobald ich spürte, dass die Steigung des Hügels nachließ, stemmte ich mich von meinem Sitz ab und reckte den Hals.

Wir hatten die Nebelwand durchbrochen. In der Senke vor uns sammelte sich ein Meer aus dunklem Dampf und tauchte alles in einen undurchdringlichen Dunst. Irgendwo dort unten, zwischen den Schwaden versteckte sich mein neues Heim und somit auch meine Zukunft.

Ich fiel in den harten, unbequemen Ledersitz zurück und wartete gespannt auf das, was auf mich zukommen würde. Meine Handflächen begannen zu jucken und ich knetete die Finger durch, allerdings half nichts gegen meine Nervosität. Der Fahrer quittierte mein Verhalten lediglich mit einer hochgezogenen Augenbraue. Er fixierte mich im Rückspiegel, weshalb ich unruhig auf meinem Sitz herumrutschte. Ich wurde das Gefühl nicht los, dass er wusste, wie es in meinem Inneren aussah.

In Wahrheit weiß er nichts über mich.

Er hat keine Ahnung von meiner Gabe oder meiner Vergangenheit. Er vermutet, aber weiß nichts. Und das ist mein Vorteil.

Ich hatte die Menschen in meinem unmittelbaren Umfeld schon immer in dem Glauben leben lassen, mich zu kennen, damit sie nicht tiefer bohrten und Geheimnisse ans Tageslicht beförderten, die sie nicht verkraften würden. Fremde mochten zwar ahnen, dass ich *anders* war, wie sehr ich mich allerdings von ihnen unterschied, war ihnen nicht klar.

Ich seufzte in mich hinein. Die einzigen beiden Personen, die mich *wirklich* kannten, befanden sich leblos und bis in alle Ewigkeiten verstummt unter der Erde.

Ich war nicht bei der Beerdigung meiner Eltern aufgetaucht. Abgesehen davon, dass mir nie jemand erlaubt hätte, die Klinik zu verlassen, lastete ihr Verlust immer noch auf meinen Schultern. Zu groß war die Furcht gewesen, sie lediglich als Körperhüllen in Erinnerung zu behalten. Ich wollte stattdessen die strahlenden Sterne, Sonnen und Galaxien hinter ihren Augen im Gedächtnis bewahren. Nichts und niemand würde dieses friedliche, liebende Bild von ihnen vertreiben.

Ein sanftes Lächeln schlich sich auf meine Lippen. Ich hatte genug geweint und getrauert. Es wurde Zeit, das Zepter in die Hand zu nehmen und dem Universum zu zeigen, wozu ich fähig war.

Die Welt hat das wahre Antlitz von Stella Marks noch nicht gesehen.

Ich streckte den Rücken durch und hob mein Kinn an, bevor ich mit überraschend selbstsicherer Stimme fragte: »Wann werden wir ankommen?«

Dem Fahrer entfuhr ein Lachen, das einem kehligen Brummen glich. »Wir sind fast da, am Ende dieser Sackgasse befindet sich dein neues Zuhause.«

Ich schluckte und nickte. Nur eine weitere Straße trennte mich von dem neuen Zuhause, den unbekannten Verwandten und einer hoffentlich sorgenfreien Zukunft.

In mir duellierten sich Vorfreude und Nervosität.

Ich befürchtete jeden Moment, einen mittelschweren Herzinfarkt zu erleiden. Die Nervosität gewann gegen ihre nicht ernst zu nehmende Konkurrenz.

Drittes Kapitel
Neuanfang

Das Fahrzeug kam stotternd zum Stehen. Ich konzentrierte mich darauf, meine unkontrolliert wippenden Füße still zu halten. Als der Krankenwagenfahrer die Tür öffnete, durchfuhr mich ein unangenehmer Schauder.

Ich atmete tief durch und vertrieb auf diese Weise das Gefühl der Enge in meiner Brust. Schließlich kraxelte ich ein wenig benommen aus dem Auto.

Das läuft doch bis jetzt gar nicht so übel ...

Der Mann schaute mich fragend an, als wollte er sich erkundigen, ob ich Hilfe benötigte. Ich lehnte diese entschieden ab. Ich würde schon zurechtkommen. Sein Bedauern und die Hilfestellungen erinnerten mich daran, was ich verloren hatte und warum ich hier war.

Ich würde nicht hadern, nicht zweifeln, wollte nicht länger als schwach angesehen werden.

Diese Zeiten sind ein für alle Mal vorbei.

Unsicheren Schrittes bewegte ich mich auf das Haus zu. Aufgrund seines viktorianischen Baustils wirkte es geradewegs einem Märchen entsprungen. Schnörkel und Ornamente verzierten die Giebel und Balken, die Holzfassade war in einem sanften Grün gestrichen und ein winziges Vordach schützte die Veranda vor Regen. Eine steinige Treppe führte die Erhebung hinauf, auf der das Domizil erbaut worden war. Ein gusseisernes Geländer half mir dabei, das Gleichgewicht zu bewahren. Als ich ein wenig um die Hausecke spähte, erkannte ich, dass in das Haus eine Art Turm eingebaut worden war, der perfekt mit dem Rest des Gebäudes harmonierte. Mir fehlten die Worte. Ich öffnete den Mund und schloss ihn schnell wieder, als ich mir dessen bewusst wurde. Am Rande des Grundstücks erhoben sich mehrere schätzungsweise zehn Meter hohe Tannen, die die Sicht der Nachbarn auf das Haus verhinderten. Kurz stellte ich mir vor, das Anwesen wäre inmitten eines Waldes erbaut worden.

Der Fahrer schien im Gegensatz zu mir sichtlich desinteressiert am Wohnsitz meiner Verwandten und verschwendete keine Sekunde. Er trug den Koffer die Steintreppe hinauf zur Tür, sodass ich mich gezwungen sah, ihm zu folgen.

Als ich vor der Haustür stand, war ich einen Moment lang unschlüssig, was ich tun sollte. Schließlich seufzte der Fahrer auf und presste den Daumen auf die kleine Messingklingel, woraufhin man ein sanftes Klingeln aus dem Inneren des Gebäudes vernahm. Gleich darauf öffnete eine freundlich wirkende Frau die Tür.

Ihre aschblonden Haare lagen ihr in weichen Wellen über den Schultern und die blauen Augen strahlten erfreut. Mir blieb kaum Zeit, das sich darin spiegelnde Universum genauer unter die Lupe zu nehmen, da sie im nächsten Moment mit wehender Schürze auf mich zukam und mich, ohne zu zögern, in die Arme schloss.

Ich war vollkommen überrumpelt. Mit so viel Wärme und Zuneigung hatte ich nicht gerechnet. Schließlich hatten meine Tante und ich uns nur kurz in Gegenwart meines Psychologen gesehen. Ich hatte währenddessen kaum gewagt, sie anzusehen, und nun umarmte sie mich.

Es kam mir vor, als hätte ich in den vergangenen Monaten verlernt, menschlichen Kontakt auszuüben. Das höchste der Gefühle war gewesen, als ich Doktor Brown zu Beginn unserer ersten Sitzung zur Begrüßung die Hand geschüttelt hatte. Jetzt war ich gerade einmal in der Lage, meine Hände unbeholfen hinter dem Rücken der Fremden zu umfassen.

Als die Frau sich eine Armlänge von mir entfernte, vermied ich zunächst aus einem Reflex heraus den Augenkontakt zu ihr.

Sie befeuerte mich ihrerseits sofort mit Phrasen: »Stella! Ich bin so froh, dass du endlich zu uns kommen darfst. Dein Onkel und ich freuen uns schon seit Wochen auf deine Ankunft!«

Die freundliche Stimme umwogte mich wie eine Wolke aus Sternen. Sie klimperte und blinkte in meinem Kopf, als wäre sie eine Melodie aus glänzendem Licht. Ich ertrug es nicht länger, ihre Herzlichkeit abzuweisen, indem ich sie nicht ansah. Deshalb hob ich zögernd die Lider, bis unsere Blicke sich ineinander verhakten. Zum ersten Mal, seitdem wir uns im Behandlungszimmer meines Arztes kennengelernt hatten. Ihr überraschter Gesichtsausdruck entging mir nicht, aber daran war ich gewöhnt. Sie musste meine seltsame Augenfarbe bemerkt haben.

Jeder Gedanke an meine eigenen Augen rückte in den Hintergrund, als ich die ihren ansah. In ihren Pupillen strahlte jeweils eine gigantische Sonne. Sie leuchteten so stark, dass ich mich von ihrer Wärme ohne Gegenwehr ummanteln ließ.

Die um sie herum tanzenden Sterne zeugten von Lebendigkeit und Tatendrang, während in allen möglichen Farben leuchtende Planeten ihre Bahnen zogen. Diese repräsentierten feste Bestandteile der Persönlichkeit, wie Bezugspersonen. Ich genoss gerade noch die Sicht auf ihren Kosmos, als etwas Unerwartetes geschah: Aus den lilafarbenen Nebelschwaden, die am Rande ihres Sichtfeldes waberten, formte sich eine weitere Kugel, die zunächst nur schemenhaft zu erkennen war. Je länger ich sie betrachtete, desto eindeutiger wurde die Form. Vor meinen Augen war im Universum meiner Tante ein neuer Planet entstanden, der im Gegensatz zu den anderen schwach leuchtete.

Dann traf mich die Erkenntnis: Dieser Himmelskörper, der seit nicht einmal ein paar Sekunden existierte, repräsentierte mich.

Ich riss mich vom Anblick der Sterne, der rotierenden Planeten und der Sonne los und musterte stattdessen das Erscheinungsbild meiner Tante. Zum ersten Mal nahm ich sie wirklich in Augenschein. In der Klinik hatte ich mich nicht getraut, sie direkt anzusehen. Und wenn, dann bloß für wenige Sekunden, um mich zu versichern, dass diese Frau keinerlei Gemeinsamkeiten mit meinen Eltern hatte.

Ihre Gestalt war gedrungen und ein wenig rundlich. Die unzähligen Lachfalten in ihren Augen- und Mundwinkeln zeugten von viel Freude in ihrem Leben. Ich mochte sie auf Anhieb.

»Ich freue mich auch, Sie endlich kennenlernen zu dürfen«, sagte ich und war erstaunt darüber, dass meine Worte tatsächlich der Wahrheit entsprachen.

»Mein Name ist Franny und du musst mich nicht siezen, immerhin sind wir Teil derselben Familie!« Sie hakte sich bei mir unter und zog mich ins Haus.

Der Fahrer nickte uns kurz zu, offensichtlich zufrieden, dass er mich wohlbehalten abgeliefert hatte, und stellte den Koffer ab, bevor er die steinernen Stufen hinunterhastete.

Nachdem die Haustür ins Schloss gefallen war, umarmte mich Franny ein zweites Mal. Diese Frau schaffte es auf Anhieb, dass ich mich hier wohlfühlte.

»Es tut mir so wahnsinnig leid, was dir alles widerfahren ist, meine Liebe.« Sie seufzte, während sie mir beruhigend über die Haare strich. Ich erstarrte bei ihren Worten zu Eis. Schlagartig verkümmerte das wärmende Gefühl in meinem Inneren wie eine zarte Blume im Winter.

»Schon gut«, meinte ich bedrückt. Langsam befreite ich mich aus der Umarmung.

»Ich will dir nur sagen: Wenn du jemanden zum Reden brauchst oder zum Zuhören: Ich bin für dich da.« Das aufrichtige Lächeln meiner Tante taute mein eingefrorenes Herz auf und zum ersten Mal dachte ich darüber nach, einem anderen Menschen als meinem Psychiater meine Geschichte anzuvertrauen.

Nicht jetzt, aber vielleicht irgendwann.
Sobald ich dafür bereit bin.

»Vielen Dank für deine Hilfe. Einfach danke für alles. Dass ich hier wohnen und noch einmal neu anfangen darf.« Den letzten Teil des Satzes flüsterte ich, Franny verstand mich trotzdem.

»Das ist doch selbstverständlich, immerhin gehörst du zur Familie. Nun komm, ich führe dich ein wenig im Haus herum.«

Ich nickte. Die Vorstellung, dieses wundervolle Gebäude genauer unter die Lupe zu nehmen, erfüllte mich mit Unsicherheit. Hier würde ich schließlich die nächsten Jahre leben.

»Wir haben dich außerdem an deiner neuen Schule angemeldet. Nach den Ferien wirst du sofort loslegen können. Vorausgesetzt, du fühlst dich dem gewachsen.«

»Mitten im Schuljahr neu anzusetzen, ist nicht wirklich prickelnd«, grummelte ich. Für meine Worte kassierte ich sogleich einen sanften Klaps auf den Arm.

»Geht denn überhaupt irgendein Teenager gerne zur Schule?«

Ich lachte leise und schwor mir innerlich, meine Tante nicht zu enttäuschen und mein Bestes zu geben. Selbst wenn das bedeutete, wieder zur Schule zu gehen. »Ich werde es auf jeden Fall versuchen.«

»Mehr verlange ich gar nicht.« Sie zwinkerte und leitete kurz darauf die Führung durch mein neues Heim ein.

Franny war sichtlich aufgeregt, als sie mir die Küche (eindeutig ihr Territorium), das Wohnzimmer und auch die Toilette und die Wäschekammer zeigte. Sie führte mich euphorisch umher, ließ mir aber genug Zeit, mich ausgiebig umzusehen und Fragen zu stellen.

Die Einrichtung des Hauses war gleichermaßen edel und dennoch auf Gemütlichkeit abgezielt. Viele der Möbel bestanden aus fein geschnitztem Holz. Auf Hightech wurde trotz allem nicht verzichtet. In der rustikal eingerichteten Küche befanden sich zahlreiche technische Spielereien, die meine Eltern garantiert als *vollkommen unnötig* abgestempelt hätten. Im Labor waren sie zwar dazu in der Lage gewesen, mit höchst komplizierter Nanotechnik umzugehen, doch ein Mixer, der mehr als eine Funktion besaß, hatte meine Mom regelmäßig in den Wahnsinn getrieben.

Franny wirkte stolz auf ihr Heim, erklärte mir jedes einzelne Gerät (selbst den Backofen) mit einer solchen Hingabe, dass ich es nicht wagte, sie in ihrem Tun zu unterbrechen. Ich genoss es, sie reden zu hören, da ihre Stimme mich an warmes Wasser erinnerte, das über meine Haut floss und mein Innerstes von Minute zu Minute mehr aufweichen ließ. Irgendwann gingen wir zusammen durch die hell gestrichenen Flure und entdeckten alte Familienfotos.

Auf einigen erkannte ich sogar das Abbild meiner Eltern.

Ich nahm eines der Bilder vorsichtig von der Wand und strich über die bekannten Gesichter. Sie wirkten auf dem Foto so jung. So glücklich.

»Warum wusste ich bislang nichts von einer Tante und einem Onkel, Franny? Warum haben meine Eltern euch geheim gehalten?« Meine Neugierde hatte gesiegt.

Franny seufzte auf, bevor sie mir das Bild aus der Hand nahm und es musterte.

»Das kann ich dir nicht sagen, denn George, dein Onkel, spricht ebenfalls nicht über das, was damals geschehen ist. Sein Bruder, also dein Vater, und er haben sich vor einigen Jahren sehr häufig gestritten. Das war ungefähr zu der Zeit, als du geboren wurdest.«

Ein Kloß bildete sich in meinem Hals. Mich beschlich das ungute Gefühl, dass ich etwas mit dem Streit zu tun haben könnte.

»Irgendwann zogen deine Eltern fort von hier, damit die brenzlige Situation nicht eskalierte. Du musst wissen, dass deine Eltern und George im gleichen Forschungsinstitut tätig waren und sich den ganzen Tag über den Weg liefen.«

Ich horchte auf. Das war mir neu.

»Vermutlich brauchten sie einfach ein bisschen Abstand. Seither war der Kontakt sehr sporadisch. George telefonierte ungefähr einmal im Monat mit seinem Bruder und auch auf der Arbeit zogen sich deine Eltern immer mehr von ihm zurück. Den Grund kenne ich bis heute nicht.«

Was könnte das enge Band zwischen den zwei Brüdern derart zerstört haben?

»Du bist sicher gespannt auf dein Zimmer!«

Verblüfft starrte ich sie an. Der Themenwechsel kam sehr plötzlich und machte ziemlich offensichtlich, dass Franny sich nicht weiter mit meinen Eltern beschäftigen wollte.

Sie brachte das Foto wieder an der Wand an. Ich betrachtete die glücklichen Abbilder ein letztes Mal, bevor ich mich abwandte.

»Da wir selten Besuch empfangen und deswegen kein separates Zimmer hergerichtet hatten, waren wir zunächst überfordert, einen geeigneten Raum für dich zu finden. Aber ich denke, wir haben eine gute Entscheidung getroffen.«

Bevor ich irgendetwas erwidern konnte, griff sie kurz entschlossen nach meinem Handgelenk. Wir eilten durch den restlichen Flur und kamen an einer schweren Tür zum Stehen. Franny wühlte in der vorderen Tasche ihrer Schürze und brachte einen winzigen vergoldeten Schlüssel zutage. Sie betrachtete das Schmuckstück einen Moment lang und drückte ihn mir schließlich in die Hand.

»Das ist dein Zimmer, du solltest es aufschließen dürfen!« Vorfreude blitzte in den umherwirbelnden Sternen ihrer Iriden auf.

Ich steckte ihn ins gusseiserne Schloss. Der Schließmechanismus schnappte zurück, als ich den Schlüssel umdrehte und die schwere Eichentür aufstieß.

Vor mir befand sich eine hölzerne Wendeltreppe, die herabhängende Glühbirnen beleuchteten. Ich bestieg die Treppe zunächst zögerlich, dann immer selbstsicherer, bis ich an einer Luke angelangte, die direkt über mir in die Decke eingelassen war.

»Los, mach sie schon auf!«

Ich betätigte einen Riegel und stemmte das Holz in die Höhe, bis es zur Seite schwenkte und pures Licht meine Sicht flutete.

Als sich meine Augen daran gewöhnt hatten, verharrte ich reglos und schaute mich staunend um.

Hinter mir trippelte Franny auf einer Treppenstufe herum.

»Und? Gefällt es dir?« Ihre Stimme klingelte erwartungsvoll in meinen Ohren.

»Es ist ... perfekt«, hauchte ich und erklomm die letzten Stufen, bevor ich im Zentrum des Zimmers stand. Sonnenstrahlen erwärmten den hellen Fußboden. Mein Refugium besaß die Form einer Kuppel. Ich musste mich in dem Turm befinden, den ich bereits von außen gesehen hatte.

Ungehalten stürmte ich zu dem gigantischen Fenster, stützte mich mit den Handballen auf dem Sims ab und presste die Nase gegen das kühle Glas, um hinauszusehen. Von hier aus erkannte ich nicht nur problemlos den angrenzenden Wald, sondern auch den wolkenfreien Himmel. Als ich mich von dem atemberaubenden Ausblick ab- und meiner Tante zuwandte, wirkte diese mindestens genauso erfreut wie ich. Mir fehlten die Worte, weshalb ich lediglich auf sie zuschritt und sie in meine Arme schloss.

»Danke.« Das war alles, was ich über meine vor Aufregung bebenden Lippen brachte.

»Das habe ich doch gerne gemacht, Liebes.« Ihre Hände strichen über meinen Rücken. »Ich denke, ich lasse dich jetzt erst einmal allein«, fügte sie mit einem schwachen Lächeln hinzu, sobald sie sich von mir gelöst und auf einen Berg an Kisten hinter mir gedeutet hatte.

»Wir haben dir ein bisschen Arbeit abgenommen und deine Habseligkeiten aus eurem alten Haus zusammengeklaubt. Wenn du bemerkst, dass etwas fehlen sollte, dann melde dich und dein Onkel und ich besorgen dir den Rest.« Ich starrte sie überrascht an.

Womit habe ich dieses Glück nur verdient?

Ich musste keinen Fuß mehr in mein altes Heim setzen. Ich konnte die Ruine meiner Vergangenheit zurücklassen. Das war mir mehr wert als all meine persönlichen Gegenstände. Tränen der Dankbarkeit traten mir in die Augen, und als Franny sie bemerkte, schaute sie wissend und zugleich traurig drein.

Ohne ein weiteres Wort zu sagen, überließ sie mich meinen wirren Emotionen. Zögerlich überwand ich die kurze Distanz zwischen meinen in Kisten verstauten Erinnerungen und fiel vor ihnen auf die Knie. Ich hob den ersten Pappdeckel an und spiegelndes Metall blitzte auf. Behutsam hob ich das in seine Einzelteile zerlegte Teleskop aus dem mit Luftpolsterfolie gepolsterten Karton und schraubte es mit einstudierten Handgriffen zusammen. Den dreifüßigen Ständer baute ich direkt vor dem Fenster auf, sodass ich das Teleskop ohne große Schwierigkeiten auf den noch taghell erleuchteten Himmel ausrichtete.

Ich fieberte bereits jetzt den Nachtstunden entgegen, in denen ich meine alten Freunde, die Sterne und Planeten, besuchen würde. In einer Welt, in der jedes Lebewesen sein eigenes Universum in sich trug, war es beruhigend zu sehen, dass auch ich selbst Teil des Kosmos war und nicht nur eine außenstehende Beobachterin. Dieser Gedanke hatte mich zusammen mit der Einsamkeit und Isolation innerlich zerfressen.

Ich fragte mich, was Normalität für andere Menschen bedeutete. Die Erde drehte sich immer weiter, egal, was in den Leben seiner Milliarden Individuen geschah.

Allein die Vorstellung, in die Augen eines anderen Menschen zu sehen und kein Universum dahinter zu erblicken, kam mir absurd und schön zugleich vor. Meine Eltern hatten mir allerdings schon früh erklärt, dass »normale« Menschen nicht über die gleiche Gabe verfügten wie ich.

Dabei dachte ich über viele Jahre hinweg, ich sei ein durchschnittlicher Mensch. Doch Normalität ist eine Illusion. Was für mich normal war, überstieg vermutlich den Horizont meiner Mitmenschen. Seit dieser Feststellung fühlte sich mein Leben anders an. Ich glich einer exotischen Tierart im Amazonas. Mit dem Unterschied, dass niemand von meiner Existenz wusste. Ich war mein Leben lang unentdeckt geblieben und wollte diesen Status unbedingt beibehalten. Im Zeitalter der Smartphones würde sich eine Neuigkeit wie die Entdeckung einer seltsamen Begabung rasend schnell um den Globus verbreiten.

Nein.

Ich werde nicht auffliegen.

Meine Eltern sind nicht mehr da, um mich zu beschützen.
Deshalb ist das von nun an meine eigene Aufgabe.
Ich muss mich abschirmen gegen die Gefahren außerhalb meines neuen Heims.
Außerdem läuft der Mörder immer noch frei herum.

Ich schüttelte die Gänsehaut ab, die sich unbemerkt auf meinen Armen ausgebreitet hatte, und wandte mich stattdessen den zurückgebliebenen Kisten zu, die darauf warteten, von mir ausgepackt zu werden.

Bevor ich mich auf die Suche nach dem Verantwortlichen machen kann, muss ich mich hier eingliedern. Ich darf nicht zu auffällig wirken. Und ich muss erst wieder lernen, zu leben.
Also entspann dich!

Mit jedem Deckel, den ich anhob, und jedem Gegenstand, den ich hervorkramte, verflog meine innere Hektik, sodass ich nach den letzten aufwühlenden Stunden endlich zur Ruhe kam.

Die seidigen Tücher in Nachtfarben, auf denen goldene Sterne aufgestickt worden waren, hängte ich an die Wände und überdeckte so das makellose Weiß der Tapete mit Segeln des Nachthimmels und Sternenfirmaments. Ich breitete rund um das Teleskop meine Karten aus, detailgetreue Zeichnungen der Sternen- und Planetenkonstellationen. Mein Vater hatte sie mir vor langer Zeit von einer Geschäftsreise mitgebracht. Sie wirkten so wertvoll, dass ich sie nur äußerst vorsichtig ausrollte und betrachtete. Sie waren mein persönlicher Schatz.

Auch das kleine Bett mit der sehr weichen Matratze war in mein neues Zimmer gebracht worden. Darauf hatte ich immer wie auf Wolken geschlafen.

Einen Schreibtisch aus Buchenholz fand ich ebenfalls vor, ebenso ein Regal, das aufgrund der Raumkonstruktion eine leichte Rundung aufwies und das halbe Zimmer umfasste.

Ich räumte meine unzähligen Science-Fiction-Bücher, Doctor-Who-DVDs und Klamotten ein, bis mein Zimmer tatsächlich bewohnt aussah. In der letzten Kiste, die bis jetzt ungeöffnet geblieben war, befand sich ein langer, schmaler Spiegel, den ich unter großem Kraftaufwand gegen eine geeignete Stelle an die Wand lehnte.

Wann hatte ich mich zuletzt im Spiegel gesehen?

Die Antwort war: *Am Morgen, an dem meine Eltern starben.* Seitdem hatte ich reflektierende Oberflächen gemieden. Nun stand ich mir selbst gegenüber und verspürte weder Reue noch Bedauern oder Wut. Ich empfand rein gar nichts.

Hellblondes, fast weißes Haar lag mir in welligen Locken über die Schultern und die blassgrauen Augen starrten mich angestrengt an. Früher hatte ich mich vor ihnen gefürchtet, da die Regenbogenhaut fast weiß aussah, jedoch von einem dünnen schwarzen Rand umschlossen wurde. Inzwischen liebte ich meine Augen, den stechenden Schwarz-Weiß-Kontrast und das Gefühl, dass sie den Menschen vermittelten, dass ich anders war.

Auch Franny war die seltsame Farbe aufgefallen. Ich dachte zurück an den Moment, in dem sie die Tür geöffnet hatte und ihre Überraschung förmlich wegblinzeln musste.

Mein Blick glitt an meinem Körper hinab. In den letzten Monaten hatte ich einiges an Gewicht verloren und wirkte dünn und zerbrechlich. Ein Seufzen entfuhr mir.

Es war eindeutig Zeit für einen deftigen Hamburger und eine Portion kross frittierte Pommes. Vielleicht auch zwei Portionen.

In der Psychiatrie hatte ich in den ersten Wochen mein Essen kaum angerührt. Ich war so in meinen Gedanken gefangen gewesen, dass ich keinen Hunger verspürt hatte. Alles hatte nach Pappe geschmeckt. Während meiner Genesung kehrte auch der Appetit zurück und durch den Umzug waren meine Lebensgeister vollständig zu mir zurückgekehrt und ich konnte es nicht erwarten, meine Geschmacksknospen wieder zu beanspruchen.

Mehr als zuvor stachen die hohen Wangenknochen aus dem Gesicht hervor und ließen meine Augen noch riesiger wirken. Vorsichtig fuhr ich meine Gesichtszüge mit den Fingerspitzen nach und spürte schon die Aufmerksamkeit fremder Mitschüler in meinem Rücken. Schaudernd erinnerte ich mich an ihre gehässigen Sätze zurück.

»Seht euch die Neue an!«

»So ein Freak!«

»Bleib bloß weg von mir!«

»Fass mich nicht an!«

Ich schluckte schwer und versuchte, mir krampfhaft einzureden, dass jetzt alles anders werden und ich nicht länger das Opfer sein würde.

Mein Blick fokussierte sich auf die Augen meines Spiegelbildes. In ihnen entdeckte ich nicht einmal den Schweif eines Kometen. Nicht die kleinste Spur auf ein verstecktes Universum.

Dieses Mal werde ich mich nicht in die Opferrolle drängen lassen.
Dieses Mal werde ich Widerstand leisten.
Dieses Mal wird alles anders werden.

Viertes Kapitel

Finstere Vergangenheit

Sobald ich mit der Einrichtung meines Zimmers fertig war, stürmte ich die Stufen des Turms hinunter. Am Ende der Treppe schaute ich mich planlos um und fragte mich, aus welcher Richtung ich gekommen war.

Dieses Haus ist viel größer, als ich gedacht habe.

Offensichtlich war es groß genug, dass ich mich darin verirren konnte. Ich lief planlos durch das Haus, verlor mehrmals die Orientierung und landete schließlich atemlos in der Küche, in der Franny gerade etwas Undefinierbares in einer Bratpfanne umherschwingen ließ.

»Ich hoffe, du hast Hunger«, rief sie mir zu. Als Antwort darauf ertönte ein tiefes Knurren aus meinem Magen. »Dein Onkel kehrt gleich von der Arbeit zurück«, fügte sie hinzu, während ich mitten in der Bewegung verharrte.

Bis jetzt war ich noch nicht außerhalb der Klinik auf meinen Onkel getroffen und unweigerlich wurde ich nervös. Meine Tante bemerkte sofort die Veränderung und berührte sanft meinen Arm, als wollte sie mir Zuspruch spenden. »Er wird dich mögen, ganz bestimmt. Mach dir keine Sorgen.«

Ich erinnerte mich zurück an ihren gemeinsamen Besuch in der Nervenklinik. Franny hatte damals das Reden übernommen, wohingegen mein Onkel sich sehr zurückgehalten hatte. Selbst wenn ich mich anstrengte, konnte ich mir sein Gesicht nicht ins Gedächtnis rufen. Ein Rauschen legte sich über meine Ohren, sodass ich kaum noch etwas wahrnahm außer meinen eigenen sorgenvollen Gedanken.

Was, wenn er mich trotz allem nicht leiden kann?

Allerdings hat Franny mich sehr herzlich aufgenommen, warum sollte mein Onkel sich freuen?

Ich versuchte meine innere Ruhe zurückzuerlangen und lenkte mich von meinen aufkommenden Befürchtungen ab, indem ich den Tisch deckte. Als ich Franny bei der Zubereitung des Essens half, stellte sie schnell fest, dass ich kein Talent in Sachen Kochen besaß. Dafür beherrschte ich die Fähigkeit, Lebensmittel in der Pfanne verkohlen zu lassen, in absoluter Perfektion. Statt mich mit Vorwürfen zu bombardieren, lachte sie über meine Anfängerfehler.

Während der Klang unseres Lachens zu einer fröhlichen Melodie verschmolz, bemerkte ich erstaunt, dass ich mich dank meiner Tante bereits viel besser fühlte. Die Angst, die mich bei der Erwähnung meines Onkels heimgesucht hatte, war fast komplett verflogen. Es war so verdammt ungewohnt, aus dem strikten Klinikalltag ausgebrochen zu sein. Alles, was ungewohnt und neu war, jagte mir im ersten Moment eine Heidenangst ein. Hoffentlich verflog diese nervige Angelegenheit, sobald ich mich ein bisschen eingelebt hatte.

Wenige Minuten später hatte sie mich in ein Gespräch verwickelt, in dem sie mir erklärte, dass sie Hausfrau war und den Tag hauptsächlich mit Einkäufen, Putzen und Kochen verbrachte. Ich fragte sie, ob ihr das reichen würde, woraufhin sie mir ein müdes Lächeln schenkte.

»Manchmal denke ich darüber nach, ob ich nicht *mehr* aus mir hätte machen sollen.« Seufzend zwirbelte sie eine Haarsträhne zwischen ihren Fingerspitzen. »Aber als ich damals George traf, wirkte alles so einfach und unkompliziert. Es waren andere Zeiten als heute und ich konnte es gar nicht erwarten, ihn jeden Tag mithilfe meiner Kochkünste zu verzaubern und ihm ein wundervolles Zuhause, einen Rückzugsort zu bieten.«

Ich wartete einen Moment lang ab, ob meine Tante weiter ausholen würde. Stattdessen legte sich Stille über uns. Obwohl ich es nicht wollte, musste ich sie fragen: »Wolltet ihr nie Kinder haben?«

Franny lachte heiser auf und ließ eine Gabel fallen, die sie gerade aus dem Besteckkasten geholt hatte. Ihre Hände zitterten. Ich wagte es nicht, ihr in die Augen zu sehen, aus Angst, etwas zu entdecken, das mir nicht gefiel.

»Wir hatten bereits Pläne geschmiedet und alles lief einfach perfekt. Zu unserem völligen Glück fehlte nur noch der Familienzuwachs.« Sie atmete tief durch und stützte sich mit der Hüfte am Tisch ab, als würde sie ihren Beinen nicht mehr vertrauen.

»Du warst schwanger?«, hauchte ich, woraufhin meine Tante lediglich nickte. »Was ist passiert?«

»Ich hatte einen Unfall. I-ich war unvorsichtig und bin gestolpert.« Sie schlug die Hände vor dem Mund zusammen und ließ sich auf einen der Stühle fallen. Ihre Schultern bebten, doch über ihre Lippen kam kein einziger Laut. Franny weinte stumm, während ich tatenlos daneben ausharrte. Erst nach einer gefühlten Ewigkeit wagte ich es, mich zu bewegen, und setzte mich neben sie. Unschlüssig umfasste ich ihre Hand. Ihre klammen Finger krümmten sich um die meinen und hielten mich fest. Oder hielt ich sie? In diesem Moment war ich mir über gar nichts mehr im Klaren.

»Ich bin auf einer Treppe gestolpert«, flüsterte sie zwischen zwei Schluchzern. Mein Herz zog sich augenblicklich zusammen und ein unheilvolles Szenario formte sich in meinem Kopf. Es schnitt mir die Luft ab, als ich mir vorstellte, was damals passiert war.

Tränen verschleierten meine Sicht. Ich konnte sie nur mit Mühe und Not zurückhalten.

»Seitdem haben wir es nicht mehr …« Ich spürte, dass Franny noch etwas sagen wollte, aber die Worte nicht fand. Ich drückte ganz leicht ihre Hand zum Zeichen, dass ich sie dennoch verstanden hatte. Ihre Schultern sackten nach unten und ein Vorhang aus Haaren verschleierte ihr Gesicht. Ob vor Erleichterung oder Trauer konnte ich unmöglich sagen.

»Wir wussten sogar schon das Geschlecht.« Sie wandte sich mir zu. »Es sollte ein Mädchen werden. Wir haben uns auf den Namen Luna geeinigt. Weil George so besessen vom Nachthimmel ist.«

Luna und Stella.

Zwei Namen, die vom Kosmos stammen.

Ich erwiderte ihren Blick, auch wenn es mich meine letzten Kraftreserven kostete.

Wenn jemand dir seinen Leidensweg erzählt, dann musst du ihm verdammt noch mal zuhören und dabei in die Augen sehen. Andernfalls wirst du ihn niemals verstehen.

Ihr Universum war vor Kummer verhangen und von Tränen getrübt. Ich spürte eine Schwere in mir, als würde ich mit einbetonierten Füßen in einen See gestoßen werden und langsam zum Grund sinken. Nebel umwebte ihre Galaxis und verwandelte das bunte Farbparadies in ein graues Meer.

»Wir haben ihr einen Namen gegeben. Eine Persönlichkeit. Sie war schon da und irgendwie auch nicht, weißt du?« Die Stimme meiner Tante war zu einem leichten Lufthauch zusammengeschrumpft. Als hätte es ihr jegliche Kraft geraubt, mir von ihrer Geschichte zu erzählen.

Ich ließ meinen Daumen über ihre Hand kreisen und hoffte, sie so ein wenig zu beruhigen. Für ein paar Minuten saßen wir schweigend da und starrten das halb verkohlte und erkaltete Essen auf dem Tisch an. Plötzlich hatte die Mahlzeit jede Bedeutung für mich verloren. Alles, was jetzt noch zählte, war, Franny wieder glücklich zu sehen.

»Es tut mir so unendlich leid, dass ich dich schon an deinem ersten Tag mit solchen Dingen bombardiere. Ich ... ich habe das nicht gewollt und habe mir vorgenommen, dir Zeit zu geben, damit du dich einleben kannst, Stella. Es tut mir so ...«

Ich unterbrach sie schnell. »Wage es ja nicht, dich zu entschuldigen.«

Erstaunt sah meine Tante mich an.

»Ich bin froh darüber, dass du es mir erzählt hast. Dass du ehrlich zu mir bist. Und für die Wahrheit sollte sich niemand entschuldigen müssen.«

Ich ließ meine Hand aus der ihren gleiten, um die Arme zu öffnen und sie in eine Umarmung zu ziehen. Ihr Haar roch wie Orangen und Zimt, als ich es streifte. Sofort spürte ich, dass Franny Kraft aus dieser Geste schöpfte. Sie begann sich Stück für Stück aufzurichten und erlangte langsam ihre Kontrolle zurück.

Nach einiger Zeit löste sie sich von mir und meinte mit einem schwachen Lächeln auf den Lippen: »Sie wäre jetzt ungefähr in deinem Alter. Es ist schon so lange her ...« Ein Seufzen glitt über ihre zitternde Unterlippe. »Ich bin froh, dass du bei uns bist, Stella. Vielleicht kann ich durch dich das finden, was ich längst verloren geglaubt habe.«

Fünftes Kapitel
Erste Begegnungen

Wir saßen bereits eine halbe Stunde am Tisch und unterhielten uns, als plötzlich die Haustür mit einem unüberhörbaren Knarren aufschwang.

Sofort versteifte ich mich. Aus meiner Position war es mir nicht möglich zu erkennen, wer sich da näherte.

»Schatz, es riecht einfach wunderbar.« Ich hörte die Notlüge deutlich heraus. Schließlich war das Essen vollkommen verbrannt. Es roch in der Küche, als hätte jemand mit Schwefel gekocht. Dennoch rechnete ich es dem Mann hoch an, dass er meiner Tante ein Kompliment machte. »Du kannst dir ja nicht vorstellen, was für einen Hunger …« Der Rest des Satzes wurde von einem erschrockenen Zischen verschluckt.

Meine Tante warf einen warnenden Blick über meine Schulter, der dem Fremden galt. Schwere Schritte näherten sich und hielten hinter mir. Ich atmete tief durch, hob das Kinn an und wandte mich auf dem Stuhl sitzend zu ihm um.

Nicht die Fassung verlieren.

Mein Onkel, zumindest vermutete ich, dass es sich bei dem Ankömmling um ihn handelte, starrte mich hemmungslos an. In seiner Hand baumelte ein abgewetzter Aktenkoffer aus Leder. Er musste vor Schreck vergessen haben, ihn abzusetzen. Ich zwang mich dazu aufzustehen, sodass ich nicht unhöflich wirkte. Allerdings konnte ich dabei nicht verhindern, dass meine Beine vor Angst schlotterten, weil der Mann mich um gut zwei Köpfe überragte. Ich studierte sein Gesicht eingehender, vermied aber bewusst den Anblick seiner Augen.

Er besaß dichtes schwarzes Haar, das vom langen Arbeitstag ein wenig durcheinandergeraten war. Sein markantes Kinn untermalte seinen mahlenden Kiefer, der sich vor Unbehagen durchgehend

bewegte. Die Nase wirkte krumm, weshalb ich vermutete, dass sie im Laufe seines Lebens irgendwann einmal gebrochen worden war.
Plötzlich überfiel mich ein unerwünschter Gedanke:
Er ähnelt meinem Vater wirklich in keiner Weise ...
Und das soll sein Bruder sein?
Ich konnte einfach nicht widerstehen und riskierte einen winzigen Blick auf sein Innerstes. Einen Wimpernschlag später sah ich in seinen uralt wirkenden Augen eine schwach glühende Sonne, deren Licht seine Sterne und Himmelskörper nur bedürftig erwärmte. Das bedeutete wahrscheinlich, dass sich mein Onkel ausgebrannt fühlte. Gestresst und ausgelaugt.

Bevor ich tiefer in seinem Seelenleben forschen konnte, widmete er sich meiner Tante, indem er sie sanft zur Begrüßung küsste. Beschämt senkte ich den Kopf. Ich wollte diesen besonderen Moment der beiden nicht zerstören, weil ich zwanghaft versuchte, die Sternenkonstellation meines Onkels zu deuten.

Eine Sekunde später hatte sich George wieder zu mir umgewandt. »Du musst Stella sein! Willkommen in der Familie.« Er schenkte mir ein schüchternes Lächeln und tätschelte meine Schulter mit seiner großen Hand, als wäre ich ein scheues Reh, das er nicht verscheuchen wollte. Seine Berührung war wie ein Befreiungsschlag für mich und entspannte mich.

Worüber mache ich mir überhaupt Gedanken?
Er hegt offensichtlich keinen Groll gegen mich, weil ich in sein Familienleben eingedrungen bin.

Ich streifte seine Augen, bevor ich mich für die netten Worte bedankte. Ohne noch mehr Zeit zu verlieren, ließen wir uns am Tisch nieder und Franny begann, unsere Teller zu füllen.

Gabeln klirrten, Messer schabten über Keramik und mein Onkel gab zwischendurch wohlklingende Laute von sich, um zu zeigen, wie gut ihm die Mahlzeit schmeckte. Dabei war uns allen am Tisch klar, dass es verbrannt war.

»Heute ist es einfach extraknusprig«, meinte er zwinkernd, als ich kleinlaut gestand, dass ich an der dunklen Farbe unseres Abendessens schuld war. Dadurch zauberte er mir ein Lächeln auf die Lippen.

»Sag mal, Stella, was für Hobbys hast du eigentlich so?« Franny schien erleichtert zu sein, dass George und ich uns gut verstanden. Mir fiel ein Stein vom Herzen.

»Ich interessiere mich für Astronomie«, entgegnete ich vage.

»Oh! Also bist du auch eine Sternenseherin, genau wie deine Eltern und ich.« In den Augen meines Onkels leuchtete die Freude strahlend hell. »Ich finde die ganzen Konstellationen und Planeten wahnsinnig faszinierend!«

»Vielleicht kann ich dich ja mal durch mein Fernrohr schauen lassen.« Die Vorstellung, dass jemand Fremdes mein Heiligtum berührte, war ungewohnt. Außer mir hatte es sonst nur mein Dad berührt.

Meine Tante klatschte bei meinem Vorschlag begeistert in die Hände und begann kurz darauf den Tisch abzuräumen.

»Das müssen wir unbedingt bald in Angriff nehmen!« Die Euphorie meiner Tante war ansteckend. Ein breites Grinsen legte sich auf meine Lippen. »Ich kann es kaum erwarten.«

George betrachtete uns nachdenklich, doch auch er konnte ein Schmunzeln nicht verbergen. Plötzlich entfuhr mir ein Gähnen. Ich hatte gar nicht gemerkt, wie sehr mich der Tag ausgelaugt hat. Die ganzen Ereignisse rauschten an mir vorbei und hinterließen ein warmes Gefühl in meiner Magengrube.

Fühlt sich so heimkommen an?

»Du hattest einen anstrengenden Tag, du brauchst Ruhe. Spätestens um Mitternacht ist das Licht aus!« Frannys Lachfältchen verrieten mir, dass ihre strengen Worte scherzhaft gemeint waren. Also spielte ich mit und nickte eifrig.

Gleich darauf verschwand ich in meinem Zimmer. Sobald sich die Luke hinter mir geschlossen hatte, atmete ich tief durch. Ich hatte es geschafft. Ich hatte meinen ersten Tag in meinem neuen Zuhause überlebt. Ein erleichtertes Seufzen schlich sich aus meinem Mund, während ich durch den Raum eilte und eine Jogginghose aus dem Schrank holte. Ich suchte noch ein bisschen weiter und fand ein einfaches schwarzes Baumwollshirt. Die altbekannten Sachen versetzten mich zurück in eine Zeit, in der es gemeinsame Filmabende auf dem Sofa zusammen mit meinen Eltern gegeben und in denen Liebe und Behaglichkeit mich eingelullt hatten.

Nun lümmelte ich mich in einem Berg aus Kissen vor das riesige Fenster und befingerte die verschiedenen Sternenkarten neben mir, bevor ich eine von ihnen aus der säuberlich geordneten Reihe neben meinem Fernrohr hervorzog. Meine Finger prickelten und meine Augen glühten vor Freude, als ich die Zeichen und Symbole wiedererkannte, zusammen mit dem Datum, das in eine Ecke des Pergaments gekritzelt worden war. Die Karte zeigte die Konjunktion aller Planeten, eine gerade Reihe bestehend aus den Himmelskörpern, sodass von der Erde aus nur Mars und Venus sichtbar waren und die beiden den Rest des Sonnensystems verdeckten.

Ich fieberte diesem seltenen Ereignis schon seit Jahren entgegen. Der Tag, der 31. März, würde mein Tag sein. Ein lauer Frühlingsabend, eine einsame Wiese, ein klappriges Zelt und sonst nichts außer mir und den Konstellationskarten. So hatten mein Vater und ich es jahrelang gemacht, wenn wir das Universum gewissermaßen mit niemandem teilen wollten. Nun war es meine Aufgabe, diese Tradition fortzusetzen. Ich würde jede Sekunde dokumentieren, jede Minute auskosten und währenddessen an die Abende zurückdenken, die ich mit meinen Eltern verbracht hatte.

Ich werde es in Gedenken an sie tun.

Sie sind nicht tot.

Erst wenn ich sie vergesse, werden sie vollends von uns gegangen sein.

Erst wenn ich ihren Mörder gefunden habe, werde ich bereit sein, mich von ihnen zu verabschieden.

Sie waren lediglich wieder mit dem Kosmos verschmolzen. Ihre Universen waren Teil eines weitaus größeren Komplexes, weshalb sie garantiert vom Sternenhimmel auf mich hinabschauten. Sie würden mit ihren Sternenkindern, ihren Brüdern und Schwestern am Himmelszelt vereint sein.

Die Tränen, die mir die Wangen hinabrollten, bemerkte ich erst, als eine von ihnen auf der rissigen Oberfläche des Papiers in Tausende Wasserperlen zersprang und einen dunklen Fleck auf dem Pergament hinterließ. Mir entfuhr ein erbostes Zischen, während ich versuchte, das Wasser fortzuwischen.

Keine Chance ...

Der entstandene Sprenkel war geradezu winzig und kaum wahrnehmbar, doch ich wusste, dass er sich dort befand, und das machte es viel schlimmer, als es sein sollte. Ich legte die Karte vorsichtig zur Seite, fuhr über meine feuchten Wangen und vertrieb so die letzten Spuren meiner Trübsinnigkeit.

Dann trat ich auf das Fenster zu, an dem ich mein Fernrohr aufgebaut hatte. Bedächtig strich ich über die glatte Oberfläche, was schon zu einem Ritual geworden war. Danach ließ ich mich nieder, umfasste das Okular und justierte es, um den Weg zu meinen einzigen Freunden und ewigen Begleitern zu finden.

Der wolkenfreie Himmel ermöglichte mir eine geradezu perfekte Sicht auf verschiedene Sternbilder. Solche, die allen bekannt waren wie Kleiner und Großer Bär, aber auch solche, die meine Eltern und ich uns ausgedacht hatten. Die vielen unsinnigen Diskussionen mit meiner Mutter kamen mir in den Sinn und ich schmunzelte.

»*Wo siehst du denn da bitte ein Einhorn, Stella?*«

»*Na dort, da ist das Horn, hier die vier stelzenhaften Beine und da drüben der lange, majestätische Schweif!*«

»*Na schön.*« Meine Mutter lacht über meine Begründungen und überspielt sie daraufhin mit vorgetäuschtem Ernst, bevor sie meine Sternbilder in ihre Karten einträgt, als wären sie echte, existierende Sternzeichen.

Hinter mir ertönte ein Räuspern. Ich fuhr zusammen und rieb mir über die Augen, um die letzten Spuren meiner Tränen zu verwischen.

»Störe ich?« Die tiefe Stimme klang besorgt. Ich hatte gar nicht wahrgenommen, dass mein Onkel die Luke aufgestoßen hatte.

»Nein, nein. Alles in Ordnung«, krächzte ich, wobei meine vom Schluchzen geschädigten Stimmbänder eindeutig etwas anderes vermittelten. Die Bodendielen ächzten, als er sich mir näherte und sich schwerfällig neben mir auf den Boden niederließ. Ich thronte auf dem kleinen Kissenberg und wagte es nicht, mich zu bewegen. Einige Sekunden lang starrten wir vor uns hin, bis er sich mir zuwandte.

»Ich kann mir gar nicht vorstellen, wie schwer das alles für dich sein muss, Stella.« Seine rauen Worte krochen über meinen Arm und lösten eine Gänsehaut auf meiner ganzen Haut aus.

Ich zuckte mit den Schultern.

»Ich weiß nicht, ob ich oder Franny in dir irgendwelche ungewollten Erinnerungen auslösen, aber wir meinen es wirklich nur gut und möchten dir in dieser schwierigen Zeit zur Seite stehen«, flüsterte er eingeschüchtert, als würde die unangenehme Antwort einer Siebzehnjährigen seine Welt aus den Fugen heben.

Ich schüttelte den Kopf, seufzte auf und drehte mich meinem Onkel zu. »Ich weiß auch nicht. Womöglich löst du unbewusst Erinnerungen an meine Eltern aus. Und an all die damit verbundenen Schmerzen.« Je länger ich George ins Gesicht sah, desto mehr Gemeinsamkeiten zu meinem Vater entdeckte ich, die mir zuvor entgangen waren. Die lange Nase, die schmalen Lippen. »Es tut mir leid, wenn ich euch Schwierigkeiten bereite durch meine Anwesenheit. Das alles war ja schon ziemlich kurzfristig …« Die Worte brannten auf meiner Zunge. Die Gegenwart meines Onkels bedrückte mich und immer wieder verschmolz sein Abbild mit den Erinnerungen an meinen Vater.

»Sag so was nicht! Wir sind wirklich froh, dich hier bei uns zu haben.« Er warf mir ein aufmunterndes Lächeln zu, das ich erleichtert erwiderte. »Und ich denke, dass du und Franny euch sehr gut verstehen werdet. Sie ist jetzt schon vollkommen begeistert von dir.«

Der Knoten in meinem Inneren löste sich.

»Meinst du tatsächlich?« Ich wünschte mir nichts sehnlicher, als von meiner neuen Familie akzeptiert zu werden.

George nickte zur Bestätigung. »Ich habe mir außerdem eine kleine Überraschung überlegt, um dich hier willkommen zu heißen.«

Ich wurde auf der Stelle hellhörig. Natürlich hatte ich vorhin gemerkt, dass George seltsam auf meine Anwesenheit reagiert hat. Er schien ebenso überrumpelt von meinem Dasein gewesen zu sein, wie ich es von seinem Erscheinen war.

»Gibt es etwas, das du dir schon immer gewünscht hast? Irgendetwas, das deine Eltern dir nie erlaubt haben? Ich würde es dir ermöglichen, quasi als Willkommensgeschenk.«

Mein Mund hatte sich leicht geöffnet, allerdings wusste ich nicht, was ich erwidern sollte.

Sollte ich dankbar sein?
Oder höflich ablehnen?

Ich kannte meinen Onkel nicht gut genug, um auf sein Angebot einzugehen. George starrte mich neugierig an, als wäre er gespannt auf meine Antwort. Schließlich schlossen sich nach einigem Zögern meine Lippen und ich begann, langsam zu nicken.

»Lass dir ruhig Zeit mit deiner Entscheidung. Mir ist nur wichtig, dass du dich hier wohlfühlst.« George richtete sich auf, sodass ich gezwungen war, zu ihm aufzusehen. Unsere Blicke trafen sich und ich wagte es zum zweiten Mal an diesem Abend, seinen Kosmos zu deuten.

Die zuvor nur schwach leuchtende Sonne strahlte nun stark vor sich hin. Als hätte sie Energie getankt, in der Zeit, als George nach Hause kam. Vermutlich hatte er sich ein wenig ausgeruht nach dem Essen und seine Kraftreserven aufgefüllt. Das spiegelte sich in seinem inneren Universum. Das ruhige Licht verbreitete seine Strahlen in der Galaxis und erhellte jeden Winkel. Selbst dort, wo der Schein das Nichts berührte, schimmerten die Schatten sanft. Als wäre er vollkommen entspannt und mit sich im Reinen. Er wirkte geradezu wie ein anderer Mensch.

Ich runzelte verwirrt die Stirn und konnte mich nicht von dem Anblick losreißen. Wie war es möglich, dass sich ein innerer Kosmos innerhalb weniger Stunden derart veränderte? Er behielt normalerweise seine Grundstrukturen bei und variierte lediglich in Kleinigkeiten wie dem Hinzukommen eines Planeten oder dem Sterben und Verglühen von Sternen. Anstatt meinem Onkel zu antworten, taxierte ich ihn.

Diese Person hatte sich gewandelt, wenn nicht äußerlich, so doch im Inneren.

»Ich … ich denke, wir müssen uns alle noch aneinander gewöhnen. Aber ich weiß es sehr zu schätzen, dass du dir so viele Gedanken machst.«

Urplötzlich schloss mein Onkel mich in seine kräftigen Arme. Die Umarmung überrumpelte mich, ich reagierte jedoch schnell genug, um ihn hastig an mich zu drücken, bevor er sich von mir distanzierte.

»Vielleicht sind wir *jetzt* noch keine richtige Familie. Aber wir wachsen schließlich an unseren Aufgaben. Und irgendwann gehören wir alle so zusammen, dass wir uns gar nicht vorstellen können, wie es vorher war.«

Bei seinen Worten versteifte ich mich. Natürlich wollte ich dazugehören, aber meine Vergangenheit sollte nicht in Vergessenheit geraten. Ich würde mich immer an das *Vorher* erinnern. An meine Eltern.

Als mein Onkel George sich vollständig von mir löste, strahlte sein warmes Lächeln mit der Sonne in seinen Iriden um die Wette. Meine Miene war hingegen in Stein gemeißelt.

»Irgendwann wirst du mich allerdings noch durch dein Teleskop schauen lassen müssen.« Er deutete auf die am Boden verteilten Sternenkarten und das Fernrohr, das auf den Nachthimmel ausgerichtet war.

Ich nickte steif. Die Treue zu meinen Eltern kämpfte gegen den Wunsch, der Teil einer neuen Familie zu werden. Ich fühlte mich zerrissen und verloren. Anstatt mich in eine Richtung zu bewegen, verharrte ich auf der Stelle.

»Du solltest schlafen. Es war ein harter Tag für uns alle.« George hob die Luke an und trat den Rückzug an, ließ mich sprachlos auf dem Kissenberg zurück.

Ich lauschte, bis er die Stufen des Turms hinunterstampfte, bevor ich mich auf die Beine kämpfte und ins Bett schlüpfte. Die weiche Daunendecke erwärmte meine kalten Glieder schnell.

Das milchige Licht des Mondes und der Schein der Sterne fielen in mein Zimmer und erhellten es auf eine mystische Art und Weise. Die Schatten wurden tiefer und länger, die Kontraste stärker und stechender, die Unendlichkeit absorbierte alle Farben. Ich konnte die bleiernen Lider kaum offen halten, bald driftete ich in den Schlaf ab. Derart entspannt hatte ich seit der Nacht vor der Ermordung meiner Eltern nicht mehr geschlafen. Ich war endlich zur Ruhe gekommen.

Sechstes Kapitel
Farben des Kosmos

An einem Freitagmorgen machte ich mich das erste Mal auf den Weg in die Innenstadt. Unter dem Arm hatte ich einen unscheinbaren Karton geklemmt, dessen Inhalt mich mit freudiger Unruhe erfüllte. Ich hatte mich endlich getraut, meinem Onkel meinen Wunsch mitzuteilen: mir die Haare zu färben. Das strahlende Weißblond, das meine Eltern immer bewundert hatten, gehörte zu der alten Stella.

Ich war in der Zwischenzeit zu einem neuen Menschen geworden, der noch in seiner alten Hülle steckte. Es wurde Zeit, dass ich etwas daran änderte.

George hatte zuerst protestiert, aber schließlich eingelenkt und mir die gewünschten Farben im Internet bestellt. Franny wusste noch nichts von der ganzen Aktion. Vielleicht hätte sie versucht, mich davon abzuhalten. Deshalb hatte ich es ihr verschwiegen und George das Versprechen abgerungen, ihr nichts zu sagen.

Denn ich musste meinen ganzen Mut zusammenzukratzen, um die Sache überhaupt durchzuziehen. Hätte mir jemand in meine Entscheidung reingeredet, hätte ich vermutlich einen Rückzieher gemacht.

Es dauerte eine knappe halbe Stunde, bis ich den Laden gefunden hatte. Dabei befand er sich nur zwei Straßen von unserem Haus entfernt. Ich verbuchte das als mittelmäßigen Erfolg. Mein Orientierungssinn war ein Desaster. Nicht einmal Google Maps konnte mir weiterhelfen.

Unsicher stieß ich die gläserne Eingangstür auf, woraufhin mehrere Glöckchen über meinem Kopf anfingen zu bimmeln. Im selben Moment schlug mir der Geruch von Haarschaum, Shampoo und diversen Haarpflegeprodukten entgegen, die wohl nach Erdbeere, Maracuja oder Orange duften sollten, stattdessen allesamt künstlich rochen. Ich wandte mich zu einem neben der Tür aufgebauten Tresen und lächelte die dahinter sitzende Frau höflich an.

»Guten Tag, mein Name ist Stella Marks. Ich habe einen Termin.« Meine Stimme klang zu hoch. Das tat sie immer, wenn ich nervös war. Unauffällig räusperte ich mich und versuchte das Zittern meiner Hände zu überspielen, indem ich mir eine Haarsträhne hinters Ohr strich. Die Frau bemerkte meine Unruhe glücklicherweise nicht und deutete entnervt auf eine Sitzecke in der Ecke des Raumes.

Das bedeutet wohl, dass ich noch eine Weile warten soll.

Während die Fremde meinen Namen aus dem vor ihr aufgeschlagenen Terminkalender strich, machte ich mich schleunigst auf den Weg zu der gemütlich aussehenden Sitzecke. Kaum wollte ich mich in einem der Sessel niederlassen, stürmte auch schon eine schlanke, junge Frau auf mich zu. Sie trug ein schwarzes Polohemd, auf dem in goldenen Fasern das Logo des Friseursalons aufgestickt worden war.

»Hi, du musst Stella sein. Ich bin Stacey, deine heutige Partnerin in Crime.« Sie zwinkerte mir zu. In ihren Iriden rasten Kometenschweife und Sternschnuppen um die Wette, ein eindeutiges Signal für Leidenschaft und Aufregung. Strahlend bunte Planeten drehten sich viel zu schnell um die eigene Achse, sie schienen keiner festen Laufbahn anzugehören. Sicherheit und Beständigkeit fehlten also in ihrem Leben. Ich zog die Stirn kraus. Stacey war leicht zu lesen, da sie offensichtlich nichts zu verbergen hatte. Ihre warm blickenden braunen Augen spiegelten das breite Lächeln ihrer Lippen wider. Zudem waren ihre kurzen blonden Haare zu wilden Locken aufgedreht und standen ihr chaotisch und wirr vom Kopf ab. Ich mochte sie auf der Stelle.

»Hey, ja richtig, ich bin Stella.«

»Wow, du hast so eine tolle Ausstrahlung. Und deine Haare ...« Sie warf einen sehnsüchtigen Blick auf meine weißblonden Wellen und gab ein leises Seufzen von sich. Ich fragte mich gerade, was sie wohl für eine Ausstrahlung meinte, als sie schon weiterplapperte: »... Für solche Haare würden manche Menschen töten. Und deine Augenfarbe erst! Die ist ja megakrass. Trägst du Kontaktlinsen?«

Ihre aufgedrehte Art überrumpelte mich etwas, weshalb ich bloß ein Nicken zustande brachte. Es war vielleicht tatsächlich besser, wenn sie das dachte.

Sie führte mich zu einem drehbaren Ledersessel vor einem hohen Spiegel, der mir ein letztes Mal mein altes Ich offenbarte. Ich stellte den Karton vor mir ab. Sofort lenkte sich Staceys Aufmerksamkeit auf die kleinen Tuben voll Farbe, die sich darin befanden. Sie fuhr über die Etiketten, starrte mich prüfend an und meinte schließlich: »Ja, das sollte machbar sein.« Dann hängte sie ein weißes Laken vor den gigantischen Spiegel für den Überraschungseffekt. Die Aufregung stieg an. Erneut begannen meine Handflächen zu jucken und meine Finger verknoteten sich ineinander, um sich gleich darauf wieder zu entwirren.

Du wolltest es so. Nun gibt es kein Zurück.

Ich musste das hier aussitzen, auch wenn ich zugegebenermaßen nicht mehr ganz so überzeugt von meinem Vorhaben war wie zuvor.

Was, wenn es grässlich aussieht?
Oder mir nicht steht?
Ich würde zum Gespött der Leute werden!

Um den verhangenen Spiegel nicht länger betrachten zu müssen, senkte ich meine Lider und konzentrierte mich auf das Gedudel des Radios im Hintergrund.

Es dauerte drei Stunden, bis die Friseurin meine Haare gewaschen, mit den Farben bestrichen und diese hatte einwirken lassen. Danach wurden die Farbreste aus meinen Haaren gespült und die Tuben vollkommen aufgebraucht. Zum Schluss war Stacey nervlich ebenso am Ende wie ich. Allerdings übertraf die Neugierde auf das Ergebnis die Strapazen bei Weitem.

»Bereit?« Ihr Lächeln ging auf mich über und ich grinste zurück.

»Bereit«, erwiderte ich, bevor Stacey mit einem euphorischen Aufschrei das Laken vom Spiegel löste. Der Stoff segelte zu Boden und gab die Sicht frei auf mein neues *Ich*.

Ich riss die Augen auf, mein Kiefer klappte nach unten und ich stand schließlich ungläubig auf.

»Wahnsinn«, hauchte ich fassungslos, während Stacey mich gespannt beobachtete.

»Es gefällt dir! Es gefällt dir! Es gefällt dir, oder? Sag, dass es dir gefällt!«, drängte sie.

Mein zuvor fast weißes Haar strahlte nun in allen Farben des Himmels, des Universums, so wie ich es mir nicht einmal in meinen kühnsten Träumen hatte vorstellen können. Am Ansatz waren meine Haare türkis gefärbt, was in den Spitzen in einen helleren Fliederton überging. Unter der oberen Farbschicht befanden sich noch weitere, deren Farbtöne von Violett über Pink bis hin zu einem dunklen Lila reichten.

Ein freudiges Hüpfen in der Brust brachte meinen ganzen Körper zum Zappeln, während mir das Spiegelbild ein Lächeln auf die Lippen zauberte. Ich vergrub die Fingerspitzen in den Locken und bewunderte, wie weich sie sich anfühlten. Als würden samtene Wellen durch meine Finger gleiten und ein Kribbeln auf der Haut hinterlassen.

Ich liebte es und fand es einfach atemberaubend schön.

Meine gesamte Gestalt wirkte zwar weiterhin blass und hell, doch zugleich trug ich endlich zur Schau, wer ich wirklich war, welche Tiefen sich in meinem Gedächtnis verbargen. Und das, ohne mich vollkommen zu offenbaren. Schließlich durfte meine Gabe nie an die Öffentlichkeit gelangen, wenn ich nicht wieder in der Klinik landen wollte.

Aber ich hatte mich niemals mit meinem Körper so verbunden gefühlt wie in diesem Augenblick. Kurzerhand umarmte ich Stacey.

»Danke! Vielen, vielen Dank! Du weißt gar nicht, wie viel mir das bedeutet«, wisperte ich.

»Ich kann es mir denken, Kleine. Genieß es und lass dir von niemandem einreden, dass es die falsche Entscheidung war. Denn offensichtlich war es das nicht.« Sie tadelte mich mit dem Zeigefinger, aber zeitgleich schenkte sie mir ein warmes Lächeln.

Ich nahm mir ihre Worte zu Herzen, gab ihr viel Trinkgeld und verabschiedete mich von ihr, bevor ich den Heimweg antrat.

Selbst auf dem kurzen Weg zu meinem neuen Zuhause wurde ich mit befremdlichen Blicken befeuert, die allesamt meine Haare betrafen. Die Nachbarin, die mit ihrem Pudel spazieren ging, quittierte meine Erscheinung mit einem Naserümpfen und die Leute, die vor der Bäckerei gegenüber warteten, verfolgten mich über mehrere Meter hinweg mit ihrem Starren.

Es war mir egal.

Ich hatte mich lange genug vor der Welt versteckt und mich den Wünschen der anderen gebeugt. Nun trug ich meine Persönlichkeit mit Stolz und würde mir diese Errungenschaft nicht von intoleranten Seelen nehmen lassen.

Meine Euphorie blieb mir zum Glück bis zur Haustür erhalten. Nun hieß es: *Tief durchatmen. Nichts kann dich aus der Ruhe bringen.*

Franny war bestimmt von ihrem Einkaufsbummel heimgekommen und wartete auf mich. Vor meinem Aufbruch hatte ich ihr eine Notiz auf dem Küchentisch hinterlassen, damit sie sich keine Sorgen machte. Beim Öffnen der Tür kam mir ein Duftschwall von Auflauf oder irgendeiner anderen kulinarischen Besonderheit entgegen, die mir das Wasser im Munde zusammenlaufen ließ.

»Franny? Ich bin wieder da!« Unsicheren Schrittes näherte ich mich der Küche, aus der ich beschäftigtes Klappern verschiedener Töpfe und Pfannen erklingen hörte.

»Ich bin in der Küche, Liebes«, schallte es überflüssigerweise zurück. Sobald ich im Türrahmen stand und Franny sich mir zugewandt hatte, war das Mittagessen komplett vergessen. Eine leere Pfanne prallte auf den gefliesten Boden und durchbrach die Stille. Der schockierte Blick meiner Tante war auf meine Haare gerichtet.

»Schätzchen, was …?« Die unausgesprochene Frage schwebte zwischen uns.

Was hast du nur angestellt?
Was hast du dir dabei nur gedacht?
Was zur Hölle soll das da auf deinem Kopf darstellen?

Dann sah sie mich endlich an und ich erkannte in ihrer Galaxie keine noch so dünne Spur von Unzufriedenheit, Missgunst oder gar Verachtung. Stattdessen blitzten Stolz und Freude in der Konstellation ihrer Himmelskörper auf. Nun war ich diejenige, die verwirrt dreinschaute. Ich hatte mit allem gerechnet, nur nicht damit.

»Endlich kommst du aus deinem Schneckenhaus raus!« Ihre Sonnen strahlten vor Freude. »Es ist perfekt. Das bist eindeutig du«, hauchte sie, überbrückte die Distanz zwischen uns und schloss mich in ihre Arme. Ihre Wärme vertrieb die Kälte des Winters.

»Ich habe mir schon Sorgen gemacht, weshalb du den ganzen Morgen nicht zu erreichen warst. Aber jetzt bin ich erleichtert«, murmelte sie, ihre Lippen strichen über meine galaktisch gefärbten Haare. Schließlich klopfte sie mir sanft auf die Schulter und hob die Pfanne auf.

»Du hast mich zugegebenermaßen ein wenig erschreckt, ich dachte schon, ein Einbrecher hätte sich zusammen mit dir hereingeschlichen«, gestand sie. Ich war noch zu perplex, um zu reagieren. Offenbar gefiel es ihr *wirklich*. Sie tat nicht nur so. Nach den vielen missgünstigen Blicken auf dem Heimweg war die Vorstellung, dass Franny meine neue Frisur tatsächlich mochte, geradezu absurd.

»Das kann ich mir denken.« Ich sah betreten zu Boden. Wieso hatte ich geglaubt, dass ausgerechnet Franny meine Pläne vereiteln und mich von meinem Vorhaben abhalten wollte? »Tut mir wirklich leid, dass ich nichts gesagt habe ...«

Sie nahm meine Entschuldigung ohne Murren an. »Ach, papperlapapp! Du brauchst dich nicht zu rechtfertigen, Stella. Du bist alt genug, du wirst noch genügend dumme und waghalsige Entscheidungen in deinem Leben treffen, vor denen ich dich bewahren werde.«

Erleichterung durchflutete mich.

Beim gemeinsamen Zubereiten des Essens scherzten wir wie gewohnt über meine schlechten Kochfertigkeiten. Zwischenzeitlich bewunderte Franny meine neue Haarfarbe und erklärte mir, dass Onkel George wie immer erst heute Abend nach Hause kommen würde. Ich war gespannt auf seine Reaktion. Schließlich wusste er von meinem Plan und hatte ihn abgesegnet. Aber das Ergebnis überraschte ihn bestimmt trotzdem.

Was er wohl für ein Gesicht machen wird?

»Alscho damit wirscht du definitiv an deinem erschten Schultag auffallen«, nuschelte Franny, während sie einen mit Chili con Carne befüllten Löffel in ihren Mund schob.

Ich brachte lediglich ein resigniertes Schulterzucken zustande. Die Schule würde für mich erst in einigen Tagen beginnen. Bis dahin wollte ich meine *Schonfrist* ausnutzen.

»Sollen sie nur starren. Ich habe mich lange genug versteckt«, gab ich zurück. Die Härte in meiner Stimme entging Franny natürlich nicht. Sie warf mir ein ermutigendes Lächeln zu.

»Das ist die richtige Einstellung. Und falls es dir trotzdem zu viel wird, dann kannst du jederzeit nach Hause kommen und dir eine ordentliche Portion Schokoladeneis mit mir zusammen auf der Couch gönnen.«

Die Vorstellung, mit Franny gemütlich auf dem Sofa zu sitzen und Süßspeisen zu naschen, erinnerte mich unweigerlich an meine eigene Mom. Wir hatten so etwas andauernd gemacht. Auf der Couch gelümmelt, Eis gegessen und Liebesfilme angesehen. Ein schmerzhaftes Ziehen zuckte durch meinen Brustkorb. Ich schloss kurz meine Augen.

Das alles ist vergangen.
Du musst es vergessen, zumindest für den Moment.
Tief durchatmen.

Ich atmete mehrmals schnell ein und dann in einem einzigen Atemzug langsam aus. Das war eine der Atemübungen, die Doktor Brown mir gezeigt hatte. Innerhalb weniger Augenblicke hatte ich meine Gefühle wieder unter Kontrolle und wagte es, die Lider zu heben. Franny hatte nichts von meinem kurzen Ausrutscher in die Vergangenheit mitbekommen. Vermutlich war das auch besser so.

»Das klingt wirklich verlockend«, erwiderte ich gespielt nachdenklich.

»Wage es ja nicht zurückzukommen, nur weil du Eis essen willst!« Sie schwenkte mit ihrem Löffel vor meiner Nase herum.

»Soll das etwa eine Drohung sein?«

»Wer weiß, wenn du es drauf anlegst ...«

Ich schüttelte den Kopf und befasste mich mit den viel zu scharf gewürzten Bohnen auf meinem Teller. Ein Grinsen konnte ich dabei nicht verstecken.

Ich war stark und hatte keinen Grund dazu, in der anonymen Masse unterzugehen. Im Gegensatz dazu würde ich zum ersten Mal in meinem Leben zu mir selbst stehen.

Ob ich mit so viel Aufmerksamkeit umgehen konnte?

Ich schüttelte alle negativen Gedanken von mir wie eine lästige Berührung und konzentrierte mich stattdessen darauf, mein Mittagessen hinunterzuschlingen, ohne anzufangen, Feuer zu speien. Womöglich hatte ich es mit dem Chiligewürz etwas übertrieben.

Ich lag mit dem Rücken auf dem Bett und starrte die wallenden Tücher an, die wie Segel über meine Wand gespannt waren. Die feinen dunklen Stoffe und goldenen Verzierungen ließen mich unweigerlich an den

Nachthimmel denken. Sofort sehnte ich mir den Abend herbei. Ich fuhr durch meine Haare, die nun die gleichen Farben besaßen wie das wertvolle Gewebe über mir. Ohne es zu wollen, dachte ich zurück an die endlosen Stunden, die meine Eltern und ich unter den Segeln der Himmelsstoffe verbracht hatten. An das, was sie mir beigebracht hatten über mich, meine mysteriöse Gabe und das über uns wachende Universum.

Das Universum ... es ist ewig, es ist unendlich.
Es steckt in jedem von uns.
Und du kannst es sehen, Stella.
Wir alle sind genauso alt und grenzenlos wie die Galaxie, die uns umgibt.
Denn Materie, das, woraus wir geschaffen sind und was unsere Welt im Innersten zusammenhält, kann weder erschaffen noch zerstört werden ...

Ich atmete tief durch. Eiskalte Luft strömte in meine Lungen und zerschnitt mich von innen. Ich kämpfte mit den Tränen, die die wiederkehrenden Erinnerungen in mir auslösten. Das Vermächtnis der sanftmütigen Stimme meines Vaters, die in meinem Kopf echote, trieb mich beinahe in den Wahnsinn. Ich hob die zitternden Hände vors Gesicht und ihr Schatten verbarg meine hervorquellenden Tränen.

Das Licht der 149 600 000 Kilometer weit entfernten Sonne ist ungehindert durch das All geströmt. Es hat unzählige Sterne und Planeten passiert. Sein einziges Hindernis in über tausend Lichtjahren bist du. Du brichst das Licht. Dein Schatten ist der Beweis.

Die Magie steckt im Alltäglichen, Stella, selbst in deinem Schatten. Vergiss das niemals.

Ich schluchzte ungehalten auf, verdeckte mein Gesicht und versuchte, die seelenzerfetzende Stimme aus meinem Kopf zu verbannen ... zwecklos. Mein Herz spaltete sich, während die aufkommenden Erinnerungen in der frischen Wunde wie Säure brannten. Ich fasste an meine Brust, um den Schmerz zu kontrollieren, doch wer konnte das schon?

Vergiss das niemals ...
Vergiss das niemals ...

Vergiss uns niemals.

Siebtes Kapitel

Allein

Ich wusste nicht, wie lange ich dort gelegen und ihren für alle Ewigkeit verstummten Stimmen gelauscht hatte. Mir war nur bewusst, dass es mein Herz zerriss und nichts als eine leere, aufgebrauchte Hülle hinterließ, die sich Körper nannte. Als Franny zum Abendessen nach mir rief, tauchte ich nicht auf. Ich fühlte mich grauenhaft, der Rückschlag hatte mich total aus der Bahn geworfen.

In der Klinik hatte ich ähnliche Anfälle gehabt. In meinen Träumen hatte ich das klingelnde Lachen meiner Mutter oder die Räusperer meines Vaters vernommen. Nachts war ich schwer atmend erwacht und hatte mein Zimmer nach verlorenen Seelen abgesucht. Dagegen hatten nur die Schlaftabletten geholfen. Ich erinnerte mich daran, dass Doktor Brown mir eine kleine Ration an Pillen mitgegeben hatte. Momentan sehnte ich mir nichts mehr herbei als die betäubende Wirkung des Schlafes.

Vermutlich waren die vertrauten Gegenstände und Objekte für meinen Rückfall verantwortlich. Der Schmerz der Erinnerung hatte sich in mein Herz gebrannt und sein Siegel hinterlassen.

Ich kauerte mich wie am Abend zuvor auf meinen Kissenberg und betrachtete traurig den Sonnenuntergang. Einzig und allein der Gedanke, dass auf der anderen Seite der Welt jemand vor seinem Fenster stand und den Aufgang ebendieser Sonne beobachtete, tröstete mich.

Eine Sonne.
Ein Untergang, zugleich ein Aufgang.
Ende und Anfang.
Tod und Leben.
Wie konnte diese grausame Harmonie nur über mehrere Jahrmilliarden bewahrt werden?

Die Melancholie pumpte kühles Gift durch meine Adern. Bald würde die Nacht kommen und ich würde den lang ersehnten Trost finden in der Gegenwart meiner alten Freunde, den Sternen ...

Auch sie verändern sich tagtäglich, stündlich, sekündlich.

Nicht jedes Sternenlicht hat das gleiche Alter oder den gleichen Ursprung. Die von uns zu sehenden Sterne können Billiarden von Lichtjahren voneinander entfernt sein, auch wenn sie zeitgleich am Firmament erstrahlen.

Der Nachthimmel ist keine Momentaufnahme des Universums, kein einziger, unbedeutender Augenblick, sondern eine Zusammenfügung verschiedener Zeitlinien in ihrer gesamten Breite und Vielfältigkeit.

Selbst das Universum war in sich gespalten. Wie konnte ich bloß davon ausgehen, dass meine zerbrochenen Seelenfragmente ein Ganzes bildeten? Wie hatte ich nur denken können, dass meine eigenen, tiefgreifenden Risse heilen würden? Dass meine brennenden Wunden keine Narben hinterlassen würden? Dass ich mein Leben unbeirrt fortführen könnte?

Die Antwort war: *Ich enttäuschte jegliche Erwartungen an mich. Insbesondere meine eigenen.*

Ich saß steif da und wartete auf den Einbruch der Nacht, auf die aufziehende Schwärze, auf die blitzenden und funkelnden Sterne. Ihr Anblick würde mich trösten, meinen Kummer niederringen und meine geschundene Seele besänftigen. Ich wünschte sie mir mehr denn je herbei.

Sie kamen nicht.

Wolken verschluckten den Mond und sein strahlendes Licht, das normalerweise selbst meine düstersten Stunden erhellte. Nicht in dieser Nacht. Mir wurde keine Gnade gewährt. Ich war allein. Allein mit meinen ungewollten Gefühlen und meinem zerrütteten Verstand.

Ich kämpfte mich nach stundenlanger Warterei auf die Beine. Sie zitterten unkontrollierbar und ich schaffte es gerade noch, zum Bett zu wanken. Die weiche Matratze federte den harten Fall ab, doch sie dämpfte meine inneren Qualen nicht. Ich spürte die Müdigkeit in mir aufsteigen und erlag ihr kampflos. Die unbedeutende Dunkelheit meiner Träume war eine willkommene Abwechslung zu der trostlosen Realität, die mich umgab.

Mitten in der Nacht weckte mich leises Gemurmel. Zuerst hielt ich es für einen Teil des abstrusen Traumes, den ich vorher gehabt hatte. Allerdings verschwanden die Stimmen nicht, auch als ich langsam wacher wurde.

Sobald ich genauer hinhörte, erkannte ich den tiefen Bariton von George und die hohe Stimme von Franny. Sie kamen aus dem Flur unterhalb meines Zimmers. Vorsichtig setzte ich mich auf und starrte in die Dunkelheit. Meine Augen gewöhnten sich schnell an die dürftigen Lichtverhältnisse. Die Bodenluke zu meinem Zimmer war geöffnet. Deshalb hörte ich die Stimmen so überdeutlich.

Ich zögerte und haderte mit der Frage, ob ich mich gegenüber meinem Onkel und meiner Tante offenbaren sollte. Schließlich floss ein resigniertes Seufzen über meine Lippen, bevor ich die Decke zurückschlug und auf die Luke zutapste. Vielleicht hatte ich Glück und fand durch die Unterhaltung zwischen den beiden heraus, was sie mitten in der Nacht hierhertrieb.

»Franny, Schatz, was tust du hier? Warum warst du in Stellas Zimmer?« Die bemüht leise Stimme meines Onkels strich mir über die Haut und erzeugte eine leichte Gänsehaut. Ich hoffte inständig, dass sie nicht bemerkten, dass ich wach war und ihr Gespräch belauschte.

»Ich ... ich weiß auch nicht, George. Ich hatte so ein Gefühl. Als müsste ich für sie da sein.« Meine Tante klang so unendlich traurig, dass es mir erneut das Herz aus der Brust riss.

Ich trieb all meine Willenskraft auf, um nicht die Treppe hinunterzustürzen, ihr in die Arme zu fallen und sie zu trösten. Meine eigenen seelischen Schmerzen traten innerhalb eines Atemzugs in den Hintergrund.

»Sie war nach dem Mittagessen so ruhig und ist nicht mehr aus dem Zimmer gekommen. Stella hat sich total zurückgezogen von mir.«

Ich habe getrauert.

Um meine Eltern und die verschwundenen Sterne.

»Erinnerst du dich an den Psychiater, mit dem wir gesprochen haben?«, raunte George und sofort wurde ich hellhörig.

Da Franny nichts erwiderte, schätzte ich, dass sie lediglich zu nicken wagte.

»Sie ist eine Traumapatientin. Das dürfen wir auf keinen Fall vergessen. Die Flashbacks können sie immer wieder einholen. Denk nur daran, wie glücklich sie heute Morgen war und wie aufgelöst noch vor wenigen Stunden. Sie wird nicht in der Lage sein, allein damit umzugehen. Irgendwann wird alles über sie hereinbrechen. Wir müssen für sie da sein und aufpassen.«

Meine Tante fuhr zu ihm herum, was ich anhand der Geräusche ihrer Schritte auf den hölzernen Dielen und dem Rascheln ihrer Kleidung erahnte. Inzwischen befand ich mich fast am Fuße der Treppe. Höchstens ein Meter und die Wand trennten mich von Franny und George. »Wir werden für sie da sein, egal, wie schwer der Aufstieg aus diesem Abgrund sein wird. Wir begehen diesen steinernen Weg zusammen. Für sie, mit ihr zusammen. Stella ist nun ein Teil unserer Familie. Niemand wird zurückgelassen.«

Für diese lieben Worte hätte ich sofort um die Ecke springen und Franny mit Küssen übersäen können. Entgegen all meinen Befürchtungen war ich nicht allein. Ich hatte liebende Menschen an meiner Seite, die bereit waren, mir zu helfen und meine Krisen zu verstehen.

Ich war kurz davor, mich den beiden gegenüberzustellen und ihnen zu danken. Bevor ich einen Schritt nach vorn machen konnte, seufzte Onkel George und wisperte: »Was ist eigentlich mit den Tabletten? Die Pillen, die ihr verschrieben wurden? Würden die ihr nicht helfen?«

Oh.

Sie sprachen von meinen Schlafmitteln. Die von ihnen ausgelöste Taubheit war eine willkommene Abwechslung zu den herzzerfetzenden Erinnerungen, die mich heimsuchten. Ich wollte Klarheit bewahren und dennoch mein Gedächtnis nicht so sehr benebeln, dass ich absolut gar nichts mehr fühlte. Die Medikamente halfen mir dabei, zur Ruhe zu kommen, wenn mein Kopf sein Gedankenkarussell fuhr.

Allerdings wusste ich auch, dass sie sich irrten. Die Ärzte, Psychiater und selbst mein Onkel und meine Tante hatten keinen Schimmer, wie tief meine Trauer und mein Frust reichten. Nicht einmal die Unendlichkeit des Universums schien mir angemessen für meinen Verlust. Keine Medikamente, keine Tabletten, keine Pillen könnten diese Schäden je bereinigen, geschweige denn komplett beseitigen.

Es gab nur eine Möglichkeit, die mir Erlösung bescheren würde: indem ich den Mörder meiner Eltern fand. Nur auf diese Weise konnte ich die ganze Angelegenheit begraben. Ich musste einfach den Grund erfahren, warum das alles passiert war. Vorher würde ich nie zur Ruhe kommen.

Doch bis dahin war es ein langer Weg. Ich konnte nicht einfach aus dem Haus rennen und anfangen zu suchen. Nein, ich brauchte einen Plan. Mein Vertrauen in das Universum bestärkte mich, dass ich mich bereits auf dem richtigen Pfad befand. Meine Gabe würde mir helfen, den Tod meiner Eltern nachvollziehen zu können, dessen war ich mir sicher.

Vorher musste ich mir jedoch das Vertrauen meines Onkels und meiner Tante verdienen.

»Das sind Schlafmittel, Schatz. Die spenden ihr Frieden. Zumindest kurz. Mach dir darüber keine Sorgen, das ist alles von den Ärzten abgesegnet. Lass uns endlich wieder ins Bett gehen.«

Ohne ein weiteres Wort zu verschwenden, machten sie auf dem Absatz kehrt und verschwanden am Ende des Flurs in ihrem Schlafzimmer.

Als ich mich nach minutenlanger Warterei umwandte und die Treppe erklomm, war mein Zimmer leer und unberührt wie zuvor. Es gab keine Anzeichen, die auf die Anwesenheit meiner Tante hindeuteten.

Die winterliche Januarkälte bohrte sich wie winzige eisige Speere in die Haut meiner nackten Beine. Ich ignorierte das stechende Kribbeln, das sich von meinen Zehen in meinem ganzen Körper ausbreitete, und trat auf das Fenster zu. Mein Zimmer war erleuchtet von einem bläulichen Licht, das die eisigen Temperaturen noch greifbarer wirken ließ.

Sobald ich durch das Fensterglas hinausspähte, sog ich erstaunt die mich umgebende Luft ein. Die Wolkendecke hatte sich verzogen und der Mond strahlte in seinem vollen Glanz zu mir hinab, als wollte er sich dafür entschuldigen, in meinen schweren Stunden nicht da gewesen zu sein. Die Sterne blinkten und blitzten auf, kräftiger noch als in der vorherigen Nacht. Eine sanfte Leuchtspur zog sich über den Nachthimmel und staunend erkannte ich die Milchstraße. Ich ließ mich nieder, ohne den Blick abzuwenden, und betrachtete das über mir leuchtende Sternenmeer. Ich spürte ihren Glanz auf meiner Haut und ihr Licht in meinem Herzen.

Wie habe ich nur denken können, sie hätten mich verlassen?
Niemals würden sie mich im Stich lassen.
Niemals.

Meine Gefährten waren zu mir zurückgekehrt.

Sie riefen nach mir und etwas in meinem Inneren antwortete.

Ein Ruck brachte meinen Körper in Bewegung. Ich streckte die zitternde Hand zum Mond aus. Die blasse Haut leuchtete ebenso wie seine schimmernde Oberfläche. Doch das Leuchten ging nicht von ihm zu mir über. *Nein.* Ich selbst strahlte. *Ich bin pures, reines Licht.*

Zunächst wirkten nur die Fingerspitzen, als wären sie in Farbe getunkt worden. Dann arbeitete sich das Licht durch meine Adern, bis ich vollkommen von ihm durchflutet wurde. Schwerelos und strahlend schwebten meine Haare in der Luft. Selbst mein Herz wurde von dem Licht erfüllt. Ich verspürte einen tiefen Frieden.

Wie kann das real sein?

Die Veränderung weckte die Angst in mir, als wäre sie ein zuvor friedlich schlafendes Tier gewesen. Ich rannte zum Spiegel hinüber und achtete nicht länger darauf, mich leise und lautlos zu bewegen. Als ich mich in der reflektierenden Oberfläche sah, konnte ich kaum glauben, was ich sah.

Meine Blutbahnen bildeten ein Netz aus Adern und Venen, während der Rest meines Körpers in die Dunkelheit der Nacht getaucht war. Mein Herz pumpte kein Blut, sondern den Schein des Mondes.

Oh mein Gott.

Mein Herz raste und pumpte immer schneller die silberne Leuchtessenz durch meine Gliedmaßen.

Ich rieb mir wie verrückt über die Haut, doch das Licht kam tatsächlich aus meinem Inneren. Fassungslos betrachtete ich meinen gleißenden Körper und fragte mich, was ich tun sollte.

Um Hilfe rufen? Wohl kaum! Später entspringt alles nur meiner Einbildung und ich mache mich vollkommen lächerlich!

In meinem Kopf keimte eine Idee auf. Wie von der Tarantel gestochen hetzte ich zum Rucksack.

Rasch zog ich das Schweizer Taschenmesser hervor, das mein Vater mir zum sechzehnten Geburtstag geschenkt hatte.

»Eine junge Dame muss wissen, wie sie sich verteidigen kann.«

Für dieses Geschenk hatte er von meiner Mutter einen entnervten und zugleich vorwurfsvollen Blick geerntet, doch das war ihm zu diesem Zeitpunkt herzlich egal gewesen.

Für einen Moment lang zögerte ich und betrachtete meine Handfläche. Es wirkte tatsächlich so, als würden meine Adern unter der Oberfläche strahlen. Es gab nur eine Möglichkeit, um herauszufinden, ob es sich tatsächlich um mein Blut handelte, das so unheilvoll leuchtete.

Obwohl die Angst sich in meinen Verstand krallte und Tausende Szenarien erzeugte, was alles schiefgehen könnte, ließ ich mich nicht aufhalten. Ich durfte einfach nicht zu tief schneiden. Vorsichtig setzte ich die Klinge an meine Hand und zog sie, ohne mit der Wimper zu zucken, diagonal über meine Handfläche. Strahlendes Licht brach aus meiner Haut und erleuchtete den Raum taghell.

Einst wäre dort rotes Blut geflossen, stattdessen strömte nun glitzerndes Lichtelixier aus der klaffenden Wunde. Ich beobachtete fasziniert meinen eigenen stetig fließenden Lebenssaft, bevor sich die Verletzung zusammenfügte und das Licht einschloss. Ich spürte keinen Schmerz, nur eine alles einnehmende Euphorie.

Mit einem Mal vernahm ich hinter mir das Einschnappen des Schlosses der Luke. Ich fuhr herum. Jemand hatte mich in dieser Gestalt gesehen und war verschwunden.

Es musste entweder George oder Franny gewesen sein.

Wahrscheinlich hatten sie bemerkt, dass sie vorhin vergessen haben, die Luke wieder zuzuziehen. Einer von den beiden musste zurückgekehrt sein und hat mich in dieser Lichtgestalt gesehen!

Zusammen mit dem Schließen des Zugangs zu meinem Zimmer erlosch mein inneres Licht. Der Raum wurde in Finsternis getaucht, die einzig und allein das Strahlen des Mondes und der Sterne milderte. Mein Herz stand für eine unendlich lang andauernde Sekunde still.

Achtes Kapitel
Seelenverknüpfungen

Den Rest der Nacht lag ich hellwach in meinem Bett. Ich wagte es nicht einmal, mich zu bewegen. Das Licht in mir war irgendwann erloschen. Nun lastete die Dunkelheit wie eine zweite Decke über meinem Körper und war kurz davor mich zu ersticken. Ich war in meiner Starre gefangen und fühlte mich ertappt, als wäre ich bei etwas Verbotenem erwischt worden. In gewisser Art und Weise stimmte das ja auch. Zwar hatte ich nichts Verbotenes getan, aber das, was mir in der letzten Nacht widerfahren war, war so ungewöhnlich gewesen, dass ich absolut nicht wusste, wie ich bei einer Konfrontation reagieren sollte.

Das seltsame Gefühl ließ sich nicht vertreiben, weswegen ich begann, meine Finger knacken zu lassen. So vertrieb ich die Stille, die ihren Druck auf meine Ohren auslöste. Den Blick hatte ich auf die funkelnden Tücher über mir gerichtet. Man könnte meinen, es wäre alles absolut friedlich.

Der Schein trügt.

Ich malträtierte mein geschädigtes Hirn mit der immer wiederkehrenden Frage, wer von Franny oder George durch die Luke in mein Zimmer gespäht haben könnte und was derjenige gesehen haben musste.

Zwar befürchtete ich nicht, dass einer von ihnen mich bei irgendwem verpfeifen oder gar direkt auf dieses Ereignis ansprechen würde, aber dass sie auf diesem Wege über meine Anomalität erfahren hatten, würde ich mir nie verzeihen. Das Leuchten meines Blutes hatte mich aus der Bahn geworfen. So etwas war noch nie zuvor passiert! Doch ich war mir absolut sicher, dass es irgendetwas mit meiner Gabe zu tun haben musste. Normale Menschen strahlten garantiert nicht mitten in der Nacht wie ein vom Himmel gefallener Stern.

Ich schlug die Decke zurück und ließ die kühle Nachtluft die Hitze von meiner Haut waschen. In mir brodelte es und in meinem Hals hatte sich ein Kloß gebildet, der verhinderte, dass ich lauthals losschrie. Ich spürte ein feuriges Brennen auf meiner Haut. Meine Schläfen begannen zu stechen, so schnell rasten meine Gedanken auf der Suche nach einer Lösung.

»Das darf alles nicht wahr sein«, raunte ich, während die Morgensonne den Himmel in rosafarbenes Licht tauchte. Der Winter war atemberaubend schön ... blass, farblos und allumfassend. Er war meine zweitliebste Jahreszeit, neben dem Sommer natürlich. Nichts übertraf die warmen, langen Sommernächte, in denen ich mich auf Wiesen legte und ungestört die Sterne zählte. Die ersten Sonnenstrahlen, die über die Bodendielen huschten, beruhigten mich ein wenig.

Nach einiger Zeit kroch die Kälte unter meine Bettdecke und ließ meine Knochen klappern, weshalb ich mich aus dem Bett quälte und das von Schneekristallen verzierte Fenster schloss. Vor meinen Augen stoben minimalistisch kleine, weiß glitzernde Flocken durch die Luft. Sie wirbelten in undurchschaubaren Tänzen durcheinander und segelten zu Boden, um sich mit ihren Brüdern und Schwestern zu vereinen.

»Es schneit«, hauchte ich und mein warmer Atem beschlug die Scheibe. »Es schneit!«, wiederholte ich lauter. Ich erinnerte mich an endlose Stunden des Schneemannbauens, des Schneeengelmachens und des Schlittenfahrens zusammen mit meinem Vater.

Sofort erstickte ein Eisklumpen, der mir mitten in die Brust gerammt wurde und den Namen *Tod* trug, meine Euphorie. Meine Hand ballte sich zur Faust, sobald ich erkannte, dass ich unbewusst an die beschlagene Scheibe ein Herz gemalt hatte. Ich wandte mich ab und verbot mir, froh über dieses Naturspektakel zu sein. Es gab keinen Grund zur Freude ... nicht ohne meine richtige Familie.

Ich schlüpfte in einen weißen Pullover und eine einfache Jeans, bevor ich mich im Spiegel betrachtete. Die Farbe meiner Haare stach durch die schlichte Kleidung noch stärker hervor und ließ mein blasses Gesicht umso markanter wirken.

»Dann mal los.«

Es galt einen weiteren Tag zu bezwingen, eine aussichtslose Schlacht zu schlagen und am Ende niedergerungen ins Bett zu fallen. Hatten die Ärzte, Psychiater und mein Onkel recht? War ich zu sehr in der Vergangenheit gefangen, um allein zurechtzukommen? Ich würde weitermachen und bis zum bitteren Ende kämpfen. So lange, bis ich den Mörder meiner Eltern ausfindig gemacht und herausgefunden hatte, was es mit der seltsamen Veränderung meiner Gabe auf sich hatte.

Ich wandte mich von meinem verzweifelt dreinblickenden Spiegelbild ab, um durch die Luke hinab in den Turm zu steigen, sodass ich wenige Minuten später am Frühstückstisch saß. Franny schlurfte neben mir, den pinken Morgenmantel eng um die Taille geschnürt. Sie gähnte und schaute mich an.

»Stella?«, grummelte sie. Die Müdigkeit erschwerte ihr das Sprechen.

»Hi, Franny. Ich habe mir gedacht, ich fange schon einmal an, das Frühstück vorzubereiten.« Ich lächelte sie unsicher an.

Erneut schlichen sich Zweifel in meinen Kopf und flüsterten mir böse Befürchtungen zu: Möglicherweise war sie diejenige, die mich in der vergangenen Nacht beobachtet hatte, während ich mich in eine lebende Glühbirne verwandelt hatte.

»Kaffee, ich brauche Kaffee. *Dringend!*« Das letzte Wort gab sie mit solchem Nachdruck von sich, dass mir gar keine andere Wahl blieb, als ihr eine große Tasse zuzubereiten.

Verwirrt runzelte ich die Stirn über ihr Verhalten. Lag die Müdigkeit daran, dass sie sich gestern Nacht in mein Zimmer geschlichen hatte?

Sie kippte beinahe vom Stuhl und ich war mir plötzlich sicher, dass sie nie und nimmer meine Lichterscheinung gesehen hatte. Sonst würde sie anders auf meine Gegenwart reagieren. »Schätzchen? Willst du den ganzen Tag da rumstehen mit meinem Pott morgendlichem Energieschub in der Hand?« Ihre träge aussehenden Augen fixierten mich und ich beeilte mich, den Kaffee auszuhändigen. Sie schüttete eine Menge Milch hinzu und einen Berg an Zuckerwürfeln, bevor sie die Tasse in einem Zug leer trank. Ich staunte nicht schlecht darüber.

»Es hat angefangen zu schneien«, bemerkte ich nach einiger Zeit nebenbei, während ich zeitgleich zwei Toastbrotscheiben röstete. Franny nickte jede meiner unbeholfenen Bewegungen ab und machte sich nicht die Mühe, mir zu helfen. Sie saß lediglich da und beobachtete mich schweigend. Offensichtlich befand sie sich noch im Tiefschlaf.

Erst da begann ich zu begreifen: *Sie vertraut mir. Deshalb greift sie nicht ein, deshalb lässt sie mich selbstständig alles erledigen. Sie vertraut darauf, dass ich weiß, was richtig ist. Zumindest in Bezug auf das Frühstück. Die Wahrscheinlichkeit, dass der Toaster in Flammen aufgehen wird, ist schließlich verschwindend gering.*

Bei meinen nur dahingesagten Worten leuchteten die Augen meiner Tante auf. Ihr Sternenfirmament erwachte anscheinend zum Leben, sodass die Dunkelheit, die zuvor ihr Firmament verdunkelt hatte, plötzlich mit Abertausenden blinkenden Sternen übersät war. Offenbar ließ der Kaffee die Lebensgeister meiner Tante wieder zum Leben erwachen.

»Wenn das so ist, müssen wir unbedingt Kekse backen!« Sie wirkte mit einem Mal viel wacher und saß nicht länger zusammengesunken am Tisch. Ihre kindliche Vorfreude ging auf mich über.

»Aber Weihnachten ist schon längst vorbei«, warf ich ein.

Sie beachtete meine Zweifel gar nicht. Stattdessen fasste sie mich in freudiger Erwartung an den Schultern. In ihren Augen strahlte eine Sonne, größer als alle, die ich bisher gesehen hatte. Und der unscheinbare Planet, der sich bei meiner Ankunft gebildet hatte, war nun ein unersetzlicher Bestandteil ihres Kosmos. Ich wusste, was das bedeutete. Franny hatte mich nicht nur in der Familie aufgenommen, sondern auch in ihrem Leben.

Zum ersten Mal fragte ich mich, was die Menschen wohl in meinem Blick sahen. Ich konnte in ihm nichts lesen, da meine Gabe nicht in Kombination mit Spiegeln, Fotografien oder sonstigen Abbildungen funktionierte. Ich war dazu verdammt, das Schicksal aller Menschen in meinem Umkreis zu deuten, doch mein Dasein würde mir bis in alle Ewigkeit verborgen bleiben. Niemand könnte mich auf den rechten Weg weisen. Höchstens wenn dieser Jemand genauso war wie ich.

Ich kenne fremde Menschen besser als mich selbst.

Ich würde mich niemals auf die Art und Weise lesen, wie ich es zum Beispiel bei meiner Tante tat.

Ich bin mein eigenes, nie zu ergründendes Geheimnis.

Dieser Gedanke zermürbte meinen Verstand.

Warum ausgerechnet ich?

Warum kann ich aus mir nicht schlau werden?

Ich fühle mich so verloren in mir selbst ...

Eine warme Hand, die über meine Schulter strich, riss mich aus meinen düsteren Überlegungen.

»Ich sehe schon, wir brauchen dringend ein paar Kekse«, meinte Franny, als hätte sie gespürt, dass mich meine Gedanken plagten. Sie hatte offensichtlich ein Gespür für mich entwickelt. Augenblicklich richtete ich mich auf und versuchte, entschlossen zu wirken. Ich wollte nicht leicht zu durchschauen sein, deshalb nickte ich beiläufig und rang mir ein halbherziges Schmunzeln ab.

»Ich werde heute natürlich zu Hause bleiben. Die Einkäufe habe ich ja gestern erledigt«, bemerkte sie mit einem Seitenblick auf die Uhr. Es war acht Uhr morgens. »Dieser Tag gehört nur uns beiden!«

Ich schüttelte lachend den Kopf. Sie war einfach Zucker, in der Art, wie sie sich um mich sorgte und unbedingt Zeit mit mir verbringen wollte.

Nebenbei sagte Franny mir, dass George heute früher zur Arbeit aufgebrochen war und kurzfristig seine Schicht im Labor getauscht hatte. Unweigerlich drängte sich der hartnäckige Gedanke in mein Gedächtnis, dass er möglicherweise derjenige war, der meine unfreiwillige Gestaltwandlung mit angesehen hatte. Das hätte mir eigentlich sofort klar sein sollen, weil Franny sich vollkommen normal verhalten hatte. Mein Gehirn arbeitete auch noch nicht auf Hochtouren.

Als einen Moment Stille in unser Gespräch trat, wurde ich zu den Ereignissen der gestrigen Nacht zurückkatapultiert. Ich dachte an das strahlende Blut, das durch meine Adern geflossen war und mich irgendwie mit dem Mond und den Sternen verbunden hatte. Nie zuvor war mir etwas Derartiges widerfahren. Ich las und deutete zwar in jedem Augenpaar Universen, Galaxien, ja sogar das Schicksal, aber dass ich mich in Licht verwandelte, war bis jetzt noch nie vorgefallen.

Franny lenkte mich von grüblerischen Gedanken ab, indem sie mich den Rest des Tages durch diverse Aktionen wie Kekse backen, Serien suchten oder gemütlich eine Tasse Tee schlürfen auf Trab hielt. Irgendwann begannen wir über den morgigen Schultag zu reden, über meine alte Stadt, mein vergangenes Leben, und ich war kurz davor, ihr zu erzählen, über was für eine Gabe ich verfügte.

In diesem Moment hetzte mein atemloser Onkel ins Haus. Bei meinem Anblick wurde er sichtlich entspannter, sein Atem flachte ab und unter den wild umherwirbelnden Monden und Sternen in seinen Iriden kehrte Ruhe ein. Anscheinend beruhigte ihn meine Anwesenheit, aus welchem abstrusen Grund auch immer. Ich versuchte, tiefer in seine Gedankengalaxie einzutauchen, allerdings konnte ich einzig und allein die Oberfläche seines Geistes erkennen. Alle tiefer gehenden Motivationen wurden durch einen dichten Nebel verschleiert. Ich verlor die Orientierung und wusste nicht mehr, worauf ich achten sollte und worauf nicht. Das war mir zuvor noch nie passiert.

Offenbar besaß mein Onkel eine verdammt gute Abschirmung und konnte seine Gefühle perfekt unter Verschluss halten. Nie zuvor hatte ich so vehement versucht, die Gedanken eines Menschen aufzudecken. Eigentlich beobachtete ich eher die oberflächlichen, offensichtlichen Emotionen, die für mich leicht zu lesen und zu deuten waren. Doch George hatte sich so seltsam verhalten, dass die Nervosität meine Fingerspitzen zum Kribbeln brachte. Er verbarg etwas, das spürte ich.

Sehr wahrscheinlich hatte es mit meiner Verwandlung gestern Nacht zu tun.

»Gute Güte, George! Was ist denn in dich gefahren?« Franny eilte zu ihm und nahm ihm seinen schweren Mantel ab. Im Vorbeigehen drückte sie ihm einen Kuss auf die Wange.

»Ich habe mir Sorgen gemacht«, erwiderte er. Sein kurzer Blick belastete meine Seele. Ich schwor, dass ich in diesem Moment seine Gedanken zu mir flüstern hörte. Wie ein weit entferntes Wispern sprachen sie zu mir durch das Universum in seinem Kopf. Als wollen sie gegen die Barrieren meines Onkels aufbegehren und mir mitteilen, dass er etwas wusste. Ein Schauder jagte meinen Rücken hinab.

Ich wollte gerade den Kopf abwenden und war kurz davor, die Hände auf die Ohren zu legen, um dem Flüstern zu entkommen, als ich etwas Unglaubliches beobachtete: Sobald mein Onkel sich zu seiner geliebten Frau umdrehte, bildete sich zwischen ihnen ein silbernes Band. Der hauchdünne, beinahe transparente Faden war kaum zu sehen und verknüpfte die Leben der beiden Menschen untrennbar.

Seelenverwandtschaft.

Dieses eine Wort spukte in meinem Kopf herum und beschrieb die Verbindung, die sich direkt vor mir offenbarte.

Was zur Hölle passiert da gerade?
Und was geschieht mit mir?
Erst transformiere ich mich in einen gigantischen Leuchtball und jetzt kann ich die Verknüpfung zweier Menschen erkennen?
Was geht hier vor sich?

Ich blieb ruhig sitzen und betrachtete fasziniert das lebendig wirkende, sich um sich selbst windende Band, das die Seelen meines Onkels und meiner Tante verband. Innerlich brach ein Gedankentsunami über mir ein.

Es war einerseits das Schönste, was ich je in meinem Leben gesehen hatte, und andererseits das Unangenehmste, was mir je widerfahren war. Ich wurde das Gefühl nicht los, dass ich in die Privatsphäre der beiden eingedrungen war und das Intimste, was zwei Menschen miteinander teilen konnten, an die Oberfläche gezerrt hatte.

Nach einer ewig andauernden Weile räusperte ich mich und verkündete, dass ich mich in mein Zimmer zurückziehen werde. Immerhin stand morgen mein erster Schultag an.

George und Franny nickten und ließen sich nicht aus den Augen. Es war, als würden sich die beiden in ihrer ganz eigenen Welt befinden, zu der ich nie Zutritt haben würde.

Mein Onkel schien zudem vollkommen vergessen zu haben, dass er gerade erst nach Hause gehetzt war. Mich beschlich das Gefühl, dass er heute Morgen so früh aufgebrochen war, um mir aus dem Weg zu gehen. Das würde den Verdacht, dass er mich in der Nacht gesehen hatte, nur bestärken. Womöglich hatte er diese Entscheidung im Laufe des Tages bereut und war deswegen so schnell wie möglich heimgekehrt. Erst als er mich zusammen mit Franny gesehen hatte, war er beruhigt. Als hätte er erwartet, dass ich mich in Luft aufgelöst hatte.

Vielleicht hielt er aber auch das, was er gestern Nacht gesehen hatte, für einen wirren Traum. Allerdings war es durchaus möglich, dass er zwischenzeitlich nach mir gesehen hatte, ohne dass ich es gemerkt hatte. Vielleicht hat er sich nach dem Rechten erkundigt, als ich noch am Schlafen gewesen war?

Kälte kroch mir bei dieser Vorstellung an den Armen empor, während ich mich in mein Zimmer zurückzog.

Ich betrachtete meine Schulsachen, die an dem Schreibtisch lehnten. Plötzlich wurde ich mir der neuen Herausforderung bewusst, die auf mich wartete. Morgen würde ich wieder die Schule besuchen, verdammt!
Wie habe ich diese Tatsache nur verdrängt?
Bücher über Chemie, Physik, Literatur und fremde Sprachen stapelten sich auf der Tischplatte direkt neben einem Haufen Collegeblöcke und einem Ordner. Ich streckte meine Hand nach meinem Rucksack aus, doch beim Anblick des vertrauten schwarzen Stoffs begannen meine Finger zu zittern und ich musste unweigerlich an den Tag denken, an dem ich ...
Nein. Kein Flashback, nicht jetzt!
Ich atmete durch und nahm eines der Bücher in die Hand, um die knisternden Seiten zwischen den Fingern zu spüren und den Geruch des Papiers aufzunehmen. Meine Sinne konzentrierten sich auf das, was ich wahrnahm, sodass ich mein eigenes Gehirn austrickste und von den unangenehmen Schmerzen der Vergangenheit ablenkte. Den Trick hatte mir Doktor Brown erklärt.
Such dir Fixpunkte im Hier und Jetzt. Anhaltspunkte, Gegenstände, irgendetwas ...
Berühre sie, fühle sie, nimm sie in dich auf und versuche, deine gesamte Aufmerksamkeit darauf zu lenken. So umgehst du Panikattacken.
Du musst in der Gegenwart verankert bleiben, nur so kann die Vergangenheit dir nichts anhaben ...
Meine Panik war etwas abgeebbt, doch für heute reichte es mir. Ich brauchte unbedingt eine Dusche, um mich abzuregen.

Kurze Zeit später genoss ich das prickelnde Gefühl des lauwarmen Wassers auf meinem Rücken. Ich schloss die Augen und stellte mir vor, ich würde auf einer Wiese stehen und den Sommerregen spüren. Die Sehnsucht nach der Wärme der Sonnenstrahlen und ihrem gleißenden Schein erfüllte mich. Die Sommerhitze hätte es garantiert geschafft, das Eis meines Herzens schmelzen zu lassen.
Ein Lächeln zupfte an meinen Mundwinkeln und ich meinte sogar die Hitze der Sonne in meinem Gesicht zu fühlen. In Wahrheit waren es bloß die Dampfschwaden, die mich umwirbelten. Sobald ich meine

Lider öffnete, wurde ich in die Realität zurückkatapultiert. Die Kälte der Fliesen, das Prasseln und der dichte Nebel rissen mich aus dem wundervollen Traum.

Ich kontrollierte die Temperatur und stutzte, als ich erkannte, dass sie immer noch auf einer lauwarmen Stufe stand.

Probeweise hob ich meinen Arm und ließ einige Tropfen auf meine Handfläche niederregnen. Innerhalb eines Sekundenbruchteils verdampfte die Flüssigkeit. Unter der Hautoberfläche glühte es. Goldenes Licht durchflutete meine Adern. Ich strahlte eine ungeheure Hitze aus, als wäre ich eine kleine Sonne.

Ich verwandele mich in einen verglühenden Stern, eine strahlende Sonne. Und ich kann rein gar nichts dagegen unternehmen.

Hilflosigkeit übermannte mich. Meine Fähigkeiten liefen vollkommen aus dem Ruder. Angefangen hatte es gestern Nacht, als das Mondlicht durch meinen Körper floss, und nun erhitzte ich mich auf unermessliche Temperaturen.

Ich drehte den Hahn ab. Sofort erstarb der Wasserfluss aus der Dusche und die Hitze stieg an, sodass ich beinahe in der engen Kabine zu ersticken drohte.

Konzentriere dich auf das Hier und Jetzt ...

Ein weiteres Mal versuchte ich es mit der Methode gegen Panikattacken. Eine andere Wahl blieb mir nicht. Ich öffnete die Tür der Duschkabine und trat auf den gefliesten Boden des Bades hinaus, wobei ich mir einbildete, dass die Steinplatten sich unter mir wie eine Herdplatte erhitzten. Ich meinte sogar das Knacken und Brechen der Fliesen zu vernehmen.

Auf zitternden Beinen kämpfte ich mich zum gigantischen Spiegel vor, der die halbe Wand des Zimmers einnahm. Ich brauchte etwas, auf das ich meinen Fokus lenken konnte, ohne es zu berühren. Also nahm ich mein eigenes Spiegelbild. Ich musste einfach wissen, was mit mir los war. Auch wenn es mich das letzte Fünkchen Verstand kosten könnte, was ich besaß.

Sobald ich mich selbst erkannte, loderten die Flammen in meinem Inneren umso stärker auf und ein Hitzeschwall schlug mir entgegen.

Ich muss die Kontrolle bewahren!

Ich durfte nicht riskieren, noch mehr Schaden anzurichten. So ließ ich es auf einen zweiten Versuch ankommen. Mein Blick wanderte erneut zu der fremden Person im Spiegel.

Meine Haut glühte rotgolden und unter der obersten Hautschicht sah ich erneut die Adern durchschimmern, die Lichtessenz in mein Herz und von dort aus in meinen gesamten Körper leiteten. Das Ganze sah aus wie ein bizarrer Lichtkreislauf. Mein Haar strahlte hell wie die Sonne und peitschte wild um meinen Kopf herum, als würde es toben. Ein Sonnensturm jagte über mein Haupt. Am meisten verunsicherten mich allerdings meine Augen.

Es waren weder eine Iris noch eine Pupille zu erkennen, stattdessen leuchtete der gesamte Augapfel weiß. Regungslos stand ich vor dem Spiegel, nackt und entblößt, und fühlte mich trotzdem auf eigentümliche Weise stark und mächtig in dieser Gestalt.

Ich begann am ganzen Leib zu zittern, mein inneres Licht flackerte und Gedankenströme überfluteten mich, rissen mich aus der Gegenwart.

Schenke der Dunkelheit dein Strahlen.
Erleuchte die finsteren Stunden der Menschheit.
Licht und Dunkelheit ... für immer miteinander verbunden.

Die Stimme hatte sich verselbstständigt und dröhnte schallend in meinem Bewusstsein. Ich kniff die Lider zusammen, erzeugte das Bild meines alten Ichs mit galaxiegefärbten Haaren, blasser Haut und den schwarz-weißen Augen in meinem Kopf. Mit aller Verzweiflung klammerte ich mich an dieses Abbild und wagte es nicht, es loszulassen.

Nach einigen Minuten des Bangens spürte ich einen sanften Luftzug. Ich konzentrierte mich darauf. Mein Körper erbebte, meine Haut prickelte, eine Gänsehaut bildete sich. Ich stutzte. Ich fror.

Erschrocken starrte ich an mir hinab. Ich sah meine Beine, meine menschlichen Beine. Keine Haut aus rotgolden glühendem Licht. Die Realität brach über mir herein und ich hieß sie willkommen.

Endlich bin ich wieder ich selbst!

Ich schluchzte auf und schaute in den beschlagenen Spiegel. Hinter dem kondensierten Dunst, den ich zur Seite wischte, starrte mich eine ängstlich dreinblickende Stella an. Nie in meinem Leben war ich so glücklich gewesen, mein eigenes Spiegelbild wiederzuerkennen.

Ich fuhr mir durch die bunten Haare, über meine markanten Wangenknochen, rieb mir über die weißen Augen mit dem schwarzen Ring rund um die Regenbogenhaut und verspürte eine tief greifende Erleichterung.

Erst jetzt bemerkte ich die schneidende Kälte, die meine Knochen klappern und meine Muskeln erstarren ließ. Ich griff nach dem Frotteehandtuch und sah mich forschend im Badezimmer um. Innerhalb der Dusche erkannte ich nichts Außergewöhnliches. Hier war kein Schaden entstanden. Dafür waren die Steinfliesen zersplittert, sodass sich eine Spur der Zerstörung von der Dusche zum Spiegel zog.

Ich erinnerte mich an das Knacken, als ich aus der Kabine getreten war. Wahrscheinlich hatte der Stein meine Hitze nicht verkraftet. Ich sah mich in dem kleinen Raum um, ob ich etwas fand, das die Hinterlassenschaften meiner Verwandlung vorerst verschwinden ließ. Unentschlossen griff ich nach dem beigefarbenen Teppichläufer, der vor den Waschbecken ausgebreitet lag, und verdeckte damit die Zerstörung. Ich betete, dass weder mein Onkel noch meine Tante dieses Bad allzu oft benutzten.

Ich hoffte einfach auf das Beste und zog mir meinen Pyjama über. Müdigkeit nistete sich in meinen Gliedern ein und machte mich träge. Vermutlich hatte mir die plötzliche Verwandlung jegliche Kraft entzogen. Gleichmütigkeit senkte sich über mich. Ich wollte nur noch in mein Zimmer, alles andere war egal. Jegliche Sorge wurde durch den Gedanken an mein erhitztes Blut im Keim erstickt.

Wie ist das überhaupt möglich?

Ich ließ die letzte Nacht Revue passieren und überlegte fieberhaft, was die Veränderung ausgelöst haben könnte. Jedes Mal hatte ich eine Art Verbindung gespürt. Heute war es die Sehnsucht nach dem Sonnenlicht gewesen, woraufhin ich die Hitze auf meiner Haut gespürt hatte. Gestern war es der Mondschein gewesen, der mich mit seinem fahlen Schein in Versuchung geführt hatte. Erst danach war das Mondblut durch meinen Körper geflossen.

Musste ich nur an das Licht denken und es breitete sich in meinen Arterien und Venen aus? Wenn dem so war, konnte mir diese Metamorphose jede Sekunde wieder passieren. Was, wenn es das nächste Mal in der Öffentlichkeit geschah?

Einen Moment lang dachte ich darüber nach, ob ich morgen wirklich zur Schule gehen oder mich krank stellen sollte. Dann kam mir die Unterhaltung mit Franny in den Sinn und ich konnte nicht anders, als meine Überlegung zu verwerfen.
Ich muss Stärke zeigen und das durchziehen!
Wie sollte ich meiner Tante auch erklären, warum ich nicht in die Schule gehen würde?
»Ähm, ich habe mich gestern in eine Minisonne verwandelt, deshalb würde ich heute lieber zu Hause bleiben?« Eher nicht. Außerdem hätte ich ihr dann meine Gabe beichten müssen und das wollte ich unter keinen Umständen. Allein der Gedanke daran, dass mich Franny anders behandelte als jetzt, ließ in meinem Magen einen Knoten entstehen, der sich im Falle eines Geständnisses vermutlich niemals lösen würde.
Ich werde das schon durchhalten, ich kann das schaffen.
Ich werde es mir selbst beweisen.
Und wenn das bedeutet, dass ich die Verwandlungen und meine Gedanken dauerhaft konzentrieren muss, dann ist dem eben so.
Ich nickte meinem Spiegelbild entschlossen zu und streckte den Rücken durch. Jetzt, wo ich wusste, welche Kräfte in meinem Inneren schlummerten, musste ich erst recht in der Öffentlichkeit aufpassen. Ich konnte trotzdem ein normales Leben führen. Zumindest redete ich mir das ein.
In der Hoffnung, nicht als lebende Fackel durch den Flur zu spazieren, hastete ich so schnell wie möglich hinauf in mein Zimmer und legte mich ins Bett. Die weiche Decke vertrieb das Aufkommen von Kälte und gab mir ein Gefühl von Geborgenheit, obwohl in meinem Geist heilloses Chaos herrschte. Ich würde den morgigen Tag schon überleben.
Was kann denn schlimmstenfalls passieren?
In diesem Moment schlich sich Murphys Gesetz in meinen Kopf:
Alles, was schiefgehen kann, wird schiefgehen.
Ich hoffte zutiefst, dass Murphy zumindest dieses eine Mal unrecht haben würde.

Neuntes Kapitel
Ein Tag voller kleiner Katastrophen

»Stella! Hast du etwa vergessen, deinen Wecker zu stellen? Schwing sofort deinen Hintern aus dem Bett!« Frannys Ruf riss mich aus dem traumlosen Schlaf.

Senkrecht fuhr ich in die Höhe und starrte meine Tante schockiert an. Augenblicklich war ich hellwach.

»Was?« Meine Stimmbänder hatten sich über Nacht ineinander verknotet.

Franny warf mir einige Kleidungsstücke zu, während ich aus dem Bett kugelte und in Lichtgeschwindigkeit alle Bücher in meinen Rucksack stopfte. Zeitgleich versuchte ich mir eine Hose anzuziehen. Sie selbst trug auch Schlafsachen. Offenbar hatte sie ebenfalls vergessen, den Wecker früher zu stellen. Es war eine mittelschwere Naturkatastrophe. Kaum hatte ich meinen grauen Lieblingspullover übergestreift, scheuchte Franny mich die Treppe hinunter und schob mich ins Badezimmer. Den schief liegenden Teppichläufer auf dem Boden schien sie nicht zu beachten, stattdessen schloss sie die Tür und rief mir eine letzte Anweisung zu: »Beeil dich, Stella!«

Wie konnte ich den Wecker vergessen?

Gestern Abend bin ich so unglaublich müde nach meiner Verwandlung gewesen, dass ich vermutlich sofort eingeschlafen bin.

In Windeseile putzte ich die Zähne und trug ein wenig Wimperntusche auf. Ich wollte an meinem ersten Tag nicht direkt als verwahrloste Pennerin abgestempelt werden. Dank meines unsanften Erwachens hatte ich schon genug Ähnlichkeiten mit den Zombies aus *The Walking Dead*. Ich bürstete durch meine Haare, pfefferte die Bürste in eine Ecke und sprintete los. Vor der Haustür bekam ich von Franny eine Brotdose in die Hand gedrückt.

»Soll ich dich zur Schule fahren?«, fragte sie. Ich blickte sie skeptisch an. Franny trug noch ihren Morgenmantel. Zudem schien sie fast im Stehen einzuschlafen.

»Ist schon in Ordnung. Sag mir am besten schnell, wie ich zur Bushaltestelle komme.« Ich schenkte ihr ein kurzes Lächeln. Es war mir außerdem lieber, ich würde allein zur Schule kommen, anstatt wie in der Grundschule bis vor die Tür gebracht zu werden. Franny verstand meine stumme Botschaft, gab mir einen Abschiedskuss auf die Wange und schloss die Tür, nachdem sie mir den Weg gewiesen hatte.

Ich schluckte den Kloß in meinem Hals hinunter und betete, dass dieser Tag besser enden würde, als er angefangen hatte.

Heute werde ich beweisen müssen, dass ich normal sein kann, wenn ich will.

Ich knöpfte den Mantel zu, schulterte den Rucksack und machte mich auf den Weg. Der Boden unter meinen Füßen war vereist, sodass ich mehrmals unkontrolliert über den Bordstein schlitterte, bevor ich um die Ecke bog, an der sich laut Frannys Wegbeschreibung die Bushaltestelle befinden sollte.

Zu meinem Erschrecken hielt der Bus bereits dort. Die Türen schlossen sich und der rostige Auspuff pustete schwarze Abgase in die Umgebung.

»Stopp!«, schrie ich. Meine Schritte beschleunigten sich, während ich zugleich das Gleichgewicht zu halten versuchte. Ungehalten fluchte ich vor mich hin und sprintete in Richtung der fahrenden Blechbüchse.

Verdammter Mist!
Warum wartet der Busfahrer nicht auf mich?
Er muss doch sehen, dass ich angerannt komme!

Der Motor röhrte auf, der Blinker wurde gesetzt und die Reifen in die richtige Position gebracht. Ich sammelte meine Kräfte, machte einen weiteren Satz nach vorn und ... verlor die Balance. Meine Arme ruderten durch die Luft und ein erstickter Schrei bahnte sich durch meinen Mund. Im letzten Moment schaffte ich es, die Arme vor den Körper zu halten, um nicht mit voller Wucht auf dem Asphalt aufzuschlagen. Ich segelte unelegant zu Boden, sodass mein Kiefer beim Aufprall aufeinanderschlug und meine Knochen schmerzhaft knackten. Knie und Ellbogen schabten über den Steinboden und begannen unmittelbar zu brennen. Stöhnend rollte ich mich auf den Rücken.

Der Bus kam zum Stehen. Also hatte der Fahrer doch bemerkt, dass er einen seiner Fahrgäste am Straßenrand vergessen hatte. Ich befand mich genau auf Höhe der Schwingtür, die sich gemächlich öffnete. Der Busfahrer hatte ein gelassenes Gesicht aufgesetzt, weswegen ich ihn nur schockiert anstarrte.

»Was ist? Willst du jetzt einsteigen oder nicht?« Sein desinteressierter Tonfall ließ mich hastig auf die Beine kommen. Ich warf ihm einen erbosten Blick zu, den er in keiner Art und Weise würdigte.

So ein Mistkerl!

Ich verkniff mir einen bissigen Kommentar und presste meine Lippen fest aufeinander, während ich einstieg. Meine Kiefer mahlten, als ich mich auf einen der vorderen Sitzplätze fallen ließ. Sobald der überaus gut gelaunte und seinen Job offensichtlich liebende Busfahrer das Gaspedal durchdrückte und die Blechbüchse zur Schule steuerte, wurde hinter meinem Rücken Gemurmel laut. Ich betete darum, dass das nervige Getuschel über *die Neue* aka mich nicht schon im Bus begann. Bestimmt hatte jeder meinen peinlichen Ausrutscher mitbekommen.

Ich hatte zwar gewusst, was auf mich zukommen würde, allerdings hatte ich nicht damit gerechnet, dass bereits im Bus über mich gelästert werden würde. Meine zukünftigen Klassenkameraden gaben sich nicht einmal Mühe, leise zu sein.

»Kennt ihr die?«, wisperte eine hohe, dünne Stimme.

Ich knirschte mit den Zähnen.

»Nein, aber sie kommt wohl aus der Umgebung.«

»Sie ist eine von den Marks«, erwiderte ein anderer selbstbewusst. Es schien sie gar nicht zu stören, dass ich jedes Wort ihrer Unterhaltung mitbekam.

»Habt ihr den genialen Stunt gesehen, den sie gerade hingelegt hat? Ich lach mich tot!«

Vereinzelt war tatsächlich Gelächter zu hören, weshalb ich tiefer in meinen Sitz hineinsank. Ich wusste, dass der kleine Vorfall Folgen nach sich ziehen würde.

»Sie soll verrückt sein. Hat wohl den Verstand verloren, nachdem ihre Eltern ermordet wurden. Sie war sogar in der Klapse!« Die raue Stimme stach aus dem Wörtermeer heraus, das sich über mich ergoss.
Sofort herrschte Stille im Bus. Keiner wagte es mehr, etwas zu sagen. Hatten sie gemerkt, dass sie eine Grenze überschritten hatten?
Oder sie hatten mir bereits einen Stempel verpasst.
Die Irre.
Mein Körper versteifte sich, meine Zähne knirschten aufeinander und ich versuchte verzweifelt, die Tränen zurückzudrängen. Ihre Worte versetzten mich zurück in Situationen, denen ich eigentlich entgehen wollte.
Ich hatte gehofft, hier einen Neuanfang starten zu können, doch mein Ruf war mir vorausgeeilt. Meine Vergangenheit hatte mich eingeholt.
Wie habe ich davon ausgehen können, dass sich alles zum Guten wenden würde?
Diese ganze Aktion ist zum Scheitern verdammt ...
Natürlich wussten sie alle von meinen Eltern, von meinem Klinikaufenthalt, von meinem Schicksal. Jeder kannte die Neuigkeiten und keiner wollte die Wahrheit erfahren.
»Sie sieht gar nicht aus wie eine Irre ...« Eine dunkle Stimme durchbrach die betäubende Stille und ließ mich für eine Sekunde aufatmen.
»Nein, eher wie ein Freak!«, erwiderte ein anderer und ich konnte sein hinterhältiges Grinsen fast hören.
Es interessierte sie nicht, was ich dachte, wer ich war, welche Entscheidungen mich zu der gemacht hatten, die ich jetzt war. Für sie war ich einfach nur die Neue, über die man Geschichten und Gerüchte erfinden konnte.
»Seht euch bloß diese Haare an, nur Punks oder Aufmerksamkeitssüchtige färben sich die Haare so!«
Die Stimme schwoll an und erstickte jeden aufkommenden Gedanken an Zugehörigkeit in meinem Kopf. Ich hielt meinen Blick weiter nach vorn gerichtet.
Ich war anders, würde immer anders sein. Nichts daran würde sich je ändern.
Plötzlich vernahm ich unter all dem gehässigen Gelächter, das sich wie ein dumpfes Hintergrundgeräusch in meinem Gehirn eingenistet hatte, zögernde Schritte.

»Während der Fahrt sitzen bleiben!«, blaffte der Busfahrer und rechts von mir ertönte eine rasche, kaum ernst gemeinte Entschuldigung. Der Sitzplatz direkt neben mir senkte sich und ein Finger tippte vorsichtig auf meine Schulter.

Ich drehte den Kopf von dem mit Frostreif verzierten Fenster ab und konzentrierte mich auf die Person. Es war ein Mädchen, ungefähr in meinem Alter.

Es besaß lockige haselnussfarbene Haare, die zum Teil von einer gestrickten roten Wollmütze verdeckt wurden. Ihre Wangen waren ganz rosig von der Winterkälte und ihre tiefbraunen Augen starrten mich neugierig an. Ich kam nicht umhin, einen Blick in ihr Universum zu werfen.

In ihrem Zentrum sah ich eine stark glühende Sonne. Sie war gigantisch, auf eine unnatürliche, aber dennoch faszinierende Weise. Die Feuerzungen tanzten auf ihrer Oberfläche und streckten sich in jeden Winkel ihres Universums aus. Nirgends herrschte Schwärze oder Dunkelheit, nicht einmal am Rande ihres Sichtfeldes. Stattdessen wurde die gesamte Galaxie in sanfte Goldtöne getaucht. Sterne wirbelten wie Glühwürmchen durcheinander und deuteten auf die Lebendigkeit und Sprunghaftigkeit des Mädchens hin.

Im Gegensatz zur Größe der Sonne und der Schnelligkeit der Sterne wirkten seine Planeten geradezu klein und starr. Sie besaßen keine feste Umlaufbahn und schwebten farb- und leblos wie Steine im All herum. Anscheinend hatte sie keine Fixpunkte oder Bezugspersonen in ihrem Leben, die ihr Halt und Sicherheit schenkten. Was der Grund dafür war, konnte ich lediglich mutmaßen, wenn ich nicht tiefer in ihrem Unterbewusstsein graben wollte.

Ich beließ es dabei und blinzelte mehrmals, um mich von dem Anblick des Universums zu lösen.

»Hi, mein Name ist Jen!« Die Worte flossen so schnell über ihre herzförmigen Lippen, dass ich gar nicht reagieren konnte. Sie streckte mir eine Hand hin, die in gestrickten olivgrünen Handschuhen steckte. Ich ergriff sie zaghaft. Vielleicht saßen nicht nur hirnlose Idioten in diesem Bus. Zuversicht wuchs in meinem Inneren heran wie eine zarte Blume. Dieses Mädchen wirkte nicht auf mich, als würde es die zerbrechliche Pflanze zertreten wollen.

»Du bist neu hier, nicht wahr?« Ihre Sonne leuchtete auf und Funken sprühten über ihr Antlitz. Sie war aufgeregt. Ich nickte.

»Mein Name ist Stella«, hauchte ich in der Hoffnung, sie würde nicht bemerken, wie verzweifelt ich darauf bedacht war, bloß nichts falsch zu machen. Ich wollte auf keinen Fall noch mal die Aufmerksamkeit der Vollidioten im hinteren Teil des Busses auf uns lenken. »Ich weiß nicht, ob das eine gute Idee ist«, raunte ich ihr zu und deutete mit dem Zeigefinger auf uns beide.

Jen winkte meine Bedenken leichtfertig ab. »Diese Möchtegern-Machos haben keine Ahnung, wie es außerhalb dieses Kaffs zugeht. Ich bin froh, dass ich mal ein neues Gesicht sehe!«, erwiderte das aufgedrehte Mädchen und ich fühlte mich auf Anhieb wohler in meiner eigenen Haut. Die Strahlen ihrer inneren Sonne ließen mich in ihrer Gegenwart langsam auftauen. »Es tut mir so leid, was deiner Familie passiert ist«, meinte sie plötzlich.

Ich starrte sie fassungslos an. Dort, wo ich in meinem Herzen gerade noch wohltuende Wärme gespürt habe, hatte sich nun ein eiskalter Klumpen gebildet, der mich in die Tiefe zog. Ein schwarzes Loch klaffte in mir und drohte das ganze Universum zu verschlingen.

»Woher wissen eigentlich alle, was meiner Familie widerfahren ist?«, murmelte ich verdrossen.

»Es lief überall in den Nachrichten! Immerhin ist deine alte Heimatstadt nicht allzu weit von uns entfernt und der Mörder immer noch auf freiem Fuß. Als bekannt wurde, dass du, die Tochter der beiden ermordeten Astrologen, in unseren Ort ziehen würdest, brach Chaos aus.« Sie gestikulierte wild mit ihren Händen in der Luft herum.

Wahnsinn. Die ist ziemlich direkt.
Ob das gut oder schlecht ist, muss ich erst herausfinden.

Die Fremde bemerkte meine Zurückhaltung. Sie warf mir einen entschuldigenden Blick zu. Widerwillig musste ich mir eingestehen, dass ich ihre Neugierde nachvollziehen konnte.

»Auch wenn es nicht so wirkt, sind hier alle froh, dass es dir wieder einigermaßen gut geht.«

Nach dieser Aussage konnte ich nicht anders, als Jen überrascht anzustarren. Hier im Bus wirkte außer ihr keiner sonderlich erfreut

über meine Gegenwart. Stattdessen wurde getuschelt und gelästert, was das Zeug hält.
Jeder meint zu wissen, wer ich bin.
Meine Identität ist kein Geheimnis und mein Erscheinen ein Skandal.
Kein Wunder, dass meine Mitschüler derartig gereizt auf mich reagieren.
Ich bin ein gefundenes Fressen für sie.
Die Beute, nach der sie jagten.
Ich war offenbar eine wandelnde Sensation und die Menschen würden meine fragwürdige Bekanntheit gnadenlos ausnutzen, um mein Tun und Handeln in den Dreck zu ziehen. Während diese düsteren Emotionen Besitz von mir ergriffen, spürte ich eine warme, tröstende Berührung auf meiner Schulter.
»Keine Sorge, ich werde dich nicht allein lassen«, meinte Jen unvermittelt.
Hatte ich irgendetwas verpasst oder warum nahm mich das fremde Mädchen unter seine Fittiche? Wir kannten uns erst wenige Minuten! Nicht, dass ich das nicht zu schätzen wusste, aber es war einfach seltsam. Ihre Wangen färbten sich tiefrot, als hätte sie meine Gedanken erraten.
»Ich habe vor zwei Jahren, als ich hierhergezogen bin, fast dasselbe durchmachen müssen. Dumme Sprüche, bescheuerte Streiche, das volle Programm! Aber wenn du willst«, sie machte eine bedeutsame Atempause, »dann begleite ich dich. Ich würde dir alles zeigen und dir dabei helfen, dich zurechtzufinden. Ich wäre so etwas wie eine Verbündete inmitten deiner Feinde.« Sie lachte bei dem letzten Satz über sich selbst. Meine Kinnlade klappte nach unten.
Will sich dieses Mädchen etwa absichtlich ins Aus schießen? Für eine Fremde, die laut den anderen Schülern auch eine Wahnsinnige sein könnte?
Eines musste ich Jen lassen: Sie hatte wirklich Mumm, sich neben mich zu setzen und mir ihre Unterstützung anzubieten. Dafür verzieh ich ihr sogar, dass sie den Tod meiner Eltern angesprochen hatte.
Meine Sprachlosigkeit schien sie zu verunsichern.
»Nur wenn du das möchtest, natürlich«, schob sie deswegen hinterher und distanzierte sich ein wenig von mir.
Ich öffnete den Mund zögernd, schloss ihn jedoch schnell wieder. Ich wusste einfach nicht, was ich sagen sollte. Deshalb nickte ich ledig-

lich. Sie lachte kurz auf. Das Geräusch klingelte in meinen Ohren und versprach mir, dass sich alles zum Guten wenden würde.

»Ich nehme das mal als *Ja*«, meinte sie.

Ich war nur zu einem geflüsterten Dank imstande.

Gleich darauf ertönte ein schneidendes Lachen. »Sieh mal einer an. Die Außenseiterin und der Freak. Ein schönes Pärchen gebt ihr ab!«

Ich ignorierte den hasserfüllten Kommentar des Fremden, der wenige Reihen hinter uns hockte. Ich würde meine Gabe garantiert nicht beschmutzen, indem ich in seine dreckigen Augen sah. Ich spürte eindeutig Jens Anspannung neben mir. Sie fühlte sich unwohl dabei, im Kreuzfeuer zu stehen, und ich konnte es ihr nicht einmal übel nehmen.

Dem Spruch des Jungen konnte ich allerdings entnehmen, dass Jen nicht viele Freunde hatte, die sich mit ihr blicken ließen.

Ist das vielleicht der Grund, warum sie mich angesprochen hat?

Versucht sie eine Freundschaft zu knüpfen, bevor auch ich sie als Außenseiterin bezeichne?

Wahrscheinlich bin ich für sie ebenso eine Verbündete, wie sie es von sich selbst mir gegenüber behauptet hat.

Nur zu gerne würde ich eine Tirade an Schimpfwörtern in die Richtung dieses Großmauls schleudern, doch Jens Gegenwart hielt mich ab. Ich wollte das Feuer aus Hass und Intoleranz nicht noch befeuern, indem ich die Fremden provozierte.

»Du bist anders als sie, Stella. Lass dich nicht auf dieses Niveau herab«, raunte Jen mir zu und ich konnte nicht anders, als ihren von Wissbegierde getriebenen Blick zu erwidern. »Allein schon deine krasse Augenfarbe! Sind das Kontaktlinsen?« Ihre Stimme verlor sich in einem Strudel aus Gedankenwindungen und ich belächelte den Redefluss, der unaufhörlich aus ihrem Mund strömte.

In der Art und Weise, wie ihre Sterne durcheinanderwirbelten und sich die Schweife der Kometen geradezu ineinander verknoteten, konnte ich eindeutig erkennen, dass Jen versuchte, von sich selbst abzulenken. Eine Kurzschlussreaktion, die durch die Angst zustande kam, die der Kommentar des Fremden losgetreten haben musste.

Im gleichen Moment wurde mir klar, dass ich mich Jen gegenüber vorsichtig verhalten musste. Sie hatte bereits meine seltsame Augenfarbe bemerkt und ich wollte nicht, dass sie mein größtes Geheimnis erfuhr

oder sogar die Lichtwandlung beobachtete. Sosehr ich sie bewunderte, dass sie gewillt war, mit dem neuesten Freak der Schule Freundschaft zu schließen, so durfte Jen niemals von meiner Gabe erfahren.
Niemals.

Ich schluckte schwer und wischte ihre neugierigen Worte mit einer einzigen Handbewegung hinfort. »Das bekomme ich oft zu hören, wirklich. Das ist meine natürliche Augenfarbe.«

Ich hielt meine Stimme gesenkt, sodass ich den Leuten im hinteren Teil des Busses nicht noch mehr skandalösen Gesprächsstoff lieferte. Jen nickte verstehend, allerdings spürte ich den Rest der Fahrt über ihr bohrendes Starren auf mir, während ich sie einmal dabei ertappte, wie sie leise murmelte: »Irgendwie kommen mir diese Augen bekannt vor.«

Sobald der Bus zum Stehen kam und alle zu den Ausgängen stürmten, blieb ich einen Moment länger als nötig sitzen und betrachtete den Betonklotz durch die trüben Plexiglasscheiben. Kahle Bäume ragten wie Skelette in den trostlosen Himmel. Ich seufzte kurz auf und beachtete nicht weiter, wie Jen an meinem Jackenärmel herumzupfte.

»Wir sind da. Willst du nicht mitkommen?«, fragte sie ungeduldig und erwartete offensichtlich eine positive Antwort von mir, da sie weiterhin an meinen Klamotten herumzerrte.

»Ist ja schon gut«, grummelte ich und stand langsam auf. Widerwillen setzte sich in meinen Gliedern fest und lähmte meine Bewegungen. Ich wollte mich an einen Ort verkriechen, an dem keine Machos dumme Sprüche über meine Vergangenheit rissen und mich an die Tragödie erinnerten, die mir erst vor kurzer Zeit widerfahren war.

Aber Jen war hartnäckig und duldete keine Widerworte. Stattdessen bugsierte sie mich aus dem Bus und schob mich in Richtung des gebäudeähnlichen Klotzes. Panik schnürte mir die Kehle zu, ich krallte mich in die Träger meines Rucksacks. Das hier konnte nicht die Realität sein. Das war garantiert ein Albtraum!

»Ich hab's mir anders überlegt!«, verkündete ich ihr und rammte meine Hacken in den frostüberzogenen Boden. »Das hier war eine miese Idee, ich sollte wieder nach Hause gehen. Ich bin noch nicht bereit«, setzte ich an, doch Jen unterbrach mich: »Nichts da! Du hast den Weg bis hierher überstanden, Galaxie-Mädchen! Wie viel schlimmer kann es schon werden?« Ihr Blick streifte über meine bunten Haare hinweg und verhakte sich mit dem meinen. Sie runzelte die Stirn und wisperte: »Mal so unter uns, deine Augenfarbe ist echt ein bisschen creepy. Am besten starrst du heute niemanden zu offensichtlich an, wenn du nicht allzu viel Aufmerksamkeit auf dich lenken willst.«

»Ich kann nichts dafür, das weißt du, oder?«, grummelte ich ein wenig beleidigt und bemerkte, dass die Anspannung allmählich von mir abfiel. Jen meinte ihre Aussage nicht böse, das konnte ich an dem klaren Aufblitzen einer Sternschnuppe erkennen. Sie besaß die Eigenschaft, schneller zu sprechen, als über ihre Worte nachzudenken.

Ihre Sternenkonstellationen verschoben sich, als wäre sie ebenso unruhig wie ich.

»Keine Sorge, ich bringe dich schon irgendwie durch den Tag«, sagte sie mit einem verschwörerischen Grinsen auf den Lippen, das ich erwiderte. Es war für mich noch ungewohnt, ungezwungen zu lächeln.

Aber in der Gegenwart dieses quirligen Mädchens konnte ich gar nicht anders. Jens braune Locken hüpften zusammen mit dem Bommel an ihrer Strickmütze auf und ab, während sie mich in Richtung des Eingangs zog. Unzählige Schüler drängelten sich an uns vorbei, strömten auf die gläsernen Türen zu, um der winterlichen Kälte zu entkommen.

Plötzlich waren wir umgeben von unbekannten Menschen und sahen uns Berührungen, Gerüchen und Eindrücken ausgesetzt. Hände streiften meine Jacke, meine Ärmel. Fremde Körper wurden an mich gepresst, Ellbogen wurden mir in die Seite gerammt und mehr als einmal blieb mir in der Masse die Luft weg.

Die Nervosität klammerte sich wie ein überaus nerviger Parasit an mein Gehirn und verursachte verschiedene Szenarien in meinem Kopf. Ich könnte beispielsweise ein zweites Mal stolpern, mich der Länge nach hinlegen und zur Lachnummer der gesamten Schule werden.

Oder es trat Szenario Nummer zwei ein, die weitaus schlimmere Variante: Ich würde jemandem in die Augen schauen, sein Universum inspizieren und die Seele meines Gegenübers analysieren, bis dieser sich zu Tode gruselte und eine Massenpanik auslöste.

»Wo musst du überhaupt hin?«, fragte Jen plötzlich und riss mich so aus meinen wirren Gedankengängen.

»Ich habe nicht den Hauch einer Ahnung«, rief ich ihr zu.

Füße scharrten rastlos über den Boden, belanglose Themen hallten durch den Gang und altbekannte Freunde grüßten einander grölend und schreiend. Ein Ellbogen traf mich in die Seite, ich stolperte und wurde rücksichtslos umhergeschubst. Hier galt eindeutig das Recht des Stärkeren. Es wirkte so, als würde ich keinen eigenen Weg verfolgen, sondern vom Strom mitgerissen werden. Ich hasste es jetzt schon.

Jen hingegen spazierte mit federndem Gang durch den Flur und stellte ein strahlendes Lächeln zur Schau.

Ihre gebräunte Haut glänzte im Licht der LED-Lampen wie flüssiges Karamell und das Leuchten ihrer dunklen Augen glich einer Supernova. Ich beneidete sie ein bisschen um ihre Souveränität, obwohl sie es bestimmt nicht leicht an dieser Schule hatte.

Wir teilten gewissermaßen ein Schicksal, was wohl der Grund war, weshalb ich mich von Anfang an mit ihr so verbunden fühlte.

»Am besten suchen wir zuerst das Sekretariat auf, damit du deinen Stundenplan erhältst«, schlug Jen vor und bog nach rechts ab. Im Gegensatz zum Flur, den wir gerade mit gefühlt tausend anderen Schülern begehen mussten, wirkte dieser geradezu leer. Unschlüssig blieb ich stehen und sah mich um. An den gelb gestrichenen Wänden hingen Pinnwände voller Flyer und Zettel.

»Meine Güte, Stella! Wenn du so weitermachst, kommen wir erst morgen früh an!«, beschwerte sich Jen vom anderen Ende des Flures. Sie hatte die Hände in die Hüften gestemmt und blies sich eine widerspenstige Locke aus der Stirn. Dann stapfte sie auf mich zu und zog mich hinter sich her, während wir von einigen vorbeilaufenden Schülern schief angesehen wurden. Okay, nicht *wir* wurden angestarrt, sondern einzig und allein *ich* …

Ich senkte auf der Stelle den Kopf, als ich dies bemerkte, und wagte es nicht, auch nur einem von ihnen in die Augen zu sehen.

»Na, dann wollen wir mal schauen, was du so für Stunden hast. Vielleicht haben wir ja auch einige Fächer zusammen!« Höchst motiviert hakte sich meine neue Freundin bei mir unter und schleifte mich in Richtung der gläsernen Tür, auf der in schwarzen Lettern *Sekretariat* geschrieben stand.

Ohne dass ich noch irgendetwas hätte einwenden können, stieß sie die Tür auf. So schwungvoll, dass der Türgriff gegen die Wand krachte. Ich zuckte bei dem Geräusch zusammen und warf Jen einen strafenden Blick zu, ebenso wie die runzlige Frau, die hinter einem Tresen saß. Der Tisch war beinahe so groß wie sie selbst und nur ihr Gesicht war zu sehen. Weiße Locken kringelten sich um den runden Kopf der Sekretärin und betonten den schmallippigen Mund. Tiefblaue Augen musterten uns mit Desinteresse.

Ihr Universum strotzte nur so vor Kälte und Einsamkeit. Bläulich strahlende Schlieren zogen sich durch ihre Pupille. Es gab zwar eine Sonne, doch diese war so weit in sich zusammengeschrumpft, dass sie mich an einen weißen Zwerg erinnerte. Diese Sterne vereinigten sich mit Sonnenmasse und erzeugten so einen besonders kraftvollen Schein, der allerdings niemals an das Strahlen einer tatsächlichen Sonne heranreichte. Um das schwache Sternengebilde kreisten nur drei Planeten. Die Finsternis und Lichtarmut dieser Galaxie berührte mich zutiefst. Diese Frau war einsam und allein. Und sie musste etwas erlebt haben, was die Sonne ihres Inneren hatte verglühen lassen.

Ich riss mich von dem bohrenden Starren der Sekretärin los und starrte teilnahmslos an die Decke, als hätte ich gerade nicht in den Seelentiefen dieser Frau herumgewühlt.

»Was wollt ihr Gören denn jetzt schon wieder?« Ihre kratzige Stimme jagte mir einen Schauder über den Rücken.

Jen räusperte sich kurz. Sie sah mich erwartungsvoll an. Ich schüttelte unauffällig den Kopf, da hatte sie schon ihre Hand auf meinen Rücken gelegt und mich näher an den Tresen geschoben. Ich klammerte mich an dem glatt polierten Holz fest.

Um ihr nicht wieder in die Augen zu sehen, konzentrierte ich mich auf die Nasenwurzel der Sekretärin. Auf diese Weise war ich bereits vielen unangenehmen Begegnungen ausgewichen, denn oftmals empfand es mein Gegenüber als unhöflich, wenn man ihn nicht direkt ansah.

»Guten Tag.« Meine Stimme zitterte nur ganz leicht. Ich war stolz auf mich. »Mein Name ist Stella Marks. Ich bin neu hier. Kann ich hier meinen Stundenplan entgegennehmen?«

Die Sekretärin schaute mich durch ihre Brille an, die nur aus zwei gigantischen runden Gläsern ohne Rahmen bestand. Ein schmales silbriges Gestell hielt sie auf ihrer Nase aufrecht.

»Einen Moment bitte«, grummelte sie und verschwand unter dem Tresen. Papier raschelte, Ordner klapperten und schließlich schmetterte sie eine dünne Akte direkt neben meine Hand. Der lockige Kopf kam wieder zum Vorschein und ich hätte schwören können, dass die Sekretärin griesgrämiger aussah als zuvor.

»Darin sind dein Stundenplan und die Papiere, die du deinen jeweiligen Lehrern gibst, ebenso wie eine neue Klassenliste für jedes Unterrichtsfach, an dem du teilnimmst. In den alten Listen bist du noch nicht verzeichnet.«

Ich klaubte den dünnen Aktenordner vom Tresen und trat eilig einen Schritt zurück.

»Vielen, vielen Dank für Ihre Hilfe. Wir wollen Sie nicht weiter stören und gehen dann mal.« Ich rang mir so etwas wie ein Lächeln ab, doch es verzog sich zu einer schiefen Grimasse.

Glücklicherweise hatte sich die Sekretärin bereits von uns abgewandt. Keinen Wimpernschlag später spürte ich Jens Griff an meinem Oberarm, während sie mich aus dem Büro schleifte. Kaum fiel die Tür hinter uns ins Schloss, stieß Jen ein empörtes Schnauben aus, zusammen mit der Bemerkung: »So eine alte Schreckschraube!«

»Ich glaube, sie ist einfach nur einsam«, bemerkte ich zögerlich.

»Es gab eine Zeit, da war sie sogar nett zu uns. Kannst du dir das vorstellen? Aber als vor etwa zwei Jahren ihr Ehemann gestorben ist, wurde sie unausstehlich!« Jen schüttelte ihre wilden Locken durch und fuhr sich mit gespreizten Fingern durch die Haare.

Etwas in der Art hatte ich erwartet. Die Frau hatte gewirkt, als wäre die Flamme, die sie in ihren Augen getragen hatte, erloschen. Bedrückt ließ ich die Schultern hängen und sah zurück, in der Hoffnung, die Sekretärin hinter dem Tresen rumoren zu sehen. Doch das Glas der Tür war derart verkratzt und trüb, dass ich dahinter bloß umherhuschende Schemen ausmachen konnte.

»Sie tut mir zwar leid, aber sie hat jegliche Hilfe und Unterstützung aus dem Kollegium und von den Schülern abgewiesen. Manche Menschen wollen sich nicht helfen lassen.« Sie schaute mich traurig an, doch ich erkannte deutlich in dem gedämpften Sonnenlicht ihrer Galaxie, dass sie sich damit abgefunden hatte, dass die Probleme der Frau nicht ihre Angelegenheit war. Genau genommen stimmte das auch. Doch immer wenn ich die Tragik eines menschlichen Schicksals las, verspürte ich auf der Stelle das Bedürfnis, ihnen zu helfen. Leider wusste ich nie, wie ...

Wir Menschen vergessen oftmals, dass jeder von uns eine eigene Geschichte voller Leiden, Lieben und Leben besitzt.

Denn wir kennen alle nur unsere eigenen Geschichten, die der anderen bleiben uns auf ewig fremd.

Bevor ich meine Lippen zu einem Einwand öffnen konnte, hatte mir Jen die Akte aus den Händen gerissen und tatenfreudig verkündet: »Dann lass mal sehen, in welchen Fächern wir uns die Sitzbank teilen!«

Ich schluckte meine Hilflosigkeit runter und zwang mich dazu, ruhig zu bleiben. Bis jetzt lief der Tag ganz gut. Nun ja, einigermaßen okay traf es besser, aber ich hatte Schlimmeres erlebt. Ich sollte mir diese Zeit nicht schwerer machen, als sie ohnehin schon war. Und so tat ich es Jen gleich und schaute ihr über die Schulter, während sie meinen Stundenplan genauestens unter die Lupe nahm. Sie gab oft zustimmende Laute von sich und nur manchmal grummelte sie leise Flüche in ihren Schal, den sie eng um ihren Hals geschlungen hatte.

»Gute Nachrichten, Stella! Wir haben die meisten Hauptfächer zusammen, aber in Sport und einigen anderen Kursen bin ich leider nicht dabei.« Sie zog bei den letzten Worten eine Schnute.

Ich konnte mir ein Grinsen und einen Kommentar diesbezüglich nicht verkneifen und kurz darauf verzogen sich auch Jens Lippen zu einem Lächeln. Sie hakte sich bei mir ein und manövrierte mich im Laufschritt durch die Gänge, während ich versuchte, ihrem fröhlichen Geplapper zu lauschen. Als ich ihr irgendwann nicht mehr folgen konnte, da Jen mit fremden Namen nur so durch die Gegend warf, wagte ich es, in ihren Monolog einzugreifen: »Sag mal, gibt es hier eigentlich so etwas wie Überlebenstipps, um die Schulzeit heile zu überstehen?«

»Und ob es die gibt!«, meinte sie, als wäre es das Selbstverständlichste der Welt.

»Numero uno: Betrete zuletzt den Raum und verlass ihn als Erste. Besonders wenn es darum geht, noch einen Sitzplatz in der Mensa zu erhaschen. Es gilt das Recht des Stärkeren: Fressen oder gefressen werden und so weiter ...

Numero dos: Schlafe niemals im Unterricht ein! Glaub mir, das ist total unangenehm und wirklich *jeder* wird es dir die nächsten zwei Jahre unter die Nase reiben.« Jen verdrehte entnervt die Augen. Woher beschlich mich nur die Ahnung, dass sie aus Erfahrung sprach? Dann machte sie eine dramatische Pause, beugte sich in meine Richtung und wisperte: »Und schließlich die heilige, unantastbare numero tres …«

Mitten im Satz zog sie scharf den Atem ein und ihr Rücken versteifte sich.

Als ich verwirrt meinen Blick nach vorn schweifen ließ, erkannte ich, weshalb sich der sonst so redefreudige Lockenkopf mit einem Mal in eine stumme Statue verwandelt hatte. Der Gang vor uns war wie leer gefegt, bestimmt war der Gong zum Stundenbeginn längst ertönt. Einzig und allein eine Person kam uns entgegen.

Und nun verstand ich, warum Jen keinen weiteren Laut von sich gegeben hatte. Es lag an dem jungen Mann, der uns entgegenkam und sich mit den Fingern durch seine nachtschwarzen Haare fuhr. Seine Gesichtszüge schienen kantig und so scharf wie ein Messer. Gleichzeitig hallten seine Schritte von den Wänden wider, als die Sohlen der Kampfstiefel auf den Linoleumboden trafen. Eine Lederjacke verdeckte sein Holzfällerhemd größtenteils.

Holy Sh …
Wer zur Hölle ist das?

Ich spürte die Düsternis und die Abgründe seiner Seele über den gesamten Gang hinweg, als würde eine Wolke ihn umhüllen und seine Aura durch und durch von einer ewigen Nacht beherrscht werden. Und dabei hatte ich nicht einmal in seine Augen geschaut.

Als ich meinen Kopf anhob und mein Blick den des Fremden traf, stockte ich. Beinahe wäre mir die Kinnlade nach unten geklappt. Auch der Fremde starrte mich nun hemmungslos an.

»Sieh nicht so auffällig hin«, zischte Jen. Ihre Worte rissen mich aus meiner Trance. Das Gesicht in einer Maske eingefroren, ließ ich mir nicht anmerken, was für ein Gefühlschaos in mir herrschte.

Das kann nicht sein, oder?
Das ist absolut unmöglich.

Der Kerl kam immer näher und näher. In wenigen Metern würde er bei mir sein.

Noch 5 Meter ... 4 ... 3 ... 2 ... 1 ...

Und er rauschte an mir vorbei.

Sobald er sich außerhalb meines Sichtfeldes befand, atmete ich die angehaltene Luft aus.

Allerdings hatte die Verunsicherung ihre Krallen tief in meine Gedanken geschlagen. In seinen Iriden hatte ich nichts gesehen. *Nichts.* Kein Universum, keine Galaxie, keinen Stern, keine Sonne. Kein eigener Kosmos.

Und was weitaus verwirrender war: Der Fremde besaß die gleiche Augenfarbe wie ich.

Zehntes Kapitel
Psycho

»Wer zur Hölle war das?«, fragte ich Jen, sobald wir um die nächste Ecke gebogen waren. Ich konnte anhand ihrer Haltung erkennen, dass sie sich allmählich entspannte.

»Numero tres«, erklärte sie mit zusammengepressten Lippen. »Das ist Noris. Finaler Überlebenshinweis: Halt dich von ihm fern. Er bedeutet Ärger.«

Ich wollte Einspruch erheben, doch angesichts der seltsamen Begegnung, die mir noch in den Gliedern steckte, hielt ich meinen Mund geschlossen.

»Und glaub ja nicht, dass es mir nicht aufgefallen ist, wie du ihn angestarrt hast!«, piesackte sie mich sofort.

Schuldbewusst zuckte ich zusammen.

»Am Anfang habe ich ihn genauso angeschmachtet. Aber das nahm kein gutes Ende.« Die sonst transparente Nebula in ihrem Blickfeld verfinsterte sich und warf einen dunklen Schatten über das Strahlen der Sonne. Ich fragte mich, was wohl zwischen den beiden vorgefallen sein mochte.

Hat es womöglich mit dem Ereignis zu tun, das sie ihren Ruf gekostet hat?

Meine Gedanken liefen auf Hochtouren, trotzdem traute ich mich nicht nachzufragen. Wenn Jen so weit war, würde sie mir davon erzählen. Ich wollte unsere gerade erst aufblühende Verbundenheit nicht durch meine Neugierde zertreten.

»Wir sollten uns beeilen. Irgendwie habe ich das ungute Gefühl, dass der Unterricht schon vor einer ganzen Weile begonnen hat«, merkte ich stattdessen an.

Jen schob den Ärmel ihrer Jacke nach oben und stieß nach einem Blick auf ihre Armbanduhr eine beachtliche Masse an Flüchen aus, bevor sie mich durch die verwinkelten Flure jagte. Schließlich kamen wir an einer der grauen Türen an, die es an dieser Schule zuhauf gab.

»Wir haben jetzt Mathe. Ich weiß, ich weiß ... Keine gute Art und Weise, in den Tag zu starten, doch sieh es positiv ...«, setzte Jen an, während ich eine Augenbraue in die Höhe zog. »Immerhin bin ich dabei!«

Ihr strahlendes Lächeln verscheuchte jegliche Zweifel und vertrieb sogar meine düsteren Gedanken aufgrund unserer Begegnung mit Noris. Bevor ich zu Wort kam, drückte Jen mir meine Akte in die Hand, klopfte an die Tür und riss diese auf. Ein wenig perplex stand ich vor dem Türrahmen und starrte in den Raum hinein. Vollkommene Stille empfing mich, mehr als zwei Dutzend Augenpaare starrten mich teilweise belustigt, teilweise interessiert an, während sich jemand rechts von mir lautstark räusperte. Mein Kopf fuhr herum, als ich den glatzköpfigen Mann zur Notiz nahm, der ein Stück Kreide in der Hand hielt und mich über seine Hornbrille hinweg skeptisch musterte.

»Wer sind Sie und warum stören Sie meinen Unterricht, wenn ich fragen darf?«, fragte er mit ruhiger Stimme.

Jen schlich sich hinter meinem Rücken in den Raum und verschwand inmitten einer der Sitzbänke, als hätte sie bereits die ganze Zeit dort gesessen. Grinsend deutete sie auf den freien Platz neben sich.

»Ich bin Stella. Stella Marks«, gab ich von mir und reichte dem leicht kugeligen Mann Mitte fünfzig die Akte. Unter den Schülern wurde Gemurmel laut, sobald ich meinen Namen genannt hatte. Ich versuchte es auszublenden und mich stattdessen auf den Lehrer zu konzentrieren.

Zweifelnd legte dieser die Kreide zur Seite und kam auf mich zu. Mit ausgestreckter Hand hielt ich ihm die Akte entgegen. Die Klasse verfolgte jede meiner Bewegungen, als wären sie die Räuber und ich die Beute. Ich zwang mich dazu, aufrecht zu stehen, um standhaft und selbstbewusst zu wirken. Allerdings erinnerte mein Erscheinungsbild eher an ein verschrecktes Reh. Der Lehrer nahm mir die Akte aus der Hand, blätterte durch einige Zettel und fischte sich diejenigen raus, die für ihn relevant waren. Kurze Zeit später hielt ich die dünne Pappe wieder zwischen den Fingern.

»Du darfst dich hinsetzen«, meinte er. »Leute! Das hier ist Stella. Und jetzt lasst uns mit der Kurvendiskussion weitermachen. Immerhin ist das wichtig für euren Abschluss«, erklärte mein Mathelehrer gerade noch, bevor ich mich aus seinem Sichtfeld schieben und neben Jen in die vorletzte Reihe setzen konnte. Die Aufmerksamkeit der Klasse war trotzdem auf mich gerichtet. Um mich herum tuschelte es.

»Was soll denn die Nummer mit ihren Haaren? Fühlt sie sich jetzt etwa besonders?«, ertönte es direkt hinter meinem Rücken. Zwar bemühten sich meine Mitschüler, leise zu sein, damit der Lehrer nichts mitbekam, doch da ich höchstens einen Meter von ihnen entfernt war, hörte ich das Geläster in aller Deutlichkeit.

»Keine Ahnung, aber ich finde, es sieht ziemlich cool aus«, grummelte jemand dicht daneben. Offenbar hatte ich auch ein paar Sympathisanten dazugewonnen.

»Ist das die Neue, deren Eltern abgemurkst wurden?«, wisperte es zwei Plätze links von mir und sofort zogen sich meine Mundwinkel nach unten. Ich sackte in mich zusammen und zog die Schultern ein. Die Schwerkraft schien nun doppelt so schwer auf mir zu lasten.

»Ich hab gehört, dass sie einige Monate in einer Psychiatrie eingesperrt gewesen sein soll.«

Nicht eingesperrt. Behandelt. Meine Hände ballten sich zu Fäusten und drückten so fest zu, dass die weißen Knöchel unter der Haut zum Vorschein kamen.

»Ruhe da hinten!« Der Zeigestock des Lehrers knallte auf das Pult. Die vorderen Reihen zuckten allesamt zusammen und für eine Sekunde lang herrschte absolute Stille. »Ich versuche hier zu unterrichten!«

Kaum hatte sich der Mann von uns abgewandt, ging die Tuschelei hinter mir wieder los. Dieses Mal waren sie so leise, dass ich mich anstrengen musste, um alles mitzubekommen.

»Sie soll auch mehrmals versucht haben zu flüchten.«

Was zur Hölle?

Wer dachte sich diesen Mist aus?

Ich knirschte mit den Zähnen und schluckte meine Widerworte stumm herunter.

»Mein Dad behauptet, sie hätte ihre Eltern selbst ... ihr wisst schon. Und der muss es wissen, immerhin ist er bei der Polizei.«

»Hoffentlich werden wir nicht ihre nächsten Opfer ...«

Vergessen war jegliche Spur meines vorherigen Glücksgefühls. Ich sackte im Stuhl zusammen und versuchte die Stimmen aus meinem

Bewusstsein zu verdrängen, doch sie ebbten nicht ab, sondern wurden stattdessen immer lauter. Selbst in meinen Gedanken hörten sie nicht auf zu wispern und zu flüstern. Die giftigen Worte verätzten meine Seele. Langsam, aber sicher stiegen mir Tränen in die Augen.

Ich war bereits kurz davor, das Handtuch zu schmeißen und aus dem Raum zu stürmen, als ich eine Hand spürte, die sich auf meine verkrampften Fäuste legte. *Jen.*

Zweifelnd warf ich ihr einen Seitenblick zu. Ihr zuversichtliches Lächeln und ihr warmes Strahlen holten mich aus dem Sumpf der bösartigen Gedanken zurück. Ich öffnete meine Hand und zustimmend drückte meine Freundin zu.

»Hör da nicht hin. Die haben alle keine Ahnung!«, flüsterte sie mir zu und mein linker Mundwinkel zuckte ein wenig nach oben. Ihre nächsten Worte führten beinahe dazu, dass ich Jen mitten in der Mathestunde um den Hals gefallen wäre. »Ich bin für dich da, Stella. Du bist nicht allein.«

Den Rest der Schulstunde verbrachte ich damit, auf die blanke Tischplatte zu starren und die gehässigen Kommentare meiner Mitschüler zu verdrängen. Jen versuchte mich abzulenken, aber ich verharrte in meiner Versteinerung. Ich rechnete ihr hoch an, dass sie beharrlich blieb. Mein Verhalten war allerdings ein Schutzmechanismus, der mich davor bewahrte, mitten in diesem Klassenzimmer vollkommen durchzudrehen.

Ich fuhr mir mit dem Ärmel meines Pullis über die feuchten Wangen und brach aus der Starre aus. Gedankenblitze vermischten sich mit der Realität. Ich sah die Leichen meiner Eltern und ein Zittern erschütterte mich. Als ich die Lider aufschlug, um den Bildern zu entkommen, lagen sie bewegungslos auf dem Fußboden im Kursraum, keine zwei Meter von mir entfernt. Es wirkte so echt. Ihre verrenkten Gliedmaßen, ihre erstarrten Gesichter. Es war wie damals. Dunkles Blut floss über den glatten Linoleumboden direkt in meine Richtung und schien nach mir greifen zu wollen. Die trüben Blicke meiner Eltern fixierten mich. Ich wagte es nicht, auch nur einen Atemzug zu tun, aus Angst, ich könnte den Gestank von Verwesung wahrnehmen. Die Panik, die mir meinen Brustkorb abschnürte, sorgte dafür, dass ich meine Augen so fest zusammenkniff, wie es nur möglich war. Weiße Blitze tanzten vor meinen geschlossenen Lidern und vertrieben den Flashback.

Sie sind für immer fort.
Ihre Seelen sind zerbrochen, ihre Galaxien erloschen.
Sie haben nie eine Chance gehabt.

Meine Eltern waren Opfer einer Gewalttat. Wehrlos, vielleicht sogar widerstandslos? *Opfer.*

Ich hingegen wollte kein Opfer meiner eigenen Gefühle sein. Ohne meine Entscheidung zu überdenken, sprang ich auf. Meine Hände stemmten sich auf die kühle Tischplatte. Haare in den Farben des Kosmos hingen mir wie ein Vorhang ins Gesicht und schirmten mich vor der Welt ab. Sobald ich aufschaute, waren die Leichen meiner Eltern verschwunden. Sie hatten die Blutfinger und die zerbrochenen Universen mit sich genommen. Unheilvolle Stille umflutete mich.

Ich verharrte in der Position, bis ich ein Räuspern vernahm. Sobald ich den Kopf nur wenige Zentimeter hob, erkannte ich, dass der Lehrer mich stirnrunzelnd anstarrte. Er wollte gerade zu einer Frage ansetzen, doch ich kam ihm zuvor, fuhr herum und eilte zur Tür. Seine Frage würde unbeantwortet bleiben. Meine Schritte waren fest, bestimmt, wohingegen mein gesamter Körper zitterte, als hätte jemand mir einen Elektroschock verpasst.

Höchstens fünf Meter trennten mich von der Tür und ich hatte die Hand an den Türgriff gelegt, bevor ich das Geflüster erneut aufbrausen hörte. Es glich einem Tornado, der mich von den Füßen zu reißen drohte.

»Psycho.«

Ein stechender Schmerz durchzuckte mich.

Ich fuhr herum, betrachtete die gesamte Klasse, ohne nur ein Wort von mir zu geben.

Wer hat das gesagt?

Ich wollte denjenigen spüren lassen, wie sehr er mich verletzte. Mehr als es jede Waffe es je hätte tun können. Mein Blick tigerte über meine Klassenkameraden hinweg. Dieses Mal beugte ich mich ihrem Starren nicht, sondern bewies Standhaftigkeit. In der vordersten Reihe zogen einige scharf die Luft ein, weil sie meine seltsame Augenfarbe bemerkten. Mein Herz pumpte Adrenalin durch die Adern. Ich stand in Flammen und nur meine strömenden Tränen löschten die Hitze.

Keiner wagte es zu sprechen, sodass ich mich schließlich von diesem deprimierenden Haufen abwandte, die Tür aufriss und in den Flur hinaus flüchtete. Noch bevor die Tür hinter mir ins Schloss fiel, vernahm ich Jen, die ihre Mitschüler anpampte: »Seht nur, was ihr angerichtet habt!«

Ich stürmte fort. Den Gang entlang. Rechts, links, rechts, wieder rechts. Ich wollte so viel Abstand wie möglich zwischen mich und diese Lästermäuler bringen.

Ohne weiter darüber nachzudenken, stieß ich die Tür zur Damentoilette auf. Im nächsten Moment befand ich mich in einer beengten Kabine, schloss hinter mir ab und ließ mich auf den Toilettendeckel plumpsen.

Meine Fingerspitzen wischten über meine immer noch nassen Wangen. Als ich daraufhin meine bleichen Fingerspitzen ansah, an denen nun die letzten Reste meiner Mascara klebten, musste ich abermals seufzen und ließ meine Hände in den Schoß sinken.

Was tue ich hier überhaupt?

Diese Idee war von Anfang an zum Scheitern verurteilt gewesen. Nach monatelanger Einsamkeit konnte doch niemand erwarten, dass ich mich innerhalb eines Tages in den normalen Alltagswahnsinn einfinden würde. Ich musste Franny anrufen. Ich konnte einfach nicht mehr. Das Einzige, was ich jetzt brauchte, war mein Bett. Und vielleicht einen Tee. Oder heiße Schokolade.

Eine Sekunde später ließ ich den Hinterkopf gegen die Wand hinter mir krachen. Verdammt! Das Handy befand sich in meinem Rucksack. Und der lag immer noch im Klassenzimmer. Der dumpfe Schmerz benebelte meine Wahrnehmung kurz und ein beständiges Pochen setzte sich hinter meinen Schläfen fest.

In mir trugen Selbstzweifel und meine Würde einen erbitterten Kampf miteinander aus. Sollte ich in die Klasse zurückhetzen, meine Sachen holen und eine neue Welle an Grausamkeiten über mich ergehen lassen? Es war fast schon seltsam, wie empfindlich ich in den letzten Monaten gegenüber meinen Mitmenschen geworden war. Mich verfolgte seit dem Mord an meinen Eltern das Gefühl, dass mich jeder

Windhauch aus der Bahn werfen könnte. Ich war labil – so hatte es schon mein Psychiater genannt.

Das Pochen in meinem Kopf verstärkte sich und ich fuhr mir durch die bereits zerzausten Haare. Ich wollte stark sein, für mich selbst, für meine Eltern. Doch ich wusste nicht wie. Alles, was ich spürte, war die unendliche Hilflosigkeit, die mich wie eine Lawine unter sich zu begraben drohte.

Zum ersten Mal in meinem Leben war ich froh darum, dass ich meine eigene Galaxie nicht sehen konnte. Sie musste zerbrochen und voller Seelensplitter sein.

Irgendwann dröhnte der Gong in meinen Ohren. Kurz darauf hörte ich das Öffnen der Tür, das Schnattern mehrerer Mädchen und fließendes Wasser. Neben Make-up, Büchern, Klamotten, Musik und Jungs gab es an diesem Tag besonders ein Gesprächsthema, das sie alle brennend interessierte: mich.

»Habt ihr die Neue schon gesehen?«, fragte jemand und sofort versteifte ich mich auf dem Klositz.

»Sicher, wer denn nicht? Bei den auffälligen Haaren!«

Allgemeines Gelächter brach aus und ich sank nur noch mehr in mich zusammen. Jedes Wort brannte in meinen Ohren. Ich musste dem Drang widerstehen, sie einfach zuzuhalten.

»Mal im Ernst, glaubt ihr an den ganzen Bullshit, der über sie erzählt wird?«

»Sie soll psychisch gestört sein! Also, hab ich zumindest gehört.«

Ich wollte das nicht mehr hören. Es war an der Zeit, dass ich Stärke bewies und für mich einstand.

Langsam setzte ich meine Füße auf dem gefliesten Boden ab und entriegelte die Kabinentür.

Das leise Klacken hallte durch den gesamten Toilettenraum. Sofort verstummte die redselige Truppe. Die Mädchen hatten bis zu diesem Zeitpunkt gedacht, dass sie unter sich gewesen wären.

Tja, falsch gedacht.

Schweigen legte sich über uns. Dann öffnete ich die Tür. Ich streckte den Rücken durch, hob das Kinn an und trat in den Vorraum des Klos. Fünf Augenpaare starrten mich entgeistert an. Eine verräterische Blässe breitete sich auf ihren Gesichtern aus. Zwei von ihnen wandten den Blick von mir ab und betrachteten den Boden, während ein weiteres Mädchen fluchtartig die Toilette verließ. Ich grinste überlegen in mich hinein.

Ohne auf sie Rücksicht zu nehmen, schob ich mich an ihnen vorbei auf die Waschbecken zu. Ich drehte den Hahn auf und erst das plätschernde Geräusch des Wassers brach die Stille.

Im Spiegel betrachtete ich jede Einzelne von ihnen. Sie taten nichts als schockiert zurückzustarren. Ich richtete meine Haare und wischte die dunklen Schatten der Wimperntusche weg. Jetzt fühlte ich mich beinahe wieder menschlich. Ich schaute weiterhin in die entgleisten Gesichtszüge der Mädchen.

»Man sollte nicht das als Wahrheit abstempeln, was am leichtesten zu glauben ist«, meinte ich. Meine Stimme hallte von den Wänden wider und unter der Last meiner Worte zuckten die Mädchen zusammen. Ohne abzuwarten, ob sie etwas zu sagen hatten, verließ ich den Raum.

Inzwischen fühlte ich mich beinahe glücklich darüber, meinen Standpunkt klargemacht und Stärke bewiesen zu haben. Ich wollte gerade den Weg zurück zu meinem Matheraum antreten, als ich *ihn* direkt an der Wand vor mir lehnen sah. Er schaute mich durch die schwarzen Locken hinweg an und seine Augen, die den meinen so ähnlich waren, wichen nicht von meinem Antlitz. *Noris.*

Ich verharrte in der Bewegung. Seine Lederjacke raschelte und sandte einen intensiven Geruch zu mir herüber. Nach nur zwei großen Schritten war er bei mir und blockierte meinen Weg.

Ich räusperte mich und wollte den Kopf senken, bis mir mein eindrucksvoller Auftritt von gerade eben in den Sinn kam. O nein, ich würde nicht klein beigeben. Ich war stark und konnte mich ebenso gegen diesen Kerl behaupten wie gegen die Gruppe an Mädels.

Noris ließ seine Hand hervorschnellen und stützte sich an der Wand neben mir ab, um mir den Weg abzuschneiden. Er beugte sich leicht hinunter, da er mich um zwei Köpfe überragte.

Jegliches Stärkegefühl schwand dahin. Ich versuchte meine Atmung zu kontrollieren. Ein Hauch Vanille schwang in seinem Duft mit, bei dem ich sofort an Wald und Regen denken musste.

Ich studierte sein Gesicht, während er genau das Gleiche tat und mich unverhohlen anstarrte. Die markanten Züge, die angespannten Sehnen an seinem Hals sowie die ausgeprägten Muskeln und das zerzauste Haar strahlten aus, was ich bei unserer ersten Begegnung im Gang gespürt hatte: *Gefahr.*

Seine finstere Aura nahm mich gefangen.

»Wer bist du?«, raunte er, wobei sein warmer Atem mein Ohr strich. Meine Wangen erhitzten sich. Unsere Augen ähnelten sich so sehr. Weißgrau mit einem schwarzen Kranz.

Der bedrohliche Unterton seiner Stimme grollte wie ein Gewitter über mich hinweg und hinterließ eine ausgeprägte Gänsehaut auf meinen Armen. Das brachte mich zur Besinnung. Ich erinnerte mich an meine eigenen Kräfte und vertrieb seine Dunkelheit mit meinem Licht.

Ohne seine einschüchternde Wirkung weiterhin zur Kenntnis zu nehmen, riss ich mich von dem sternenleeren Blick los und sauste an ihm vorbei, während ich ihm im Gehen zurief: »Als ob ich *dir* das sagen würde.«

Ich wollte so viel Distanz zwischen mich und diesen seltsamen Kerl bringen wie möglich. Glücklicherweise setzte erneut der Pausengong ein und unzählige Schülermassen strömten durch die Gänge, sodass der Fremde unmöglich zu mir durchdringen konnte. Ich tauchte in dem Meer aus Köpfen und Körpern unter und schlug den Flur ein, der zu meinem Matheraum führte.

Als ich nach einer Minute die Tür erreichte, stürmte mir eine völlig aufgelöste Jen entgegen. Ihre Locken wippten auf und ab, während sie die Arme um meinen Hals schlang.

»Es tut mir so leid«, raunte sie, bevor sie mich aus ihren Armen entließ.

Ich starrte sie verständnislos an. »Du hast doch gar nichts gemacht, Jen.«

Sie lächelte vorsichtig. Es wirkte zerbrochen.

»Das ist es ja. Ich hätte dich verteidigen müssen, dir den Rücken stärken und nicht stumm mit ansehen, wie du weinend aus dem Unterricht stürmst. Ich war wie gelähmt und konnte nichts tun! Als ich dir hinterherlaufen wollte, hat mich Herr Jenkins aufgehalten und meinte, dass du bestimmt gleich zurückkommen würdest. So ein inkompetentes ...« Sie verkniff sich das Schimpfwort, das ihr garantiert auf der Zunge lag, und seufzte. »Es tut mir so unendlich leid, Stella.«

Ich strich ihr über den Arm und zog sie wieder an mich.

»Mach dir nicht so viele Gedanken, Jen. Diese Vollidioten können mich mal. Das da drin war nur ein kleiner Rückfall. Lass uns bitte nicht mehr drüber reden«, bat ich.

Jen nickte und ihre Haare flogen durch die Luft. Ich konnte die Fragezeichen in ihrem Gesicht erkennen, trotzdem drängte sie sich mir nicht auf.

Sobald sie einen Schritt zur Seite trat, sah ich, dass mein Rucksack und mein Anorak neben ihr auf dem Boden standen. Sie hatte tatsächlich darauf aufgepasst. Dankbar lächelte ich sie an. Kurzerhand schulterte ich den Rucksack und griff nach der Jacke. Jen hielt den Aktenordner in der Hand und zusammen machten wir uns auf den Weg zur nächsten Unterrichtsstunde.

Ich wollte das hier schaffen. Als ich Jens sanftes Lächeln bemerkte, war ich mir sicher, dass ich mit einer Freundin wie ihr an meiner Seite alles erreichen konnte.

Elftes Kapitel
Kleine Sternenseele

»Sehen wir uns morgen?« Jen schaute mich abwartend an, während ich meine Sachen zusammenklaubte, um den Bus zu verlassen.

Da sie offensichtlich eine Antwort erwartete, zwang ich mich zu einem Lächeln und erwiderte: »Na klar. Bis morgen!«

Ich wankte auf eine Tür zu und klammerte mich am Haltegriff fest. Die Heftigkeit, mit der der Fahrer auf die Bremse stieg, überraschte mich trotzdem. Stolpernd trat ich einige Schritte nach vorn, beinahe wäre ich gegen die Frontscheibe geprallt. Ich verfluchte ihn für seinen unvorsichtigen Fahrstil, während ich mir den schmerzenden Arm rieb.

Keine Sekunde später öffnete sich die klapprige Schwingtür des Busses. Ich hatte kaum beide Füße auf den Boden gesetzt, da brauste der Bus davon und ließ mich in einer stinkenden Abgaswolke zurück.

Ich rückte den Rucksack zurecht und machte mich auf den Heimweg, wobei ich dieses Mal penibel darauf achtete, auf die Stellen zu treten, die nicht vereist waren. Das Letzte, was ich jetzt gebrauchen konnte, war ein zweiter Fall, der mir womöglich einen gebrochenen Arm bescherte.

Schon vom Weiten sah ich den spitzen Turm meines neuen Heims, weshalb sich meine Schritte automatisch beschleunigten. Nach diesem katastrophalen Tag konnte ich es gar nicht erwarten, nach Hause zu kommen.

Über den gesamten Tag hinweg hatte sich eine hauchzarte Schicht aus Frost und Raureif über mein Innerstes gelegt. Ein Schutzschild, an dem die Gehässigkeiten meiner Mitschüler abprallten. Alles ließ mich kalt. Doch unter meinem abwehrenden Äußeren befand sich ein längst zerbrochenes Herz, geschunden von den vielen Kämpfen, die es bereits hatte austragen müssen. Nicht nur an diesem Tag.

Ich hatte bereits meinen Schlüssel hervorgesucht, doch bevor ich ihn ins Schlüsselloch steckte, schwang die Tür auf und offenbarte eine glücklich grinsende Franny. Sie hatte sich eine rote Schürze mit weißen Pünktchen umgebunden und trug ihre Haare in einem Zopf gebändigt. Ihre Wangen wirkten rosig und die Planeten in ihrem Blick kreisten schneller, die Sterne leuchteten heller auf und die strahlende Sonne rotierte heftiger als sonst. Sie war aufgeregt.

Ich lächelte sie schüchtern an und ließ mich von ihr ins warme Innere des Hauses ziehen. Sofort stellte sie mir unzählige Fragen.

»Wie geht es dir?«

»Waren alle nett zu dir?«

»Gefällt dir die Schule?«

»Hast du schon ein paar Leute kennengelernt?«

Meine Tante ließ mich nicht einmal zu Wort kommen. Erst nach mehreren Minuten war ich in der Lage, ihr zu erklären, dass mein erster Tag *ganz in Ordnung* war. Sie machte sich nicht allzu viele Gedanken über diese vage Aussage und plapperte munter weiter. Sobald sie nach neuen Bekanntschaften fragte, erzählte ich ihr von Jen. Ein stolzer Unterton schwang in meiner Stimme mit, denn es war für mich schwer, Freunde zu finden. Der Kontakt zu Jen schaffte so etwas wie Normalität in meinem Leben.

Meine Tante schien ebenfalls hellauf begeistert zu sein. Ausrufe wie »Das ist so nett von ihr, dass sie dich sofort angesprochen hat!« oder »So ein liebes Mädchen!« und »Ich muss sie unbedingt kennenlernen!« entschlüpften ihr, bis ich versprach, meine neue Freundin mal zum Essen einzuladen.

Es dauerte eine halbe Ewigkeit, bis ich Franny abwimmeln und in meinem Zimmer verschwinden konnte.

Kaum war ich dort angekommen, glitt der Rucksack auch schon von meinem Rücken. Die Jacke schmiss ich achtlos zu Boden, während ich aufs Bett zuging und mich rückwärts auf die Matratze fallen ließ.

Der weiche Stoff der Laken umfing mich. Nur zu gerne würde ich jetzt vor mich hin schlummern und von Welten träumen, in denen es keine gehässigen Mitschüler oder grausame Vergangenheiten gab.

Je länger ich so dalag, desto mehr kam ich zur Ruhe. Alle Anspannung fiel langsam ab und die Muskeln verloren ihre Härte. Ich lauschte in mich hinein und forschte nach dem beständigen Schlagen meines Pulses.

Bubumm … bubumm … bubumm.

Ich dachte mich hinfort, an andere Orte.

Genau in diesem Moment könnte ich an einem Strand liegen. Der warme Sand würde meinen Rücken erhitzen, im Hintergrund rauschten die Wellen des Ozeans und über mir strahlte die Sonne so hell, dass ich ihr Licht selbst durch geschlossene Lider wahrnahm.

Oder ich könnte mich auf einer Wiese befinden. Das weiche Gras kitzelte an meinen Füßen und ich hörte kleines Getier umherkriechen. Der Duft von Sommerregen lag in der Luft und ich inhalierte ihn gierig. Der Himmel berührte mich, um sanft wie eine Wolke über meine Haut zu wandern und meine Lippen zu liebkosen.

Ich seufzte schwer und war kaum fähig dazu, mich aus meinen Tagträumen freizukämpfen. Dazuliegen hatte mir zwar eine kleine Auszeit beschert, allerdings konnte ich mich nicht ewig hinter meinen Wunschvorstellungen verstecken. Ich brauchte eine Pause, um durchzuatmen und meine Sorgen zu vergessen. Selbst aus diesen wenigen Minuten hatte ich genug Kraft geschöpft, um mich besser zu fühlen.

Zumindest dachte ich das, bis ich mich aufrichtete und meine Arme sah.

Das darf nicht wahr sein!

Lichtfunken schlichen sich in meine Adern hinein. Meine Fingerspitzen leuchteten bereits so stark, als wären sie Sterne. Ein sanftes Kribbeln ging von meiner Haut aus. Kleine Lichtblitze zuckten unter der Oberfläche.

Dieses dämliche Leuchten!

Den ganzen Tag konnte ich den Gedanken an dieses seltsame Phänomen verdrängen, aber nun kam ich auf den Boden der Tatsachen zurück. Ich war anders. Allein die Vorstellung von Sonnenlicht und meine Träumerei hatten ausgereicht, um mich in eine lebendige Glühbirne zu verwandeln.

In meinen Venen und Arterien breitete sich die Lichtessenz unaufhaltsam aus, bis ein Netz aus flüssigem Schein die Haut durchzog. Ich leuchtete. Und es fühlte sich so natürlich an wie atmen. Keine

Schmerzen, kein Brennen ... nur die Gewissheit, dass ich mir das alles nicht eingebildet hatte.

Sobald mir das klar wurde, begann ich zu zittern. Mein Herz raste, während kalter Schweiß meine Schläfen entlangrann. Ich betrachtete meine Arme ungläubig. Drehte sie, wendete sie und berührte mich selbst. Das Leuchten verschwand nicht, es wurde stattdessen mit jeder Sekunde stärker. Obwohl mir der Anblick eine Heidenangst einjagte, fühlte ich mich trotzdem so gut wie nie zuvor. Es wärmte meine Seele und ließ das Eis dahinschmelzen. Es gehörte zu mir. Ich ballte die Hände zu Fäusten und riss die Blicke von meinem eigenen Körper los.

»Was ist los mit mir?«, wisperte ich. Das Funkeln schlich durch meine Venen und erhellte mich wie ein lebendiges Sternenbild.

Eine strahlende Träne tropfte von meinem Kinn. Ihr Schein erlosch, sobald sie auf dem Stoff meines Bettes aufschlug und dort einen dunklen Abdruck hinterließ.

Ich verharrte eine Ewigkeit in meiner Position, betrachtete mich selbst. Meine Atmung flachte ab, während ich versuchte, den Moment im Gedächtnis festzuhalten und ihn zugleich zu verdrängen.

Verschwinde! Bitte!

Ich weiß nicht, was ich tun soll.

Ich fühle mich so verloren wie ein Stern am Taghimmel.

Nach einiger Zeit begann das Licht langsam zu verblassen, bis ich in meinem dunklen Zimmer saß. Erst als der letzte Funke erloschen war, wagte ich aufzuatmen.

Erleichterung übermannte mich und ein Tränenstrom floss über meine Wangen. Mit fahrigen Händen strich ich die Tränen weg. Immer wenn das Licht schwand, war es so, als wäre es niemals da gewesen. Woher konnte ich wissen, dass mein Verstand mir keine Streiche spielte?

Ohne es zu wollen, musste ich zugeben, dass ich das Lichtblut vermisste. Solange es da war, fühlte ich mich anders. Stärker. Nun war ich nur noch Stella, ein Mädchen ohne Vergangenheit und mit zweifelhafter Zukunft. Verletzlicher als jemals zuvor.

Ich schüttelte den Kopf, um ihn von diesen diffusen Gedanken zu befreien, und richtete mich auf. Meine Knochen knackten und schmerzten aufgrund der langen Bewegungslosigkeit. Ächzend dachte

ich zurück an den Lichtzustand, in dem alles so leicht und schwerelos gewirkt hatte. Die Welt sah so anders aus.
Nicht die Welt hat sich verändert, sondern meine eigene Perspektive.
Was auch immer mit meinem Körper passierte, ich muss herausfinden, was es damit auf sich hatte.

Meine Eltern hatten mich oft zu ihrer Forschungseinrichtung mitgenommen, als ich noch ein Kleinkind gewesen war. Längst vergessene Erinnerungen drängten sich in mein Gedächtnis. Wie von selbst begannen meine Zeigefinger, meine Schläfen zu massieren. Irgendwie ließ das meine Gedankenströme besser fließen.

Damals wurden zahlreiche Untersuchungen an mir vorgenommen. Mir wurde alle paar Monate Blut abgenommen und ich musste viele Medikamente nehmen, angeblich weil mein Immunsystem so schwach war. Mehr als einmal hatte mein Vater mir in die Augen geleuchtet und mich gebeten, seine Sterne zu lesen. Einen *normalen* Doktor hatte ich höchstens gesehen, wenn Impfungen anstanden oder ich mal krank geworden war.

Meine Eltern hatten mich nur schützen wollen, das wusste ich. Falls die Öffentlichkeit von meinen Gaben und meinen besonderen Fähigkeiten erfuhr, wäre mein einigermaßen normales Leben vorbei. Sie wollten mich schützen. Ganz bestimmt.
Sie haben mich ihre kleine Sternenseele genannt.
Aber ich durfte nicht vergessen, dass meine Eltern auch Wissenschaftler gewesen waren und die Geheimnisse des Nachthimmels ergründen wollten.
Und offensichtlich war ich eines davon.
Ich erinnerte mich zurück an die Tausenden Unterlagen und Aufzeichnungen, die mein Vater protokollartig bei jeder seiner *Untersuchungen* an mir geführt hatte. Nach den Impfungen war ich homöopathisch behandelt worden. Hatte ich mir tatsächlich mal einen Virus eingefangen, hatten mir Tee und Geduld geholfen. Meine Vitalfunktionen waren nach meinem zehnten Lebensjahr kaum noch überprüft worden. Das letzte Mal, dass ich in Kontakt mit richtigen Ärzten kam, war die Zeit in der psychiatrischen Klinik gewesen. Dort war ich bei meiner Einweisung von Kopf bis Fuß untersucht worden. Ein großes Blutbild war damals angeordnet worden und zudem wurden die Unterlagen meines früheren Hausarztes

angefordert, um Allergien und Unverträglichkeiten abzuklären. Ich hatte die ganze Prozedur widerstandslos über mich ergehen lassen.

Doch wider Erwarten hatte mein Blut keine Besonderheiten gezeigt. Ich war kerngesund. Bis auf meinen gebrochenen Geist natürlich.

Vielleicht versteckt sich der Ursprung meiner Gabe so tief in meinen Genen, dass nicht einmal der professionelle Blick eines Arztes die Hinweise deuten kann.

Ich hatte unbewusst angefangen, an meinen Fingernägeln zu kauen. Sobald mir dies klar wurde, ließ ich meine Hand sinken. Ich hasste diese schlechte Angewohnheit.

»Es muss eine Lösung geben«, raunte ich und runzelte die Stirn.

Wofür waren die ganzen Untersuchungen gut, die meine Eltern mit mir durchgeführt hatten?

Inzwischen bezweifelte ich, dass das Ganze tatsächlich nur dazu diente, meine angebliche Immunschwäche im Auge zu behalten.

Was hat das alles für einen Grund?

Und warum fange ich nach siebzehn Jahren plötzlich an zu leuchten wie ein Glühwürmchen? Wollten meine Eltern das möglicherweise die ganze Zeit durch ihre eigenen Forschungen verhindern?

Vielleicht würde es mir weiterhelfen, die alten Unterlagen meiner Eltern zu lesen. Wenn ich Glück hatte, fand ich darin einen Hinweis auf die seltsamen Lichtschübe.

Entschlossenheit packte mich. Der plötzlich aufbrausende Mut riss mich mit sich, sodass ich den Entschluss fasste, meinen Verwandten eine Forderung zu stellen, die alles verändern könnte.

»Du willst … WAS?« Onkel George starrte mich entgeistert an und ließ die Gabel sinken.

»Ich würde mir gerne die alten Aufzeichnungen von meinen Eltern ansehen. Sie müssten sich noch in ihrem Labor befinden«, erwiderte ich so gefasst wie möglich.

»Aber wieso?«, fragte mein Onkel.

Ehrlich gesagt konnte und wollte ich ihm diese Frage nicht beantworten. Deshalb hatte ich mir eine passable Lüge zurechtgelegt.

»Ich will ihre Sternenaufzeichnungen sehen. Ihre Forschungen. Ich liebe den Nachthimmel so, wie sie es getan haben, und ich würde alles dafür geben, um an ihr Wissen heranzukommen. Ihre Erkenntnisse sollen nicht umsonst gewesen sein.« Meine Stimme wurde immer leiser und leiser, bis sie in der Stille der Küche verklang.

Keiner rührte mehr das Essen an. Franny und George tauschten besorgte Blicke aus.

»Bist du ganz sicher, diesen Schritt zu gehen? Lass dir noch etwas Zeit, Schätzchen.« Meine Tante streckte ihre Fingerspitzen nach mir aus und streichelte sanft über meinen Handrücken. Die Berührung strahlte Wärme und Geborgenheit aus, weshalb ich in Versuchung geriet, ihre Geste zu erwidern. Ich wollte nicht, dass dieses stärkende Gefühl vorbeiging, doch wie so oft verebbte die Wirkung, nachdem Franny ihren Arm zurückgezogen hatte.

Ich blieb zurück, *allein*. Und wusste, dass ich keine Wahl hatte. Ich musste meine Kräfte unter Kontrolle bekommen. Momentan waren die Aufzeichnungen meiner Eltern die einzige Lösung. Ich legte all meine Verzweiflung in die nächsten Sätze, damit die beiden meine Not begriffen.

»Ich war noch nie bei einer Sache so sicher. Bitte, wenn ihr wirklich wollt, dass ich hier genese, dann würdet ihr es mir erlauben. Ich muss mit der Vergangenheit abschließen, bevor ich auch nur einen Schritt in Richtung Zukunft setzen kann.«

Frannys Universum stockte für einen kurzen Moment, sobald diese Worte über meine Lippen geflossen waren, woraufhin sich ihre Planeten nur langsam in ihren gewohnten Bahnen einfanden. Es wirkte, als hätte jemand bei ihr die »Pause«-Taste gedrückt und dann direkt wieder den »Play«-Button betätigt. Einige Sterne stoben ziellos durch die lichttrunkene Schwärze ihrer Galaxie, als hätten sie vergessen, wo ihr Platz war.

George hingegen war die Ruhe selbst. Seine Konstellationen wiesen nicht den kleinsten Ausrutscher auf, beinahe so, als hätte er schon mit meiner Reaktion gerechnet. Seine Gefasstheit beruhigte mich. Während Franny noch versuchte, die richtigen Worte zu finden, faltete mein Onkel seine Hände und sah mich entschlossen an. Er hatte sein Urteil gefällt, doch ob es zu meinen Gunsten ausfiel oder nicht, blieb mir verborgen.

Ich hielt die Luft an. Falls sich einer gegen meine Entscheidung stellen würde, wäre ich nicht in der Lage, auf andere Art und Weise an die Unterlagen zu kommen. Flehentlich schaute ich zu meinem Onkel hinüber und die stumme Bitte lag unverkennbar in meinem Blick. Er seufzte und ich bemerkte, wie sehr er mit sich selbst rang.

»Stella. Ich … ich weiß wirklich nicht, ob das so eine gute Idee ist«, setzte er an und ich ließ bereits meine Schultern enttäuscht sinken, als er fortfuhr: »Aber wenn es der einzige Weg ist, damit du mit der ganzen Sache abschließen kannst, dann bleibt uns wohl nichts anderes übrig.«

George umfasste mit seiner rauen, großen Hand die kleine seiner Ehefrau und drückte sie sanft. In Frannys Augen leuchtete die Sonne vor Überraschung und Freude auf. In diesem Moment wurde für mich abermals das schmale silbrige Band zwischen den beiden sichtbar.

Ihre Seelenverwandtschaft.

Was es mit diesem Aspekt meiner Gabe auf sich hatte, konnte ich nicht sagen. Allerdings könnten mir die Aufzeichnungen meiner Eltern entscheidend weiterhelfen. Vielleicht stand in den Unterlagen irgendwo, warum ich so war, wie ich eben war.

Erst in diesem Moment begriff ich, dass George mir sein Einverständnis gegeben hatte. Ich sprang vom Stuhl auf und fiel ihm um den Hals. Meine Hände zitterten und mein Herz flatterte wie die Flügel eines Schmetterlings.

»Danke! Ich danke dir so, so sehr …«, murmelte ich in seine Halsbeuge. Erleichterung übermannte mich, sodass ich mich kaum auf den Beinen halten konnte. Eine Träne zog ihre einsame Bahn über meine Wange, bis sie an seiner Schulter zerschellte wie eine Welle an einer steilen Klippe.

Seine kräftigen Hände strichen beruhigend über meinen Rücken und sandten wohlige Wärme in meinen Körper.

»Wenn ich gewusst hätte, dass dir das Ganze so wichtig ist, hätte ich dir die Dokumente schon viel früher gegeben.« Er senkte den Kopf ein wenig, weshalb ich mich gezwungen sah, mich von ihm zu lösen. »Ich arbeite im gleichen Institut wie deine Eltern. Ich werde morgen früh nachfragen und die Unterlagen beantragen. Vermutlich wurden sie nach ihrem Tod archiviert, allerdings sollte es kein großes Problem sein, an ihre Aufzeichnungen heranzukommen.« Er holte tief Luft und schien sich für die nächsten Worte zu wappnen, bevor sie seine Lippen verließen. »Aber dir muss bewusst sein, dass deine Eltern eine enorme

Zeitspanne in ihre Arbeit investiert haben. Wir können dir nicht alles zur Verfügung stellen. Ihre Forschungen stehen unter dem Schutz der Regierung und sind in gewissem Maße unantastbar. Erhoffe dir also nicht zu viel.« Ein entschuldigendes Lächeln breitete sich auf seinen Lippen aus, das allerdings nicht an seine Augen heranreichte. Stattdessen lag ein matter Glanz über seinem inneren Kosmos. Ich konnte nicht genau deuten, was die Ursache hierfür war. Wahrscheinlich war es Unsicherheit, die mein Onkel gegenüber dieser Aufgabe empfand.

Meine Eltern waren schon damals sehr verschwiegen über ihre Arbeit gewesen. Selbst ich wusste nicht genau, an was sie geforscht hatten. Wenn sogar die Regierung involviert war, musste es ein großes Projekt sein.

»Zudem hatten deine Eltern einige persönliche Gegenstände an ihrem Arbeitsplatz gelagert. Da diese keine Bedeutung für die Forschungsarbeiten besaßen, werden sie dir vermutlich ohne Widerstand ausgehändigt.«

Ein schmerzhaftes Stechen erfüllte meinen Brustkorb. Es tat weh, das zu hören, denn für mich besaßen die Sachen höchste Wichtigkeit. Allerdings machte mich eine Sache stutzig.

»George, du hast mit meinen Eltern im gleichen Institut gearbeitet? Aber ich dachte, ihr hattet seit Jahren keinen Kontakt mehr?«

Mein Onkel räusperte sich und meine Tante begann, unruhig auf ihrem Stuhl hin und her zu rutschen.

»Nun ja. Sagen wir es so: Die Forschungseinrichtung ist groß genug, um sich aus dem Weg zu gehen. Es ist wahr: Deine Eltern und ich hatten unsere Unstimmigkeiten und schon seit Jahren bestand kein richtiger Kontakt, aber wir haben auch alle in unterschiedlichen Sektoren gearbeitet. Während deine Eltern in der Forschung tätig waren, reizte mich eher die bürokratische Arbeit. Mehr gibt es dazu nicht zu sagen.« Mein Onkel wirkte verstimmt, was ich ihm nicht verdenken konnte. Für meinen Onkel und meine Tante war dieses unschöne Ereignis abgeschlossen. Sie hatten sich für die Option entschieden, alles hinter sich zu lassen und zu vergessen.

Doch ich will nicht vergessen, sondern mich erinnern.

An die schönen und schrecklichen Momente, an die Streitereien und Versöhnungen, an den Hass und die Liebe.

Tränen brannten in meinen Augenwinkeln und drohten, ihren Weg nach draußen zu finden. Ich wischte sie achtlos mit dem Ärmel meines Pullovers hinfort. Die Zeit der Trauer war vorbei. Sie versiegte im Staub der Vergangenheit. Ich verbot es mir, auch nur eine weitere Träne zu vergießen.

Nach dieser Unterhaltung verabschiedete ich mich hastig und entschwand so schnell wie möglich im Turmzimmer. Das Licht der Sterne spendete mir in dieser Nacht Frieden und Gewissheit. Ich tat das Richtige. Ich musste herausfinden, was es mit meiner Sternenseherfähigkeit auf sich hatte und inwiefern das seltsame Leuchten meiner Adern damit verbunden war.

Früher hatte ich meine Eltern permanent mit Fragen zu meiner Gabe, ihrem Ursprung und meiner Andersartigkeit gelöchert. Allerdings hatten sie immer abgeblockt und mir ihr Wissen verwehrt. Es war, als würde ich einen Berg zu besteigen versuchen und ständig an der gleichen Stelle abrutschen. Jedes Mal, wenn ich eine Frage gestellt und keine Antwort erhalten hatte, musste ich von Neuem den Aufstieg wagen.

Doch mit der Zeit hatte ich begriffen, dass meine Eltern mir vermutlich nie sagen würden, welche Geheimnisse sich in meinen Genen verbargen. Irgendwann hatte ich aufgehört zu fragen und mein Schicksal einfach akzeptiert.

Ein Fehler, wie sich jetzt herausstellte.

Mein Blick verharrte beim Siebengestirn kurz oberhalb des Orion-Sternenbildes. Während ich in der hereinbrechenden Nacht am Fenster saß und den Mond und seine Sternenkinder beobachtete, streckte ich meine Seele zu ihnen aus. Da bemerkte ich das silbrige Mondlicht, das sich in meine Adern stahl. Der Schimmer, der in meiner Haut gefangen lag, verzauberte mich und ließ mich leuchten wie einen der Sterne am Himmelszelt. Nicht zum ersten Mal sehnte ich mich danach, dort oben selbst zu strahlen.

Zwischen den Sternen und unter der Obhut des Mondes.

Ich fühlte mich wie seine verlorene Tochter, wie ein Stern, der vom Himmel gefallen war und nun seinen Weg nicht mehr zurückfand.

Melancholie kühlte meine erhitzte Haut. Bald würde ich die Aufzeichnungen meiner Eltern erhalten und hoffentlich eine Lösung finden. Sie waren mein einziger Anhaltspunkt. Ich rieb mir über die Arme und fuhr mir durch die silbern glänzenden Haare.

Beim Anblick der Schwärze, den dunklen Sphären zwischen den strahlenden Sternen dachte ich an *ihn*. *Noris*.

Die Finsternis der Nacht erinnerte mich an seine eigene düstere Ausstrahlung. Sein Wesen wirkte gefährlich, genauso wie die Dunkelheit, die am Abgrund seiner Augen lauerte.

Augen, die meinen so verdammt ähnlich sind.

Gänsehaut streifte über meine Haut hinweg, als hätte allein der Gedanke an diesen Noris ausgereicht, um in mir Angst und Schrecken auszulösen. Ich schlang meine Arme um mich und versuchte, aus dem Licht in meinem Inneren ein wenig Wärme zu schöpfen.

Ohne genau sagen zu können wieso, verspürte ich Furcht vor ihm. Trotzdem konnte ich nicht leugnen, dass ich im Moment unserer ersten Begegnung eine seltsame Verbindung zwischen uns gespürt hatte.

Mich verfolgte das unbestimmte Gefühl, dass es ihm genauso erging. Die Befürchtung, dass wir mehr teilten, als uns bewusst war, begleitete mich bis in den Schlaf hinein, der mich unter dem Sternenhimmel fand.

Zwölftes Kapitel
Wolken am Horizont

Am nächsten Morgen wachte ich viel zu früh auf. Nach einer ausgiebigen Dusche, die meine müden Knochen belebte, wankte ich in die Küche. Dort angekommen, machte ich mich auf die Suche nach etwas Essbarem.

Ich hatte wohl etwas zu laut mit dem Geschirr geklappert, denn nach wenigen Minuten schlurfte eine sich im Halbschlaf befindende Franny in die Küche. Die Haare standen ihr in alle Richtungen vom Kopf ab und die dunklen Augenringe deuteten auf eine schlaflose Nacht hin. Sie hob eine Hand, um ihr Gähnen zu verstecken. Ein pinker Morgenmantel schien sie in eine Umarmung zu ziehen, während sie in hellblauen Plüschpantoffeln über die Küchenfliesen schlurfte. Langsam fokussierte sich ihr unsteter Blick auf mich. Sie runzelte die Stirn und einer der kleineren Planeten in ihrer Galaxie leuchtete kurz auf. Ich lächelte sie schief an, beinahe entschuldigend. Es war schließlich meine Schuld, dass meine Tante schon auf den Beinen war.

»Kaffee?«, bot ich ihr versöhnlich an.

Zur Antwort erhielt ich ein schwaches Nicken, bevor sie auf einen der Küchenstühle plumpste. Ich brühte ihr eine Tasse und stellte Milch und Zucker bereit, wovon sich Franny reichlich in ihr Gebräu schaufelte. Dann nahm sie einen tiefen Schluck und seufzte auf. Die Falten auf ihrer Stirn glätteten sich und ein entspannter Ausdruck legte sich über ihr Gesicht. Der Kaffeedampf stieg vor ihr in die Höhe und der Geruch der gerösteten Bohnen breitete sich langsam aus.

»Warum bist du denn so früh schon auf den Beinen?«, fragte mich Franny. Sie inhalierte den Kaffeegeruch. An ihren Mundwinkeln bildeten sich beim Lächeln kleine Fältchen.

»Ich konnte nicht mehr schlafen«, murmelte ich ein wenig verlegen.

»Immerhin warst du überhaupt in der Lage zu schlafen«, grummelte meine Tante. Ich hatte es geahnt. Sie hatte in der letzten Nacht kein Auge zugetan. Ich stieß mich vom Küchentresen ab und setzte mich ihr gegenüber an den Tisch. Irgendwie ließ mich das Gefühl nicht los, dass ihr etwas auf der Seele lag.

Etwas, das möglicherweise mit mir zu tun hat?

»Ist alles in Ordnung?«, hakte ich vorsichtig nach.

Sie stellte die Tasse ein wenig zu hastig ab, sodass der Untertassen klirrte und die Flüssigkeit über den Rand plätscherte. Franny fluchte kurz, machte allerdings keine Anstalten, die Sauerei wegzuwischen. Also nahm ich kurzerhand die Küchenrolle und beseitigte die Flecken auf dem Holz.

»Du wirkst ein bisschen angespannt«, versuchte ich erneut ein Gespräch zu beginnen.

Meine Tante stützte ihr Kinn auf ihrer Handfläche ab, Sterne verstrahlten einen traurigen Glanz.

»Es ist nur wegen gestern Abend«, rückte sie endlich heraus. »Mir ist nicht wohl dabei, dir die Aufzeichnungen deiner Eltern zu überlassen.«

Meine Bewegungen erfroren und selbst meine Gedanken stockten. Ein Zittern fuhr durch meine Glieder, woraufhin ich die Arme zurückzog und unter dem Tisch versteckte. In den Händen hielt ich noch immer das Papiertuch mit den braunen Kaffeeflecken. Ich knetete es und zupfte daran herum, um der Nervosität freien Raum zu lassen.

»Aber wieso denn? Ich dachte, das Thema hätten wir geklärt. George schien es im Nachhinein sogar zu befürworten.«

Wieso du nicht auch?

Den letzten Gedankengang wagte ich nicht laut auszusprechen, da ich befürchtete, dass sich meine Tante angegriffen oder verletzt fühlen könnte.

»Bevor du hierhergezogen bist, Stella, mussten wir einige Hebel in Bewegung setzen. Wir haben mit Polizisten, Angehörigen, möglichen Zeugen und mit deinem …«, sie atmete geräuschvoll aus, ihr Atem duftete nach Kaffee. »… Psychiater gesprochen.«

Ohne es zu begreifen, schottete ich mich ab. Ich zog eine Grenze zwischen Franny und mir, versteckte meine aufbrausenden Gefühle hinter einer gefühlskalten Miene. Meine Emotionen gefroren zu Eis.

Auch meine Tante bemerkte die Veränderung, voller Verzweiflung zog sie meine Hände unter der Tischplatte hervor und umfasste sie mütterlich.

»Versteh mich nicht falsch, Stella. Wir wollen dich nur beschützen. Die Vergangenheit schmerzt und kann dich innerlich zerreißen. Du sollst nicht noch mehr durchmachen. Bitte, zeig ein wenig Verständnis.« Eine verräterische Träne schlich sich in ihren Augenwinkel. Mein Herz krampfte sich zusammen.

»Dein Psychologe hat zu uns gesagt, dass dein Zustand derart labil ist, dass weitere Flashbacks ausreichen, um deine Psyche dauerhaft zu schädigen. Am besten wäre es, wenn wir alle Berührungspunkte deines alten Lebens hinter uns und die Vergangenheit ruhen lassen. Zumindest so lange, bis ein Platz bei einem ambulanten Psychologen frei ist.« Sie lächelte aufbauend.

Ich wusste, dass meine Situation hier bei meinem Onkel und meiner Tante nicht gerade ideal war. Aber dass meine Tante ein derart großes Problem mit meiner Vergangenheit haben würde, nachdem sie mich so herzlich aufgenommen hatte, damit habe ich nicht gerechnet.

Und dass mein erster richtiger Therapiebesuch seit der Klinik erst in drei Wochen stattfinden würde, spielte vermutlich auch gerade keine geringe Rolle.

Trotzdem konnte ich es nicht fassen.

»Ist das dein Ernst?« Ich entzog ihr gewaltsam meine Hände. Ihr entsetzter Blick war mir egal. »Ich soll einfach so alles aufgeben, an das ich geglaubt und das ich geliebt habe? Ist es das, was ihr wollt?« Ich schoss in die Höhe, wodurch mein Stuhl nach hinten umkippte.

»Stella, versteh uns doch, wir wollen nur das Beste für dich!«, setzte sie erneut an.

Ich schnitt ihr das Wort ab. »Ich verstehe euch nur zu gut.« Meine Stimme war kalt und schneidend wie ein Schneesturm. Ich wirbelte herum, ergriff meine Schulsachen und stürmte durch den Wohnbereich zur Haustür.

Franny stolperte mir in ihren Plüschpantoffeln bestürzt hinterher.

»Stella! Warte! So war das überhaupt nicht gemeint …«

Ich hielt noch einmal inne. »Ich weiß genau, was du gemeint hast!« Mit diesen Worten riss ich die Tür auf und trat in die kühle Morgenluft hinaus. Ohne auf die Rufe meiner Tante zu achten, eilte ich die Stufen hinab. Irgendwann verhallten die Schreie.

Mein gepresster Atem trieb mich vorwärts. Die Kälte ließ meine Beine versteifen, bis jede Bewegung schmerzte. Ich musste meine Muskeln erwärmen und so lief ich mehrmals die Straße auf und ab, bis meine Hände ganz blau waren und meine Lippen sich anfühlten, als wären sie komplett aufgeplatzt.

Erst dann schlüpfte ich in meine Jacke. Das Innenfutter wärmte mich, sodass ich nach kurzer Zeit wieder an etwas anderes als ans Erfrieren denken konnte. Ich stand bei der Bushaltestelle, rund eine halbe Stunde zu früh, und betrachtete den glitzernden Schnee, spürte den sanften Wind, der durch die Straßen wirbelte, und den schimmernden Frost, der die gesamte Landschaft unter sich begrub.

Wie kann die Welt ausgerechnet an diesem Morgen so idyllisch aussehen, während in meinem Inneren ein unheilbares Chaos herrscht?

Ich dachte an die Auseinandersetzung zurück und ein beklemmender Schmerz schlich in meine Brust. Ich hatte nicht grob und uneinsichtig sein wollen, aber Franny verstand nicht, was sie mir antat, indem sie mir ihre Hilfe verweigerte. Alles, was ich gewollt hatte, war, Licht in die finsteren Winkel meiner Vergangenheit zu bringen.

Ist das etwa zu viel verlangt?

Ich zerbiss mir die spröden Lippen, bis warmes Blut über die zerfetzte Haut floss. Innerhalb von Sekunden gefror es und hinterließ ein dunkelrotes Splitternetz. Die Kälte brannte sich tief in mich hinein und betäubte jeglichen Schmerz, den ich meiner Tante gegenüber empfand. Reglos verharrte ich am Straßenrand.

Nur meine brüllenden Gedankenströme unterbrachen die Stille des frühen Morgens.

Ich werde Franny begreiflich machen, dass ich die Unterlagen und Forschungen meiner Eltern unbedingt sehen muss.

Ich werde mich nicht mit leeren Versprechungen oder Drohungen abfinden. Erst wenn diese Sache geklärt ist, kann ich die Vergangenheit ruhen lassen.

Ich werde herausfinden, was mit mir nicht stimmt.

Nachdem einige weitere Schüler an der Bushaltestelle eingetrudelt waren, kam der fahrende Blechsarg um die Ecke gebrettert. Ich brauchte keine Uhr, um zu wissen, dass er spät dran war. Sobald ich mich auf einen der abgewetzten Ledersitze fallen gelassen hatte, hielt ich Ausschau nach Jen. Sie war mein erster und einziger Lichtblick an diesem Morgen und ich konnte es gar nicht erwarten, sie wiederzusehen. Vielleicht trat dadurch mein Streit mit Franny ein bisschen in den Hintergrund.

Schließlich sah ich sie in den Bus einsteigen. Unsere Blicke trafen sich. Das Grau der Welt hatte mich so gefangen, dass ich vor der Wucht der Schönheit ihrer Galaxie erschrak. Die intensiven Farben und leuchtenden Sterne ließen alles um mich herum verblassen.

»Mein Gott, Stella! Du siehst aus, als wärst du heute Morgen gestorben, von den Toten wiedergekehrt und direkt noch mal abgekratzt!«, entfuhr es ihr.

Ich täuschte ein Grinsen vor, während sich meine Innereien zusammenzogen.

Großartig, ich seh also aus wie eine lebendige Tote. Einfach großartig.

»Ist alles okay?« Nun schaute Jen mich sorgenvoll an. Ein Planet schwankte in seiner Bahn leicht hin und her, als wüsste er nicht recht wohin mit sich.

Ich zuckte vage mit den Schultern.

»Ach, komm schon! Ich bin die einzige Person, mit der du vernünftig sprechen kannst an dieser Schule. Und ich bin echt fantastisch im Zuhören! Du wirst keine Bessere finden!«

Ihr triumphierendes Lächeln ließ mich schmunzeln und langsam verzog sich die Kälte aus meinen Gliedern. Jen wirkte auf mich eher wie eine gute Rednerin. Sie konnte garantiert stundenlang vor sich hin brabbeln, aber ob sie tatsächlich so gut im Zuhören war, stand in den Sternen. Selbst wenn ich mich ihr öffnen würde, so würde ich ihr meine Gabe und meine anderen Kräfte niemals anvertrauen. Ich konnte nicht von ihr verlangen, dass sie meine seltsamen Eigenschaften verstehen oder gar akzeptieren würde. Mal abgesehen davon, dass es einen zusätzlichen Gefahrenfaktor für mich bedeutete, falls noch eine Person mehr über mich Bescheid wusste. Ich schöpfte nämlich den Verdacht, dass mein Onkel und meine Tante sehr wohl witterten, dass etwas mit ihrer Nichte nicht stimmte. Mal abgesehen von der Tatsache, dass einer von ihnen mich während einer Lichtverwandlung gesehen hatte. Es war reines Glück, dass mich noch keiner von den beiden darauf angesprochen hatte. Ich schluckte hart.

»Ich wünsche dir auch einen zauberhaften Morgen, Jen«, erwiderte ich trocken, ohne auf ihre Frage einzugehen. »Du wirst dich an diesen Anblick gewöhnen müssen, denn so sehe ich immer aus.«

Jen runzelte die Stirn.

»Aha.« Mehr gab sie nicht von sich, doch sie musterte mich ununterbrochen, bis sich ein hartnäckiger Gedanke in meinen Kopf schlich.

Sie wird nicht lockerlassen, bis ich ihren Hunger nach Details gestillt habe.

»Na gut«, seufzte ich ergeben. »Ich hatte Zoff mit meiner Tante.«

Jens Miene hellte sich für einen kurzen Moment auf und ich erkannte die Freude darüber, dass ich mich ihr anvertraut hatte. Ihre Sonne schien schneller zu kreisen und für wenige Sekunden lang mindestens doppelt so hell zu strahlen. Ich blinzelte mehrmals, um den hellen Schein zu ertragen.

»Und das setzt dir so zu? Ich streite mich *andauernd* mit meiner Mom!«, stieß sie voller Überzeugung aus.

»Du verstehst das nicht. Es ging um die Hinterlassenschaften meiner Eltern.«

Bei meinen Worten verformten sich ihre Lippen zu einem Kreis. Ich wusste nicht genau, was ich in ihrer Galaxie lesen sollte, da so viele Emotionen auf einmal sie übermannten.

Schock, Trauer, Verständnis … Mitleid.

Ich fuhr schnell fort, um zu verhindern, dass Jens Gefühle sich verfestigten und sie dauerhaft Mitleid für mich empfand. Diesen Gedanken ertrug ich nicht.

Ich hasse Mitleid.

Ich hasse das Gefühl, wenn man milde belächelt wurde und die eigenen Sorgen auf ein Podest gehoben wurden.

Ich hasse es, dass die Menschen glauben, alles zu verstehen, obwohl sie rein gar nichts wissen.

»Ich will mir die Sachen ansehen, um endlich mit dem ganzen Mist abzuschließen, doch meine Tante hat Angst davor, dass Flashbacks bei mir auftreten und meine Psyche erschüttern.« Ich rollte entnervt mit den Augen.

Jens Haltung lockerte sich ein bisschen. Offenbar beruhigte sie meine ehrliche Aussage.

»Also auf mich wirkst du nicht so, als würde dich etwas so schnell aus der Bahn werfen, Stella. Mal abgesehen von den gemeinen Kommentaren der anderen. Ich denke, du hast ein Recht darauf, die Hinterlassenschaften deiner Eltern zu sehen.«

»Schön, dass du so denkst. Wenn meine Tante das nur auch so sehen würde.«

Den Rest der Busfahrt verbrachte ich schweigend, während Jen mich mit sinnlosen Gerüchten und wichtigen Verhaltensregeln überhäufte. Ich schmunzelte über die Begeisterung, mit der sie mir erklärte, dass man niemals die Toilette im ersten Stockwerk nutzen sollte, da dort angeblich jemand gestorben wäre ... im letzten Jahrhundert oder so.

Irgendwann wurden ihre Geschichten so übertrieben, dass ich das Lachen kaum unterdrücken konnte. Sie bedachte mich mit bösen Blicken, doch nach kurzer Zeit stimmte sie in mein Gelächter ein. Das Geräusch vertrieb die dunklen Gedanken an meine Vergangenheit, die Hinterlassenschaften meiner verstorbenen Eltern und den Streit mit meiner uneinsichtigen Tante.

Ich wollte Jen gerne sagen, wie dankbar ich für ihre Gesellschaft war, stattdessen verharrte ich in wohltuender Stille.

Vielleicht würde ich Jen irgendwann von meinem Geheimnis erzählen. Ich brauchte nur noch etwas Zeit.

Ich genoss die Entwicklung unserer Freundschaft und freute mich darüber, dass ich jemanden gefunden hatte, der sich für meine Sorgen und meinen Kummer interessierte und mir zur Seite stand.

»Hey, Jen«, sagte ich. »Danke fürs Zuhören. Du hattest recht, du bist echt großartig darin.«

Sie winkte ab, doch meine Worte zauberten ein glückliches Strahlen in ihren Augen hervor.

Dreizehntes Kapitel
Sonnenblut und Nachtschwärze

Kurze Zeit später wanderten wir durch die Gänge der Schule. Ich erzählte Jen von dem Lyrikkurs, den ich freiwillig gewählt hatte, als sie stehen blieb und mich zum schwarzen Brett hinüberzog. Dabei handelte es sich um eine gigantische Pinnwand voller Poster, Stellenausschreibungen, Nachhilfeangeboten und Zettelchen. Die Wand drohte gerade über einem Fünftklässler zusammenzubrechen, der versuchte, ein bunt schillerndes Plakat dort anzubringen.

Meine Freundin nahm es dem Knirps aus der Hand und versicherte ihm, dass sie es aufhängen würde, bevor sie sich mit dem riesigen Blatt zu mir umwandte. Freudestrahlend hielt sie mir das Ding unter die Nase. Ich ging einen Schritt zurück, um zumindest die Überschrift lesen zu können, und blendete derweil Jens aufgeregtes Schnattern aus.

Frühlingsball.

Die schnörkeligen, fein verzierten Buchstaben prangten dort, zusammen mit dem Datum: 31. März. Dem Tag der Konjunktion. Der Tag, an dem ich in den Himmel starren und über das Universum staunen wollte. Ich warf Jen einen kritischen Blick zu, den sie mit einem aufgeregten Lächeln erwiderte.

»Das ist *die größte* Veranstaltung des Jahres, Stella! Wir müssen da unbedingt hin! Und wir müssen uns Kleider kaufen und und und. Bitte versprich mir, dass du auch dort sein wirst!« Ihre Pupillen wirkten riesig, beinahe wie schwarze Löcher, die immer mehr anwuchsen und ihre Sonne zu verschlingen drohten. Ihr Flehen erinnerte mich an einen bettelnden Welpen.

Efeuranken und tiefrote Rosen bildeten auf dem Plakat einen Rahmen, in deren Mitte die Informationen zum Ball in goldenen Lettern abgedruckt worden waren.

»Ist das dein Ernst?«

»Na klar! O mein Gott, Stella, das ist die Gelegenheit! Wir machen uns schick, genießen den Abend, lassen den Frühling auf der Haut prickeln und uns von dem Gefühl absoluter Freiheit treiben!«

Ich hielt dem Strahlen ihrer inneren Supernova kaum stand.

»Außerdem brauche ich eine Gelegenheit, um mal wieder richtig schön shoppen zu gehen.« Ihr Lächeln wurde so breit, dass ich keine Mühe hatte, ihre komplette, strahlend weiße Zahnreihe zu sehen.

Nun hatte ich die Wahl: *In die Sterne schauen oder zum ersten Mal in meinem Leben einen Ball besuchen? Vielleicht kann ich die beiden Dinge auch irgendwie verknüpfen.*

Ich hoffte insgeheim, dass Jen ihre Entscheidung ändern würde und ich mich davor drücken konnte. Doch im Moment wollte ich keinen Ärger mit ihr riskieren.

»Na schön, wenn es dir so wichtig ist«, lenkte ich ein.

»Warst du etwa noch nie auf einem Schulball?« Fassungslosigkeit gähnte mir von ihrer heruntergeklappten Kinnlade entgegen.

Zur Antwort zuckte ich lediglich mit den Schultern.

»Wir dürfen uns das nicht entgehen lassen! Du wirst sehen, es wird megamäßig viel Spaß machen und du wirst es lieben!« Sie heftete das Plakat schnell an die Pinnwand, bevor sie sich bei mir unterhakte.

»Meinst du wirklich?« Für meine Zweifel erntete ich einen bösen Seitenblick.

»Natürlich! Und jetzt komm, sonst sind wir schon zum zweiten Mal zu spät innerhalb von zwei Tagen.« Sie kicherte und zog mich von der Pinnwand fort.

Mit dreißig anderen Leuten hockte ich auf engstem Raum zusammen und wartete auf das Erscheinen des Lehrers. In dem Literaturkurs war die gesamte Oberstufe vertreten, weil es sich um eine freiwillige Veranstaltung handelte. Es roch muffig und die Heizung war voll aufgedreht. Die trockene Luft belegte meine Zunge und erschwerte das Schlucken, während ich am Kragen des Pullis nestelte, um meinen Hals von der entstehenden Enge zu befreien. Bis jetzt war noch nichts passiert. Keine Lästerattacken, keine Großmäuler, die mich ins Visier genommen hatten. Es lief geradezu fantastisch.

Bis zu dem Moment, in dem er den Raum betrat.

Ich verlor beinahe die Fassung. Noris stand im Türrahmen und ließ seinen Blick über die Schülermassen gleiten, als würde er etwas suchen. Oder jemanden. Trotz der Hitze stellten sich die Härchen auf meinen Armen auf.

Sobald er mich bemerkte, verzogen sich seine Mundwinkel zu einem Lächeln. Dann kam er auf mich zu.

Verdammter Mist!

Ich schluckte schwer, meine Kehle war nun nicht mehr bloß ausgetrocknet, sondern glich der Sahara. Unter meiner Haut glühte ein Feuer, das niemand zu löschen vermochte. Neben mir wurde ein Stuhl zurückgezogen.

»Ist hier noch frei?« Seine Stimme wirkte rauchiger und tiefer, als ich sie in Erinnerung hatte. Ich wollte den Kopf schütteln, ihn anbrüllen, dass er verschwinden und mich in Ruhe lassen sollte. Dann wurde mir bewusst, dass er mir nichts getan hatte. Bis auf seine finstere Ausstrahlung unterschied er sich nicht von den anderen Schülern dieser Schule.

Genau, Stella.

Rede dir das weiterhin ein, vielleicht wirst du es irgendwann glauben.

Ich verbannte die nervige Stimme in meinem Kopf an den Rand meiner Gedanken. Wenn ich Noris eine Chance gab, fand ich eventuell heraus, was es mit seiner Galaxie auf sich hatte. Obwohl ich mich innerlich dagegen sträubte, zwang ich mir ein Lächeln auf die Lippen und nickte ihm kurz angebunden zu.

So weit, so gut.

Verstohlen musterte ich den Fremden, während ich meine Unterlagen hervorkramte. Wild gewordene Flammen tanzten unter meiner Haut, die bereit waren, an die Oberfläche zu drängen und meinen Körper zum Brennen zu bringen. Allein die Gegenwart dieses Typen verwandelte mich in eine glühende Sonne.

Warum hat er so eine Wirkung auf mich? So etwas ist mir bis jetzt noch nie passiert.

Ich bemerkte, dass er mich beobachtete. Pausenlos. Er wirkte vollkommen in Gedanken versunken. Er starrte mich an, als wäre ich ein Rätsel, das er zu lösen versuchte. Ich hielt mitten in der Bewegung inne und wandte mich ihm zu. Das Versteckspiel wurde mir zu bunt.

»Ist alles in Ordnung?« Ich musste meinen gesamten Mut zusammenkratzen, um diese Frage zu stellen.

Er lächelte mich raubtierhaft an und entblößte dabei seine weißen Zahnreihen. »Natürlich. Alles bestens«, erwiderte er und beobachtete mich weiterhin.

»Super!«, entgegnete ich übertrieben fröhlich, woraufhin er verwirrt die Stirn runzelte. »Dann kannst du ja aufhören, mich die ganze Zeit anzustarren.«

Ein wissender Zug legte sich um seinen Mund, während er versuchte, meinen trotzigen Blick mit dem seinen festzuhalten. Ich erkannte mein eigenes Spiegelbild darin und erzitterte unwillkürlich.

Das ist so falsch.

Er rückte ein Stückchen näher an mich heran, fuhr sich durch die nachtschwarzen Haare und raunte: »Nur wenn du mir endlich verrätst, wer du bist, mysteriöse Fremde.«

In seinen Pupillen blitzte der Schelm auf, als er nach meinem Arm griff und leicht zudrückte. Es war eine harmlose Geste, die keinerlei Bedeutung hatte, doch ich spürte, wie die Hitze sich unter seiner Hand zusammenballte und drohte, die dünne Barriere zu zerreißen, die das Feuer in meinem Inneren hielt. Es fühlte sich an, als würde ein Sonnensturm auf meiner Haut wüten und bei seiner Berührung explodieren.

Schweiß trat auf meine Stirn. Die Hitze wurde unerträglich, etwas Unbekanntes bäumte sich in mir auf und war kurz davor, auszubrechen. Ich spürte es ganz deutlich.

Einerseits fühlte sich seine Haut auf meiner warm, friedlich, irgendwie bekannt an. Irgendetwas in mir schien sich an ihn zu erinnern. Doch die plötzliche Nähe schürte die Furcht in mir.

Lass mich los!

Da Noris keine Anstalten machte, den Hautkontakt zu lösen, ergriff mich unvorhersehbare Panik. Ich musste von ihm loskommen, und zwar so schnell wie möglich. Ohne Vorwarnung entriss ich ihm meinen Arm.

Noris starrte mich einen Moment lang verdattert an, bevor er scharf die Luft einsog. Zuerst wusste ich nicht, was ihm die Sprache verschlagen hatte, doch sobald ich einen Blick auf meinen Arm riskierte, hätte ich vor Schreck beinahe aufgeschrien. Dort, wo Noris mich berührt hatte, schimmerten feine goldene Adern, die wie flüssiges Sonnenlicht ihr Licht durch meinen Körper sandten. Faszination und Schock vermischten sich zu etwas, das ich unmöglich definieren konnte.

Der Anblick war unbegreiflich schön und wundervoll. Eine angenehme Wärme erfüllte mich. Dann schlug die Panik über mir zusammen. Ich befand mich in der Öffentlichkeit.

Und ich würde gleich strahlen wie eine verdammte Sonne!

»Shit!«, fluchte ich in mich hinein, bevor ich hastig meinen Pullover über den Arm krempelte. Bis jetzt hatte keiner außer Noris etwas von diesem seltsamen Vorfall bemerkt.

Und ich werde dafür sorgen, dass das auch so bleibt.

Ohne ein weiteres Wort zu verlieren, stand ich auf, wobei mein Stuhl geräuschvoll über den Boden schabte. Ich hielt meinen Arm eng an den Oberkörper gepresst. Zwischen meinen verkrampften Fingern drang ein sanfter Schein des Sonnenbluts hervor. Ich begann am ganzen Körper zu zittern und wilde Szenarien spielten sich wie ein Film in meinem Kopf ab.

Was, wenn sie herausfinden, dass ich nicht normal bin?
Was, wenn sie mich wieder einweisen lassen?
Was, wenn nun alles herauskommt?

Ich wollte gerade aus den Raum hetzen, als meine Aufmerksamkeit sich auf Noris richtete, der mich mit weit aufgerissenen Augen fixierte.

Er hat es gesehen.

Für einen Sekundenbruchteil lang zog ich in Erwägung, eine nichtssagende Erklärung hervorzubringen, allerdings drang kein Laut aus meinem Mund. Die alles versengende Hitze, die meinen Arm kontrollierte, breitete sich langsam, aber sicher über meine Haut aus. Vermutlich würde ich jede Sekunde anfangen zu brennen wie ein lebendiger Feuerball.

Ich eilte aus dem Raum und achtete nicht weiter auf die verdutzten Ausrufe meiner Klassenkameraden. Ich wollte nur noch weg.

Nachdem die Tür hinter mir ins Schloss fiel, überlegte ich fieberhaft, wo ich mich zurückziehen konnte. Es erschien mir lächerlich, dass ich innerhalb von zwei Tagen zweimal aus dem Unterricht türmte. Dieses Mal war meine Flucht mehr als gerechtfertigt, obgleich ich meinem Lehrer den wahren Grund für mein Fehlen niemals erklären würde.

Ich hetzte den Gang hinab und spürte, wie das goldene Blut durch meine Adern rauschte und mich elektrisierte. Ich musste hier weg, bevor mich jemand sah.

Dringend!

Vom anderen Ende des Flurs her vernahm ich Stimmen. Schatten zeichneten sich an den Wänden ab, während Schritte durch den Gang hallten.

Verdammt!

Ich schaute an mir hinab. Der goldene Sonnenschein griff auf meine Haare über und war kurz davor, vollständig hervorzubrechen. Mir blieben höchstens Sekunden.

Eine Tür, wenige Meter von mir entfernt, war in diesem Moment das ideale Versteck. Die Stimmen kamen näher, die Schatten wurden schärfer und ich erhaschte noch den Zipfel eines kirschroten Mantels, als ich möglichst geräuschlos die Tür hinter mir zuzog. Mein Licht erfüllte den Raum. Ich war in einer Abstellkammer gelandet. Ein schmales Regal befand sich neben mir, in dem Putzmittel, Schwämme und Tücher gelagert wurden. Am Boden stapelten sich Eimer, Klopapier und Papiertücher, während an der Wand mehrere Besen und Bodenwischer lehnten. Es roch penetrant nach Reinigungsmittel. Ich wagte es nicht, einen Laut von mir zu geben, auch wenn der desinfizierende Geruch in meinem Hals kratzte.

Stattdessen legte ich meinen Kopf an die Tür. Ich hörte, wie die schnatternden Schüler an mir vorbeizogen und ihre Schritte im Gang verhallten. Schließlich war ich allein.

Ein Fluss aus Erleichterung spülte meine Sorgen fürs Erste hinfort. Ich befand mich zwar in der Lichtgestalt, doch vorerst war ich sicher vor meinen Mitmenschen.

Ich fuhr durch die leuchtenden Haare und stieß den angehaltenen Atem aus. Die fließende Leuchtessenz der Adern wirkte blasser als zuvor, doch es pulsierte weiterhin, sodass wahre Lichtschübe aus meinem Körper strömten, die den Raum phasenweise erhellten und in Dunkelheit tauchten. Je länger ich versuchte, die Kontrolle zu gewinnen, desto geringer wurde mein Widerstand.

Ich konnte nicht beschreiben, was in mir vorging. Das Strahlen war ein mächtiger Feind. Ich hatte nicht den Hauch einer Ahnung, wie ich es schaffen sollte, das Leuchten einzudämmen.
Oder ist es ein Freund?
Schließlich ist es ein Teil von mir.
Kann ich gegen mich selbst ankämpfen?
In diesem Moment ertönten Schritte außerhalb der Kammer. Jemand hetzte mit schnellen, kräftigen Bewegungen den Gang hinunter.
Vielleicht habe ich Glück und es ist nur jemand, der dringend auf die Toilette muss.
Ich stellte mich hinter die Tür, wagte es nicht, nach Atem zu ringen, und versuchte abermals verzweifelt, das Leuchten zu unterdrücken.
Verschwinde, bitte, hau ab!
Ich wusste nicht, ob ich mein eigenes Lichtblut oder die unbekannte Person meinte. Die Schritte verharrten. Unterhalb der Türschwelle erahnte ich einen Schatten.

Ohne genauer darüber nachzudenken, streckte ich meine Hand nach der Klinke aus, doch das dünne Holz schob sich schon Stück für Stück auf. Gleich würde der Eindringling die Tür hinter sich zuschlagen und mir gegenüber stehen. Ein Schimmer von fließendem Gold lag in der Luft und umhüllte uns wie ein seidiges Tuch.
Wie konnte er oder sie mich überhaupt finden?
Bin ich etwa so leicht aufzuspüren gewesen?
Dabei habe ich mir Mühe gegeben, möglichst wenig Spuren zu hinterlassen.
Ich wagte es nicht, dem Fremden in die Augen zu schauen. Mich suchte die unlogische Angst heim, dass diese Situation erst dann zur Wahrheit werden konnte, wenn ich sie ansah. Eine blasse Hand streckte sich nach mir aus. Sie zitterte und ich schluckte schwer. Zwei Finger legten sich unter mein Kinn, hoben es sachte an. Die Berührung war kalt.
Oder bin ich einfach zu heiß?
Das hier ist nicht der richtige Moment für deinen zweifelhaften Humor, Stella!
In der Hoffnung, dass mich der Unbekannte in meiner Lichtgestalt nicht erkannte, hob ich den Kopf. Als sich schließlich unsere Blicke

trafen, zuckte ein violetter Blitz durch die Luft und elektrisierte uns beide gleichermaßen.

»Noris.« Der Name floss mir wie Honig über die Lippen.

Seine Kieferknochen malmten aufeinander, während sein Gesicht von meinem Leuchten erhellt wurde. In seinen Augen leuchtete Erkenntnis auf. Er sah mich. Er wusste, wer ich war.

Aus irgendeinem Grund muss Noris über mich Bescheid wissen. Ansonsten wäre er bei meinem Anblick garantiert ausgeflippt. Ahnt er etwa auch, dass wir miteinander verbunden sind? Hat er etwa dieselbe Gabe wie ich?

Wahrscheinlich war es nicht schwer für ihn gewesen, mich zu finden, weil er wusste, wonach er suchen musste. Zum Beispiel nach einem verräterischen Lichtschein unter einem Türspalt.

Ich hätte damit rechnen müssen, dass er mir folgen würde. Natürlich hatte er nicht vergessen, dass seine Sitznachbarin bei seiner Berührung angefangen hatte zu leuchten.

Nun sah er ebenjene Sitznachbarin in einer Putzkammer versteckt. Mit dem einzigen Unterschied, dass sie sich in eine lebendige Glühbirne verwandelt hatte.

Mein Herzschlag beschleunigte sich auf der Stelle. Es tat weh und war beflügelnd zugleich. Sofort schoss ein neuer Energieschub durch mich und goldenes Licht explodierte auf meiner Hautoberfläche, sodass Noris geblendet den Blick abwenden musste. Meine Haare umflossen mich in sanften, leuchtenden Wellen. Sie bauschten sich auf, sobald ich einen Schritt von Noris zurücktrat.

»Verschwinde«, raunte ich, während ich mir verzweifelt über die Arme strich, um das Licht wegzuwischen. Meine Versuche waren zwecklos, aber ich gab nicht auf. »Verschwinde, verschwinde, verschwinde.«

Ich wollte mein wahres Wesen vergessen, verleugnen und dorthin verbannen, wo ich es nie wiedersehen musste. Das Leuchten sollte verblassen, von der Dunkelheit übermannt werden und ein für alle Mal ausgelöscht werden. Vielleicht konnte ich Noris davon überzeugen, dass er sich das alles nur eingebildet hatte. Dass er eine Gehirnerschütterung erlitten hatte, da er in mein Versteck eingedrungen war und ich ihm aus Versehen einen Besenstiel über den Kopf gezogen hatte.

»Tu das nicht«, raunte er und fokussierte mich mit seinem grauschwarzen Blick, in dem ein Sturm tobte. Ich hielt in der Bewegung inne. Erst jetzt bemerkte ich seine kühle Hand auf meinen Fingern.

Wieso ist er eigentlich so entspannt und gefasst?
Wieso zur Hölle flippt er nicht aus?

Ich runzelte die Stirn und betrachtete ihn neugierig. Die markanten Züge, das dunkle Haar, die breiten Schultern und die Dunkelheit, die am Rande seiner Augen lauerte. Seine Schatten verwoben sich mit meinem Strahlen, seine Abgründe mit meinen Lichtschüben und zusammen pulsierten wir in einem Spiel aus Licht und Schatten.

Ich versuchte, Abstand zu ihm zu halten, doch der einzige Ausweg war die Tür, vor der sich Noris positioniert hatte. Er beobachtete meinen strahlenden Körper und ein sanfter Ausdruck legte sich über seine Gesichtszüge. Er sog die Luft ein und schaute mich daraufhin sanft an. Ich wurde nicht schlau aus ihm und seinem seltsamen Verhalten.

»Du bist unfassbar schön«, wisperte er. Kleine golden schimmernde Härchen richteten sich wegen seiner tiefen Stimme auf meiner Haut auf. Der Schock, den seine Worte ausgelöst hatten, schwappte über mich hinweg wie eine eiskalte Welle. Als ich ihn entgeistert anstarrte, schien auch Noris zu begreifen, was er da gesagt hatte. Anstatt Reue zu zeigen, streckte er den Rücken durch und erwiderte mein Starren. Er stand zu seinen Worten. Und das warf mich weitaus mehr aus der Bahn, als es sein Kompliment je gekonnt hätte.

»Ähm. Danke schön.« Ich räusperte mich kurz. Im Lichtzustand klang meine Stimme höher und irgendwie klarer. Wie ein Glockenspiel, das der Wind zum Klingeln brachte.

Noris senkte seine Hand von meinem Kinn und ballte sie zur Faust, als müsste er sich beherrschen, um mich nicht weiterhin zu berühren. Er wirkte plötzlich abweisender als zuvor. Außerdem meinte ich einen Funken Panik in flüchtigen Blicken zur Tür zu erkennen.

Versuchte er etwa, seine Gefühle vor mir zu verstecken? Dabei war ich es, die sich vor seiner Reaktion und einer Entdeckung fürchten sollte. Doch von meinem Gegenüber ging mit einem Mal eine Entschlossenheit aus, die meine Gedanken ins Wanken brachte.

»Wir müssen dich in deine menschliche Hülle zurückdrängen«, meinte er kurz angebunden, als wüsste er genau, was zu tun war. »Es war unvorsichtig von dir, dich hier zu verwandeln. Du musst dich in Zukunft besser kontrollieren.«

Höre ich da etwa Sorge in seinen Worten?

»Bitte was?«

»Du hast mich sehr gut gehört.« Noris verschränkte seine Arme vor der Brust.

»Das bedeutet nicht, dass ich irgendetwas von deinem Gefasel verstanden habe«, gab ich spitz zurück und war erstaunt über meine eigene Ungezügeltheit. Noris kitzelte irgendetwas in mir hervor, das mich dazu brachte, ihm die Stirn zu bieten. Und ich fand Gefallen daran. Das Sonnenblut wallte in meinen Adern auf und rauschte in meinen Ohren.

Auch Noris betrachtete mich verblüfft. »Sieh an, sieh an. Das Lichtmädchen hat also doch ein Rückgrat.« Ein Schmunzeln schlich sich auf seine Lippen. Für einen Moment hatte er seine Sorge um meine Rückverwandlung verdrängt.

Am liebsten hätte ich ihn für diesen Kommentar angefaucht, stattdessen streckte ich den Rücken durch und imitierte seine Haltung, indem ich meine Arme vor der Brust verschränkte.

»Falls du in deine menschliche Form zurückfinden willst, solltest du allerdings aufhören, dich über mich lustig zu machen.« Ein überlegenes Grinsen breitete sich auf seinem Gesicht aus. Sein Verhalten machte mich fassungslos. Meinte er das ernst? Würde er mich wirklich allein hier stehen lassen?

»Du willst mir wirklich helfen?«, hakte ich nach.

Er nickte zur Antwort und ich wünschte mir vom ganzen Herzen, seinen inneren Kosmos ergründen zu können, um herauszufinden, ob er es wirklich ehrlich mit mir meinte.

»Und wie genau kannst du mir hierbei behilflich sein?«, gab ich wenig einfallsreich von mir.

Noris' Grinsen weitete sich, als er meine Worte hörte. Dem verschlossenen Typen, dem ich gestern im Flur begegnet war, hätte ich eine solche Bandbreite an Emotionen gar nicht zugetraut. Sobald Noris seine Hand hob, verschlug es mir die Sprache und ich bekam keinen klaren Gedanken zu fassen.

Er hatte sie zur Faust geballt. Schwärze umwaberte sie wie Nebel. Die Essenz der Nacht floss durch seine Adern wie das Licht durch die meinen. Die Linien zogen sich bis zu seinem Ellenbogen hinab. Sein Arm spannte sich vor Anstrengung an.

Vom Rand seiner Iriden aus breitete sich die tintenschwarze Nebula weiter aus, bis seine Pupille nur noch von einem schmalen weißen Kranz umgeben war.

Die Dunkelheit warf tiefe Schatten auf mein Leuchten. Überrascht beobachtete ich, dass die Finsternis Noris wie ihren Herrn umhüllte. Sie war sein Diener.

Doch er ließ sich nicht beirren, beachtete die lockenden Rufe der Schwärze nicht und drängte sie stattdessen aus seinem Körper zurück. Millimeter für Millimeter entschwand die Nacht aus seinen Adern und Noris behielt die Kontrolle über seine Menschlichkeit. Der letzte Rest des Nachtbluts löste sich in einer Wolke aus grauem Rauch von seinen Fingerkuppen. Fassungslos starrte ich ihn an. Er starrte zurück.

»Was bist du?«, flüsterte ich entsetzt.

Seine Lippen zuckten verschwörerisch, beinahe lächelte er. »Ich würde behaupten, dass wir gar nicht so verschieden sind. Im Grunde sind du und ich gleich.«

Seine Aussage jagte einen Schauder über meinen Rücken. Niemals. Ich war nicht so wie er. In seinen Adern floss die Nacht, Schwärze, absolute Dunkelheit, während durch meine Venen pures Licht strömte.

»Nein.« Ein heiseres Lachen entfuhr meiner Kehle. »Nein, ich bin nicht so wie du.«

Als würde er das Gegenteil beweisen wollen, trat er einen Schritt auf mich zu und strich mit seinen Fingerspitzen über meine leuchtenden Arme. Etwas zog mich in seine Richtung, als wären wir zwei Magnete, die ohne ihr Gegenstück unvollständig waren. Es fühlte sich so selbstverständlich an wie die Schwerkraft. Ich schüttelte den Kopf, um diesen schwachsinnigen Gedanken daraus zu verbannen.

»Du musst in deine menschliche Gestalt zurückwechseln. Je länger du in diesem *Zustand* verweilst, desto schwieriger wird es, deine alte Haut überzustreifen.«

Seine Worte weckten mich aus meiner Trance. Ich wollte mir nicht eingestehen, dass Noris und ich etwas gemeinsam hatten, doch momentan war er offensichtlich der Einzige, der mir behilflich sein konnte. Also atmete ich durch, senkte meine Lider, um den Fokus für das zurückzugewinnen, was wirklich wichtig war, und öffnete sie mit dem Wissen, mich auf die Anweisungen eines Fremden verlassen zu müssen.

»Was soll ich tun?«, fragte ich.

Ein Funkeln leuchtete in Noris' Blick auf. Zwar sah ich immer noch nicht sein Universum, allerdings lernte ich mit jeder vergehenden Sekunde, seine Emotionen besser zu lesen.

»Ich möchte, dass du dir vorstellst, wie du aussiehst. Ruf dir jedes kleinste Detail deines Körpers in Erinnerung und lege jedes Merkmal an wie den Teil einer Rüstung. Stück für Stück. Ganz langsam. Lass deine Imagination zur Realität werden.« Die Sanftheit in seiner Stimme umfing mich wie Watte, die mich vor der Welt und ihren Gefahren behütete. Es lag so viel Sicherheit und Vertrauen in seinen Worten. Ich rief mir meine eigene Gestalt ins Gedächtnis.

Mein blasses Gesicht, das manchmal zu schmal und spitz aussah. Meine Haare, die eigentlich so hell waren, dass es beinahe an Weiß grenzte, denen ich jedoch die Farben von bunten Sternengalaxien gegeben hatte. Der zierliche Körperbau, der mich oftmals wie eine Porzellanpuppe wirken ließ. Sanft und zerbrechlich zugleich. *Zerstörbar.*

Mein Körper veränderte sich und das Licht erlosch langsam. Es war, als würde die Sonne in dieser unglaublich engen Besenkammer untergehen. Zu guter Letzt dachte ich an meine Augen, den weißen Ring, der die Pupille umschloss, und die Schwärze, die meine Iris umrahmte. Mit einem Mal erinnerte mich diese Vorstellung an das Abbild einer Sonnenfinsternis.

Dunkelheit legte sich über Noris und mich, während die Stille meine Ohren betäubte.

»Anscheinend bist du ein Naturtalent.«

Ich vernahm sein Murmeln nur am Rande. Er öffnete die Tür einen Spaltbreit, sodass schummeriges Licht zu uns hineinfiel. Staub tanzte in der Luft und unser Atem wirbelte ihn herum. Ich kratzte den letzten Rest meines Mutes zusammen.

»Was weißt du noch über uns?«, fragte ich vorsichtig.

Noris' Rücken versteifte sich, seine Schultern strafften sich. »Ich weiß nicht, ob ich dir vertrauen sollte. Ich weiß zumindest genug, um zu überleben.«

Diese magere Antwort stillte meinen Wissensdurst nicht. Zudem fühlte ich mich durch seine Anschuldigung vor den Kopf gestoßen.

»Aber du kannst mit deinen Fähigkeiten umgehen. Du kontrollierst sie. Wie hast du das gemacht?« In meiner Stimme schwang Hoffnung mit. Hoffnung darauf, dass auch ich die Schübe irgendwann beherrschen würde.

»Übung. Ich musste meine Fähigkeiten verstecken, jahrelang. Man muss stärker sein als die Monster, die im Inneren schlummern. Sonst überlebt man in der Welt da draußen nicht.«

Ich nickte und täuschte Verständnis vor. Bis vor ein paar Tagen hatte ich noch nichts über meine Leuchteigenschaften gewusst.

Ich muss also schnellstmöglich lernen, wie ich das strahlende Blut mit meinem Willen beeinflusse. Gut zu wissen, dass es Noris irgendwann einmal genauso erging wie mir.

Für einen Moment lang stockte ich, als ich mir seine Worte noch einmal ins Gedächtnis rief.

Warum bezeichnet Noris sein inneres Wesen als Monster?

Ich empfand es vielmehr so, als würde ich endlich ich selbst sein. Ich fühlte mich wohl dabei, wenn das Sonnenblut durch meine Adern pulsierte und mich zum Strahlen brachte. Und dennoch fürchtete ich mich vor den Kräften, die in meinem Inneren schlummerten. Vielleicht konnte ich die Angst kontrollieren, sobald ich mehr über meine Gabe in Erfahrung brachte. Der einzige Weg, etwas herauszufinden, bestand gerade darin, Noris auszuquetschen.

»Wieso unterscheiden sich unsere Gaben so stark? Wir sind uns wortwörtlich so ähnlich wie Tag und Nacht.« Mein Wissensdrang kannte keine Grenzen. Zum ersten Mal traf ich eine Person, die das Gleiche durchlebte wie ich.

Noris zuckte mit den Schultern, als wüsste er keine Antwort, obwohl ich mir sicher war, dass er sie kannte. Er wollte mich nicht an der Wahrheit teilhaben lassen. »Ich habe nicht auf alles eine Antwort, Lichtmädchen. Und fürs Erste behalte ich meine Geheimnisse für mich. Zumindest so lange, bis ich weiß, dass ich dir trauen kann.«

Enttäuschung ließ das Feuer meiner Euphorie erlöschen.

»Ich verstehe. Dann mache ich mich selbst auf die Suche nach einer Lösung«, murmelte ich gedankenverloren und dachte an die Unterlagen meiner Eltern, die ich genauer unter die Lupe nehmen wollte. Vielleicht könnten die Informationen darin auch Noris weiterhelfen.

Aber warum soll ich ihm davon erzählen und meine Entdeckungen teilen, wenn er mir nicht helfen will? Nein. Dieser Schwachkopf kann schön selbst nach Antworten suchen.

Ich wollte ihm gerade unter die Nase reiben, dass ich meine eigenen Quellen besaß, als er die Augen aufriss und einen Finger auf seine Lippen legte. Ich schloss sofort den Mund und lauschte angestrengt.

Schritte. Eilige, zielgerichtete Schritte. Ohne einen Laut zu verursachen, schob sich Noris an den Spalt heran. Schließlich wandte er sich zu mir um und formte ein einziges Wort mit dem Mund: *Lehrer.*

Sofort erhitzten sich meine Wangen und ich war froh um das dämmrige Licht der Kammer, welches meine Röte verbarg.

Was, wenn uns der Lehrer finden würde?

Ein Junge und ein Mädchen in einer Besenkammer?

O Gott!

Als hätte Noris meine Gedanken gelesen, umfasste er meine Hüften mit sanfter Stärke. Ein leises Quietschen entfuhr mir, woraufhin er lächeln musste. Überrumpelt sah ich zu ihm auf. Eine schwarze Locke fiel ihm in die Stirn und seine Augen fokussierten mich interessiert.

Was zur Hölle hat er vor?

Ich verlor mich in seinem Blick, der mich an eine Sonnenfinsternis erinnerte und in dem ein ungewisses Gefühl aufblitzte. *Sehnsucht?*

Seine Hand wanderte zu meinem Nacken hinauf, grub sich in meine Haare und zog mich näher zu ihm heran. Ich hatte die Luft angehalten, wusste nicht, wie mir geschah, und konnte nichts weiter tun, als Noris entgeistert anzustarren.

Mein innerstes Wesen verzehrte sich danach, von ihm berührt zu werden, und das Licht drohte erneut durch meine Adern zu fließen und seine Kräfte zu entfalten. Doch ich war völlig ausgelaugt, als hätte der lange Lichtzustand mir meine Energie entzogen, sodass ich mich nicht auf der Stelle in eine wandelnde Glühbirne verwandeln würde. Diese Einsicht erleichterte mich zugegebenermaßen ein bisschen.

Noris Kopf senkte sich zu mir hinab. Zwischen unsere Körper hätte nicht einmal ein Lufthauch gepasst. Unsere Lippen waren nur Millimeter voneinander entfernt, während unsere Blicke sich anzogen und den jeweils anderen nicht losließen. Die Schritte hallten immer lauter auf dem Gang wider und blieben vor der Tür der Kammer stehen.

Noris seufzte leise, bevor er wisperte: »Tut mir leid, aber es muss sein.« Dann legte er seine Lippen auf meine.

Ein Prickeln breitete sich durch meinen Körper aus und für einen Moment erhellte ein letzter Lichtschub den Raum, nur um einen Sekundenbruchteil später zu erlöschen. In meinen Ohren rauschte das Blut und ich klammerte mich an Noris' Oberteil fest, während er mich enger an sich zog. Es fühlte sich absolut elektrisierend an, als würden Blitze durch meinen Körper zucken und mich nach Monaten des Vergessens und Sterbens beleben.

Erst ein überdeutliches Räuspern führte dazu, dass wir uns voneinander lösten. Sobald ich über meine Schulter schaute, sah ich einen pummeligen, kahlköpfigen Mann, der sich die Brille auf der Nase zurechtrückte.

»Als ich sagte, du sollst dich um das Wohlergehen unserer neuen Schülerin kümmern, habe ich ganz sicher nicht das damit gemeint, Noris.« Die eindeutige Drohung, die in der hohen Fistelstimme des Lehrers mitschwang, brachte mich auf den Boden der Tatsachen. Er betrachtete mich mitleidig. Als wäre ich Noris zum Opfer gefallen und wäre nicht schuld an dieser misslichen Situation.

Na ja, wenn man es ganz genau nimmt, war er tatsächlich schuld. Schließlich ist Noris derjenige, der mich zuerst geküsst hat.

»Am besten gehen wir jetzt geschlossen in den Unterricht zurück, was denkt ihr? Ihr habt in dieser Besenkammer bestimmt schon die halbe Schulstunde verplempert.«

Ich nickte schnell und löste mich hastig von Noris. Zu dritt verließen wir den engen Raum und traten in den Flur hinaus. Meine Glieder zitterten und mein Magen drehte sich unaufhörlich.

Mein erster Kuss. Das war mein erster Kuss.

Ich schielte unauffällig zu Noris hinüber, der sich beeilte mich einzuholen. Er schlenderte locker neben mir her und ließ sich nichts anmerken. Vermutlich war ich einfach ein passendes Ablenkungsmanöver gewesen. Ich seufzte auf und bemerkte im gleichen Atemzug, dass er mich beobachtete. Schon wieder.

»Was ist?«, murmelte ich, sodass der Lehrer uns nicht hören konnte.

»Ich wollte dich da drin nicht überrumpeln. Ich hoffe, du verstehst das. Mir ist auf die Schnelle einfach keine andere Lösung eingefallen.«

Dieser Junge hatte meinen ersten Kuss gestohlen und forderte nun Verständnis dafür. Ich war verwirrt und zugegebenermaßen auch ein wenig verletzt.

Hat ihm das Ganze denn überhaupt nichts bedeutet?

»Schon okay«, erwiderte ich, während in meinem Inneren etwas zerbrach. Nichts war okay. Noris entspannte sich und rückte dichter zu mir auf. Dadurch entfachte er in meinen Gedanken nur noch mehr Chaos.

Habe ich mich in ihm getäuscht?

Vielleicht ist ihm der Kuss trotz allem nicht völlig gleichgültig gewesen.

Vierzehntes Kapitel
Verstand vs. Herz

Der Unterricht zog sich wie ein ausgelutschter Kaugummi in die Länge: zäh, geschmacklos und fad. Die Lehrer sahen über meine Teilnahmslosigkeit hinweg oder bedachten mich mit mürrischen Blicken, aber nicht einer von ihnen wagte es, das Wort an mich zu richten. Ich war die Neue. Und sie wussten sicherlich, was ich in meiner Vergangenheit durchlebt hatte. Sie hielten Abstand und wollten dem Mädchen, dessen Eltern ermordet wurden, nicht zu nahe treten. Selbst wenn es bloß um die Frage ging, welche Seite des Dreiecks denn nun die Hypotenuse war. Meine Gedanken schweiften immer wieder ab.

Ich dachte an das Gefühl von Noris' Lippen auf den meinen und seine Dunkelheit, die sich in meine Seele grub. Allerdings konnte ich den mysteriösen Jungen mit dem Schattenblut den Rest des Tages nirgends entdecken. Während unseres gemeinsamen Kurses hatte er sich zurückgehalten und stur nach vorn geschaut, was ich ihm nicht zum Vorwurf machte, denn unser Lehrer bedachte uns zwischendurch immer wieder mit kontrollierendem Starren.

Sobald die Schulglocke erklang, verschwand Noris in einem Meer aus Schülern, die sich auf den Gängen tummelten. Ein wenig enttäuscht gab ich nach einigen Minuten auf, seinen zerzausten Haarschopf in der Menge ausmachen zu wollen.

Stattdessen schloss sich Jen mir an und schleifte mich durch die Schule und in die Cafeteria, wo wir ein pampiges Mittagessen ohne jeglichen Geschmack verdrückten. Ich verzog angewidert das Gesicht, als der braune Eintopf mit einem lauten Klatschen in meiner Suppenschüssel landete. Zudem hatte das Gebräu die bemerkenswerte Eigenschaft, weder Geschmack noch Geruch zu besitzen. Ich bekam kaum zwei Löffel herunter, dann schob ich den Teller zur Seite.

»Das schmeckt echt grauenhaft«, merkte ich an, woraufhin Jen schallend lachen musste. Sie meinte lediglich, dass ich mich dran gewöhnen würde.
Irgendwann.
Hoffentlich.

Sobald ich am späten Nachmittag endlich im Bus saß, ließ ich den Tag Revue passieren. Die Fahrt zog an mir vorbei wie ein Schleier, der durch mein Sichtfeld wehte. Ich sah nur ineinanderfließende Farben, keine Umrisse oder Schatten. Die ganze Welt reduzierte sich auf Grau und Schwarz und Weiß. Ein tristes Gemälde, in das ich einfach nicht hineinpassen wollte.

Schließlich kam der Bus ruckelnd zum Stehen. Ich trat den Heimweg an und bemerkte gar nicht, dass die Welt sich weiterdrehte, da ich in meinen Gedanken stehen geblieben war. In meinem Kopf befand ich mich immer noch in der Abstellkammer zusammen mit Noris. Erst als ich vor der Haustür verharrte, blinzelte ich.

Während ich im Rucksack nach dem Haustürschlüssel kramte, kam die Erinnerung an den Streit mit Franny zurück, der noch nicht ausgefochten worden war.

Wut schäumte in mir auf wie die Gischt einer Sturmflut. Falls meine Tante tatsächlich darauf bestehen sollte, dass ich die Unterlagen meiner Eltern nicht zu Gesicht bekam, dann konnte ich nichts dagegen ausrichten. George würde sich kaum dem Willen seiner geliebten Frau widersetzen, nur um seine Nichte zufriedenzustellen. Zahlreiche medizinische und psychologische Gutachten aus meiner Zeit in der Klinik würden ihre These untermauern, dass ich unter den Folgen eines Rückschlags noch lange zu knabbern hätte oder mich womöglich gar nicht davon erholen würde. Wohingegen ich nur behaupten konnte, dass es mir gut ging und ich diese Unterlagen dringend brauchte.

Wem würde man wohl mehr Glauben schenken: der vernünftigen Erwachsenen oder dem impulsiven, psychisch labilen Teenager?

Fluchend suchte ich weiter den Schlüssel in meiner Tasche.
Irgendwo hier muss das Drecksding doch sein!

Meine Frustration ließ mich blind und fahrig werden, bis ich schließlich den Rucksack von meiner Schulter riss und zu Boden pfefferte. Ich wollte ihm gerade einen wütenden Tritt verpassen, als das Schloss hinter mir klickte und die Tür aufschwang.

Auf der anderen Seite der Schwelle befand sich eine betrübt dreinblickende Franny, die mich voll Kummer musterte. Ich erkannte schnell, dass feine Risse den kleinen Planeten durchzogen, der meine Rolle in Frannys Universum einnahm. Aus den oberflächlichen Verletzungen würden sich tief greifende Krater entwickeln, wenn man keine Rücksicht nahm. Das Licht ihrer Seelensonne strahlte nur schwach und hinterließ finstere Schatten am Rande ihres Sichtfelds. Ich schluckte schwer. Etwas, oder genauer gesagt jemand, musste meine Tante gravierend verletzt haben. Mir fiel nur eine einzige Person ein, die dafür infrage käme.

Ich selbst.

Ich ertrug es nicht, meine sonst so lebensfrohe Tante derart entmutigt und in sich versunken zu sehen. Keine Unterlagen, Notizen und Informationen dieser Welt waren wichtiger als das Wohlergehen eines Menschen. Warum war ich davon ausgegangen, dass unser Streit wirkungslos an meiner Tante vorbeiziehen würde?

Ungeachtet meines von Schnee bedeckten Anoraks hob ich meine Arme und trat auf Franny zu, um sie in eine Umarmung zu ziehen. Zunächst wirkte sie verdutzt, aber einige Sekunden später erwiderte sie meine Umklammerung mit derselben Innigkeit. So standen wir minutenlang im Schneegestöber und ließen den Wind um unsere Körper streifen. Die klirrende Kälte des Winters war machtlos gegen die Wärme unserer Herzen. Ich bemerkte, dass wir beide aufzutauen begannen, als sich unsere steifen Glieder entspannten und eine schwere Last von unseren Schultern fiel.

Den ganzen Tag hatte der Streit in meinem Unterbewusstsein herumgespukt und mir keine Ruhe gelassen. Die Erleichterung darüber, dass zwischen uns alles gut zu sein schien, beruhigte mich. Es fühlte sich an, als würde jemand meine Seele streicheln.

Langsam löste ich mich aus der Umarmung und schaute Franny in die verblüfft, aber ebenso erfreut blickenden Augen.

»Es ... es tut mir leid. Ich hätte deine Geduld mit mir nicht so überstrapazieren sollen«, gab ich zähneknirschend zu. Franny wollte mir nie schaden. Sie hatte sich lediglich Sorgen gemacht, die ganze Zeit über.

Die Miene meiner Tante erhellte sich und ich meinte zu erkennen, dass sich die Krater der Himmelskörper in ihrem Sonnensystem schlossen und von einem warmen Glanz versiegelt wurden. Einen Moment lang leuchteten die Risse auf, bevor sie mit jeder Sekunde ein bisschen mehr verblassten. Trotzdem blieb an der Oberfläche eine hauchzarte Narbe auf dem Planeten zurück, der mich verkörperte. Ich verstand dieses Zeichen sofort. Unser erster Streit hatte Spuren bei Franny hinterlassen. Sie hatte mir vergeben und wir hatten uns vertragen, trotzdem hieß das nicht, dass Franny vergessen würde, was heute geschehen war.

Zerbrochenes Glas konnte man auch reparieren, indem man die Splitter zu einem einheitlichen Bild zusammensetzte, doch es wäre nie wieder das gleiche wie zuvor. Man würde die Stellen, an denen es auseinandergebrochen war, immer erkennen.

Vertrauen ist noch zerbrechlicher als Glas.

»Komm erst mal herein, Luna. Nicht dass wir uns hier draußen noch ein paar Zehen abfrieren«, verkündete Franny mit einem Lachen. Ich erstarrte.

Hat sie mich gerade Luna genannt? So wie ihre verstorbene Tochter?

Offenbar freute Franny sich so sehr über unsere Versöhnung, dass ihr der flüchtige Fehler nicht aufgefallen war. Ich beschloss, diesen winzigen Vorfall schnell zu vergessen, anstatt sie darauf aufmerksam zu machen. Stattdessen lächelte ich sie glücklich an.

Kaum hatte ich das Haus betreten, wurde ich in die Sofaecke verbannt. Zusammen mit einem Bündel an flauschigen Decken machte ich es mir in einer Ecke gemütlich. Ich genoss die Wärme, die langsam die Kälte der Außenwelt hinfort wusch.

Nach wenigen Sekunden gesellte sich meine Tante zu mir und setzte sich neben mich aufs Sofa. Einige Herzschläge lang traute sich keiner das Wort zu ergreifen und jeder war in seine eigenen Gedanken versunken. Ich widerstand der Versuchung, herauszufinden, was in ihrem Inneren vorging.

»Stella«, fing Franny an. Der sanfte Klang ihrer Stimme schmiegte sich wie eine weitere Decke um mich.

»Ich möchte mich entschuldigen für heute Morgen. Ich sollte dir nicht vorschreiben müssen, was du zu tun und zu lassen hast. Du bist alt genug und für dich selbst verantwortlich und bist in der Lage, eigene

Entscheidungen zu treffen.« Sie atmete tief durch und ich ahmte es ihr unbewusst nach.

Ich schaute überrascht zu ihr hinüber. In ihrem Kosmos leuchteten die einzelnen Sterne und Planeten deutlich auf, kein Kometenstaub oder Nebel verschleierten ihre Sicht. Vollkommene Klarheit. Sie sprach die Wahrheit. Vor Erstaunen klappte mir der Mund ein bisschen auf.

»Ich bitte dich nur darum, die folgende Frage gewissenhaft und ehrlich zu beantworten.« Ihre Sonne glühte ein einziges Mal hell auf, woraufhin ich blinzeln musste. Das bedeutete, dass sie es ernst meinte.

Offensichtlich fiel meiner Tante diese Entscheidung nicht leicht. »Fühlst du dich bereit dazu, dich dem Grauen in Form von Erinnerungen zu stellen?« Die Stimme meiner Tante verklang im Raum, während ich ihr schweigend gegenübersaß.

Bin ich bereit dazu?

Heute Morgen hätte ich mit einem entschiedenen Ja geantwortet. Einige Stunden später sah die Realität anders aus. Ich horchte in mich hinein und nahm das Echo meiner Gedanken auf. Ja, ich wollte wissen, was es mit der Gabe auf sich hatte, warum Sonnen- und Mondblut in meinen Adern floss und warum Noris ebenfalls über eine überirdische Macht verfügte. Es gab keinen anderen Weg. Ich musste erfahren, wozu ich in der Lage war und woher meine Kraft kam.

Andererseits fürchtete ich mich vor den verborgenen Erinnerungen, die ich durch meine Nachforschungen wecken musste. Würde ich noch weitere Flashbacks durchleben müssen? Konnte ich mich dem Tod meiner Eltern stellen, ohne den Verstand zu verlieren? Was, wenn mich wieder Halluzinationen heimsuchten, wie es in der Mathestunde geschehen war? Das Herz flatterte in meiner Brust, als wäre es ein Kolibri. Mal flog es in die eine, dann in die andere Richtung.

Wer würde siegen?

Mein gestörter Verstand oder mein zerfetztes Herz?

Ich fuhr mir durch die galaxiefarbenen Haare, bevor ich meiner Tante entschlossen zunickte.

»Ich bin bereit«, hörte ich mich sagen. Es wirkte so, als würde mich eine fremde Macht bewohnen, die mir Kraft verlieh und mich zusammenhielt.

Meine Seelensplitter hatten sich gesammelt und zu einem neuen *Ich* zusammengesetzt. Einem *Ich*, das zerstört worden war und dennoch nicht aufgab. Das nach der Wahrheit suchte und nicht von der Angst getrieben wurde, daran zu zerbrechen.

Ich war mehr als die Gesamtheit meiner Scherben.

Fünfzehntes Kapitel
Vergangenheit in Pappkartons

Es war eine Woche ins Land gezogen, in der ich vor Vorfreude und Angst zerrissen auf eine Nachricht von meinem Onkel gewartet hatte. Nach den Arbeitstagen sah er so abgekämpft aus, dass ich es kaum wagte, ihn auf die Unterlagen anzusprechen. Immer wenn ich ihn trotzdem fragte, bekam ich lediglich ein müdes Kopfschütteln zur Antwort.

Jede weitere Stunde der Unsicherheit und des Wartens verunsicherte mich mehr. Ich wünschte mir Gewissheit. Die Unwissenheit verfolgte mich wie ein Schatten. Momentan waren die Unterlagen meine einzige Hoffnung. Ich konnte mir zwar nicht sicher sein, dass sich in ihnen die Lösung verbarg, aber allein die Chance auf eine Entdeckung ließ meine Gehirnwindungen heiß laufen wie einen röhrenden Motor.

Ich begann mir vorzustellen, dass ich ohne das Wissen, das sich in den Notizen meiner Eltern versteckte, jeden Moment anfangen würde zu leuchten oder dass ich erneut erwischt werden könnte. Inzwischen fragte ich mich sogar, ob ich mir damals das Schließen der Luke nur eingebildet hatte. Weder mein Onkel noch meine Tante hatten mich auf das seltsame Ereignis angesprochen. Meine Gedanken rasten und wirbelten durcheinander. Ich wusste absolut nicht, was richtig war und was nicht.

Ich brauchte ein Sicherheitsnetz, das mich auffing, falls ich erneut fiel. Die Unwissenheit zerriss mich und gleichzeitig bot sie so viel. Eine unendliche Anzahl an Möglichkeiten.

Zudem war ich ständig in Versuchung, meine Entscheidung zu revidieren und meinem Onkel und meiner Tante zu sagen, dass sie die Geheimnisse meiner Eltern unter Verschluss halten sollten. Vielleicht hatte Franny recht und ich war nicht bereit dazu.

Andererseits wollte ich in Erfahrung bringen, was es mit meinen Fähigkeiten auf sich hatte. Falls es erneut zu einem Ereignis wie in der Schule kam, musste ich vorbereitet sein. Die Unterlagen waren mein einziger Lichtblick in dieser Angelegenheit.

Es gab nichts zu verlieren!

Meine innere Gespaltenheit bündelte sich in einer Kraft, die meinen Entschluss bekräftigte und mich stärkte. Ich würde standhaft bleiben.

George betrat das Haus. Er wirkte wieder abgekämpft und müde, als hätte er einen langen Tag hinter sich gehabt.

»Ah, da bist du ja endlich!«, begrüßte Franny ihn mit einer überschwänglichen Umarmung und einem großen Schmatzer auf der Wange. Das zarte silbern schimmernde Band, das ihre Herzen verband, leuchtete hell auf. Ich hatte dieses Schauspiel in der vergangenen Woche oft beobachtet und fand es immer noch so faszinierend wie am ersten Tag.

Während ich auf der Couch saß und die beiden beobachtete, schlich sich ein trüber Gedanke in meinen Hinterkopf, der die Freude abdämpfte.

Warum habe ich dieses Seelenband niemals zuvor gesehen?

Waren meine Eltern demnach nicht seelenverwandt?

Sind meine Eltern etwa nicht glücklich zusammen gewesen?

Ich versuchte mir ihr Ebenbild ins Gedächtnis zu rufen.

Wie genau hat meine Mutter noch mal ihre Haare gelockt? Eher kraus und wild oder doch ordentlich?

Wie sah mein Vater aus, wenn er lachte?

Konnte man in seinen Mundwinkeln winzige Falten erkennen, so wie bei George?

Einen herzschlaglosen Moment später überfiel mich die Einsicht wie eine Bestie, die ihre langen Krallen in meinen Körper grub. Brennender Schmerz durchlief meine Glieder wie ein Stromschlag und zwang mich in eine gekrümmte Haltung. Ich schnappte nach Luft und schlug mir eine Hand vor den Mund, um das Geräusch zu ersticken.

Die Erinnerungen begannen zu verblassen. Ich hatte sie absichtlich in die hinterste Ecke meines Verstandes verbannt, da sie mich wochenlang in meinen Träumen heimgesucht hatten. Sie waren nichts weiter als ein leeres Echo gewesen.

Und nun, wo ich krampfhaft versuchte, mich an den weichen Klang der Worte meiner Mum zu erinnern, misslang es mir. Auch den belehrenden Unterton in der Stimme von Dad konnte ich nur mit Müh und Not im Kopf rekonstruieren.
Ich vergesse sie.
Ich vergesse ihre Stimmen, ihr Aussehen, ihr Wesen.
Ich vergesse meine Eltern und kann nichts dagegen unternehmen.
Trauer und Angst schnürten mir die Kehle zu, sodass nach wenigen Sekunden Punkte vor den Augen zu tanzen begannen. Meine Finger kribbelten und wurden taub. Eine beruhigende Schwärze bahnte sich am Rande meines Sichtfeldes an und ich war mehr als bereit, mich ihr hinzugeben, bis ich erkannte, was da gerade mit meinem Körper passierte. Diese Anzeichen hatte ich bereits durchlebt.
Shutdown.
Ohnmacht.
In der Klinik war mir das mehr als einmal widerfahren. Immer dann, wenn die Vergangenheit mich einholte und die Flashbacks heftiger wurden. Zuerst kam die Atemlosigkeit, die sich anfühlte, als würde man von einem Felsbrocken zerquetscht werden. Darauf folgte das beklemmende Gefühl im Brustkorb, als würden die eigenen Lungenflügel davonfliegen wollen und vom Rippenkäfig aufgehalten werden. Alles schien zu flattern und zu pulsieren. Schließlich kam die wohltuende Dunkelheit, die den Schmerz nahm und Frieden versprach.
Mein Körper versteifte sich, sobald mich die Erkenntnis einholte und unter sich begrub: *Ich habe einen Rückfall.*
Würde das irgendjemand bemerken, würde ich zurück in die Klinik gebracht werden. Das durfte so kurz vor dem Beginn meiner ambulanten Therapie nicht passieren. Ich blinzelte heftig gegen die Finsternis am Rande meines Sichtfelds an. Röchelnd schnappte ich nach Luft, während meine Lungen dachten, dass sie diesen dämlichen, überlebenswichtigen Sauerstoff nicht brauchten. Es fühlte sich an, als würde mein Körper gegen meinen Willen rebellieren.
Ich rieb die Zähne so fest aufeinander, dass ein ekliges Knirschgeräusch erklang. Die Kraft, die ich auf meinen Kiefer ausübte, versicherte mir zumindest eines: Ich hatte immer noch ein bisschen Kontrolle.

Mit tauben Fingern griff ich nach meinen Beinen. Die Last war einerseits unendlich schwer, als würde ich einen Betonklotz anheben wollen. Andererseits wirkte sie so leicht, da mein ganzer Körper zugleich steinhart und weich wie Wackelpudding war.

Ich legte meine Oberschenkel hoch, was ein wahrer Kraftakt war, da sich meine Glieder wie Gummi anfühlten und schlaff herunterhingen.

Du schaffst das!

Nicht klein beigeben!

Blut strömte pochend durch meine Schläfen. Ich zwang mich dazu, meinen Atem zu entschleunigen. Ein prickelndes Kribbeln floss an meiner Wirbelsäule hinab. Endlich kehrte das Gefühl in meine Glieder zurück.

»Stella, Liebes, ist alles in Ordnung?«, hörte ich die piepsige Stimme meiner Tante sagen. Zitternd hob ich den Blick an und schaute ihr in die Augen.

Bitte, lass sie nichts bemerkt haben.

Sie sog scharf die Luft ein. »Du bist ja ganz blass! Ist alles in Ordnung?«

Das Abbild meiner Eltern, ihre Stimmen und ihre fehlende Seelenverwandtschaft verblassten langsam, wohingegen die besorgten Gesichter von Franny und George ihren Platz in meinem Bewusstsein einnahmen. Ich musste sie beruhigen, und zwar schnell.

»Ich glaube, ich habe mir den Magen verdorben«, murmelte ich und passenderweise gab mein Bauch ein protestierendes Grummeln von sich. »Das Mittagessen in der Cafeteria bekommt mir nicht so gut.«

Franny ließ sich neben mir auf das Sofa sinken und tätschelte beruhigend meine Hand.

»Wahrscheinlich muss sich dein Körper auf das Essen dort einstellen. Ich habe von vielen Schülern gehört, die die Pampe, die da serviert wird, nicht so gut vertragen. Ich könnte dir für das nächste Mal ein Lunchpaket mitgeben!«

»Das klingt gut«, gab ich von mir und zwang mir ein Lächeln auf die Lippen.

An den ungewöhnlich schnell rotierenden Planeten in ihrem Kosmos erkannte ich Frannys Freude darüber, dass es mir etwas besser ging.

»Wie wär's, wenn du uns ein schönes Abendessen zauberst, während ich versuche, Stella ein wenig abzulenken?«, schaltete sich mein Onkel in das Gespräch ein.

»Meinst du nicht, sie sollte sich noch ein bisschen schonen, bevor sie ... na ja, du weißt schon«, druckste meine Tante herum.
Das kann nur eines bedeuten!
»Hast du es tatsächlich geschafft? Hast du die Unterlagen meiner Eltern mitgebracht?« Ich fuhr hoch in eine sitzende Position und auf der Stelle fiel Schwindel wie ein hinterhältiger Dieb über mich her. Ein Räuber, der mich meiner Sinne beraubte. Doch ich ignorierte den kleinen Schwächeanfall und fixierte meinen Onkel hoffnungsvoll.

Er schaute meine Tante entschuldigend an, bevor er antwortete: »Ja, ja das konnte ich in der Tat. Wenn du wieder ein bisschen Kraft getankt hast, können wir die Kisten aus dem Kofferraum laden und in dein Zimmer tragen. Aber zuerst einmal solltest du etwas essen!«

Mein Onkel beugte sich zu mir hinab und gab mir eine kleine Umarmung. Vermutlich wäre ich ansonsten auf die Beine gesprungen und ihm um den Hals gefallen. Obwohl mir so viele Worte durch den Kopf geisterten, die ich ihm gerne sagen wollte, war ich nur in der Lage, immer wieder das Gleiche zu murmeln: »Danke, danke, danke.« Tränen brannten in meinen Augenwinkeln. Endlich konnte ich die Wahrheit herausfinden und mit meiner Vergangenheit abschließen.

Ich weine nicht länger um die Vergessenen, sondern um die Gefundenen.

Freudentränen rannen mir die Wangen hinab und furchten seichte Flüsse in meine Haut. Mein Onkel strich mir etwas unbeholfen über den Rücken und die Wärme seiner Berührung führte dazu, dass meine Vorfreude sich vervielfachte.

»Immer ruhig mit den jungen Pferden, Stella. Gerade eben sahst du noch aus, als würdest du gleich umkippen. Lass es langsam angehen.« Die brummige Stimme meines Onkels beförderte mich auf den Boden der Tatsachen zurück. Natürlich zitterten meine Gliedmaßen gefährlich, allerdings war aus dem hartnäckigen Schwindel ein leichter Kopfschmerz geworden, den ich getrost ignorieren konnte. Die Botschaft meines Onkels hatte mir neue Lebensgeister verliehen und den Gedanken an meinen Rückfall beinahe vollständig verdrängt.

»Keine Sorge, ich bleibe so lange liegen, bis das Essen fertig ist«, witzelte ich und lehnte mich in die weichen Sofakissen zurück. Meine Tante gab im Hintergrund nur ein missmutiges Seufzen von sich, sagte jedoch nichts. Offensichtlich war sie mit meiner Entscheidung nicht zufrieden. Sie würde mich von diesem Entschluss aber nicht abbringen können. Warme Glücksgefühle rauschten durch meine Blutbahnen und ließen meine Gedanken in den Wolken schweben.

Ich begriff kaum, dass ich drauf und dran war, das Geheimnis meiner Vergangenheit und eigentlich meiner gesamten Existenz zu ergründen.

»Ich wäre dann so weit«, verkündete ich nach dem Essen, woraufhin sich meine Tante geräuschvoll verschluckte und zu husten begann. »Ich kann ja schon mal den Kofferraum aufschließen und ein paar Kisten ins Haus tragen.«

Franny öffnete den Mund, um zu protestieren. Vermutlich würde sie darauf bestehen, dass ich am Esstisch sitzen blieb, bis alle ihre Mahlzeit beendet hatten, aber ich war einfach zu aufgedreht, um höflich zu bleiben. Offensichtlich spürte Onkel George meinen Tatendrang, denn er legte eine Hand sachte um das Handgelenk meiner Tante. Seine Augen sprachen Bände, während sein Mund geschlossen verweilte.

Ich bewunderte ihre wortlose Kommunikation, die damit endete, dass sich Franny seufzend zurücklehnte und mich gewähren ließ. Ohne abzuwarten, fingerte ich nach dem Schlüsselbund, der neben meinem Onkel auf dem Tisch lag, und sprintete aus der Küche.

Erst als die Haustür hinter mir zufiel und die Winterkälte meine erhitzte Haut kühlte, wagte ich durchzuatmen. In wenigen Momenten würde ich die geheimen Notizen und jahrelangen Aufzeichnungen meiner Eltern in den Händen halten. Gleichzeitig zogen sich Zweifel wie Spinnweben durch meine Gedanken und nahmen mich gefangen in einem Kokon aus Angst und Unsicherheit.

Hätten meine Eltern überhaupt gewollt, dass ich ihre Aufzeichnungen zu Gesicht bekam?

Wären sie mit meiner Entscheidung einverstanden gewesen?

Frost und Raureif wucherten an meinen Armen und Beinen empor, so schnell wurde mein Körper von den frostigen Temperaturen hier draußen befallen. Selbst meine Erinnerungen und Gedanken waren wie eingefroren. Ich musste mir unwillkürlich die Gesichter meiner Eltern vorstellen. Je länger ich der Kälte ausgesetzt war, umso verzerrter wurden ihre Mienen. Ihr Lächeln brach und zersplitterte wie dünnes

Eis, wobei ihre Gesichter sich in entstellte Fratzen verwandelten. Ihre Augen wurden leer, starr und *tot*.
Sie sind beide tot.
Sie können mir nicht mehr helfen.
Niemand kann das.
Die Einzige, die mir helfen wird, bin ich selbst.
Ich atmete tief ein. Die eisige Luft rief ein Stechen in meinen Lungenflügeln hervor und eine verlorene Träne gefror mir auf der Wange. Der Wind schien mich in Stücke schneiden zu wollen, so scharf wehte er um die Hausecke. Er riss an meiner dünnen Kleidung und blies mir seinen schmerzhaften Atem ins Gesicht. Ich schluckte schwer und unterdrückte das Beben, das meinen Körper durchrüttelte wie ein Erdbeben. Zögernd setzte ich einen Fuß vor den anderen und kämpfte mich bis zum Auto vor. Das laute Piepen des elektronischen Türöffners zerriss die Stille der Umgebung auf angenehme Art und Weise, denn es riss mich endlich aus meiner Apathie.

Entschlossen stiefelte ich auf den Kofferraum zu, der, wie der Rest des Autos, von einer dünnen Frostschicht überzogen wurde. Es knirschte und knackte, während sich die Kofferraumtür in die Höhe schwang. Vor mir sah ich drei große Umzugskartons sorgfältig aufgestapelt. Aus ihnen quollen lose, von Hand beschriebene Papiere hervor, ebenso wie mir bereits bekannte Notizbücher, die bis zur letzten Seite mit Formeln, Fotografien und Geheimnissen vollgestopft worden waren. Kurzerhand griff ich einen der Pappkartons und beförderte ihn in Richtung Eingangstür. Ich achtete darauf, bloß nicht auf der Eisschicht auszurutschen, die sich auf den Stufen zum Haus ausgebreitet hatte. Obwohl ich mehrmals stolperte, verlor ich den Karton nie, sondern klammerte ihn an mich, als würde ich das Wissen beschützen wollen, das in ihm verborgen lag.

Schließlich stellte ich die Last im Wohnzimmer ab und hastete wieder nach draußen. Den letzten Karton trug mein Onkel herein. Zum Schluss standen die drei gigantischen Pakete auf dem Wohnzimmerboden und warteten darauf, von mir auseinandergenommen zu werden.

Ich bat George darum, sie in mein Zimmer zu tragen. Obwohl Franny ihn aus der Küche heraus erinnerte, dass seine Wirbelsäule in schlechtem Zustand sei, sagte er zu. Einen Karton nach dem anderen bugsierten wir in mein Zimmer. Auf der Treppe mussten wir beide anpacken, da man allein kaum die Stufen erklimmen konnte.

Schnaufend und prustend machten wir weiter. Bis sich auch die letzte Schachtel in dem Raum befand.

Ich hatte mich auf den Boden fallen lassen und schnappte nach Luft. Es war eine wahre Tortur gewesen, die Kisten die Wendeltreppe hinaufzutragen. Mein Rücken knackte einmal und ich ließ die Schultern kreisen, um die Muskeln ein bisschen zu entspannen.

»Vielen Dank für deine Hilfe!«, meinte ich und sprang auf, um George zu umarmen. Dieser hatte sich an meinen Schreibtisch gelehnt und mit dem Handrücken über die Stirn gewischt. Ehe er etwas sagen konnte, hatten sich meine Arme um seinen wuchtigen Oberkörper geschlossen. Ich schmiegte mich an ihn und genoss die Wärme, die er durch sein dünnes Baumwollhemd ausstrahlte. Er wuschelte mir durch die Haare und lachte auf.

»Kein Problem, Stella. Wenn du Hilfe benötigst, sind deine Tante und ich immer für dich da. Das weißt du doch.«

Ich zögerte mit der Antwort, denn offensichtlich war Franny nicht begeistert von meinem Plan gewesen. Sie hatte es zwar akzeptiert, aber das bedeutete ja noch lange nicht, dass sie meine Entscheidung guthieß.

»Ich bin mir da nicht so sicher«, entgegnete ich wahrheitsgemäß.

Begleitet von einem schweren Seufzen schob mein Onkel mich von sich. »Deine Tante hat Angst, Stella«, murmelte er. Er klang abgekämpft.

»Angst? Wovor sollte sie sich denn fürchten?« Ich beäugte George ein wenig misstrauisch.

Er fuhr sich mit der Hand über den Kopf. »Ich wollte es dir nicht sagen, nicht so. Aber wenn du die Notizen durchsiehst, würdest du früher oder später sowieso eins und eins zusammenzählen.« Er machte eine kurze Pause. »Deine Eltern waren nicht die, die sie vorgaben zu sein, Stella. Sie haben Dinge getan, die nicht verziehen werden können. Deshalb hatten sie auch keinen Kontakt mit uns.«

»Ich verstehe nicht, was du meinst, George. Was ist damals vorgefallen und was habe ich damit zu tun?«, fragte ich mit heiserer Stimme.

»Du wirst es verstehen, Stella. Bald. Sieh dir die Notizen an und du wirst du erkennen, worum es geht.« Sein Universum wurde von einem

Meteroitenschauer durchzogen. Die Art und Weise, wie das leuchtende Gestein langsam herabsank, wirkte so, als würde seine Galaxie innerlich weinen. »Du musst dir dein eigenes Bild von der Situation machen. Wenn du später mit mir über alles reden willst, dann kannst du das gerne tun.«

Seine Worte zerbrachen wie Glas und ich erkannte an der trüben Nebula, die um zwei abseits positionierte Planeten in seinem Sonnensystem herumgeisterte, dass ihn die Vergangenheit einholte. Er dachte an meine Eltern. Vielleicht sogar an ihren Tod. Ich wusste genau, was in George vorging, und quälte ihn deswegen nicht mit meinen Fragen. Die Antwort würde er mir sowieso verweigern. Mehr als ein steifes Nicken brachte ich nicht zustande.

Ohne ein weiteres Wort zu verschwenden, ließ er mich stehen und zog sich aus meinem Zimmer zurück. Der Atem strömte aus meinem gepressten Brustkorb heraus. Mein Körper fühlte sich zerschunden an, als wäre ich zerquetscht und gleich darauf wieder auseinandergefaltet worden. Wie eine Origami-Figur, die ihre Form verlor.

Was kann sich nur in den Kisten verbergen, das meinen Onkel derart aus der Bahn warf?

Ich musste es schnellstmöglich herausfinden.

Schnell ließ ich mich auf die Knie sinken und robbte zu den Kisten hinüber. Meine Finger zitterten so sehr, dass ich einen zweiten Versuch brauchte, bis ich den Deckel aufgeklappt hatte. Ich hielt inne und betrachtete das Werk meiner Eltern.

In dem Karton stapelten sich bestimmt zwei Dutzend abgegriffener, in Leder gebundener Notizbücher, aus denen Zettel und Post-its in allen möglichen Farbkombinationen herausquollen. Am Rande des Kartons waren achtlos ein paar eingerollte Karten gequetscht worden. Ich ahnte, was sich darauf befand.

Sterne.

Die Galaxie meiner Eltern war nicht wie bei vielen Menschen auf die Sonne, dem Zentrum unserer Milchstraße, ausgerichtet gewesen, sondern auf die unzähligen Sterne drum herum. Gedankenverloren belächelte ich die Weltansicht meiner Eltern und vergaß die warnenden Worte meines Onkels. Ich kannte meine Eltern schon mein ganzes Leben lang. Wenn ihr Geheimnis so gravierend gewesen wäre, hätten sie mir davon erzählt.

Zögernd befühlte ich das erste Notizbuch. Meine Fingerspitzen strichen über den dünnen Einband. Schließlich warf ich meine Bedenken über Bord und zog es aus dem Karton. Zarte Staubflocken schwirrten um meinen Kopf herum, während ich mich den bereits vergilbten Seiten widmete.

Soll ich es tatsächlich wagen?

Ich ließ die Zweifel und Ängste kein weiteres Mal Besitz von mir ergreifen.

Ja.

Ohne zu zögern, schlug ich die erste Seite der Geschichte meiner Vergangenheit auf.

Sechzehntes Kapitel
Monocerotis

Ein heilloses Chaos war in meinem Zimmer ausgebrochen. Als wäre ein Asteroid eingeschlagen, der eine Schneise der Zerstörung hinterlassen hatte.

Mitten in dieser Schneise lag ich. Um mich herum stapelten sich die durchgeblätterten und genauestens unter die Lupe genommenen Notizbücher. Daneben hatte ich die Sternenkarten ausgebreitet, die allesamt irgendwelche absonderlichen Planeten-, Mond- und Sonnenkonstellationen aufgriffen.

Nichts schien mir zu helfen. Bis ich auf ein paar lose Blätter stieß, die aus dem Karton flatterten wie Vögel, die eingefangen werden mussten. Es handelte sich um Listen. Listen über meine Entwicklung als Kleinkind. Wann ich wach war und wann ich schlief. Wann ich aß, was ich aß und was ich währenddessen getrunken hatte. Daneben sah ich kleine, mit Bleistift gekritzelte Angaben: *20 Milliliter Monocerotis, 35 Milliliter Monocerotis, 67 Milliliter Monocerotis …*

Die Menge war offenbar meinem Wachstum angepasst worden.

Ist mir ein Mittel namens Monocerotis während der Mahlzeiten verabreicht worden, ohne dass ich etwas mitbekommen hatte?

Aus welchem Grund sonst sollten meine Essgewohnheiten so penibel dokumentiert werden?

Ich konnte mich nicht daran erinnern, dass meine Mutter mir jemals Medikamente unters Essen gemischt hatte. Mir war nie ein ungewöhnlicher Geschmack aufgefallen. Alles wirkte normal. Das Ganze war allerdings schon Jahre her.

Den Aufzeichnungen zufolge hatte ich dieses seltsame Zeug seit frühester Kindheit erhalten. Kurz nach meinem dreizehnten Geburtstag war der Konsum von *Monocerotis* eingestellt worden. Ich fand keine weiteren Dokumentationen über mein Essverhalten.

Als ich die gesamte Box ausgeräumt hatte, entdeckte ich am Boden der braunen Pappe eine Phiole mit einem Aufkleber, der bereits abzublättern begann. Ich nahm das schmale Gefäß an mich und hielt es ins Licht der Deckenlampe. Im Inneren schwappte ein durchsichtiges Gemisch gegen das Glas. Ein sanftes Leuchten, wie von einem eingefangenen Stern, ging davon aus. Sobald ich die Aufschrift näher betrachtete, erkannte ich die geschwungene Schrift meiner Mutter wieder.

Monocerotis.

Ich konnte es nicht fassen. Das Gemisch vor mir zu sehen, war etwas ganz anderes. Es bedeutete, dass die Aufzeichnungen echt waren und dass diese Flüssigkeit wirklich in einem Zusammenhang mit mir stand. Während ich mit dem Gedanken kämpfte, dass meine Eltern mir ein unbekanntes Mittel ins Essen gemischt hatten, blätterte ich gedankenverloren durch das Notizbuch. Zwischen den abgegriffenen Seiten befand sich ein Zettel, der wohl aus einem Buch herausgerissen worden war. Ich beobachtete die klein gedruckte Überschrift und sog scharf die Luft ein, als ich sah, was dort geschrieben stand: *Monocerotis (übersetzt: seltsamster Stern).*

Ich überflog die nächsten Zeilen, in denen zusammengefasst wurde, dass es sich hierbei um ein chemisches Gemisch, bestehend aus verschiedenen Flüssigkeiten, handelte. Ich verstand von den Abkürzungen nicht viel, nur einzelne Zutaten, wie zum Beispiel Wasser, kamen mir bekannt vor. Es wurde eine komplizierte Reaktion aufgeführt, bei der Oxidation, Destillation und ein Massenspektrometer auftauchten.

Ich runzelte die Stirn. Falls ich es richtig in Erinnerung behalten hatte, dann wurde solch ein Gerät dazu benötigt, um die Masse von Atomen und Molekülen festzustellen. Ich seufzte resigniert auf und huschte mit dem Blick über den nächsten Satz. Ein Wort erregte meine Aufmerksamkeit. Dort stand: *Hinzugabe von 200 Mikrogramm Mondstein.*

WAS. ZUR. HÖLLE?

Meinten die wirklich Mondstein? Das einzige Gestein vom Mond, das jemals zur Erde befördert wurde, befand sich in einem Hochsicherheitstrakt in der Obhut der Regierung. Ein Gedankenblitz spaltete meinen Kopf und ließ eine Vermutung hineinsickern, die mich innehalten ließ. Ich keuchte.

Meine Eltern hatten in einem Forschungsinstitut ebenjener Regierung gearbeitet.

Ist es vielleicht möglich, dass ...?

Ich schluckte schwer und schleuderte den Zettel von mir weg. Allein die Vermutung, dass Mom und Dad an dem chemischen Mittel gearbeitet haben könnten, das sie mir über Jahre hinweg verabreicht haben, erzeugte eine unangenehme Gänsehaut auf meinem ganzen Körper.

Die *Geheimzutat* dieses Wundermittels stammte aus dem All. Genauer gesagt vom Mond.

Sie haben mich als Versuchskaninchen benutzt!

Fassungslosigkeit lähmte mich. Mein Körper erstarrte zu Stein, während meine Gedanken sich in einen selbstzerstörerischen Tornado verwandelten.

Das ist doch völlig absurd!

Ich kenne ... kannte meine Eltern.

Niemals wären sie zu so etwas imstande gewesen.

Sie waren ganz normale Menschen, ganz normale Eltern.

Mein Schädel pochte unangenehm und erschwerte mir das Denken, doch ich gab nicht auf. Ich brauchte Antworten.

Mom und Dad haben immer gesagt, dass sie die Herkunft meiner Gabe nicht kannten. Was, wenn sie durch ihre Experimente mit Monocerotis selbst die Ursache von alldem waren?

Obwohl die Notizbücher und Sternenkarten bis jetzt nur noch mehr Fragen aufgeworfen hatten, blätterte ich ziellos weiter, bis mir eine fett unterstrichene Überschrift entgegensprang: *Entwicklungsstufen.*

Ich beugte mich über das Buch, sodass meine Nasenspitze beinahe mit den vergilbten Seiten in Berührung kam. Ich las jedes Wort doppelt, sog alles in mich auf, als wäre ich ein unstillbares Schwarzes Loch.

»Stufe 1, Alter 1-2 Jahre: Das Experiment war erfolgreich. Die DNA des Testobjekts wurde dank Monocerotis modifiziert und verändert. Man kann es anhand der Augenfarbe überprüfen. Sie ist strahlend weiß mit einem schwarzen Kranz um die Iris herum.«

»Stufe 2, Alter 3-4 Jahre: Testperson ist in der Lage, Universen in den Blicken der Menschen lesen.«

»Stufe 3, Alter 5-6 Jahre: Testperson beginnt die Galaxien zu deuten, Gut und Böse zu unterscheiden und Verbindungen mit der Umwelt des Betroffenen zu erkennen. Anfangsstufe der Deutung.«

»Stufe 4, Alter 7-9: Testperson ist fähig, den Kosmos ihres Gegenübers zu deuten. Die Erkenntnis, dass sie anders ist, ist vor wenigen Tagen eingetreten. Sie zieht sich auf unseren Rat hin aus ihrem sozialen Umfeld zurück.«

»Stufe 5, Alter 10-13: Deutung ist mittlerweile vollständig ausgeprägt. Weitere Fähigkeiten bahnen sich an. Ihr Gesicht begann heute zu leuchten, während sie sich über etwas freute. Sie leuchtete wie eine kleine Sonne, schien es aber nicht zu bemerken. Ihre tägliche Dosis Monocerotis wird abgesetzt. Sollte die genetische Veränderung vollkommen geglückt sein, werden sich mit der Pubertät ihre Gaben weiterentwickeln. Lichtwandeln, Beeinflussung der Lichtreflexionen und weitere Deutungsfähigkeiten könnten sich ausbilden. Hierbei handelt es sich um Vermutungen basierend auf ihrer bisherigen Entwicklung. Die Öffentlichkeit darf nichts davon erfahren.«

»Stufe 6, Alter 14 aufwärts: Seit dem Eintritt der Pubertät schwankt Stellas Zustand sehr. Neue Fähigkeiten haben sich ausgeprägt, blieben von ihr bis auf Weiteres unbeachtet und von uns verleugnet. Wenn ihre Gefühlslage unstetig ist, beginnt sie sanft zu leuchten. Sie spürt eine Art Verbindung zum Kosmos. Das Licht bricht sich um sie, sie beeinflusst es unbewusst. Sie kontrolliert lichte Materie. Mögliche Gefahr des Implodierens.«

Das war der letzte Eintrag. Ich war nicht länger eine Testperson, sondern *Stella* für sie. Sie hatten meine Fähigkeiten noch vor mir wahrgenommen und sie verschwiegen. Ich wusste einfach nicht, was ich denken sollte.

Wieso habe ich die ganzen Anzeichen nicht bemerkt?
Mir hätte das Leuchten auffallen müssen!
Doch was, wenn es noch zu schwach gewesen ist, sodass die Hinweise nur von den geschulten Augen zweier Wissenschaftler erfasst werden konnte?

Offenbar war das chemische Mittel der Grund meiner Fähigkeiten. Bevor meine Eltern verstorben waren, waren meine Gaben ans Tageslicht gekommen. Sie hatten alles totgeschwiegen, mich verleumdet.

Das musste unweigerlich bedeuten ... ich war das Experiment, von dem sie schrieben. Das wurde mir erst jetzt wirklich bewusst. Ich war ein Testobjekt und sie hatten meine DNA verändert! Nur durch *Monocerotis* war ich in der Lage, Universen zu sehen und das Licht zu kontrollieren. Seit meinem dreizehnten Lebensjahr, seitdem *Monocerotis* abgesetzt worden war, hatte ich mich von selbst weiterentwickelt. Ich hatte meine Gaben weiter ausgeprägt, bis sie gänzlich zu mir gehörten ... ohne dass ich es bemerkt hatte!

Was bin ich überhaupt?
Bin ich menschlich oder gar irdisch?
Oder etwas ganz anderes?

Mein Körper bebte und zitterte. Die Gewissheit, nur ein Experiment zu sein, zerfetzte mich innerlich. Es fühlte sich an, als würde jemand mich langsam, aber sicher in Scheiben schneiden und sezieren. Mein Körper und mein Geist wurden ausgehöhlt, das Einzige, was mir blieb, war meine Verzweiflung. Und die Frage: *Wieso? Wieso ich?*

Heiße Tränenströme rannen mir über die Wangen. Ich erstickte geradezu daran und heulte auf. Niemand hörte mich. Niemand kam, um mich zu trösten und mir zu sagen, dass alles gut werden würde. Ich wusste nun endlich, was mein Onkel vorhin gemeint hatte.

»Ich dachte, ihr hättet mich geliebt!«, rief ich, fasste nach einer der Sternenkarten und riss sie entzwei. Das Ratschen des Papiers hallte in meinen Ohren nach und für einen Moment glaubte ich tatsächlich, dass mein Vater mich angeschrien hatte.

»Ich habe euch vertraut!« Mein Schrei schrillte endlos in meinem Kopf wider. Die Stille, das Fehlen von Antworten betäubte mich, während ich die Karte in weitere kleine Stücke zerfetzte. Ich verkümmerte innerlich.

»Ihr wart doch meine Eltern, meine Familie …« Meine Stimme hatte sich in ein heiseres Schluchzen gewandelt, woraufhin ich kraftlos zu Boden sank und den Tränen freien Lauf ließ.

Nach endlosen Stunden und lange nach Mitternacht kroch ich ins Bett. Meine Augen waren gerötet, meine Wangen trocken. Ich war leer. Resignation hatte die bodenlose Enttäuschung abgelöst und ich war dankbar dafür.

Ich wusste nicht, wie ich mit all den Informationen umgehen sollte. Ich konnte ja nicht einmal sicher sagen, ob ich für meine Eltern bloß ein Experiment oder eine Tochter gewesen war. Hass fraß sich durch mein Herz und ließ die Liebe verkümmern.

Ich hatte mich noch nie derart verloren in der Welt gefühlt. Da schoss ein Gedanke durch meinen Kopf. So flüchtig, dass ich ihn gerade so zu fassen bekam, bevor er in die Tiefen meines Unterbewusstseins abdriftete.

Augen, ebenso absonderlich wie die meinen, starrten mich aus der Schwärze meiner geschlossenen Lider heraus an und schienen genau zu wissen, wie ich mich fühlte.

Noris.

Ich rief mir sein Aussehen ins Gedächtnis. Die schwarzen Haare, seine Haut, die so weiß wie Marmor war, und dieser Mund, so sanft und weich wie die Berührung einer Feder.

Nein! Stopp!

Ich riss die Augen auf, sodass das Bild von Noris aus meinen Gedanken gerissen wurde. Meine Lippen kribbelten und prickelten, als hätte jemand mit den Fingerspitzen über sie gestrichen. Oder sie geküsst. Die Erinnerung an unseren Kuss brannte immer noch auf meiner Haut.

Ich gab es nur ungern zu, aber es war absolut berauschend gewesen. Seine Hände, die mich an sich gezogen, und seine Lippen, die suchend die meinen gefunden hatten. Der Funke, der zwischen uns übergesprungen war und uns unter Strom gesetzt hatte.

Es war, als hätten sich uns ganz neue Galaxien eröffnet. Dabei konnte ich die seine nicht einmal durch seine Iriden hindurch erkennen. Als würde sich sein Universum mir nur durch geschlossene Augen eröffnen.

Wir waren wie zwei Teilchen, die endlose Zeiten durch die Galaxie gestoben waren, nur um in dieser Sekunde aufeinanderzutreffen. Und während ich zersprungen und kaputt war, hatte er seine Kräfte unter Verschluss und sein Leben irgendwie unter Kontrolle.

Bei mir fühlte es sich hingegen an, als würde mir mit jedem Tag die Kontrolle ein bisschen mehr entgleiten. Wie Sand, der zwischen meinen Fingern hindurchrann.

Wir waren uns so ähnlich und doch könnten wir nicht unterschiedlicher sein. Allerdings verband uns eines: Das Universum hatte uns zusammengeführt.

Das alles muss doch einen Grund haben.

Vielleicht kann mir Noris dabei helfen, meine Welt wieder geradezurücken, nachdem sie gerade so katastrophal aus den Fugen geraten ist.

Ich verfluchte das leichte Ziehen in meinem Brustkorb und die Hoffnung, die in der Asche meines Herzens aufglomm wie beinahe verbrauchte Glut. Da war dieser winzige Schimmer, der es verhinderte, dass ich Noris vergaß. Außerdem war er womöglich der Einzige, der mir weiterhelfen konnte.

In Gedanken rief ich mir seine Augen ins Gedächtnis. Meine Augen. Es musste einfach eine Bedeutung haben, dass wir beide diese Ähnlichkeit teilten, oder nicht? War er etwa auch Opfer eines Experiments gewesen, das seine Eltern mit ihm durchgeführt hatten?

Ganz allmählich zog silbriges Licht durch meine Adern. Das schummrige Licht erhellte selbst die dunkelsten Schatten meiner Seele. Sobald mein Körper vollkommen von Mondblut durchströmt wurde, spürte ich, wie die Wärme meine innere Zerrissenheit flickte und mich wieder eins werden ließ. Ich erinnerte mich an die Worte, die mir schon einmal Trost gespendet haben:

Ich bin mehr als die Summe meiner Seelensplitter.

Mir war längst aufgefallen, dass sich mein Licht veränderte, je nachdem, ob es Tag oder Nacht war. Fand meine Verwandlung tagsüber statt, war mein Blut golden und strahlte: *Sonnenblut.*

War es Nacht, schimmerte es silbern und glomm sanft vor sich hin: *Mondblut.*

Ich fragte mich, was wohl während des kurzen Zeitpunkts der Dämmerung geschehen würde. Würde sich mein Blut vermischen? Oder würde etwas ganz anderes passieren? Ich dachte zurück an den letzten Satz in den Notizen meiner Mutter: *Mögliche Gefahr des Implodierens.*

Meint sie damit das Zusammenfallen eines Sterns?

Ich begann zu zittern.

Kann meine Gabe tatsächlich meinen Tod bedeuten?

Dunkle Vorahnungen überschatteten das Leuchten meines Blutes, bis ich nichts weiter tun konnte, als stumm Löcher an die Decke meines finsteren Zimmers zu starren. Dieses Mal vermochte kein Licht des Universums mich wieder zusammenzufügen, bis ich von Hilflosigkeit übermannt in einen unruhigen Schlaf abdriftete, der mich mit Albträumen strafte.

Ich verglühte am lebendigen Leib, während meine Eltern direkt neben mir standen und meinen nahenden Tod mit einem enttäuschten Kopfschütteln bedachten.

»Experiment fehlgeschlagen.«

Ihre synchronen, tonlosen Stimmen dröhnten in meinem Kopf wider.

Siebzehntes Kapitel
Unbeabsichtigte Fehltritte

Als ich mir über die Wangen strich, spürte ich Nässe. Meine Haut fühlte sich wie raues Papier an, so gereizt war sie vom vielen Weinen.
Habe ich etwa während des Schlafens geweint?
Ich schwang meine Beine über den Bettrand. Noch nie hatte sich mein Körper derart schwer angefühlt. Als hätte sich die Schwerkraft vervielfacht und würde mich zu Boden ringen.
Ich will nicht aufstehen.
Ich will rein gar nichts mehr.
Nur auf dem Bett liegen und weinen, weinen, weinen.
So lange, bis nichts mehr in mir war, das nach außen gekehrt werden könnte. Bis ich leer war und nichts mehr zu fühlen vermochte.
Ein zaghaftes Klopfen zerriss das bleierne Tuch der Stille, das sich um meine Schultern gelegt hatte. Die Luke schwang auf und zum Vorschein kam das lächelnde Gesicht meiner Tante. Die Sonne in ihrem Blick sorgte dafür, dass ich die Sorgen kurz vergaß und mich an ihrem Licht wärmte. Ohne ein Wort zu sagen, durchquerte Franny den Raum und ließ sich neben mir auf dem Bett nieder. Die Matratze schaukelte ein wenig unter dem Gewicht und ein hohes Quietschen ertönte von den drahtigen Federn.
Immer noch schweigend betrachtete sie das Chaos in meinem Zimmer. Die zerrissene Sternenkarte, die durchwühlten Kartons und die Phiole mit der durchsichtigen Flüssigkeit, die ich auf dem Boden hatte liegen lassen. Nachdem sie mit ihren Beobachtungen fertig war, öffnete sie wortlos die Arme. Ich schluckte den Kloß in meinem Hals runter und fiel widerstandslos in ihre Umarmung.
Ich klammerte mich an der weichen Strickjacke fest, die nach Plätzchen und Zimt und einem Zuhause roch. Sie war mein Fels, der nicht zuließ, dass die Trauer mich wegspülte.

Ihre Hände strichen über meinen Rücken, wobei sie mir beruhigende Worte ins Ohr flüsterte. Allein den Klang ihrer sanften Stimme zu vernehmen, brachte mein aufgewühltes Inneres dazu, sich zur Ruhe zu legen.

Es dauerte mehrere Minuten, bis ich es wagte, mich von ihr zu lösen. Ich dachte für einen Wimpernschlag zurück an eine Vergangenheit, in der ich keine einzige Träne vergossen hatte. Insgeheim wünschte ich mir diese eiserne Stärke zurück.

»Danke«, hauchte ich. Ich war zu schwach, um noch mehr zu sagen.

Meine Tante lächelte mich zaghaft an.

»Gib die Hoffnung nicht auf, Stella. Ich weiß, dass der Blick in die Vergangenheit schmerzt, doch du kannst nicht vorwärts laufen, wenn du deinen Kopf immer zu den Orten wendest, die du längst hinter dir gelassen hast. Denk daran: Selbst wenn für dich die Sonne untergeht, steigt sie für jemanden auf der anderen Seite der Welt gerade auf. Und morgen könntest du dieser Jemand sein.«

Ihre Worte trafen mich mitten ins Herz. Sie enthielten so viel Wahrheit und Liebe.

»Du hast recht«, brach ich schließlich die Ruhe.

Franny grinste mich schief von der Seite her an. »Natürlich habe ich das!« Schnell wurde sie wieder ernst. »Willst du überhaupt heute in die Schule, Stella? Wir könnten dich krankmelden und wir machen uns hier einen schönen, entspannten Tag.«

»Ich werde gehen. Ich denke, das ist das Richtige. Ich brauche die Ablenkung«, meinte ich. In Wirklichkeit schwirrte ein mysteriöser Einzelgänger in meinen Gedanken herum, der mich aus schwarz-weißen Augen anstarrte, die nichts preisgeben wollten. Noris musste etwas wissen!

Meine Tante nickte meine Entscheidung ab. Sie übersah das Chaos auf meinem Fußboden und ging zurück zur Luke. Ich konnte gar nicht sagen, wie unglaublich dankbar ich für ihr Schweigen war.

Vielleicht würde ich sie heute Nachmittag auf meine Entdeckungen ansprechen.

Ich sprang aus dem Bett, wühlte in einem der unzähligen Klamottenstapel und stolperte schnurstracks ins Badezimmer. Die Müdigkeit saß immer noch in meinen Knochen, dennoch schaffte ich es in Rekordzeit, mich fertig zu machen.

Nach zwanzig Minuten ergriff ich mein Lunchpaket und streifte mir im Laufen die Jacke über.

»Stella!« Die Stimme meiner Tante hielt mich ab, nach draußen zu treten.

»Hast du nicht etwas vergessen?« Sie schaute mich tadelnd an, sodass ich zögerlich einen Schritt von der Haustür zurückwich. Dann zog sie hinter ihrem Rücken ein Paar schwarze Boots hervor. Verdattert schaute ich an mir hinunter und bemerkte meine Füße, die in blassrosa Socken steckten. Mein Unterbewusstsein hing immer noch in meinen Entdeckungen vom vergangenen Abend fest. Sie ließen mich einfach nicht los.

In meiner Aufregung hätte ich erst auf der Treppe den tauben Schmerz an meinen Zehen gespürt, der von der Kälte herrührte.

Mein Gesicht brannte vor Scham. Eilig nahm ich die Schuhe entgegen. Dann hielt ich inne und sagte: »Ich habe tatsächlich noch etwas vergessen!«

Meine Tante verdrehte die Augen und begann zu zetern: »Ach Stella, wo hast du heute bloß deinen Kopf? Ich kann ja verstehen, dass dich deine Vergangenheit aufwühlt, vielleicht solltest du besser hierblei…«, bis ich sie unterbrach, indem ich sie umarmte und einen Kuss auf ihre Wange drückte. Das war meine Art, um ihr für die stumme Umarmung und ihre kraftspendenden Worte zu danken. Erst schien sie verwirrt, dann kreisten die mikroskopisch kleinen Planeten schneller um ihre Sonne.

»Pass auf dich auf, Liebes«, meinte sie nun und schob mich sachte Richtung Tür.

Schlitternd kam ich an der Haltestelle zum Stehen. Der Bus wartete schon. Ich lächelte den Fahrer entschuldigend an und ließ mich auf den Sitzplatz neben Jen fallen.

Es dauerte keine zwei Minuten, bis ich bemerkte, dass etwas faul war. Sie redete nicht wie ein Wasserfall auf mich ein, sondern starrte still vor sich hin. Vor ihrer Linse waberte ein grau glitzernder Nebel, der mir die Sicht auf ihren Kosmos verwehrte, als hätte sie mich aus ihrer Welt ausgeschlossen.

»Jen? Ist alles in Ordnung?«, fragte ich vorsichtig und strich ihr über den Jackenärmel.

»Ich weiß nicht. Sag du es mir, Stella«, antwortete sie tonlos. Ich hatte keinen blassen Schimmer, wovon sie sprach. Mein Mund öffnete und schloss sich immer wieder.

»Ist etwas passiert? Willst du mir davon erzählen?« Ich bemühte mich, einfühlsam zu klingen. Die Wirkung prallte an Jens Fassade ab wie an einer Betonmauer.

»Willst *du* mir nicht viel lieber von etwas erzählen?«, giftete sie zurück.

Ich kannte Jen zwar erst wenige Tage, doch die Person, die nun vor mir saß, glich dem fröhlichen Mädchen mit dem glücklich funkelnden Sternenmeer in den Augen keineswegs. Ich fasste nach ihrem Arm. Sie schüttelte mich leichtfertig ab. Ihre Ablehnung fühlte sich an wie eine Ohrfeige.

»Wie war es?«, wisperte sie. Ihre Stimme zitterte, als würde sie mit Mühe und Not verhindern, dass sie brach und freigab, was unter ihrer abweisenden Oberfläche lauerte. Sie sah mich nicht ein einziges Mal direkt an.

Was habe ich getan, um meine gerade erst gewonnene Freundin derart zu verärgern?

»Ich weiß nicht, was du meinst«, setzte ich an.

»Du weißt ganz genau, was ich meine, Stella!« Sie schnappte nach Luft und rüstete sich für das, was gleich kommen würde. Ich hingegen war ihren Worten schutzlos ausgeliefert. »Wie hat es sich angefühlt, *ihn* zu küssen?«

Ich erstarrte.

Sie kann es nicht wissen, nein, das ist vollkommen unmöglich.

Woher weiß sie von Noris' und meinem Kuss?

Ihre Blicke durchbohrten mich wie Dolche, bevor sie mir den Todesstoß gab. »Ich hätte das nie von dir erwartet. Erst dachte ich, es wäre nur ein dummes Gerücht, das Juliet verbreitet hat. Sie meinte, sie hätte euch im Gang gesehen und beobachtet, wie dein Lehrer euch ermahnt hätte, nachdem ihr aus einer Abstellkammer gekommen seid! Ich wollte es nicht glauben, doch anscheinend steckt dahinter ein Funke Wahrheit.« Ihre Worte klangen bedrohlich, als würde sie mir am liebsten an die Gurgel gehen.

Ich starrte sie fassungslos an, bis es *Klick* machte.

»Jen, bist du etwa eifersüchtig?«, hauchte ich. Ihre Kieferknochen malmten und hinter ihrer Stirn arbeitete es. Beinahe erwartete ich, dass aus ihren Ohren Rauch zu qualmen begann. Ihre Reaktion war mir Beweis genug.

Jetzt ergab auch ihre Warnung zu Beginn meines ersten Schultages Sinn. Jen wollte mich aus ihren eigenen Gründen von Noris fernhalten. Gründe, die sie mir nie verraten hatte. Bis jetzt.

Erst jetzt wurde mir das Ausmaß meiner Tat bewusst. Ich hatte offensichtlich den Schwarm meiner einzigen und womöglich besten Freundin geküsst. Ich hatte ihre Traumschlösser mit einer Abrissbirne zerschmettert.

O mein Gott. Ich bin eine grauenhafte Freundin!

»E-es tut mir so unendlich leid, Jen. Ich wusste davon nichts. Und der Kuss hatte keine Bedeutung, das musst du mir glauben! Er diente lediglich zur Ablenkung, weil ...« An dieser Stelle stockte ich. Ich konnte ihr nicht erzählen, dass der Kuss von meiner Gabe, meinem Sonnenblut, ablenken sollte. Das würde sie nie verstehen. Ich erntete ein entrüstetes Schnauben von ihrer Seite aus.

»Seit Jahren versuche ich, in seine Nähe zu gelangen. Seit Jahren, Stella! Kannst du dir das vorstellen?« Ihre Stimme zitterte nun kein bisschen mehr. Stattdessen vibrierte sie vor Wut. Ihre Locken wirbelten hektisch herum, als sie meinem Blick begegnete und ich den Zorn wie eine explodierende Sonne darin aufleuchten sah. Der graue Nebel hatte sich verzogen, doch statt der Ablehnung strafte sie mich nun mit ihrem Hass.

»Als ich gerade erst hierhergezogen bin, habe ich es tatsächlich gewagt, ihn anzusprechen. Ich war so dumm und naiv. Und ich habe ihn nach einer Verabredung gefragt. Weißt du, was er gemacht hat, Stella?«

Die auf ihre Frage folgende Stille war eine Tortur für mich.

»Er hat mich ausgelacht.«

Ihre Worte glichen einem Schlag in die Magengrube. Ich wollte sie umarmen, ihr sagen, dass dieser Kerl sie nicht verdient hatte. Ihr brennender Blick hielt mich allerdings davon ab.

»Seitdem bin ich das Gespött der ganzen Schule. Deshalb habe ich die drei Regeln erfunden. Erinnerst du dich? Weißt du noch, was die dritte Regel war?« Sie schluckte geräuschvoll.

Natürlich erinnerte ich mich. Die Warnung vor Noris hallte immer noch in meinen Ohren nach. Nun hatte ich herausgefunden, weshalb Jen diese Abneigung ihm gegenüber hatte.

Wie hätte ich ahnen sollen, dass sie ihn insgeheim mag?

»Ich hoffe, er ist es wert, Stella. Ich hatte wirklich gehofft, wir beide könnten Freundinnen werden. Aber er bedeutet dir offensichtlich mehr.« Tränen verschleierten die Sicht auf ihr wunderschönes Sonnensystem.

Ihre Worte sogen jegliche Kraft aus meinen Knochen. Ich war lediglich dazu in der Lage, Jen fassungslos anzustarren.

»Wieso sagst du so etwas?«, fragte ich nach einigen Minuten des Schweigens, die uns unter sich begraben hatten.

Wir kannten uns zwar noch nicht lange, aber ich hatte in Jen eine Seelenverwandte gefunden und geglaubt, dass wir wirklich Freundinnen werden könnten. Ich durfte nicht zulassen, dass die Verbindung zu ihr gleich wieder zerriss.

»Bitte, Jen. Ich weiß jetzt, dass ich einen Fehler gemacht habe. Lass es mich zumindest wiedergutmachen. Gib mir eine Chance. Ich wusste nichts von deinen Gefühlen. Das musst du mir glauben.«

Ihre Miene wurde weicher und in ihr Universum kehrte der alte Glanz zurück. Sie begann offensichtlich zu verstehen, dass sie mich falsch eingeschätzt hatte. Doch sie wirkte immer noch verunsichert.

»Ich weiß nicht, Stella. Ich denke, ich brauche ein bisschen Abstand, okay?«, flüsterte sie. »Ich muss schauen, ob ich mit dem Ganzen umgehen kann.«

Mechanisch nickend lehnte ich mich gegen die Rückenlehne meines Sitzes. Ich wollte sie nicht verlieren und war bereit dazu, diese kleine Hürde auf mich zu nehmen.

Zähneknirschend dachte ich daran, dass sie sich auch nicht sonderlich fair mir gegenüber verhalten hatte, indem sie mir die Wahrheit verschwiegen hatte. Ich schluckte meinen Ärger stumm hinunter, während ich meinen Blick geradeaus richtete. Die bodenlose Angst und der widerliche Zorn zerfraßen mich von innen und ließen nichts anderes übrig als eine Hülle meiner selbst.

Der Bus kam ruckelnd zum Stehen und öffnete die automatischen Schwingtüren.

Jen und ich mischten uns unter die herausströmenden Schüler. Bevor sich unsere Wege am Haupteingang trennten, hielt ich sie am Ärmel zurück.

»Treffen wir uns später in der Cafeteria?«, fragte ich und studierte Jens Reaktion auf meine Frage bis ins Detail. Eine Sternschnuppe zog über ihr Firmament und brachte einen Schimmer Helligkeit in die trübe Finsternis. Ein Symbol der Hoffnung.

»Sicher. Ich halte dir einen Platz frei.«

Ich seufzte erleichtert und würgte ein »Wir sehen uns dann später!« hervor. Bevor wir noch etwas sagen konnten, erfasste uns der Strom an Schülern. Das Labyrinth der Schulflure trennte uns.

Ich ließ mich von der Masse treiben und versuchte an gar nichts zu denken. Erst recht nicht an meine beste Freundin.

Die erste Stunde war an diesem Morgen wie auch gestern der Lyrikkurs, den ich zusammen mit Noris belegt hatte.

Meine Sorge über Jen wurde von dem Gedanken an mein Vorhaben verdrängt. Mit wippenden Füßen wartete ich vor dem Kursraum auf eine bestimmte Person. Gewissermaßen war Noris der einzige Grund, warum ich heute zur Schule gegangen war. Ich brauchte Antworten!

Einerseits wollte ich mich nicht auf den Typen einlassen, um mir selbst und Jen zu beweisen, dass Noris keinerlei Macht über mich hatte. Andererseits konnte ich es gar nicht erwarten, ihn wiederzusehen. Ich musste ihn dringend fragen, ob er etwas über unsere Herkunft und unsere Fähigkeiten in Erfahrung gebracht hatte. Er schien der Schlüssel zu meiner Vergangenheit zu sein. Ein sehr widerspenstiger, eingerosteter Schlüssel. Bei diesem Gedanken musste ich unwillkürlich grinsen.

Ich musste es irgendwie schaffen, Noris auszufragen, ohne dass Jen Verdacht schöpfte, dass da mehr zwischen uns lief.

Das alles war so vertrackt und kompliziert. Es fühlte sich fast so an, als würde ich meine Freundin hintergehen, jetzt, wo ich wusste, was es mit ihr und Noris auf sich hatte. Allerdings würde ich mich selbst verraten, wenn ich es nicht wagte, den geheimnisvollen Jungen nach seinem Wissensstand zu fragen.

»Ist die Tür so interessant, dass du sie seit fünf Minuten anstarren musst?«, neckte mich eine nur allzu bekannte raue Stimme. Ich fuhr zu ihm herum und seine plötzliche Präsenz überwältigte mich. Er lehnte an der Wand, während er mich durch die schwarze Mähne hindurch musterte.

Wieso zur Hölle habe ich nicht gehört, dass er sich genähert hat?
»Noris«, wisperte ich geradezu entsetzt.

Sein rechter Mundwinkel zuckte nach oben und offenbarte den Ansatz eines Grübchens.

»Stella?«, entgegnete er fragend.

In diesem Moment holte mich die Erinnerung an unseren Kuss wieder ein. Heißes Blut rauschte in meinen Adern und prickelte unter der dünnen Haut meiner Lippen.

Ich setzte ein Lächeln auf. »Genau dich habe ich gesucht! Ich muss etwas mit dir besprechen.« Die Worte fühlten sich wie Schleim auf meiner Zunge an. Zäh und klebrig. Ich hasste es, zu lügen oder falsche Tatsachen vorzuspielen. Heute war es notwendig.

»Der Unterricht fängt gleich an. Willst du nicht …?«, begann er.

»Soll ich dir etwa glauben, dass du die Pünktlichkeit in Person bist?«

Selbstbewusst richtete ich mich auf. Ja, auch eine Stella Marks hatte ein paar schlagfertige Konter parat. Ich ließ mich nicht länger abwimmeln.

Er begann schief zu grinsen. Gefesselt starrte ich auf seine Lippen und wurde daran erinnert, wie sanft und doch elektrisierend sie sich auf den meinen angefühlt hatten.

Schnell schüttelte ich den Gedanken von mir ab. Der Kuss hatte absolut nichts zu bedeuten! Ich musste diesen Vorfall vergessen. Um mich von der Erinnerung abzulenken, zog ich Noris in eine Nische im Flur und versuchte krampfhaft, an etwas anderes zu denken als daran, wie eindeutig diese Geste von außen wirken musste.

»Was gibt's denn so Dringendes, dass du es nicht erwarten kannst, mit mir zu reden?«, fragte er und der neckende Unterton hatte sich wieder in seine Stimme geschlichen.

Ich holte tief Luft und streckte den Rücken durch. »Sagt dir *Monocerotis* etwas?«

Obwohl ich sein Universum nicht ergründen konnte, wusste ich, was in seinem Kopf vorging, weil ihm seine Gesichtszüge entgleisten. Für einen Moment wirkte er fassungslos, beinahe getroffen von meinen Worten. Ich hätte genauso gut eine Waffe auf ihn richten können.

Nur einen Wimpernschlag später packte er mich bei den Schultern und drückte mich gegen die Wand. Das Gemäuer presste sich unangenehm an meine Wirbelsäule, sodass ich ein schmerzerfülltes Keuchen ausstieß. Noris baute sich vor mir auf und jegliche Stärke, die ich zuvor mühevoll in mir gesammelt hatte, brach wie ein Kartenhaus über mir ein und offenbarte meine Unsicherheit.

»Was weißt du?«, raunte er dicht an meinem Ohr. Ich sah mich hastig um, um zu überprüfen, ob uns jemand beobachtete, doch niemand war auf dem Gang zu sehen.

»Kann ich dir trauen?«, fragte ich und schaute zu ihm auf. Während sich unsere Blicke trafen, war die Zeit für einen Moment wie schockgefroren. Das Sonnenblut begann in meinen Adern zu brodeln. Ich drängte es zurück, verbot meiner Gabe, zum Vorschein zu kommen.

Auch unter seiner Haut sah ich die Finsternis tanzen. Vereinzelt traten Adern an seinem Unterarm hervor, so schwarz wie die Nacht. Ich schluckte schwer. Er hatte meine Frage immer noch nicht beantwortet.

Erst jetzt hörte ich das Geräusch von hallenden Schritten auf dem Flur. Ich warf Noris einen panischen Blick zu.

Man darf uns hier nicht zusammen erwischen! Es wäre gut möglich, dass danach wieder neue Gerüchte in Umlauf gebracht werden, nachdem bereits gestern jemand einen Verdacht geäußert hat.

Außerdem will ich Jen nicht noch einen Grund geben, um sauer auf mich zu sein.

Auch Noris schien nicht erpicht darauf, von jemandem erwischt zu werden. Lautstark knirschte er mit den Zähnen und sah mich unentschlossen an. »Dieses Gespräch ist noch nicht vorbei.« Seine rauchige Stimme sandte einen Schauder meinen Rücken hinab. »Geh vor und direkt zum Raum. Ich werde einen kleinen Umweg nehmen und gleich nachkommen.«

Ohne ein weiteres Wort zu verschwenden, entließ er mich aus seinem Griff und sah mich auffordernd an. Perplex stolperte ich aus der Nische und auf unseren Kursraum zu. Die Schritte kamen näher und verharrten dicht hinter mir.

»Stella, wie schön, dass du heute wieder dabei bist!«

Noch bevor ich mich umwandte, wusste ich, dass es nur mein Lehrer sein konnte, der mich mit so fröhlicher Stimme begrüßte.

»Du bist ganz schön spät dran«, setzte er gleich hinterher und ich geriet ein wenig ins Stocken mit meiner Antwort.

»Ja, ich habe mich verlaufen. Das Gebäude ist ziemlich groß und ich besuche die Schule ja erst seit ein paar Tagen«, murmelte ich und hoffte im Stillen darauf, dass er mir die Ausrede abkaufte.

Sofort glätteten sich die Sorgenfalten auf seiner Stirn.

»Oh, natürlich. Vielleicht solltest du in nächster Zeit einen Gebäudeplan mit dir führen. In den Flyern vor dem Sekretariat ist meist einer abgedruckt.« Im sternenklaren Himmel seiner Augen las ich ehrliche Hilfsbereitschaft ab, woraufhin ich ein wenig selbstbewusster lächelte.

»Danke für den Hinweis. Ich werde mir auf jeden Fall noch heute einen besorgen.«

Nickend öffnete Mister Jenkins die Tür. Ich betrat nach ihm das überfüllte Zimmer, in dem es bereits jetzt am frühen Morgen nach Schweiß und Verzweiflung müffelte. Im selben Atemzug ertönte die Schulglocke und verkündete den Beginn des Unterrichts.

Eilig machte ich mich auf den Weg zu meinem Sitzplatz und kramte meine Unterlagen hervor.

Fünf Minuten nach Unterrichtsanfang kam Noris in den Klassenraum gestürmt. Mister Jenkins quittierte sein Erscheinen lediglich mit einem schwachen Lächeln, als wäre er an eine Verspätung seinerseits bereits gewohnt.

Während Noris sich auf den Platz neben mir fallen ließ, segelte ein gefaltetes Stückchen Papier vor mich. Auffordernd starrte mich mein Sitznachbar an. Vorsichtig streckte ich die Finger nach der Nachricht aus, um nicht die Aufmerksamkeit des Lehrers auf mich zu ziehen. Unter der Tischplatte entfaltete ich das Blatt, wobei es zwischen meinen Fingerspitzen knisterte.

Als ich mich ein wenig zurückbeugte, um die Worte zu entziffern, schnappte ich überrascht nach Luft.

Nach der Schule. Bei dir.

Ich starrte verstohlen zu Noris hinüber, der mich verwegen angrinste. Von der vorherigen angespannten Situation, während wir uns im Flur unterhalten hatten, war nichts mehr zu spüren. Ich nickte zum Zeichen, dass ich einverstanden war. Noris hatte hoffentlich Antworten auf meine Fragen.

Ist es die richtige Entscheidung gewesen, ihn zur Rede zu stellen? Es war vielleicht nicht die optimale Lösung, dass er zu mir nach Hause kam, aber zumindest hatte ich so die Gelegenheit, ihn gründlich auszuquetschen. Seine Reaktion vor wenigen Minuten hatte nur allzu deutlich gemacht, dass er etwas wusste.

Fünf Stunden später saß ich in der Cafeteria auf einem der unbequemen Plastikstühle. Unruhig rutschte ich auf dessen quietschender Oberfläche hin und her, wobei gleichzeitig mein Fuß nervös im Takt eines unhörbaren Liedes wippte.

Mein Blick tigerte durch den Raum, strich über die unzähligen Köpfe Hunderter Schüler hinweg auf der Suche nach einem ganz bestimmten Lockenkopf. Die Pampe auf meinem Teller war bereits erkaltet. Das Lunchpaket meiner Tante hatte ich in der Frühstückspause aufgegessen, als eine Fressattacke mich heimgesucht hatte.

Plötzlich wurde neben mir ein Stuhl gerückt. Jen ließ sich vollkommen aus der Puste darauf plumpsen und bedachte mich lediglich mit einem flüchtigen Seitenblick. Insgeheim hatte ich gehofft, alles mit ihr klären zu können, doch sie zeigte mir immer noch die kalte Schulter. Kurz darauf vernahm ich ein lautstarkes Magengrummeln aus ihrer Richtung und betrachtete sie erstaunt.

»Die Schlange war mir zu groß.« Sie deutete auf den unübersichtlichen Haufen an Menschen, die sich allesamt an den Tresen drängelten. Ohne darüber nachzudenken, schob ich mein Tablett zu ihr hinüber. Hoffentlich verstand Jen dieses unausgesprochene Friedensangebot. Einen Moment lang war sie völlig perplex, weshalb ich ihr ein aufmunterndes Lächeln schenkte.

»Schlag ruhig zu. Ich habe keinen Hunger. Es könnte allerdings bereits ein bisschen kalt sein.«

Noch bevor ich komplett ausreden konnte, hatte Jen den Teller zu sich herangezogen und löffelte gierig den undefinierbaren Brei in sich hinein. Ich verkniff mir ein Grinsen und wartete darauf, dass sie das Wort ergriff. Jetzt hatte ich einen Schritt auf sie zu gemacht, jetzt war es an ihr, die Geste zu erwidern oder mich zurückzuweisen.

Nachdem sie die Hälfte der Mahlzeit verdrückt hatte, verlangsamte sie ihr Tempo. Schließlich legte sie den Löffel zur Seite und schaute zu mir hinüber. Ihr Universum war durchzogen von einem blassrosa Nebel, der verschwörerisch glitzerte. Sie schämte sich.

»Stella«, sprach sie mich an. Ihre Stimme zitterte und die vorherige Kälte mir gegenüber war einem bekannten warmen Leuchten gewichen. Allmählich gewann ich die alte Jen zurück. »Es tut mir leid. Ich habe mich vollkommen idiotisch benommen.« Sie fuhr sich durch die gelockten Haare, wodurch diese noch mehr abstanden. »Wie hättest du denn wissen sollen, dass ich«, ihre Hände fuchtelten hilflos in der Luft herum, »du weißt schon.«

Ich nickte lediglich.

»Ich habe mich total dämlich verhalten. Das tut mir leid«, seufzte sie. Ihre Worte nahmen die Anspannung von meinen Schultern. Sie starrte an die Wand hinter mir, anstatt mir in die Augen zu sehen. »Ich habe wohl einfach überreagiert.« Sie schlug die Hände vor dem Gesicht zusammen und verbarg sich so vor mir.

Stille umhüllte unseren Tisch, bis ich zögerlich nach ihren Fingern griff und sie festhielt, sodass sie sie nicht erneut als Sichtschutz gebrauchen konnte.

»Jen, hör auf damit. Du hast doch keine Schuld an alldem.«

Ich sah es eindeutig in ihrer Galaxie aufblitzen. Es regnete Sterne und Kometen, die Gedankenfetzen glichen, welche ruhelos durch ihren Geist jagten.

Die Reue, die Schuld.

»Ich habe auch meinen Anteil dazu geleistet. Ich hätte dir von dem Kuss erzählen müssen, aber irgendwie hat mich das alles total überrumpelt. Und ich habe dich gestern nicht mehr getroffen. Ich würde niemals absichtlich etwas vor dir geheim halten.«

Ein Lächeln erschien auf ihren Lippen und ich strahlte mit ihr. Ich hatte fast bezweifelt, dass wir zwei noch mal zueinanderfanden. Offensichtlich hatte das Schicksal einen anderen Plan für uns beide. Einen Wimpernschlag später lagen wir uns in den Armen. Jens Umarmung war warm und einfühlsam, als würde sie ihr Herz für mich öffnen.

»Ich hab dich vermisst«, flüsterte sie mir ins Ohr und ich begann zu grinsen.

»Wir haben uns höchstens sechs Stunden lang nicht gesehen«, entgegnete ich lachend, sobald wir uns voneinander lösten.

»Stella!«, fuhr Jen mich gespielt entrüstet an. »Du musst erwidern, dass du mich auch schrecklich vermisst hast. Außerdem sind sechs Stunden eine verdammt lange Zeit, wenn man sich gerade mit seiner Freundin verkracht hat.« In ihrem letzten Satz schwang ein zerknirschter Unterton mit, den sie versuchte zu verbergen.

»Okay, okay. Ich geb's ja zu: Ich hab dich auch unheimlich vermisst.« Ich kam gar nicht mehr aus dem Lächeln heraus. Als hätte es jemand an meine Wangenknochen getackert. Ich glaube, ich hatte noch nie so lange am Stück gegrinst. Es war ein berauschendes Gefühl.

Jen hatte sich in der Zwischenzeit zwei Löffel des vermeintlichen Mittagessens in den Mund gestopft, sodass sie mit vollem Mund mühevoll eine Antwort nuschelte: »Daff will iff auch hoffen!«

Meine Mundwinkel zogen sich noch ein Stückchen weiter in die Höhe. Nachdem Jen ihre Mahlzeit endlich vernichtet hatte, wandte sie sich wieder mir zu.

»Wie läuft's denn mit Mister Unwiderstehlich?«, fragte sie gespielt desinteressiert, allerdings war es nicht möglich, den überdimensional großen Kometen mit Namen *Eifersucht* zu übersehen, der über ihren Irishimmel zog.

Keine Geheimnisse mehr, Stella.
Keine Lügen.

»Ich weiß es nicht«, antwortete ich vage.

Jen entspannte sich neben mir etwas. Also bewegten wir uns mit dem Thema Noris weiterhin auf dünnem Eis. Ich wollte meiner Freundin nichts verheimlichen, aber ebenso wenig wollte ich unsere Freundschaft wegen eines Typens riskieren.

»Ach, komm schon, Stella. Mir kannst du es erzählen. Was läuft da zwischen euch? Ich meine, ihr beiden habt sogar die gleiche Augenfarbe! Am Anfang dachte ich sogar, dass ihr verwandt seid.« Sie war so in Gedanken versunken, dass sie nicht einmal eine Antwort bezüglich unserer seltsamen Gemeinsamkeit erwartete. Deswegen verschwieg ich das Thema weiterhin.

»Ich weiß es wirklich nicht, Jen. Da war dieser eine Kuss, den er als Ablenkungsmanöver benutzt hat, um nicht vom Lehrer erwischt zu werden, und das war's.« Ich seufzte, während die Erkenntnis mich mit voller Wucht traf. Zwischen Noris und mir lief tatsächlich nichts.

Ich war nur im falschen Moment am falschen Ort gewesen. Garantiert hätte er mir in erster Linie nicht einmal Aufmerksamkeit geschenkt, wenn ich nicht die gleiche freakige Augenfarbe wie er gehabt hätte.

Jen strich über meinen Arm und lenkte so meine Aufmerksamkeit zurück auf sie. »Mach dir nichts draus, Stella. Er lässt niemanden an sich heran. Keiner weiß etwas über ihn, weder über seine Vergangenheit noch über seine Gegenwart. Er hat keine Freunde, keine Ahnung, ob er überhaupt eine Familie hat. Er ist ein kompletter Einzelgänger, der sich selbst immer wieder ins Aus spielt, indem er Einladungen ablehnt und alle Menschen in seinem Umfeld abweist.« Sie zögerte bei den nächsten Worten. »Und trotzdem ist er absolut anziehend. Immer öfter versuchen Leute, in seine Nähe vorzudringen, nur um dann abzublitzen. Leute wie ich«, bemerkte sie erschüttert.

Dieses Mal war ich diejenige, die sie mit einer sachten Berührung aus dem Netz ihrer Gedanken und Erinnerungen befreite.

»Jen, du bist toll!«, meinte ich aus vollster Überzeugung und fasste sie bei den Schultern. »Du bist stark und selbstbewusst und witzig! Wer dich nicht haben will, ist ein Idiot und verdient nicht einmal, dass du ihn auch nur mit einem Blick würdigst.«

Ihre Sonne leuchtete bei meinen Worten auf. »Du hast recht! Ich habe viel zu viel Zeit wegen dieses Mistkerls vergeudet. Es wird Zeit, dass ich wieder das Zepter in die Hand nehme!« Stellvertretend griff sie zum Löffel, der auf dem leer gegessenen Teller gelegen hatte.

»Hiermit verkünde ich, dass die Königin auf ihren Posten zurückgekehrt ist! Noris ist Vergangenheit und das hätte er schon vor vielen Jahren sein sollen. Ab heute gilt ein neues Beuteschema, sodass wir diesen Vollidioten nicht einmal mehr ansehen müssen.«

Ich schüttelte lächelnd den Kopf über ihre Worte.

»So einfach wird das wahrscheinlich nicht.«

»Was meinst du damit?«

»Nun ja, Noris begleitet mich heute nach Hause.«

»Aha!«, stieß Jen aus und wedelte mit ihrem Löffelzepter in meine Richtung. »Ich wusste es, da läuft etwas zwischen euch!« Die Erkundung ihrer Seelengalaxie offenbarte mir dieses Mal keinen Neid und keine Missgunst, doch ich erkannte den feixenden Ausdruck darin. Sie war der Überzeugung, sie wäre mir auf die Schliche gekommen.

»Nein, so ist das nicht. Ich ... Wir ...«, setzte ich an, aber ich würde jäh von meiner Freundin unterbrochen.

»Jetzt red nicht um den heißen Brei herum, Stella! Ich brauche Fakten!« Ihre Augen glitzerten vor Vorfreude. Ich wusste nicht, was mir unangenehmer war: die neidische Jen oder diejenige, die sich vor Neugierde gar nicht mehr einkriegte.

O Gott! Ich benötige ganz dringend eine plausible Erklärung.
Die Wahrheit kann ich ihr ja schlecht erzählen.

»Wir versuchen herauszufinden, was mit uns nicht stimmt, denn so wie es aussieht haben unsere Eltern uns während der Kindheit chemische Mittel verabreicht, um uns besondere kosmische Kräfte zu verleihen.«

Nein, das werde ich ihr niemals erzählen.

»Wir arbeiten zusammen an diesem ... Projekt.« Ich spürte, wie die verräterische Röte mich überfiel.

»Für euren Lyrikkurs, oder?«

»Ja! Ja, genau!«

»Na dann.«

Ich stutzte über ihre Reaktion. »Also macht es dir tatsächlich nichts aus?«, fragte ich.

Sie zuckte mit den Schultern. »Weißt du, Stella, es wäre gelogen, wenn ich das behaupten würde. Doch ich glaube, ich komme klar. Das wird mir jetzt mehr als jemals zuvor bewusst. Ich brauche vielleicht eine Weile, um das alles zu verstehen und zu verarbeiten, allerdings versuche ich loszulassen. Ich will die Vergangenheit ruhen lassen und dir nicht die Zukunft verbauen. Immerhin war zwischen Noris und mir nie etwas. Das war pures Wunschdenken von mir.«

Über ihre letzte Aussage runzelte ich die Stirn und natürlich bemerkte Jen dies.

»Denkst du etwa, ich wäre blind? Ich weiß ganz genau, dass du auf ihn stehst. Und das ist in Ordnung so, denn ich glaube, er mag dich auch, zumindest irgendwie. Sonst hätte er dich niemals geküsst, glaub mir. Er hätte schon eine andere Ausrede für den Lehrer gefunden.«

»Danke«, wisperte ich und schloss sie erneut in die Arme.

»Du bist mir viel wichtiger als irgend so ein mysteriöser, attraktiver Einzelgänger, Stella. Vergiss das niemals.«

Ich nickte an ihrer Halsbeuge und drängte mit Mühe und Not ein paar Tränen zurück. Noch niemals hatte mich jemand *wichtig* genannt.

»Du bist mir auch unglaublich wichtig, Jen«, flüsterte ich. Während das Chaos um uns herum sich langsam lichtete, spürte ich, wie unsere Freundschaft eine neue Ebene erreicht hatte. Eine, die auf Vertrauen und Aufrichtigkeit aufgebaut war.

Den Rest des Tages war ich dank Jens und meiner Versöhnung so gut gestimmt, dass die Zeit einfach so verflog. Ich marschierte auf den Ausgang zu, woraufhin sich ein Schatten rechts von mir von der Wand löste und sich zu mir gesellte.

»Wohin so eilig?«, sprach die finstere Stimme.

Nachdem ich ihn einige zähe Sekunden lang mit Schweigen gestraft hatte, erbarmte ich mich. »Das solltest du eigentlich wissen, oder nicht?« Der sarkastische Unterton konnte ihm unmöglich entgangen sein. Ich wollte ihm bloß einen kurzen Seitenblick zuwerfen, doch seine dunkle Ausstrahlung wirkte anziehend auf mein strahlendes Inneres, sodass ich meine Augen nicht abwenden konnte.

Seine Haut umspannte die Muskeln wie heller Marmor, wohingegen das nachtschwarze Haar jegliches Licht im Raum absorbierte. Die markanten Züge ließen ihn gefährlich wirken. In diesem Moment schoss mir ein Gedanke durch den Kopf, über den ich leicht schmunzeln musste.

Diamanten sind immerhin auch nicht rund.

Dann begegnete mein Blick seinen schwarz-weißen, hell-finsteren Augen, die Nacht und Tag vereinten und mir nicht die kleinste Erkenntnis über sein Seelenleben ermöglichten.

Resigniert seufzte ich auf.

Ich spürte, wie seine finsteren Kräfte machtvoll pulsierten, während Noris gemütlich neben mir her spazierte. Erst jetzt bemerkte ich das erschrockene, schockierte und neugierige Starren überall um mich herum. Unsere Mitschüler starrten uns entgeistert an. Als könnten sie nicht glauben, dass sich jemand wie er tatsächlich mit jemandem wie *mir* abgab. Instinktiv senkte ich den Kopf und zog ihn zwischen den Schultern ein. Das hatte ich dank der Verachtung und Ignoranz meiner vorherigen Klassenkameraden gelernt.

Ich stellte mir vor, dass mich ein Schild umgab, an dem jeder spitze Kommentar, jeder unangebrachte Beobachter und jedes wütende Zischeln abprallten.

Wenn ich sie nicht beachtete, dann werden auch sie ihr Interesse an mir verlieren.

Das war jahrelang meine Devise gewesen. Schade nur, dass diese Taktik in diesem Moment nicht funktionierte und das Feuer dadurch wohl eher angefacht wurde. Denn die Menschen fühlten sich durch meinen Rückzug bestätigt und feuerten erst recht fiese Sprüche in meine Richtung.

Allerdings hatte ich keine bessere Strategie parat, weshalb ich an meinen alten Gewohnheiten festhielt.

Auch jetzt erhob sich der Lärmpegel auf dem Flur auf dem Weg nach draußen. Immer deutlicher war mein Name in den Gesprächsfetzen herauszuhören. Und ich versteckte mich weiterhin.

Noris wurde zunehmend unruhiger. Mit einem Mal blieb er stehen und hielt mich am Ärmel meines Anoraks fest.

Ich stoppte abrupt. Als ich verwundert aufschaute, breitete sich ein sanftes Lächeln auf seinen Lippen aus.

»Vertrau mir«, hauchte er.

Ich nickte perplex und bereute es eine Sekunde später sofort. Denn nun hatte sich Noris von mir ab- und der Masse an Schülern zugewandt.

»Gibt es ein Problem?«, spie er ihnen entgegen.

Ich wurde starr wie Stein. Nie im Leben hätte ich damit gerechnet, dass er unsere Mitschüler mit ihrem unangebrachten Verhalten konfrontieren würde. Ich spürte, dass seine Gabe unter der Oberfläche brodelte. Die Dunkelheit sickerte förmlich aus seinen Poren. Sie legte sich über uns alle und hüllte uns in bedrückte Stille. Natürlich bemerkte außer mir niemand, dass Noris seine Gabe zur Einschüchterung benutzte. Sie alle wandten beschämt die Augen ab oder liefen puterrot an, da man sie ertappt hatte.

»Ich habe gefragt«, grollte Noris erneut und in diesem Moment wirkte er wie ein wildes, ungezähmtes Tier auf mich, »ob es hier ein Problem gibt?«

Einstimmiges Kopfschütteln war die Antwort.

»Dann unterlasst gefälligst euer Getuschel oder sagt uns euer Anliegen direkt ins Gesicht.«

Er wandte sich wieder mir zu. Auch ich konnte nichts weiter tun, als Noris respektvoll anzustarren. Sein Mundwinkel zuckte kurz in die Höhe. »So ein Haufen Feiglinge«, sagte er an mich gewandt, aber laut genug, dass die anderen Schüler ihn hören konnten. »Lass uns von hier verschwinden.«

Noris bot mir seinen Arm an und ich lächelte. »Liebend gern.«

Ich hakte mich bei ihm ein und das Sonnenblut tanzte unter meiner Haut. Ich war nicht in der Lage zu verhindern, dass ein sanftes Glimmen von mir ausging, was Noris mit einem warmen Lachen quittierte.

Zusammen verließen wir das graue Gebäude, ließen die immer noch die vor Schreck erstarrte Schülerschaft hinter uns und machten uns auf den Weg, um das Geheimnis unserer Existenz zu ergründen.

Achtzehntes Kapitel
Licht und Schatten

»Was für Musik hörst du?«
»Warst du schon auf einem Konzert?«
»Was sind deine Lieblingsbücher?«
»Wenn du dich in ein Tier verwandeln könntest, welches wäre es?«

Ich lachte über Noris' Fragen und vergaß für einen Moment lang sogar, weshalb er überhaupt neben mir saß. Immerhin mussten wir beide endlich herausfinden, was es mit unseren Gaben auf sich hatte.

Inmitten dieses Chaos versuchte er Ordnung und Normalität zu schaffen, wofür ich ihm unendlich dankbar war.

»Hauptsächlich Rock. Nein, war ich noch nicht, aber ich würde unglaublich gerne mal meine Lieblingsbands live sehen. Meine Lieblingsgeschichte ist *Alice im Wunderland* und wenn ich mich in ein Tier verwandeln würde, wäre ich vermutlich ein Pinguin!« Als ich zu Noris herüberschaute, konnte ich deutlich erkennen, wie sehr er sich darum bemühte, sich ein Grinsen zu verkneifen.

»Was ist?«, hakte ich nach.

Nur eine Sekunde später brach er in schallendes Gelächter aus. »Ein Pinguin? Ernsthaft? Ich würde irgendetwas Bedrohliches, Respekteinflößendes wählen. Einen Wolf oder so!«

Nun lachte auch ich laut los. Es war ein befreiendes, losgelöstes Gefühl ohne Zwang und Kontrolle. Nach langer Zeit fühlte ich mich endlich wieder frei, beinahe so, als hätte Noris eine unsichtbare Last von meinen Schultern genommen.

»Ein Wolf? Ist klar! Du erinnerst mich eher an ...« Ich legte den Kopf schief und starrte ihn gespielt nachdenklich an. Die Dunkelheit seiner Aura glich einer Mauer, die sich zwischen uns beiden auftat. Mit einem Mal meinte ich, ihm unendlich fern zu sein, obwohl wir nur wenige Zentimeter voneinander entfernt saßen. Ich schluckte schwer. In seinen Adern lag ein finsterer Schatten, der unter der marmornen Blässe seiner Haut pulsierte. Ich konnte das Nachtblut in ihm geradezu rauschen hören.

»Jaaa?« Mit seiner lang gezogenen Frage riss mich Noris aus meinen Gedanken. Ich versuchte, den Blick von ihm loszureißen, doch natürlich misslang mir dies gründlich.

Zum einen fühlte ich mich von seiner lockeren, menschlichen Art angezogen, aber andererseits ließ seine dunkle Gabe das Blut in meinen Adern gefrieren. Ich musste nur an die Nebelschwaden denken, die wie schwarze Schlieren um meinen Körper wirbelten, und schon bekam ich eine Gänsehaut.

Nein! Das hier ist falsch!

Wir sollten uns auf unsere Aufgabe konzentrieren und nicht rumalbern wie kleine Kinder. Bleib bei der Sache, Stella.

Ich hatte mich nicht mehr unter Kontrolle. In meiner Therapie hatte ich dank der Schnallen, die an meinem Bettkasten befestigt gewesen waren, gelernt, was Kontrollverlust für Folgen hatte. Sicherheitshalber rückte ich ein wenig von ihm fort und nuschelte: »Du erinnerst mich an einen Raben.«

Noris sah mich entgeistert an und beinahe erwartete ich, dass sich pechschwarze Schwingen von seinem Rücken schälten und er einfach von dannen zog. Stattdessen musterte er mich, als würde er wissen, dass ich auf seine geheimen Fähigkeiten anspielte. Sofort liefen meine Wangen hochrot an.

Kann sich bitte ein Loch im Boden auftun, durch das ich verschwinden darf?

Natürlich verschluckte mich keine Anomalie des Weltalls und es bildete sich auch kein Schwarzes Loch genau zu meinen Füßen. Zusammengesunken blieb ich neben Noris sitzen und betrachtete die Rückenlehne meines Vordermannes. Auch mein Sitznachbar schwieg beharrlich und gab nicht zu erkennen, ob meine Aussage ihn verunsichert oder gar gekränkt hatte.

Nachdem der Bus ruckelnd an der Haltestelle zum Stehen kam, war ich die Erste, die aus der Tür ins Freie stolperte. Das Gefährt hinterließ einen Abschiedsgruß bestehend aus einer rußigen Abgaswolke.

Ich wandte mich kurzerhand um und prallte gegen eine harte Mauer. Moment. Keine Mauer, nur Noris' breite Brust. Bevor ich umfallen konnte, hatte er mich an den Armen gepackt und näher zu sich herangezogen, bis ich einen einigermaßen festen Stand unter den Füßen hatte.

Sobald er von mir abließ, keuchte ich ein hektisches »Danke« und wollte den Heimweg antreten, bis er sich erneut vor mir aufbaute und den Weg versperrte. »Was soll das?«, fragte ich leicht gereizt.

»Ja genau, Stella. Was soll das?« Der vorwurfsvolle Ausdruck seiner Nachtschattenaugen ließ mich zusammenzucken. »Du benimmst dich total widersprüchlich. Vorhin noch warst du gut gelaunt und jetzt meidest du mich geradezu. Habe ich im Bus irgendetwas Falsches gesagt oder getan?«

Sobald ich ihm in die Augen schaute, um seine vorherige Aussage nicht zu bekräftigen, bereute ich es sofort. Reue und Schuld starrten mir so eindeutig entgegen, dass ich dazu nicht einmal meine Sterndeutungskenntnisse brauchte. Ich fuhr mir durch die bunten Haare und presste die Lippen fest aufeinander. Was hätte ich ihm auch sagen sollen?

Hey, sorry, aber ich habe irgendwie Schwierigkeiten mit deiner Aura. Du bist ja anscheinend echt ein netter Kerl, aber deine Gabe sagt etwas anderes. Niemand mit solcher Finsternis in seinem Inneren kann es wirklich gut mit mir meinen. Wir sind einfach zu verschieden.

Nein, ganz bestimmt nicht. Nicht in diesem Leben.

Also räusperte ich mich kurz, schenkte ihm ein falsches Lächeln und wisperte: »Nicht hier, Noris. Lass uns endlich gehen, dann können wir alles Weitere besprechen.«

Er durchschaute meine Fassade sofort und trug einen zerknirschten Gesichtsausdruck zur Schau, bevor er widerwillig nickte und zur Seite trat.

Plötzlich überkam mich das ungewohnte Bedürfnis, seinen Arm zu berühren, um ihn davon zu überzeugen, dass er sich keine Gedanken machen sollte. Schockiert über meine eigenen Empfindungen ballte ich die Hände kurzerhand zu Fäusten und vergrub sie in den Taschen meines Anoraks. Dann ging ich voran.

Meine Schritte echoten von allen Hausfassaden zu mir zurück. Noris bewegte sich im Gegensatz zu mir derart lautlos, dass ich manchmal einen prüfenden Blick über die Schulter nach hinten warf, um mich zu vergewissern, dass er mir noch folgte.

Er glich einem Schatten. Seine tintenschwarze Ausstrahlung kroch über den Boden und verschluckte jeden Laut seiner Bewegungen. Zwischenzeitlich meinte ich, er würde meine Handlungen nachahmen oder mit meinem eigenen Schatten verschmelzen. Ich spürte seine finstere Gegenwart deutlicher denn je.

Ich wollte die zähe Dunkelheit durchbrechen mit meinen Lichtstrahlen und die Nacht aus meinen Knochen mit dem Sonnenblut vertreiben. Die feinen Schneeflocken, die sich auf meinen Mantel niedergelassen hatten, schmolzen dahin. Bevor sich das Gefühl vertiefte, ließ mich eine starke Hand auf meiner Schulter innehalten.

»Nicht«, raunte Noris.

Schlagartig wurde mein Strahlen von einer unfassbaren Wolke aus Schwärze verhangen. Ich schnappte nach Luft und erzitterte, als die kühle Winterluft durch meine Lungen strömte.

Ein Schauder durchlief meinen Körper. Die Wärme war mit einem Mal verschwunden. Noris zog seine Hand zurück, sodass wir stillschweigend weitergehen konnten. Dort, wo er mich berührt hatte, schmolzen die Schneeflocken weiterhin.

Ich stieß die Haustür auf, sodass sie gegen die Wand krachte. Bei dem lauten Geräusch zuckte ich zusammen. In meinen Gedanken hing ich in dem Moment fest, in dem er meine Macht unterdrückt und mich meiner Gabe beraubt hatte.

Bevor ich ihm die Standpauke halten konnte, die ich auf unserem Heimweg in aller Öffentlichkeit unterdrückt hatte, stand Franny vor mir und starrte mich entsetzt an.

»O Gott, Stella! Hast du mir einen Schrecken eingejagt! Ich dachte schon, die Haustür wäre aufgebrochen worden.« Ich konnte die Erleichterung in ihren Sternenkonstellationen ablesen, die vollkommen durcheinandergeraten waren. Die Sternbilder schienen ineinander verflochten zu sein und entknoteten sich erst nach und nach, bis sie an ihren ursprünglichen Platz auf dem Himmel zurückrückten. Ich trat entschuldigend auf sie zu und umarmte meine Tante kurz.

»Tut mir leid, ich wollte dich nicht erschrecken. Ich hatte einfach ein bisschen zu viel Schwung. Es tut mir wirklich leid«, gab ich zerknirscht zu.

»Wir besprechen das beim Abendessen.« Sie drohte mir mit dem provisorischen Zeigefinger. Ich hatte nicht vor, einen Streit vom Zaun brechen und nickte jedes ihrer Worte brav ab.

Warum habe ich mich von meinem Zorn auch so hinreißen lassen?

In diesem Moment fiel mir siedend heiß ein, dass Noris immer noch hinter mir stehen musste. Auch meine Tante sog plötzlich die Luft ein. Offenbar hatte sie ihn vorher nicht bemerkt wegen ihrer Aufregung.

»Und wer sind Sie, wenn ich fragen darf?« Sie wirkte geradezu misstrauisch auf die Art und Weise, wie sie mit dem karierten Geschirrspültuch in ihren Händen spielte und meine Begleitung genauestens musterte. Ob ihr wohl aufgefallen war, dass Noris und ich die gleiche Augenfarbe besaßen? Bestimmt versuchte sie sich gerade einen Reim auf das Ganze zu machen. Ich sprang schnell dazwischen, bevor Noris irgendetwas Falsches sagte.

»Franny, das ist Noris. Er sitzt neben mir im Lyrikkurs und wir müssen bis zur nächsten Woche eine Partnerarbeit erledigen. Ich hoffe, es ist in Ordnung, dass er nach der Schule mitgekommen ist?«

Bei meinen Worten klärte sich der Blick meiner Tante. Dann sah ich die rosafarbene Nebula in ihrer Galaxie schimmern, die bei meiner Ankunft entstanden war. Ich kannte dieses Anzeichen bereits von Jen. Offenbar schämte sich meine Tante für ihr Verhalten. Allerdings strahlte ihre Sonne ein wenig heller. Sie interessierte sich offensichtlich für den Neuankömmling, während sich zugleich alle Monde verdunkelten, die um ihre Planeten kreisten.

Die Art und Weise, wie die Finsternis an diesen Stellen aufzog, erinnerte mich an Rauchschwaden, die sich durch ihren Kosmos wanden. Als gehörten sie nicht zu diesem Teil der Galaxie. Wie Fremde oder Eindringlinge. Diesen finsteren Nebel hatte ich bis jetzt nur ein einziges Mal gesehen. Und das war bei …

Plötzlich fiel es mir wie Schuppen von den Augen. Ich warf Noris über die Schulter hinweg einen ungläubigen Blick zu. Ich wollte nicht glauben, dass er zu so etwas in der Lage war. Bis zu diesem Zeitpunkt wusste ich nicht einmal, dass diese Kraft zu seinen anormalen Fähigkeiten dazugehörte.

Sein Gesicht war angespannt und konzentriert, während sich sein Blick auf meine Tante fokussierte. Eine Ader an seiner Schläfe pulsierte und seine Zähne knirschten leise. Ich fühlte mich in meiner Vermutung bestätigt: Noris versuchte, meine Tante mit seiner dunklen Gabe zu beeinflussen!

Bevor Noris noch mehr Dummheiten anstellen konnte, ergriff ich sein Handgelenk und zog ihn ins Haus.

Ich erklärte meiner Tante, dass wir uns in mein Zimmer zurückziehen und die nächsten Stunden konzentriert arbeiten würden. Sie nickte und bot an, zwischendurch ein paar Snacks und Getränke nach oben zu bringen, was ich jedoch dankend ablehnte. Niemand sollte uns bei unserem geheimen Vorgehen beobachten. Ohne ein weiteres Wort zerrte ich den Nachtjungen von meiner leicht verdattert dreinschauenden Tante weg.

»Das wird definitiv ein Nachspiel haben«, schwor ich mir innerlich und verstärkte den Griff um Noris' Handgelenk.

»Was war das?«, fauchte ich Noris an, nachdem ich die Luke mit Nachdruck geschlossen hatte. Dieser bemühte sich, seine einstudierte Unschuldsmiene aufrechtzuerhalten.

»Ich weiß nicht, was du meinst.« Betont gleichgültig sah er sich in meinem Zimmer um. Sein Blick wanderte von den offen herumliegenden Sternenkarten zu den himmelfarbenen Tüchern, bis er an dem Teleskop, das immerzu auf den Horizont ausgerichtet war, verharrte.

Gezielt stiefelte Noris darauf zu. Er war gerade drauf und dran, seine Finger um das Sichtrohr zu legen und es zu verstellen, als ich ihm ohne Vorwarnung auf den Handrücken schlug. Ich wollte nicht, dass er hier irgendetwas aus der Ordnung brachte oder alles betatschte. Das hier war mein Rückzugsort.

»Autsch! Wofür war das denn?«, imitierte er meinen entrüsteten Tonfall, während ich mit giftigen Blicken nach seinem Leben trachtete.

»Hör auf, vom Thema abzulenken!« Das war alles, was ich ihm zu sagen hatte. »Und jetzt erzähl mir endlich, was du mit meiner Tante gemacht hast. Ich habe den Schattennebel in ihrem Universum deutlich gesehen!«

Ich funkelte den Kerl vor mir wütend an.

Er sollte mir endlich Antworten geben. Zu lange hatte ich mich schon mit Halbwahrheiten abgegeben. Noris betrachtete mich nach meiner letzten Aussage umso interessierter. Seine Pupillen waren geweitet und sein geschwungener Mund leicht geöffnet, sodass seine Lippen wirkten wie samtweiche Kissen. Unwillkürlich fragte ich mich erneut, wie es sich wohl dieses Mal anfühlen würde, sie zu küssen. Erst als ich meinen Kopf leicht schüttelte, konnte ich mich von diesem Gedanken befreien.

Was ist los mit mir?

Ich meine, klar, Noris war attraktiv, aber aus uns würde nie etwas werden. Ich hatte niemals menschliche Nähe zugelassen, das hatten mich die letzten einsamen Jahre gelehrt. Andererseits waren wir aufgrund unserer Gaben auch nicht wirklich als Menschen zu betiteln. Was waren wir dann? Aliens?

»Du kannst sie sehen«, wisperte Noris überrascht.

In diesem Wimpernschlag verstand ich, was er meinte. Ich hatte ihm einen weiteren Bestandteil meiner Gabe offenbart, das Sternendeuten. Es war mir einfach so herausgerutscht vor lauter unzähmbarer Wut und Wissbegierde. In seiner Gegenwart wurde ich unvorsichtig. Ich musste besser aufpassen, was ich von mir preisgab.

»Du kannst die Fragmente sehen.« Ein bedrohlicher Unterton klang in seinen Worten mit.

»Fragmente? Ich weiß nicht, was du meinst«, meinte ich und versuchte, möglichst unwissend zu klingen. Leider strafte mich meine bebende Stimme Lügen.

»Du kannst die Bruchstücke der Galaxie in den Augen der Menschen sehen und deuten«, stellte Noris fest und trat einen Schritt auf mich zu.

Als er sich eine Handbreit von mir entfernt aufbaute, musste ich widerwillig zu ihm aufsehen. Ich reichte ihm gerade mal bis zu den breit gebauten Schultern. Das Hemd spannte sich über versteckte Muskeln. Ich erahnte die sehnigen Bewegungen unter dem dünnen Stoff und schluckte heftig.

Kaum dass mein Blick den seinen traf, bereute ich jedes Wort, das ich heute an ihn gerichtet hatte und das dafür verantwortlich war, dass er nun vor mir stand. Sein Blick nahm mich gefangen und hielt mich eisern fest. Es wirkte so, als würde ich in einen Spiegel schauen, da seine glänzenden Pupillen mein Ebenbild einfingen. Ich konnte keinen einzigen Stern in seinen Iriden finden, keinen Planeten, nicht den winzigsten Himmelskörper.

Und während ich sein leeres Universum durchforstete, wusste ich, dass Noris ebenfalls bei mir nach Sternensplittern suchte.

Wir sind uns so verdammt ähnlich.

Und trotzdem war Noris in gewisser Weise das Gegenteil von mir.

Vor der Welt und den Menschen da draußen bewies er Stärke, wohingegen ich mir schwach und unbeholfen vorkam.

Er behielt die Kontrolle über sich und seine Kräfte, war Herr der Lage, ganz im Gegensatz zu mir. Ich durchlebte immer wieder unkontrollierte Kraftschübe und brachte mich selbst in Gefahr.

Die Finsternis umwogte Noris wie eine allgegenwärtige Aura. Ich hingegen spürte weiches Licht in jeder einzelnen Faser meines Körpers pulsieren.

Hell und dunkel.
Licht und Schatten.
Tag und Nacht.

»Ja. Ja, ich kann die Fragmente sehen.« Ich presste meine Lippen fest aufeinander. Es war unmöglich, meine Fähigkeiten zu leugnen, besonders da ich mich selbst verraten hatte.

Wirklich eine reife Leistung, Stella!

Zudem schien Noris sich genau auszukennen. Das verunsicherte mich mehr, als ich zugeben wollte. Warum teilte er sein Wissen nicht mit mir?

»Woher weißt du davon?«, fragte ich. Das Misstrauen schwang in meinen angespannten Stimmbändern. Gleichzeitig trat ich einen Schritt nach hinten, um seiner überdeutlichen Präsenz auszuweichen, die sich in mein Bewusstsein drängte.

Der Nachtjunge schloss schnell zu mir auf. Seine Hände strichen an meinen verschränkten Oberarmen entlang, wobei er sich zu mir hinabbeugte. Ein leichter elektrischer Stoß fuhr über meine Hautoberfläche. Unweigerlich musste ich an unseren Kuss denken und wie nah wir uns in genau diesem Wimpernschlag waren.

Würde er es noch einmal wagen?
Dieses Gefühl von seiner Haut an meiner wirkte absolut süchtig machend und für einen Moment lang wünschte ich mir, er würde mich ewig so halten. Ich spürte die Hitze in meinen Wangen aufwallen, als sein Mund mein Ohr streifte und er mir zuflüsterte: »Weil ich sie auch sehe.«

Mit diesen Worten entfernte er sich von mir. Eine Gänsehaut legte sich über meine Haut und Kälte kroch an meinem Rückgrat empor.

Ich beobachtete angespannt, wie Noris seine Hände in den Taschen der Jeans vergrub und mir ein triumphales Lächeln zuwarf. Als wollte er mir und sich selbst etwas beweisen, indem er eine plötzliche Distanz zwischen uns schaffte. Auf dieses unsichtbare Kräftemessen wollte ich mich auf gar keinen Fall einlassen.

Noris und mich verband mehr, als ich zugab. Die Furcht kribbelte dauerhaft in meinem Nacken und schrie förmlich nach Aufmerksamkeit.

Und dann geschah etwas Seltsames. Während Noris mir in die Augen sah, durchströmte mich neben dem Kälteschock der Angst noch ein weiteres Gefühl. Angenehme Wärme, die meine Muskeln entspannte und meinen Verstand einen Moment lang aussetzen ließ.

Zugehörigkeit.

In meinem Inneren umkreisten sich die verschiedensten Emotionen wie Gegner in einem Ring. Angst und Verunsicherung versus Zuneigung und Erleichterung.

Wer wird diese Schlacht wohl gewinnen?

Eines ist auf jeden Fall sicher: Wenn ich mich auf Noris einlasse und mit ihm zusammenarbeite, ist das Ergebnis unabsehbar. Und diese Unsicherheit wird mich noch den Verstand kosten!

Schließlich überwand ich mich dazu, einen Finger nach dem anderen zu lockern, bis sich meine Hände entkrampft hatten. Mir war gar nicht aufgefallen, dass ich sie zu Fäusten geballt hatte.

Das Schweigen zog sich länger als Kaugummi. Bis Noris es brach: »Ich wusste, dass du genauso bist wie ich.« Er legte den Kopf schräg und grinste mich an.

Ich mochte sein Lächeln. Dabei kamen die Ansätze seiner Grübchen zum Vorschein. Sie brachen die beherrschte Fassade seines Gesichts auf und machten ihn auf gewisse Art und Weise menschlicher.

Weil ich keine Reaktion auf seine Worte zeigte, fuhr er unbeirrt fort: »Als ich dir vor ein paar Tagen auf dem Gang begegnet bin. Da habe ich es geahnt. Doch ich wusste nicht, ob ich dir trauen sollte. Ich konnte deine Sternenfragmente nicht sehen. Das hat mich irgendwie aus der Bahn geworfen.«

Für eine Sekunde vergaß ich, wie man atmet, und schnappte irritiert nach Luft. Die Intensität in seinem Blick fesselte mich an sich und machte es mir unmöglich, mich von ihm zu lösen.

Aber nur beinahe.

Es kostete mich unendlich viel Kraft und Überwindung, statt ihn meine auf dem Boden liegenden Sternenkarten zu fokussieren.

»Es ging mir genauso«, gab ich zu.

Noris schwieg und ich wagte es ebenfalls nicht, in seiner Mimik zu forschen, wie er auf meine Antwort reagiert hatte. Als er sich räusperte, musste ich doch zu ihm aufschauen. In seinen Augen erkannte ich ein leichtes Glänzen, das dem Aufblitzen des Nordsterns am Himmel glich.

»Keine Geheimnisse mehr«, forderte er. »Wir müssen absolut ehrlich zueinander sein und dürfen uns nichts mehr verschweigen. Verstehst du das? Ich werde deine Gaben kennenlernen und du meine. Zusammen können wir an uns arbeiten. Zusammen sind wir stark.« Ein sanftes Lächeln umspielte seine Mundwinkel und ich konnte gar nicht anders, als ebenfalls zu lächeln. Noris streckte seine Hand aus.

»Schwöre es.« Seine Stimme löste einen Schauder aus, der über meinen Rücken jagte und mich wie ein Blitz traf. Für Zweifel blieb keine Zeit.

Noris hatte recht. Nur gemeinsam konnten wir Klarheit erlangen und Licht ins Dunkel bringen. Außerdem benötigte ich seine Hilfe.

Ohne vor seiner Größe zurückzuschrecken, trat ich auf ihn zu und schlug ein. Zeitgleich zeichnete ich mit meinem linken Zeigefinger ein Kreuz über meinem Herzen.

»Ich schwöre es.«

Kraft schwoll in mir an und die Aufrichtigkeit und der Stolz brachten mein Blut in Wallung. Noris betrachtete mich perplex, als hätte auch er meine Entschlossenheit gespürt. Das Lächeln gefror auf seinem Gesicht. »Dann ist es also besiegelt.«

Bevor ich noch länger über seine Worte nachdachte, machte ich mich von seinem Griff los und marschierte auf den ungeordneten Haufen am Boden meines Zimmers zu. Stirnrunzelnd betrachte ich das Chaos, das ich gestern Nacht hier gestiftet hatte. Überall stapelten sich Notizbücher, Skizzen, Formeln, Karten und Illustrationen durcheinander.

»Hast du mich etwa zum Aufräumen zu dir beordert?«, fragte Noris. Ich war nicht fähig dazu, auf seinen beiläufigen Witz einzugehen. Nicht, solange das Leben und die Forschungsarbeit meiner Eltern zu meinen Füßen lag.

»Ich muss dir die Aufzeichnungen meiner Eltern zeigen. Ich habe eine Vermutung, warum wir so sind, wie wir sind. Oder besser gesagt: wie wir zu dem wurden, was wir jetzt sind.« Ich wagte es, mich zu Noris umzudrehen, der mich mit einem leichten Grinsen bedachte.

»Deshalb habe ich also den ganzen Weg zu dir aufgenommen, schade.« Er zwinkerte mir bei dieser Bemerkung zu.

»Was hast du denn gedacht?«

»Nun ja, ein Mann wird ja wohl träumen dürfen. Ich hatte ehrlich gesagt mit einem Date gerechnet, nach dem, was letztens in der Abstellkammer passiert ist.«

Mir klappte die Kinnlade herunter und für einen Moment lang vergaß ich sogar die gigantische Notizenansammlung hinter meinem Rücken.

Meint der das tatsächlich ernst?

Ich spürte, dass sich die altbekannte Röte in meinen Wangen ausbreitete. In Noris' Gegenwart geschah mir das viel zu oft.

Er lachte auf und fuhr sich durch die bereits zerzausten Haare. »Irgendwie ist es verdammt süß, wie du schon bei solch kleinen Neckereien rot wirst. Ich habe nur Spaß gemacht.«

Bevor mein Kopf noch explodierte, schnappte ich mir eines der Notizbücher und rammte es Noris gegen die Brust.

Es war das Buch, in dem sich die Stadien meiner Entwicklung befanden. Das Buch, das uns auf dem Weg zur Wahrheit ein bedeutender Wegweiser sein würde. Er hingegen schaute ratlos drein, woraufhin ich mir ein schadenfrohes Grinsen erlaubte, weil nun ich es war, die ihn aus der Fassung gebracht hatte.

Neunzehntes Kapitel
Flüssiges Sternenlicht

Ich stellte mich neben ihn, sobald er begann, die Seiten zu überfliegen. Das dünne Papier raschelte zwischen seinen Fingerkuppen und nach jeder umgeblätterten Seite entglitten ihm die Gesichtszüge ein klein wenig mehr.

Er war an der Stelle angelangt, die ich gestern Abend nicht verstanden hatte, obwohl ich sie so oft gelesen hatte. Seine Lippen bildeten stumm die Buchstaben, bis ihm doch einzelne Laute entwischten.

»Dosis erhöhen«, murmelte er, während er die Stirn runzelte. »*Monocerotis.*« Seine Augen leuchteten auf, als würden sie das seltsame Wort wiedererkennen. Plötzlich schlug er das dünne Buch zu. »Warum wolltest du, dass ich das hier sehe, Stella?«

Von Nervosität getrieben begann ich, meine Finger ineinander zu verknoten und ihn unter halb geschlossenen Lidern anzublinzeln.

»Wir teilen gewissermaßen eine Gabe. Ich dachte, vielleicht könntest du mir helfen, all das zu verstehen.« Ich deutete auf das Notizbuch, um meine Worte zu unterstreichen.

Er raufte sich die Haare, sodass sie noch mehr zu Berge standen, und sah mich verzweifelt an. Ich umfasste entschlossen seinen Arm.

»Bitte, Noris. Ich *muss* es wissen. Diese ganze Angelegenheit lässt mir einfach keine Ruhe.«

Einen Wimpernschlag lang waren seine Zweifel offen sichtbar für mich, da er nichts hinter seiner ehrlichen Miene zu verstecken vermochte. Es wirkte so, als hätte er mir gegenüber seine Maske abgelegt, seitdem er wusste, dass unsere Schicksale miteinander verknüpft waren. Dann legte sich die Finsternis um uns herum wie eine betäubende Decke und verdunkelte Noris' Silhouette.

Mein Körper reagierte sofort auf seine Aura. Das Licht fuhr in mächtigen Wellen durch mich hindurch. Bisher hatte ich es zurückgehalten, doch nun verlor ich alle Selbstbeherrschung und meine Adern pulsierten die Essenz der Sonne durch mich. Wie konnte mein Blut sich nur so schnell wandeln? Was hatten meine Eltern bloß mit mir gemacht? Tränen fluteten aus meinen Augenwinkeln.

»Ich will nur Antworten«, schluchzte ich. Meine Stimme klang verzerrt. Vollkommen anders. Noris zuckte vor mir zurück. Erst jetzt wurde mir bewusst, dass ich immer noch seinen Arm umklammerte. Mein fließendes Licht wehrte sich gegen seine Dunkelheit, die sich wolkenartig um ihn herum bauschte.

Ich sah gebannt dabei zu, wie sich die Schwärze durch seine Adern fraß und einen Kontrast zu seiner weißen Haut bildete. Beinahe wirkte er wie eine Skulptur. Er war geschaffen aus Marmor mit schwarz-gräulichen Adern auf weißem Grund.

Ganz langsam löste ich einen Finger nach dem anderen von ihm. Sobald uns keine Berührung mehr miteinander verband, begann mein Licht zu verblassen und seine Dunkelheit lichtete sich. Meine Fingerspitzen kribbelten an der Stelle, an der ich noch immer seine kalte Haut unter meinen erhitzten Handflächen spürte, obwohl wir uns nicht länger berührten. Ein elektrisierendes Knistern lag in der Luft und knackte in meinen Ohren, während ich mein rasendes Herz dazu zwang, einen Gang herunterzuschalten, um einem nahenden Herzinfarkt vorzubeugen. Sobald wir uns wieder in unserer ursprünglichen Form gegenüberstanden, starrte Noris mich verwirrt an.

»Wie machst du das?« Eine unausgesprochene Drohung lag in seinen Worten, allerdings wusste ich nicht, wovor sie mich warnte.

»Was meinst du?«, keuchte ich, wobei ich meine zitternden Hände hinter dem Rücken verbarg. Er sollte nicht sehen, wie sehr mich die letzten Sekunden mitgenommen hatten.

»Du bringst mich dazu, innerhalb von Sekundenbruchstücken meine Deckung aufzugeben und mit einer einzigen Berührung mein wahres Wesen heraufzubeschwören. Also, wie machst du das?« Er trat einen winzigen Schritt auf mich zu, der mich so aus der Fassung brachte, dass ich nach hinten stolperte.

»I-ich habe nicht den geringsten Hauch einer Ahnung«, antwortete ich stotternd.

Noris' Blick aus seinen schwarz-weißen Augen wanderte forschend über mein Gesicht, als suchte er darin nach einer Lösung, bis er sich leise seufzend und mit zusammengekniffenen Lidern abwandte.

Insgeheim war ich erleichtert, dass ich seinem bohrenden Blick nicht länger ausgesetzt war. Langsam sickerte das Gefühl in meine Gliedmaßen zurück und ich begann, meine Zehen und Finger zu bewegen. Noris' Gabe hatte mich geradezu betäubt.

Ob er sich in meiner Gegenwart ebenso gefangen und zugleich so frei fühlt?

Kopfschüttelnd verwarf ich diesen Gedanken und überbrückte die geringe Distanz zwischen uns, indem ich mich vor ihm aufbaute. Zuvor hatte er mich überrumpelt und ich war immer wieder vor ihm zurückgewichen. Es war an der Zeit, die Kontrolle zu erlangen und auf Noris zuzugehen.

Wir hatten keine Zeit, um uns über unser Gefühlsleben auszutauschen. Ich kratzte all meinen Mut zusammen.

»Willst du mir nun helfen oder nicht?«, fragte ich und wunderte mich über die Stärke in meiner Stimme. Selten hatte ich so selbstbewusst geklungen. Ein warmes Gefühl umfloss mein Herz wie Honig und ich stellte fest, dass es sich um Stolz handelte.

Noris betrachtete mich ungerührt und ich war wirklich froh darüber, dass er meine Gefühle nicht anhand eines komplexen Sonnensystems in meinen Augen deuten konnte, so wie er und ich es bei anderen Menschen taten. Als er nicht auf meine Frage reagierte, seufzte ich auf.

Was muss ich denn noch tun, damit er mir vertraut und mir hilft?

Mein Blick schweifte durch den Raum und traf auf die im sanften Licht meines Zimmers leuchtende Phiole auf dem Nachttisch. Ich stürmte darauf zu und umklammerte sie fest, während die transparent-silbrige Flüssigkeit an den gläsernen Rand des Behälters schwappte. Auffordernd hielt ich ihn Noris unter die Nase, der ihn mit gerunzelter Stirn studierte. Er murmelte einige unverständliche Sätze, bis ich ihn aufforderte, diese zu wiederholen.

»Das ist es. *Monocerotis.*«

»Was bedeutet das?«, fragte ich unnötigerweise, obwohl ich genau wusste, dass meine Eltern mir dieses Mittel jahrelang verabreicht hatten.

Langsam, aber sicher schwand meine Geduld dahin und ich wollte Antworten! Nicht noch mehr Fragen.

Noris schien meine Angespanntheit richtig gedeutet zu haben, denn er begann endlich zu sprechen. Ich hatte eine seiner unzähligen Mauern zum Einstürzen gebracht.

»*Monocerotis* ist der Name eines Sterns, Stella. Eines *besonderen* oder *seltsamen* Sterns. In dieser kleinen Phiole befindet sich sozusagen flüssiges Sternenlicht.«

Meine Gedanken kreisten um den Ausschnitt aus dem Buch, in dem erklärt wurde, dass *Monocerotis* ein Gemisch aus Mondstein und anderen Zutaten war, die ich nicht kannte.

Ich betrachte die Flasche in meiner Hand. Am liebsten würde ich sie von mir schleudern und an der Wand zerschellen lassen. Inzwischen ekelte ich mich vor der Vorstellung, dieses Zeug über Jahre hinweg konsumiert zu haben. Warum war mir das nie aufgefallen?

Das silbern schimmernde Gemisch erinnerte mich an das Licht meiner heiß geliebten Sterne am Nachthimmel, aber war es wirklich möglich, dass sich echtes Mondgestein darin befand?

»Woher weißt du das?« Meine Stimme wackelte. Sie klappte wie ein Kartenhaus in sich zusammen. Meine vorherige Stärke war nichts weiter als eine Illusion gewesen und nun stand ich dort, verunsichert von seinen Worten, unfähig, noch mehr zu sagen, noch mehr Antworten zu verlangen. Eigentlich hatte er nichts gesagt, was ich nicht schon wusste, und dennoch machte die Tatsache, dass Noris meine Vermutungen laut ausgesprochen hatte, sie erschreckend realistisch.

Er seufzte tief und erneut sah ich diesen winzigen Hauch Verzweiflung in seinen Augen aufblitzen. Ich hatte ihn gebrochen. Er hatte bereits zu viel verraten, als dass er mich jetzt mit Nichtigkeiten abspeisen könnte.

»Weil meine Eltern mir dieses Mittel ebenfalls verabreicht haben.« Er starrte die Phiole in meiner Hand an. »Zumindest bis zu dem Tag, an dem sie für immer verschwanden.«

Was?

Mein Blick ruckte nach oben und ich prallte an der Härte seiner Augen ab. Als hätte er in diesen wenigen Sekunden eine neue Grenze gezogen, die unüberwindbar für mich war.

Obwohl mir viele Fragen auf der Seele brannten und die Neugierde mich von innen zerfraß, hakte ich nicht nach. Ich kannte seine Situation. Kannte die dauernden Nachfragen, das falsche Mitleid und die folgende Funkstille. Ich hingegen wollte nicht zu diesen Menschen gehören, sondern einen Unterschied machen.
Deshalb nickte ich.
Das überraschte ihn wiederum.
»Willst du nicht wissen, was damals geschehen ist?«, hakte er nach.
Die Versuchung, einfach nachzugeben und mich nach seinen Eltern zu erkundigen, war beinahe übermächtig groß, doch ich beließ es dabei. Ich hatte vor, die Wahrheit meines eigenen Lebens herauszufinden und nicht Noris' Vergangenheit heraufzubeschwören. »Du wirst mir schon freiwillig davon erzählen, wenn du bereit dazu bist. Ich werde dich nicht drängen und ich werde nicht nachbohren. Deine Vergangenheit gehört dir. Dir allein. Ich habe keinen Anspruch darauf.« Ich hatte ein wenig zu meiner alten Stärke wiedergefunden und streckte meinen Rücken gerade durch, um mich nicht kleiner zu machen, als ich tatsächlich war.

»Du verblüffst mich immer wieder, Stella Marks. Aber lass dir eines gesagt sein.« Ein sanftes Schmunzeln breitete sich auf seinen Lippen aus. »Ich bin ein Universum voller Geheimnisse, die du erst einmal ergründen musst.«

Ich versuchte die Konzentration zu bewahren und erwiderte steif: »Herausforderung angenommen.«

O Gott. Diese Lippen, ihr perfekter Schwung und diese Sanftheit, mit der sie sich zu einem Lächeln verziehen. Am liebsten würde ich sie ... ja, was eigentlich? Küssen?

Ich räusperte mich lautstark und deutete zu der Phiole in meiner Hand.

Nicht vom Thema abkommen!

»Weißt du noch irgendetwas darüber, oder nicht?« Ich fokussierte meine Aufmerksamkeit, grenzte Noris ein und ließ keine seiner noch so unscheinbaren Bewegungen unbeobachtet.

»Ich habe dir alles erzählt, was ich weiß: flüssiges Sternenlicht, das deine DNA verändert und dich überirdisch macht. Mehr haben mir meine Eltern nie verraten.« Er zuckte mit den Schultern. Allein die

Tatsache, dass seine Eltern ihm überhaupt etwas so Wichtiges anvertraut hatten, enttäuschte mich.

Wäre es so schwer gewesen, wenn meine eigenen Eltern mir die Wahrheit gesagt hätten?

Oder haben sie mir einfach nicht genug vertraut?

Mein Innerstes fühlte sich an, als würde es von einem Blitz gespalten werden. Es brannte höllisch und die Schmerzen des Verrats gruben sich tief in mein Innerstes. Vergessen? Unmöglich. Verzeihen? Unvorstellbar.

Was Noris behauptete, ließ nur eine Folgerung zu. Diese schockierte mich beinahe ebenso sehr wie seine Vorgeschichte.

»Das bedeutet, du hast das Zeug freiwillig genommen?«

»Sie haben es mir bereits von Kindheitsbeinen an verabreicht. Als kleiner Junge habe ich gedacht, dass ich dadurch zum Superhelden werde, und das haben sie mir auch dauerhaft eingeredet. Und nachdem ich die ersten Erfolge sah, wollte ich mehr. Aber sobald ich irgendwann realisierte, dass ich statt zum Helden zum Schurken wurde, verweigerte ich die Einnahme.« Seine Miene verfinsterte sich.

Ich wusste, wovon er sprach. Auch in meinem Leben gab es einige Situationen, in denen ich Menschen durch meine Gabe geschadet hatte. Wenn man die intimsten Geheimnisse ausplauderte oder jemanden von Anfang an durchschaute, konnte sich das sehr nachteilhaft auswirken. Besonders bei Kindern. Kinder waren so viel grausamer, als man glaubt.

»Von da an haben sie es mir in jede Mahlzeit gemischt und gedacht, ich würde es nicht merken. Solche Idioten.« Sein zischender Zorn war mir nur allzu bekannt. Auch ich konnte immer noch nicht fassen, dass meine Eltern mir dieses Medikament unters Essen gerührt hatten.

Ich wollte Noris berühren und ihm zeigen, dass ich für ihn da war, allerdings war er über diesen tief sitzenden Schmerz offenbar längst hinweg und brauchte meine Hilfe und meinen Zuspruch nicht.

»Ich habe gelernt, mit meinen Fähigkeiten umzugehen und sie zu beherrschen.« Er schaute mich schwermütig durch seine dichten schwarzen Wimpern an, die seine Augen wie einen Fächer umrahmten.

»Und das solltest du auch tun.«

Ich musste unweigerlich an die Situationen zurückdenken, in denen sich mein Blut gewandelt hat. Meistens lagen die Verwandlungen außerhalb meiner bewussten Beeinflussung. Oftmals hatte ein Impuls oder ein flüchtiger Gedanke gereicht, um die Lichtpartikel durch meine Adern fließen zu lassen.

In Zukunft sollte ich wirklich vorsichtiger werden. Doch wie konnte ich das Heraufbeschwören meines Lichtbluts verhindern? Gab es überhaupt einen Weg, um mir zu helfen?

»Meinst du Training?«, fragte ich nach und ein schelmisches Funkeln schlich in seine Züge.

»O ja. Wir sollten am besten so schnell wie möglich anfangen.«

»Wir?«

»Ja, wir.« Sein Grinsen wurde breiter. Noris trat näher. Seine Finger strichen erneut über meine Oberarme und mich durchfuhr ein unmerkliches Zittern.

Warum verursacht selbst diese kleine Berührung einen Orkan in meinem Inneren?

»Wir müssen uns wirklich beeilen mit dem Üben. Du leuchtest schon wieder.«

Ich hörte das Lächeln in seinen Worten problemlos heraus und betrachtete verwirrt meine Hände. Tatsächlich ging ein leichtes Glimmen von meiner Haut aus. Nicht auffällig, aber dennoch allgegenwärtig.

In diesem Moment wurde mir bewusst, dass ich lernen musste, Kontrolle über mich zu erlangen. Sonst würden womöglich noch andere Menschen auf meine Gabe aufmerksam werden. Menschen, die sich nicht wie Noris mit mir verbünden, sondern nach meinen Fähigkeiten trachten würden, um sie zu erforschen und für sich selbst auszunutzen.

Zwanzigstes Kapitel
Gebieterin des Lichts

Die folgenden Wochen trafen wir uns mehrmals, um zu *trainieren,* wie Noris es nannte. Ich bevorzugte die Beschreibung *Demütigung.*

Während er mir vorführte, wie geschickt die Schatten um seinen Körper tanzten, in seine Blutbahnen sickerten und ihn zu einem Wesen der Finsternis verwandelten, scheiterte ich schon daran, mein Leuchten zu unterdrücken, wenn ich es sollte.

Der Trick hinter dem Ganzen war, dem Drang nachzugeben und das Licht aus meiner Körperhülle zu entlassen, um die Energie freizulassen. Es war schließlich leichter, einen verbliebenen Tropfen zu kontrollieren als einen Wasserfall. Deshalb verausgabte ich mich beim Training, sodass ich im Anschluss das Unterdrücken meiner Kraft erproben konnte.

»Du bist seine Herrscherin. Du bist die Gebieterin über das Licht. Es soll dir nicht von der Seite weichen. Lass dich nicht von deiner Macht kontrollieren, sondern kontrolliere die Macht, Stella.«

Ein altbekanntes Star-Wars-Zitat drohte mir über die Lippen zu kommen, doch Noris' Blicke sorgten dafür, dass sich Schatten um mein lichtes Herz legten.

»Bei dir klingt das beinahe so, als würde uns etwas verfolgen«, hatte ich einmal gesagt und dabei aufgelacht, da dieser Gedanke so surreal war.

»Und wenn es so ist?« Mehr hatte er nicht erwidert. Seitdem schweigen wir größtenteils während unserer Trainingsstunden.

Wir übten an unterschiedlichen Orten. Mal bei mir zu Hause, ein anderes Mal hinter dem Schulgebäude nach dem Unterricht, wenn sich niemand mehr auf dem Gelände herumtrieb. Ein einziges Mal hatten wir uns in einen Park gewagt, der in dieser Jahreszeit wie ein verlassenes Schneewunderland dalag. Doch die Gefahr, von Spaziergängern entdeckt zu werden, hatte uns die gesamte Zeit im Nacken gesessen.

Sechs Wochen waren ins Land gezogen und ich machte immer noch keine Fortschritte, was mich sehr frustrierte. Ein beklemmendes Gefühl hatte sich in meinem Herzen festgebissen und zerfetzte regelmäßig jegliches Selbstbewusstsein in mir.

Selbst die Therapie, zu der ich alle zwei Wochen ging, half dabei nicht. Zwar schaffte meine neue Psychologin es, dass ich leichter über die Geschehnisse in meiner Vergangenheit reden konnte, aber all die Sachen, die mich in meiner Vergangenheit belasteten, konnte ich ihr nicht anvertrauen.

Nichtsnutziges Ding.
Kannst du nicht mal im Anderssein gut sein?

Ich seufzte und fuhr mir durch die zerzausten weißen Haare. Die Tönung hatte sich ausgewaschen und nun strahlten sie wieder in ihrem weißblonden Glanz. Jen hatte mir mehrfach versichert, dass sie meine Haarfarbe abgöttisch liebte und jederzeit gegen ihre haselnussbraune Lockenmähne austauschen würde.

Ich grinste beim Gedanken an meine quirlige Freundin. Natürlich hatte Jen bemerkt, dass ich mich öfter mit Noris traf und mich seitdem mit zweideutigen Anspielungen geneckt, aber insgeheim war ich dankbar dafür, dass sie die Situation inzwischen so gelassen sah.

Morgen waren wir mittags zum Pizzaessen verabredet und ich konnte es gar nicht mehr erwarten, den Tag mit schmelzendem Käse, Gequatsche und Gekicher ausklingen zu lassen, anstelle von Schweiß, Muskelkater und nichts bringenden Anstrengungen.

Heute stand eine weitere Runde kräftezehrenden Trainings an und ich war sogar motiviert.

Ich musste mir selbst beweisen, dass ich es draufhatte und meine eigene Gabe beherrschte! Vor allem wollte ich es Noris beweisen.

Es war ein stürmischer Märznachmittag. Eisiger Wind peitschte meine Haare umher und vereinzelt stoben Schneeflocken durch mein Sichtfeld. Bald sollte Frühling sein? *Wohl kaum.*

Der Winter hatte sich längst in meine Gliedmaßen eingenistet, zusammen mit seiner Kälte und ewigen Starre. Seine vom Frost überzogenen Finger hatten sich um mich gelegt und drohten mich unter einer Schicht aus Eis zu ersticken. Die kühle Luft stach schmerzhaft in meinen Lungenflügeln.

»Hey, alles in Ordnung bei dir?« Sein Atem strömte warm meinen Nacken hinab und durchbrach die Eisschicht, die meinen Verstand umschloss. Er ließ sie splittern und bersten. Noris befreite mich aus meinen Gedanken.

»Noris.« Meine Stimme klang nicht einmal mehr überrascht, so sehr hatte ich mich an die Tatsache gewöhnt, dass er in den unachtsamsten Momenten meinerseits auftauchte. Auch, wenn wir verabredet waren.

»Da bist du ja endlich! Können wir anfangen?« Ich wandte mich zu ihm um und grinste ihn überlegen an.

„Hat dich heute etwa der Tatendrang überfallen?", fragte er und ein schiefes Lachen legte sich über seine Lippen, woraufhin ein wohltuender Schauer an meiner Wirbelsäule hinabrieselte. In den letzten Wochen war absolut nichts zwischen uns vorgefallen. Nicht, dass ich mir das gewünscht hätte. Argh ... es war einfach so verdammt kompliziert!

Er neckte mich, aber auf liebevolle Art. Er spornte mich an und war mein Antrieb in dieser tristen Zeit. Widerwillig musste ich zugeben, dass Noris inzwischen einer der Menschen war, die ich als einen Freund bezeichnen würde.

»Kann man so sagen.«

»Sehr schön, ich will heute nämlich eine neue Taktik ausprobieren. Wir stellen eine Gefahrensituation nach.« Kaum hatte er diese Worte ausgesprochen, spürte ich, wie etwas Spitzes gegen meinen Bauch gedrückt wurde. Mein Anorak dämpfte die Berührung zwar ab, dennoch bemerkte ich es eindeutig. Er übte keinen Druck aus. Er hatte offensichtlich nicht vor, mir zu schaden. Trotzdem überschlugen sich meine Gedanken.

Was zur Hölle?

Noris umklammerte mit seiner rechten Hand ein Messer. Die scharf gewetzte Klinge glänzte im matten Schein der Abendsonne und eine Schneeflocke, die auf der Oberfläche schmolz, verzerrte mein längliches Spiegelbild. Selbst in der Reflexion erkannte ich meinen schockierten Gesichtsausdruck.

Einige Minuten verstrichen und keiner von uns sagte etwas. Bis ich meine Atmung beruhigt und meine Stimme gefestigt hatte.

»Was soll das werden?«, fragte ich und wagte es nicht, das Messer aus den Augen zu lassen.

Was will er damit bezwecken?

»Sieh es als eine Art Vorbereitungstraining an. Wenn uns jemand auf die Schliche kommt, wird derjenige nicht unvorbereitet und sehr wahrscheinlich mit Waffen ausgestattet sein. Unser Training bestand bis jetzt aus Trockenübungen. Wir gehen nur einen Schritt weiter. Ich werde dir nichts tun, du sollst im Moment nur eine Lösung finden, um aus dieser Situation zu entkommen. Stell dir vor, ich wäre ein Gegner, der es darauf abgesehen hat, dich zu entführen und deine Fähigkeiten auszunutzen.«

Natürlich wusste ich, dass Noris mir niemals etwas antun würde. Klar, wir triezten uns oft und waren nicht immer der gleichen Ansicht, aber in den vergangenen Wochen hatte ich gelernt, dass ich ihm vertrauen konnte. Unsere Zusammenarbeit hatte zwischen uns ein Band geknüpft, das durch unsere Andersartigkeit nur bestärkt wurde. Wir mussten uns aufeinander verlassen können.

Die Tatsache, dass er dieses Messer in unser Training eingebracht hatte, war ein Zeichen für mich. Es wurde ernst.

Ich presste meine Lippen fest aufeinander und versuchte, meine Gedankenströme in eine produktive Richtung zu lenken. Mir musste schnell etwas einfallen! Auch wenn das hier nur eine Simulation war, so hatte ich im Ernstfall nicht unendlich lange Zeit zum Überlegen. Unbehagen fraß sich wie Säure durch meine Adern und schärfte meine Sinne.

Nur einen Sekundenbruchteil später spürte ich das warme Prickeln über meine Haut rieseln, welches mir inzwischen so vertraut war wie atmen. Das Lichtblut breitete sich ausgehend von meinem Herzen in meinem ganzen Körper aus und erzeugte ein strahlendes Netz aus Lichtpartikeln unter meiner Hautoberfläche. Ich nahm kaum noch Notiz von der sanften Wärme, die mich voll und ganz vereinnahmte.

Noris beobachtete mich aufmerksam, als würde er jede meiner Bewegungen beurteilen. Das Messer verharrte in seiner Position, er gab nicht nach.

Ein Impuls schoss durch meinen Kopf und nahm in meiner Vorstellung immer mehr Form an. Aus diesem Instinkt heraus legte ich meine Hand um die metallische Klinge und drückte zu. Noris versuchte im letzten Moment das Messer zurückzuziehen, doch schien rechtzeitig zu erkennen, dass er mir damit schaden würde. Ein dünnes Rinnsal aus Blut floss meine Fingerspitzen hinab und tropfte auf den schneeweißen Boden. Ein stechender Schmerz zuckte durch meine Hand, aber ich ließ nicht locker. Ich wollte mir und Noris beweisen, dass ich in der Lage war, mich zu verteidigen mithilfe meiner Fähigkeiten.

»Stella, hör auf. Du bist verletzt! Lass uns abbrechen!«, meinte Noris, doch seine Worte reichten nicht mehr an mein Bewusstsein heran. Ich war vollkommen auf meine Aufgabe fokussiert und hatte nicht vor, aufzuhören. Ich unterbrach ihn und spürte die Kraft aufwallen.

»Du wolltest sehen, wie ich an meine Grenzen stoße und sie überwinde. Ich werde nicht stoppen.« Ich könnte schwören, dass meine Augen in diesem Moment wie Feuer glühten, denn sie brannten und fühlten sich ausgetrocknet an, sodass ich heftig blinzeln musste. Hitze flutete meinen Körper und erneut fuhr der schneidende Schmerz durch meine Handfläche. Sobald ich meinen Blick von Noris losriss und nach unten richtete, dorthin, wo meine Hand die Klinge umklammerte, erstrahlte ein orangerotes Strahlen zwischen meinen Fingern. Licht pulsierte in meinen Venen, pumpte Energie durch mich hindurch, strömte eine unsagbare Kraft aus. Die Klinge des Messers schmolz dahin und tropfte glühend zu Boden.

Ich hielt die Luft an, erwartete höllische Schmerzen, allerdings verstärkte sich lediglich das Ziehen in meiner Handfläche. Durch die Schnittverletzung an meiner Hand vermischte sich nun mein Sonnenblut mit dem flüssigen Metall.

Metall, geschmolzen durch Blut.
Blut, entzündet durch Licht.

Noris ließ den Schaft des Messers los und stolperte zurück. Seine Aufmerksamkeit war auf den Metallklumpen am gefrorenen Boden geheftet. Dampf stieg von dem Häufchen Schutt auf und verpestete die Luft. Ich rümpfte die Nase. An meiner Hand klebten immer noch die Reste des Messers und leuchtendes Blut.

Noris raufte sich die Haare. Seine Verzweiflung erreichte mich nicht. Hatte Noris etwa Angst? Fürchtete er sich um *mich?*

Stattdessen war ich fasziniert von meinen Fähigkeiten und was ich da gerade getan hatte. Wie war das überhaupt möglich? Die Macht des Lichts hatte sich in meinen Verstand festgesetzt und verdrängte alles Weitere.

Plötzlich drang der Schock auf einen Schlag zu mir durch und ich erkannte, was ich angerichtet hatte. Ich schaute zwischen meiner Hand und dem Metallklumpen am Boden hin und her.

»W-war ich das?«, flüsterte ich und starrte Noris entsetzt an. Die Stärke und Macht, die ich während meiner Tat gespürt hatte, waren verflogen. Stattdessen sickerte Fassungslosigkeit langsam in mein Bewusstsein und lähmte meine Gedanken.

Noris bemerkte meinen Stimmungsumschwung und eilte zurück an meine Seite. Meine Aura pulsierte unregelmäßig, sodass es wirkte, als würden die Lichtstöße eine Verwirklichung meines rasenden Pulses sein, der immer weiter anschwoll. Ich leuchtete wie ein Hochhaus bei Nacht! In wenigen Minuten sollte die Sonne am Horizont untergehen. Was würde dann mit meinem Blut und mir geschehen?

»Stella! Beruhige dich! Wir kriegen das hin! Du musst dich nur beruhigen.«

Langsam spürte ich, wie mich die die Energie verließ. Ich hatte keine Ahnung, was passierte, wenn sich mein Sonnenblut zum Mondblut wandelte. Könnten sie sich miteinander vermischen?

Oder werde ich implodieren, so wie es in den Aufzeichnungen meiner Eltern geschrieben steht?

Ich hätte beinahe vor Frustration aufgeschrien, bis ich Noris' Berührung auf meiner Schulter wahrnahm. Seine Hand ruhte dort und übte einen sanften Druck aus, als wollte er sagen: *Ich bin da.*

»Atme durch, Stella. Ganz langsam, wie in der Abstellkammer, weißt du noch?«, raunte er und ich musste mich anstrengen, jedes seiner Worte zu verstehen, damit sie nicht durch das Rauschen des Blutes in meinem Kopf ungehört blieben. Die Erinnerung überfiel mich schlagartig und ich errötete. Alles, woran ich dachte, war, wie sich damals seine Lippen auf die meinen gelegt hatten. Ich kniff die Augenlider zusammen.

»Natürlich weiß ich das noch«, antwortete ich kurzatmig. Ich ging auf seinen Ablenkungsversuch ein und versuchte, nicht zu beobachten, wie der letzte Rest des schweren, flüssigen Metalls von meiner Haut tropfte. Ein Zischen übertönte das leise Lachen von Noris.

»Du leuchtest genauso wie an jenem Tag, Stella.« Noris schob sich vor mich und versperrte mein Sichtfeld, sodass ich nur noch ihn wahrnahm. »Wie ein lebendiger Stern.«

Ich tat so, als hätte ich seine letzten Worte nicht gehört. Seinen sehnsüchtigen Tonfall versuchte ich aus meinem Gedächtnis zu streichen. Vergebens.

»Und wie soll mir das jetzt gerade bitte weiterhelfen?« Meine Stimme klang schrill und verzweifelt, während mein Blick sich in dem seinen verhakte. Noris strahlte eine solche Selbstsicherheit aus, dass ich sofort meine Zweifel vergaß. Ich verlor mich in der Finsternis seines Wesens und sah die dunkle Materie, die unter seiner Kontrolle stand, fast schon auf seiner Haut wabern.

»Vielleicht erinnerst du dich auch daran.«

Er senkte den Kopf und strich vorsichtig mit seinen Lippen über meinen leicht geöffneten Mund. Ein elektrischer Funke tanzte zwischen unseren Lippen und erzeugte ein angenehmes Kribbeln. Die Sanftheit seiner Berührung raubte mir den Atem. Für diesen Wimpernschlag bestand die Welt nur noch aus ihm und der Tatsache, dass er meinem Licht einen Schatten verlieh. Bis jetzt hatte ich gedacht, dass die Finsternis etwas Schlechtes war. Noris überzeugte mich vom Gegenteil.

Er sorgte dafür, dass ich mich lebendig fühlte. Die Art und Weise, wie er mich immer weiter an sich zog und die Welt um uns herum in seine Dunkelheit tauchte, erdete mich. Kühle Luft strich über meine erhitzte Haut und wusch die letzten Spuren meines brennenden Lichts hinfort.

Unsere Lippen lösten sich voneinander, und sobald ich erkannte, dass unsere Umgebung im Halbdunkel lag, fragte ich mich unweigerlich, wie lange wir so dagestanden hatten. Noris lächelte mich an, verstärkte den Griff um meine Hüften und drückte mich an sich.

»Ich hoffe, ich gefalle dir auch ohne mein Sonnenblut«, murmelte ich. Allein dafür, dass ich diesen Gedanken laut ausgesprochen hatte,

sollte ich einen Preis für meine Verpeiltheit bekommen. Im gleichen Atemzug wünschte ich mir ein Loch unter meinen Füßen herbei.
Gott, war ich bescheuert!
Ich verspürte den Drang, mir mit beiden Händen den Mund zuzuhalten. Noris' Mundwinkel zuckte leicht bei meinen Worten.
»Du gefällst mir genau so, wie du bist, Stella. Du bist mein Gegenstück und ich kann nicht zulassen, dass dir etwas geschieht. Als du fast die Kontrolle verloren hast und ich die Angst in deinen Augen gesehen habe ... Da überkam mich dieser Drang. Ich wollte dir helfen, dich beschützen, einfach bei dir sein. Etwas in mir fiel dabei an seinen richtigen Ort. Es machte klick. Ich sah dich dort stehen, mit leuchtendem Haar und deinem strahlenden Blut, und ich wusste einfach, ich habe noch nie in meinem Leben etwas Schöneres gesehen.«

Sein Lächeln nahm mich vollständig ein und schloss die Kälte des sterbenden Winters aus meinem Körper aus. Und während ich es erwiderte, überfiel mich die unerschütterliche Erkenntnis, dass ich inzwischen mehr als alles andere sein Universum aus Geheimnissen ergründen wollte.

Einundzwanzigstes Kapitel
Horrorpizza und Traumkleid

Der Duft von zerronnenem Käse und frisch gebackenem Pizzateig strömte durch meine Nase und entlockte mir ein leises Seufzen. Gab es etwas auf diesem Planeten, das im Entferntesten an die Perfektion einer selbst gemachten italienischen Pizza heranreichte?
Die Antwort lautete eindeutig: *Nein!*
Ich biss herzhaft zu. Der Käse verbrannte mir fast den Gaumen, doch der Geschmack machte mein Leiden wieder wett. Ich schmeckte Tomate und Oregano und seufzte erneut. Erst jetzt nahm ich wahr, dass Jen sich vor Lachen den Bauch hielt.
»Ich nehme an, es gefällt dir?«, fragte sie und betrachtete mich grinsend. Da mein Mund zu voll war, um zu sprechen, nickte ich hastig.
»Das merkt man. Es kommt mir beinahe so vor, als hättest du noch nie in deinem Leben eine Pizza gegessen!«
»Es ist einfach nur lange her.« Ich erinnerte mich noch genau an mein letztes Stück Pizza, das ich zusammen mit meinen Eltern an unserem Esstisch im Wohnzimmer gegessen hatte. Damals hatte der Teigfladen nach Heimat, Zugehörigkeit und Liebe geschmeckt. Dabei hatten wir das Essen bei einem Lieferservice bestellt, der nicht einmal besonders gut gewesen war. Die Pizza war bereits kalt gewesen, bevor sie unsere Haustür erreicht hatte. In meinen Erinnerungen besaß sie allerdings den bitteren Beigeschmack von Vergangenheit, da ich wusste, dass ich nie wieder eine kalte Ekelpizza mit meinen Eltern teilen würde.
Resigniert legte ich das angebissene Stück zurück auf den Teller. Jen bemerkte sofort, dass irgendetwas nicht stimmte. Kaum hatte ich eine Millisekunde nicht aufgepasst, hatte sie mir das Stück stibitzt und schob es sich mit einem triumphierenden Grinsen in den Mund. Mir klappte die Kinnlade nach unten.

»Das wollte ich noch essen!«

»Das sah aber nicht mehr danach aus. Und hör jetzt endlich auf, so eine mies gelaunte Schnute zu ziehen, ich bestelle dir ja gleich noch eine!« Und das tat sie.

Signore Rossi höchstpersönlich kam zu uns an den Tisch und schenkte uns ein warmes Lächeln. Er war nicht nur Jens Vater, sondern auch der Ladeninhaber der Pizzeria. Sein grau meliertes Haar war ordentlich zurückgekämmt und sah im Gegensatz zu Jens wilden Locken vollkommen glatt aus. Er trug eine Arbeitsuniform und eine Schürze, die mit Tomatensoße besprenkelt war. Seine sonnengegerbte Haut war durchsetzt von kleinen Falten, die einen Fächer in seinen Augenwinkeln bildeten, wenn er lachte.

Ich wagte einen flüchtigen Blick in sein Universum und war erstaunt. Es glich dem von Jen auf kuriose Art und Weise beinahe bis ins Detail. Seine Sonne strahlte hell und erleuchtete jeden noch so versteckten Winkel in der Galaxie. Die Sterne pulsierten kräftig und umspielten die farbenfrohen Planeten in kleinen Wirbeln.

»Was kann ich meinen zwei liebsten Kunden bringen?«, fragte er, wobei sein italienischer Akzent deutlich zu hören war.

Jen bestellte natürlich eine Pizza mit dem widerlichsten Belag, den sie auf der ganzen Speisekarte finden konnte. Sie hatte den Drang, vieles auszuprobieren und wild herumzuexperimentieren. Das hatte ich in vielen verschiedensten Erlebnissen der letzten Wochen gelernt. Wahrscheinlich wollte sie sich einfach einen Spaß aus der ganzen Situation machen.

Ihr Vater nickte die Bestellung professionell ab, obwohl einer seiner Mundwinkel verräterisch zuckte. Bevor er sich auf den Weg in die Küche machte, trat er auf mich zu.

»Vielen Dank, dass du hier bist, Stella. Ich freue mich, dass du und Jen Freunde seid. Du bist hier jederzeit herzlich willkommen.« Seine Worte erwärmten mein Innerstes, sodass ich gar nicht anders konnte, als ihm zu danken.

»Dad! Das ist so peinlich«, meinte Jen im Scherz. Ihr Vater lachte zusammen mit ihr und erst jetzt fiel mir auf, wie sehr sich der Klang dabei ähnelte.

»Ich lasse euch schon allein. Buon appetito!«

Kurz darauf servierte der Kellner uns die insgesamt dritte Pizza, bevor er sich hinter einen roten Samtvorhang verzog, wo ich die Küche vermutete.

»Igitt! Welcher Unmensch hat sich das denn ausgedacht?«, fragte ich. Ich zupfte am Käsebelag herum und schob mir einzelne Käsefetzen in den Mund. Mehr war nicht zu retten.

»Jetzt sag nicht, du magst keinen Brokkoli auf deiner Pizza!« Jen stemmte empört ihre Hände in die Hüften und sah mich tadelnd an.

Ich schüttelte den Kopf und ahmte ein übertriebenes Schaudern nach. »Du etwa?«

Jens Grinsen verrutschte und erhielt dadurch einen leicht verzweifelten Ausdruck, über den ich mich köstlich amüsierte.

Einen Moment lang sahen wir uns stumm an, bis die Dämme brachen und wir uns vor Lachen krümmten.

»Das ist nicht dein Ernst!« Ich japste nach Luft.

»Leider doch!« Jen schien es nicht besser zu ergehen. Es tat so gut, einfach ungehalten drauflos zu lachen und ich genoss diese hemmungslose Zeit zusammen mit meiner Freundin.

Irgendwann hatten wir uns wieder gefangen und kehrten zu normalen Gesprächsthemen zurück, während wir abwechselnd ein Stück von der Horrorpizza abzupften und jeglichen Brokkoli sorgsam vom Käse befreiten.

So eine Sauerei!

Ich war so mit dem Massaker beschäftigt, dass ich zu spät mitbekam, dass Jen mir eine Frage gestellt hatte.

»Ich habe dich gefragt, mit wem du zum Ball gehen wirst!«, wiederholte sie so laut, dass sich einige Gäste zu uns umgewandt hatten und die Augen verdrehten.

»Bis jetzt mit niemandem«, antwortete ich kleinlaut. »Ich weiß gar nicht, ob ich kommen sollte.« Unsicher zupfte ich an der rot–weiß karierten Tischdecke herum. Ich wollte mich nicht stundenlang mit Fragen herumzuschlagen wie: *Was für ein Kleid ziehe ich nur an? Welche Schuhe passen farblich zum Schlips meines Dates? Und der wichtigsten überhaupt: Woher bekomme ich ein Date?*

Insgeheim hatte ich gehofft, dass Jen den Ball längst vergessen hätte und ich an diesem Abend stattdessen in Ruhe die Sterne beobachten würde.

Meine Freundin richtete sich kerzengerade auf und ein enttäuschter Ausdruck schlich sich auf ihr Gesicht. »Ich bin entsetzt, Stella. Entsetzt! Der Ball findet in nicht einmal mehr zwei Wochen statt und du willst nicht hingehen? Bist du wahnsinnig?«

Ich verschluckte mich und musste unweigerlich husten. Verdammt! Das gummiartige Gewächs lag mir quer im Hals und verursachte einen unangenehmen Druck gegen meine Kehle. Hustend versuchte ich wieder zu Atem zu kommen.

»Ich warte immer noch auf eine Entschuldigung!«, meinte Jen gespielt entrüstet und würde sie nicht versuchen, so wütend zu wirken, hätte ich beinahe gelacht. Sie sah aus wie ein Kätzchen, das eine böse Miene aufgesetzt hatte.

»Wofür denn bitte? Und falls du es nicht mitbekommen haben solltest: Ich bin gerade fast erstickt! An Brokkoli! Stell dir mal vor, die würden meine Todesursache auf den Grabstein schreiben. *In Gedenken an Stella Marks, die ihr Gemüse nicht essen wollte.*«

Nun konnte Jen nicht länger die Böse mimen und begann, aus tiefstem Herzen zu lachen. Das Geräusch klingelte angenehm in meinen Ohren und sandte einen Hauch Wärme durch meinen Körper.

»Okay, okay! Ich entschuldige mich hiermit feierlich. Für alles, was ich falsch gemacht habe.« Ich legte meine geöffnete rechte Hand auf die Brust und hob die Linke in die Höhe, als wollte ich einen Eid leisten.

»Das will ich auch hoffen!« Jen kicherte ungehalten vor sich hin. »Außerdem brauchst du mir nichts vorzumachen! Ich weiß genau, dass du mit Noris gehen wirst.«

»Was?«, fragte ich wenig geistreich.

»Ach, komm schon, Stella! Ihr hängt andauernd zusammen nach der Schule rum für angebliche Hausaufgaben und Projekte. Vielleicht kannst du deinem Onkel und deiner Tante was vormachen, aber mir sicherlich nicht. Da läuft was.« Sie biss ein großes Stück von ihrem Teil der Pizza ab und verzog angeekelt das Gesicht, sobald sie auf ein Stück Brokkoli stieß.

»Und selbst wenn es so wäre. Er würde mich niemals fragen! Noris ist nicht der Typ für Schulbälle.« Gedankenverloren schob ich den Rest einer Pizzakruste vor mir her.

»Vermutlich hast du recht«, lenkte Jen ein. »In den letzten Jahren habe ich ihn nicht ein einziges Mal auf dieser Art von Veranstaltung gesehen, ist das zu fassen?« Sie schüttelte den Kopf und befasste sich weiter mit ihrem Essen. »Falls es dennoch Neuigkeiten gibt, will ich, dass du mir sofort davon erzählst!« Ihr bohrender Blick fraß sich durch meine Gedanken und setzte sich dort wie eine Wanze fest.

Ich nickte und biss ein großes Stück der inzwischen kalten Pizza ab, um ihr nicht länger Rede und Antwort stehen zu müssen.

»Du kennst doch Alex, oder?« Sie zwirbelte an ihren Locken herum und rutschte auf ihrem Stuhl hin und her.

»Blond, braune Augen, Hockey-Team?«, fragte ich die ersten Stichpunkte ab, die mir beim Namen Alex in den Sinn kamen.

Jen nickte jeden Punkt brav ab und schenkte mir ein strahlendes Lächeln. »Ich glaube, er wird mich auffordern, mit ihm zum Ball gehen!« Ein schrilles Quietschen entfuhr ihr. Selbst wenn der Schulball für mich nichts Besonderes war, wusste ich, wie viel er meiner Freundin bedeutete. Ich wünschte, meine Welt wäre so einfach.

»Jen, das ist fantastisch! Wie kommst du darauf?«, hakte ich nach. Es fiel mir nicht schwer, mich für sie zu freuen. Zudem erklärte ihr Interesse für Alex, warum sie nicht länger auf Noris und mir herumritt. Endlich hatte sie ihr Glück gefunden.

»Na ja, in letzter Zeit fängt er mich immer wieder nach dem Unterricht ab. Er hat mich sogar am nächsten Wochenende zu einem Hockeyspiel eingeladen! Und er fragt mich pro Sekunde gefühlt tausend Sachen! Was ist deine Lieblingsfarbe und dein Lieblingssong? Machst du Sport? Welche Serien guckst du und was ist dein Lieblingsfilm? Ach! Ich weiß es einfach, Stella!« Jen griff über den Tisch hinweg nach meinen Händen und schaute verträumt ins Nichts.

Ich unterdrückte ein leises Lachen und unterbrach ihre Tagträumereien nicht. Auf einmal starrte sie mich an, als würde ihr gerade klar werden, dass morgen die Welt unterginge, und schlug sich mit der flachen Hand gegen den Kopf.

»Wir haben noch gar keine Kleider!« Sie sackte in sich zusammen. Ich konnte nur den Kopf schütteln.

»Ist das dein Ernst? Deswegen machst du so ein Theater? Aber meinetwegen können wir nächstes Wochenende losziehen und welche kaufen, wenn dir das so wichtig ist«, lenkte ich ein. Vermutlich ließ sich meine Freundin nicht von ihrem Vorhaben abbringen und würde mich unter allen Umständen zu diesem Ball schleppen.

»Aber nächstes Wochenende ist das Hockeyspiel von Alex«, maulte Jen. Sie wirkte echt niedergeschlagen. Und das nur wegen eines Fetzen Stoffs! Obendrein schien sie in ihrer Aufregung vergessen zu haben, dass eine Woche mehr als nur einen Tag hatte, an dem man einkaufen gehen könnte.

»Lass uns einfach jetzt sofort losgehen!«, meinte sie kurz entschlossen.

»Was? Jetzt?«, fragte ich erschrocken und ließ meine Gabel fallen.

»Ja, jetzt! Komm schon! Es ist erst vier Uhr, wir finden bestimmt noch einen Laden, der geöffnet hat und uns helfen wird.« Ihr Lächeln wurde breiter und breiter.

»Aber ich habe doch gar kein Date!«, versuchte ich mich zu verteidigen.

»Noris wird dich schon noch fragen, keine Sorge! Und jetzt komm!« Sie ließ das Geschirr einfach stehen und zog mich vom Stuhl hoch. Offensichtlich hatte sie nicht vor, zu bezahlen. Als sie meinen zweifelnden Blick bemerkte, erwiderte sie mit einem Schulterzucken: »Geht aufs Haus!«

Während Jen mich aus dem Restaurant schleifte, gelang es mir gerade noch so, Signore Rossi zuzuwinken. Er quittierte das aufgedrehte Verhalten seiner Tochter mit einem Schmunzeln.

Etwas später, gefangen in einem
Albtraum aus Tüll und Seide

»Das ist nicht dein Ernst!« Ich riss den pinken Vorhang zur Seite, der die Umkleide vom Rest der kleinen Boutique trennte, in der Jen und ich seit einer gefühlten Ewigkeit nach passenden Kleidern suchten. Die Suche erwies sich definitiv schwieriger als gedacht, da *nichts* zu mir passte. Schließlich hatte Jen mich kurzerhand in eine Kabine geschoben und mir ein paar Anprobestücke über die Stange geworfen.

Ich trat zu meiner Freundin heraus, die begeistert in ihre Hände klatschte. Jen gefiel prinzipiell alles, was ich anzog. Ich könnte ein Bananen-Kostüm tragen und sie würde genauso reagieren wie jetzt.

»Das sieht toll aus!«, quietschte sie, wobei ich die Augen verdrehte.

»Das hast du bei den letzten dreien auch gesagt und die waren alle schrecklich!« Ich vernahm ein lautstarkes Räuspern ein paar Meter hinter mir, wo die Kasse stand. Die Mitarbeiterin des Ladens wirkte nicht sonderlich erfreut über meine Worte. Sofort schämte ich mich für den Ausbruch und zog die Schultern nach oben.

»Das passt einfach nicht zu mir«, grummelte ich, während ich am Rockzipfel des schwarzen Fummels zupfte, in den Jen mich gezwungen hatte. Viel zu kurz, viel zu eng, das war nicht ich.

»Ach Stella, es ist zum Verrücktwerden! Du hattest fast jedes Kleid in diesem Laden an.« Inzwischen verflüchtigte sich auch Jens gute Laune. Sie hatte im Gegensatz zu mir schon bei ihrem dritten einen absoluten Volltreffer gelandet. Das Kleid war ein Traum aus roter Seide mit einem Herzausschnitt, der ihr Dekolleté und ihre karamellfarbene Haut wunderbar zur Geltung brachte. Es reichte ihr bis knapp unters Knie und wenn sie sich darin drehte, bauschte sich der eingenähte Petticoat um ihre Beine.

Jen war nicht nur schön, sondern geradezu atemberaubend. Sie hatte diese Ausstrahlung, dieses gewisse Etwas. Ich verstand nicht, warum sie an unserer Schule immer noch als Außenseiterin abgestempelt wurde.

Sehen die Leute nicht, was ich sah?
Haben sie den Blick für das Besondere etwa verloren?

Ich verblasste neben Jen vollkommen mit meiner hellen Haut und dem strahlend weißen Haar. Ich würde lügen, wenn ich sagen würde, dass ich nicht zumindest ein bisschen neidisch auf Jen wäre. Sie war eine Erscheinung, ich ... ein Nichts. Ich zupfte am Saum des Kleides herum, das gerade so meinen Hintern bedeckte.

»Vielleicht sollten wir es gut sein lassen für heute.«

Jen wirkte ebenso erschöpft und abgekämpft wie ich und nickte schwerfällig.

In diesem Augenblick kam die Kassiererin zu uns, als hätte sie gespürt, dass ihr ein Kunde absprang. Wer weiß, möglicherweise hatte sie auch unser Gespräch belauscht. Immerhin waren wir die einzigen beiden Personen in dem Geschäft.

»Hallo, ihr Süßen!« Ein falsches Lächeln klebte an ihren rot angemalten Lippen, woraufhin Jen und ich einen vielsagenden Blick miteinander austauschten.

»Ich habe *zufällig* mitbekommen, dass ihr ein Kleid für den Schulball sucht.«

Was für ein Zufall. Wer's glaubt.

»Ich habe hinten im Lager noch ein paar Einzelstücke, die einfach nie verkauft wurden, weil keine Nachfrage danach bestand. Aber vielleicht eignen sie sich für eure Pläne.«

Offenbar hatten die Worte der Mitarbeiterin Jens Kampfgeist geweckt, denn sie sprang von ihrem pinkfarbenen Ohrensessel auf, um zusammen mit der Verkäuferin in den hinteren Ladenteil zu verschwinden.

Und ich hatte tatsächlich geglaubt, das Drama wäre vorbei und ich könnte zusammen mit Jen einen entspannten Abend verbringen, fernab von meinen Sorgen. Ich gab mir keine Mühe, meine Genervtheit zu überspielen, und folgte den beiden durch eine Tür, an der ein Metallschild mit der Aufschrift »Privat« angebracht worden war.

Wir befanden uns in einem geradezu winzigen Lagerraum, der von hohen Regalen dominiert wurde, in denen sich dicke Ordner, Stoffe, Kleidungsfetzen und vereinzelt auch lose herumfliegende Blätter stapelten. Weiterhin entdeckte ich hier mehrere Stangen, an denen die verschiedensten Kleidungsstücke hingen. Vom pompösen Ballkleid, das vor Tüll und Pailletten nur so strotzte, bis zum schlichten Smoking war alles vertreten. An der Decke baumelte eine einzige Glühbirne und tauchte den Raum in ein schummriges Licht.

Wo sind wir hier nur gelandet?

»Stella! Wir haben es gefunden! DAS ist es!« Jens schrille Stimme klingelte in meinem Trommelfell und verschaffte mir leichte Kopfschmerzen. Ich bezweifelte ernsthaft, dass wir hier überhaupt etwas fanden.

»Jen, sollen wir nicht zu dir nach Hause gehen und uns einen Film …«

Meine Kinnlade klappte nach unten und meine miese Laune war wie weggeblasen, als Jen ein Kleid zwischen den tausend anderen von der Stange löste. Ich konnte es nicht fassen. Es war einfach perfekt.

Ich ging zu Jen hinüber und nahm es an mich. Es war bodenlang und von einem gräulichen Weiß. Mehrere Lagen eines hauchzarten, dünnen Stoffes, der Chiffon im Entferntesten ähnelte, waren übereinandergeschichtet geworden und erzeugten den Effekt eines fließenden, strahlenden Wasserfalls. Ich fuhr behutsam über die oberste Schicht des

Materials, welche wiederum mit unzähligen Perlen bestickt worden war, die gerade einmal so groß wie ein Stecknadelkopf waren. Sie funkelten selbst im Licht dieser einen flackernden Glühbirne so stark, als wäre der gesamte Sternenhimmel in die Fasern eingewebt worden.

Ich schaute auf, obwohl es mir unsagbar schwerfiel, den Blick von dem Sternenstoff zu lösen, und grinste Jen freudig an. Diese schien nur auf eine Reaktion von mir gewartet zu haben und quiekte in feinster Jen-Manier los, nur um mich kurz darauf in die Arme zu schließen.

Die Verkäuferin lehnte an dem Kleiderständer und lachte über das Verhalten meiner Freundin. Ihrer entspannten Art nach zu urteilen, hatte sie mir meinen verbalen Ausrutscher von vorhin schon verziehen.

»Es ist einfach perfekt«, hauchte ich Jen in die wirren Locken, dort, wo ich ihr Ohr vermutete.

»Ich weiß!« Sie schrie mich beinahe an, so euphorisch und zappelig war sie. »Probier es schnell an.«

Sobald sich der Stoff über meine Haut ergoss, wusste ich mit absoluter Sicherheit, dass es die richtige Entscheidung war, dieses Kleid zu kaufen. Unweigerlich fragte ich mich, was Noris wohl davon halten würde.

Ich strich mit meinen Fingern immer wieder über den zarten Stoff und bildete mir ein, dass dieses Kleid die ganze Zeit auf mich gewartet hatte. Dass es sich in dem Lager versteckt hatte, um auf seinen großen Auftritt zu hoffen. Dass es eigens für mich bestimmt war. Meine Mundwinkel verzogen sich leicht nach oben.

Ein Sternenkleid für die Sternenseele.

Ich kreierte eine Szene in meinem Kopf, in der ich eine lange Wendeltreppe hinunterschritt und Noris unten auf mich wartete. Ich konnte sehen, wie sich seine Augen ungläubig weiteten und seine Lippen die Worte formten, nach denen ich mich innerlich so sehr verzehrte: »Stella, träumst du etwa schon wieder?«

Was?

»Erde an Stella. Huhu! Ist jemand zu Hause?«

Ich schreckte aus meinem Tagtraum auf und betrachtete Jen entsetzt, die direkt vor mir stand und mit ihrer Hand vor meinem Gesicht herumwedelte.

»Na endlich! Du sahst so aus, als würdest du mich küssen wollen.« Sie verzog das Gesicht und begann gleich darauf loszulachen. »Keine Sorge, ich erzähle deinem Freund nichts von deinen wilden Tagträumereien mit mir.«

»Sehr witzig, Jen. Allerdings ist Noris nicht mein Freund. Und auch nicht meine Begleitung für den Ball.«

»Noch nicht.« Ihr Lächeln war auf so vielen Ebenen doppeldeutig, dass ich einfach nur den Kopf darüber schütteln wollte.

Was, wenn sie recht hat?

Der morgige Tag und das Treffen mit Noris würden mir hoffentlich ein paar Antworten liefern.

Nachdem wir den Laden mit vollbepackten Tüten verlassen hatten, begleitete Jen mich noch ein kleines Stück, bevor sie in Richtung des Restaurants ihrer Eltern abbiegen musste. Weil wir beide nach der langen Shoppingtour erschöpft waren, hatten wir uns dagegen entschieden, den Abend mit einem Film zu verbringen. Ich gab ihr bereitwillig mein Kleid mit, als sie anbot, es bis zum Schulball bei sich aufzubewahren. Wir würden uns sowieso zusammen vorbereiten, da machte es keinen Unterschied, ob es sich bei mir oder bei Jen befand.

»Dann bis morgen, du Knalltüte!«, verabschiedete sie sich von mir. Ich drückte sie an mich und dankte ihr für diesen wundervollen Nachmittag, der tatsächlich besser ausgegangen war, als ich erwartet hatte.

Zweiundzwanzigstes Kapitel
Blut und Tod

Es dämmerte bereits. Nach und nach drang die winterliche Kälte in meinen Körper zurück. In den letzten Stunden hatte meine Welt nur aus Wärme, Pizza, Kleidern und Jen bestanden.

Jetzt konfrontierte mich die Realität mit Einsamkeit. Ich vergrub die Fäuste in den Taschen meines Anoraks und verfluchte mich innerlich dafür, dass ich die flauschigen Handschuhe daheim vergessen hatte. Einen kurzen Augenblick lang überlegte ich, ob ich meine Kräfte anwenden sollte, um mich ein wenig aufzuwärmen. Noris hatte mir beigebracht, wie ich bestimmte Eigenschaften meiner Kräfte isolieren und anwenden konnte, ohne mich direkt in eine wandelnde Glühbirne zu verwandeln. Allerdings war ich noch nicht so weit und verlor immer noch viel zu häufig die Kontrolle. Schnell verwarf ich diesen Gedanken. Wenn mich jemand dabei entdeckte, wie ich meine Gabe anwandte, wäre ich absolut geliefert.

Man würde mich entweder wegsperren oder mich zurück in die Klinik schleppen und meinen Willen mit Medikamenten betäuben, bis ich vergaß, wer ich war.

Ich ging die Hauptstraße entlang und beobachtete den sanft glitzernden Frost auf dem Gestein. Die Straßenlaternen verliehen dem Beton einen schimmernden Glanz. Meine Sohlen verursachten ein knackendes Geräusch, das die Stille wie eine dünne Eisschicht zum Splittern brachte.

Erst nach einigen Sekunden bemerkte ich die grellen Scheinwerfer eines Wagens hinter mir. Statt an mir vorbeizufahren, näherten sich die Motorengeräusche beständig. Zuerst dachte ich mir nichts dabei und beachtete es nicht weiter. Aber nach einigen Minuten befand sich das Auto immer noch hinter mir. Es wirkte, als würde sich das Gefährt wie eine Raubkatze an mich heranpirschen. Ein flaues Gefühl breitete sich in meiner Magengrube aus und ich musste mich selbst zurückhalten, um nicht kontrollierend nach hinten zu schauen.

Paranoid? Ich? Niemals!

Schweißperlen traten auf meine Stirn. Von den Händen aus wanderte ein Zittern durch meinen gesamten Körper, bis es zu meinen Beinen gelangte und diese so erschütterte, dass ich befürchtete hinzufallen. Unruhig beschleunigte ich meine Schritte und rechnete insgeheim damit, dass der Wagen gleich an mir vorbeiziehen würde.

»Reiß dich zusammen, verdammt noch mal!«, ermahnte ich mich. Die Rauheit meiner Stimmbänder sorgte für ein Kratzen in meinem Hals. Vielleicht hatte sich der Wageninhaber verfahren und suchte nach der richtigen Straße. Ja, so musste es sein.

Aus dem Augenwinkel beobachtete ich das Auto, einen schwarzen SUV, das sich mit Schrittgeschwindigkeit an meine Fersen gehaftet hatte. Aus der Unruhe wurde nun zunehmende Unsicherheit. So verhielt sich doch kein normaler Autofahrer, oder? Hier war weit und breit nirgends der Hinweis auf eine Fußgängerzone zu sehen, geschweige denn auf eine andere Menschenseele.

Ich wollte nur noch nach Hause. Mit jeder vergehenden Sekunde wuchs mein Unwohlsein. Irgendwann hielt ich es nicht länger aus und startete einen Test.

Zunächst tat ich so, als würde ich der Straße folgen, dann bog ich flink an einer Kreuzung nach rechts ab und legte einen Zahn zu. Ich zügelte mich, um nicht von Angst getrieben loszurennen.

Kurz darauf hörte ich das Knirschen von Reifen auf vereistem Grund und das Quietschen von Bremsen. Innerlich fluchte ich, denn ich musste mich nicht umdrehen, um zu wissen, dass es ein pechschwarzer SUV war, der hinter mir abgebogen war.

Äußerlich versuchte ich mir nichts anmerken zu lassen, während ich den Weg weiter verfolgte. Meine Gedanken rasten und debattierten miteinander, ob es möglich war, dass dieser Wagen sich an meine Fersen geheftet hatte. In diesem Moment wünschte ich mir nichts sehnlicher, als irgendeine Waffe dabeizuhaben. Pfefferspray, ein Messer, eine Kalaschnikow ... *irgendetwas!*

Ich wollte mich im Notfall wehren und verteidigen können.

Okay, beruhige dich, Stella!
Vielleicht bildest du dir den ganzen Quatsch auch nur ein. Komm runter und geh einfach weiter.

Ich versuchte, meine Atmung unter Kontrolle zu bringen und tat schließlich das, wovon ich mir selbst abgeraten hatte. Ich schaute zurück.

Anscheinend hatte der Fahrer meinen Blick bemerkt, denn er betätigte die Lichthupe. Für einen Moment war ich vollkommen perplex. Die grelle Helligkeit blendete mich. Dann hörte ich die quietschenden Reifen des Wagens. Meine Instinkte übernahmen und ich rannte los. Es war vielmehr ein Reflex als eine Entscheidung. Meine Schritte hallten durch die Nacht und echoten in meinem leer gefegten Kopf. Was ging hier vor sich? Warum waren diese Menschen hinter mir her? Ich war nicht scharf darauf, es herauszufinden. So trieb ich meine Muskeln an, noch einen Zahn zuzulegen. Als könnte ich einem gottverdammten SUV davonlaufen!

Rasch bog ich in eine der unzähligen Seitengassen ein, die zu verschiedenen Gebäudekomplexen gehörten und in die mich der breite Wagen wohl kaum verfolgen würde. Meine Füße trugen mich durch die Dunkelheit, während die Kälte wie Abertausende Nadeln in meine Haut gejagt wurde und mich beinahe zum Zerreißen brachte. In der Ferne vernahm ich das Zuschlagen von Autotüren und die tiefen Stimmen mehrerer Männer.

Mein Keuchen übertönte die Geräusche der Verfolger, dennoch konzentrierte ich mich auf jeden noch so kleinen Laut, der nicht von mir stammte. Ich versuchte, leiser zu werden, indem ich meine Schritte verlangsamte und den Atem nur gepresst aus meinen Lungen entweichen ließ. Ich durfte nichts riskieren und stellte meinen Überlebenswillen selbst über die übermächtige Panik.

Was wollen die von mir?
Warum sind die hinter mir her?
Egal, was der Grund ist, weshalb sie hier sind, ich will nicht herausfinden, was passiert, wenn sie mich in ihre Finger bekommen.

In meiner Kehle bildete sich ein gigantischer Knoten und mir wurde schlecht. Allein die Vorstellung, dass diese Männer tatsächlich hinter *mir* her sein könnten, verursachte mir Bauchschmerzen.

Ein flüchtiger Blick über meine Schulter bestätigte meine Vermutung. Einige Gestalten schälten sich aus der Silhouette des Wagens und bewegten sich in meine Richtung. Weit und breit war niemand außer mir zu sehen. Wer sonst als ich selbst könnte der Grund für ihre Anwesenheit sein?

Die Versuchung, sich einfach in einer Ecke zusammenzukauern und die Lider zu schließen, war unglaublich verlockend. Was hätte ich auch sonst tun sollen?

Such dir ein Versteck, verdammt noch mal!

Vor mir lagen mehrere Möglichkeiten, um abzubiegen. Mein Gehirn hatte einen Kurzschluss, denn ich konnte keinen vernünftigen Gedanken zustande bringen. Instinktiv hielt ich mich rechts und landete in einer Sackgasse. Scheiße!

Ich wollte schon auf dem Absatz kehrtmachen, da hört ich nicht weit entfernt erneut die Stimmen. Sie klangen tief und grollend, wie ein nahender Sturm.

»Shit!« Selbst für diesen kleinen Ausruf hätte ich mir am liebsten den Mund zugehalten.

Dämlich, Stella, ganz dämlich!

Ich würde es nicht schaffen, noch mal zurückzurennen und einen anderen Weg einzuschlagen. Stattdessen musste ich in der Sackgasse bleiben und hoffen, dass keiner mich entdecken würde. Mein Blick huschte über die geringen Versteckmöglichkeiten. Ein großer Müllcontainer stand an der Wand, Säcke stapelten sich auf dem Boden. Circa anderthalb Meter über dem Abfallbehälter befand sich eine klapprige Feuertreppe. Einen Moment lang zögerte ich, doch sobald ich den bellenden Befehl eines Mannes in meiner Nähe vernahm, waren all meine Bedenken wie weggepustet.

»Findet sie! Sie muss hier irgendwo sein! Teilt euch auf, wenn nötig!«

Leise schlich ich zum Container. Glücklicherweise war der Deckel zugeklappt. Ich klammerte mich an das Metall und schwang mich auf das unförmige Ding hinauf. Nachdem ich einen einigermaßen festen Halt gefunden hatte, wagte ich es, meine Hände um den Rand der Feuertreppe zu schließen. Ich spitzte ein letztes Mal die Ohren und hörte eindeutig schwere Schritte, die sich der Sackgasse näherten.

Mir blieben nur noch Sekunden. Ich stieß mich ab und drückte mich auf die Treppe hoch. Durch meinen Sprung schepperte der metallische Deckel des Containers. Ich vernahm das kalte Lachen eines Mannes.

»Ich weiß genau, dass du dich hier verkriechst, Kleine. Und ich weiß genauso wie du, dass du in der Falle sitzt.«

Mir lag bereits eine überaus gehässige Erwiderung auf der Zunge, aber ich schluckte sie hinunter, um nicht noch mehr Aufmerksamkeit auf mich zu ziehen. Der bittere Geschmack nach Blut breitete sich in meinem Mund aus, während ich mir auf die Unterlippe biss.

Ich befand mich nun auf der Plattform, an der die Feuertreppe angebracht worden war, und drückte mich in den Schatten des Gebäudes hinter meinem Rücken. Die Leiter, die meine Plattform mit der darüberliegenden verband, befand sich zwei Meter neben mir und wirkte rostig. Sollte ich es wagen, mich aus meiner Deckung zu begeben und die Leiter zu erklimmen, würde ich mich meinen Verfolgern sofort offenbaren.

An einer Stelle standen die Steine der Hausfassade etwas weiter hervor, sodass ich mich in der Dunkelheit hoffentlich gut genug verbergen konnte. Meine hellen Haare verbarg die Kapuze, die ich mir über den Kopf zog.

So verharrte ich steif und starr im Halbdunkel und wartete mit hämmerndem Herzen auf meinen Verfolger. Ich presste die Lippen aufeinander.

In dem Moment bog ein breit gebauter Mann um die Ecke. Er war mit so vielen Muskeln bepackt, dass ich sie unter der schwarzen Daunenjacke mühelos erkennen konnte. Seine Haare waren bis auf wenige Millimeter abrasiert und ein geradezu dämonischer Ausdruck lag auf seinem Gesicht.

»Wir werden dich kriegen, Kleine. Du kannst dich nicht vor uns verstecken.« Ich erstarrte bei diesen Worten, die nur so vor Schadenfreude und Gehässigkeit trieften.

Der Mann näherte sich meinem Versteck. Er trat mit dem Fuß ein paar der auf dem Boden liegenden Müllsäcke zur Seite, sodass der Abfall laut scheppernd durch die Gasse flog, weil das dünne Plastik des zum Zerreißen gespannten Sackes aufplatzte.

»Weißt du eigentlich, wie viel du wert bist, Kleine?«, höhnte der Kerl weiter. »Ein ganzes Vermögen!« Im Hintergrund hörte ich die Stimmen der anderen Verfolger, die sich gegenseitig Befehle zuriefen. Sie mussten sich auf die verschiedenen Gassen aufgeteilt haben und die Gegend absuchen. Die abgehackten Sätze erreichten mich allerdings nicht mehr, meine eigenen Befürchtungen übertönten ihre Rufe um ein Vielfaches.

Bedeutet das etwa, dass der Kerl im Auftrag handelt?
Wurde er auf mich angesetzt?
Wo bin ich hier reingeraten?

Der Gestank von vergammelten Essensresten waberte zu mir hinauf und ich unterdrückte fieberhaft den Reiz, laut zu würgen.

Obwohl ich vor Panik zitterte, begann die Wut in meinem Inneren zu lodern wie ein Feuer. Heiße Tränen liefen mir über die Wangen und benetzten meine Hand, die ich vor meinen Mund geschlagen hatte, um ja keinen Mucks von mir zu geben.

Nein.

So würde es nicht zu Ende gehen. Das würde ich nicht zulassen. Das Bild meiner Eltern drängte sich in meine Gedanken und erneut wallte der längst vergessene Wunsch nach Vergeltung auf.

Genau so musste es für sie gewesen sein. Ihre letzten Erinnerungen waren Schmerz und Angst. Sie konnten sich nicht wehren.

Wurden sie womöglich von denselben Leuten verfolgt?
Vielleicht sogar von der gleichen Organisation?
Was, wenn die Mörder meiner Eltern gar nicht hinter ihnen her gewesen waren ... sondern hinter mir?

Ein Röcheln entwich meiner Kehle. Meine Handflächen juckten, als befände sich unter meiner Haut eine Ameisenkolonie. Meine Tränen vermischten sich mit dem Schweiß, der mir die Schläfen hinunterrann. Die Schuld und der Wunsch nach Vergeltung vermengten sich zu einer unkontrollierbaren Macht.

»Wen haben wir denn da?« Mein Verfolger hatte den Kopf schief gelegt und sah zu mir hoch. Sein Blick traf mich wie ein Blitz. Ich wagte es nicht, mich zu bewegen. Betont langsam trat er auf mich zu, bis er direkt unter der Plattform stand. Ich konnte ihn durch das Gitter hindurch sehen.

Ein diabolisches Lächeln lag auf seinen Lippen und ich sah ihm die Mordlust fast an. Nein. O Gott, nein!

Ich beobachtete, wie der Mann sich am Container hochhangelte, um auf die Plattform zu gelangen. Ohne lange zu überlegen, sprintete ich auf die Leiter zu, die ich zuvor gemieden hatte. Meine Finger krümmten sich um die metallischen Streben, bevor ich mich an ihnen emporzog und mich mit den Füßen von den Sprossen abdrückte.

Der Schweiß zwischen meinen Fingern erschwerte die Angelegenheit, da ich immer wieder abrutschte. Mein Atem formte Nebelschlieren vor meinem Gesicht und ich versuchte, die Tränen hinfortzublinzeln, die sich immer wieder in meine Augenwinkel schlichen.

Gib nicht auf!
Du hast fast die nächste Plattform erreicht!

»Nicht so schnell!« Grob packte der Verfolger meinen Knöchel und zerrte daran. Ich klammerte mich an die Leiter und trat mit dem freien Bein um mich, während ein ersticktes Geräusch aus meinem Hals drang.

Ein schmerzerfüllter Laut ertönte, als ich auf Widerstand traf. Hoffentlich hatte der Tritt gesessen!

Das Gefühl des Triumphes wallte in mir auf und erfüllte mich mit Stolz über meinen Erfolg. Allerdings hielt dies nicht lange an. Denn der Griff um meinen Knöchel ließ nicht locker. Stattdessen verstärkte er sich sogar, da der bohrende Schmerz immer mehr zunahm.

Bevor ich meinen nächsten Schritt in Gedanken ausformen konnte, zog mich der Mann mit solch einer Kraft zu sich, dass ich mich unmöglich länger festhalten konnte. Meine Hände glitten von den Sprossen, wobei ich in einem letzten verzweifelten Versuch noch einmal nach ihnen griff.

Die Wucht des Aufpralls erschütterte meinen ganzen Körper und ließ Sterne vor meinen Augen tanzen. Mein Rücken wurde von Schmerzwellen durchtrieben und mein Oberkörper krümmte sich Schutz suchend zusammen. Ich sah, dass meine weißblonden Haare an der Stelle, wo ich mit dem Kopf auf das Gitter aufgeschlagen war, von roten Strähnen durchzogen wurden.

Ein pochender Schmerz strömte durch meine Schläfen und ein dumpfes Klingeln erfüllte mein Gehör. Während ich nach Luft schnappte, spürte ich ein Ziehen an meinen Rippen.

Lässig trat der Mann näher an mich heran, bis er über mir aufragte. Sein Schatten hüllte die Nacht in ein noch tieferes Schwarz, das sich über mich legte wie eine zweite Haut aus Teer. Ich drohte an meiner eigenen Angst zu ersticken.

»Du bist so erbärmlich. Ich sollte dich auf der Stelle töten, dann wären wir alle von deiner Existenz erlöst.« Seine Worte umwaberten mich wie Rauch und drangen in meine Poren ein. Ich atmete sie ein, bis sie jeden meiner Atemzüge begleiteten. Der Hass ging mir ins Blut über und pumpte bis ins Herz hinein. Die Feindlichkeit rief mir eine Zeit ins Gedächtnis, in der ich vollkommen allein und hilflos gewesen war. In der ich mich erbärmlich und wertlos gefühlt hatte.

Seine Stimme malte die Bilder der Erinnerung vom Tod meiner Eltern in den Farben Rot und Schwarz. *Blut und Tod.*

Ein zunächst flüchtiger Gedanke krallte sich in meinen Kopf und flüsterte mir ins Ohr, dass es so nicht weitergehen konnte. Ich musste nicht länger leugnen, wer ich war, wenn sich offensichtlich bereits Menschen an meine Fersen geheftet hatten und mich für ihre Zwecke missbrauchen wollten.

Wehr dich!
Verteidige dich selbst!
Steh für dich ein!
Hat Noris nicht genau dafür mit dir trainiert?

Die Zeit des Versteckens war vorbei. Ich richtete mich langsam auf. Meine Gelenke knackten und schmerzten vom Fall und meine Handflächen waren gerötet und teilweise aufgeschürft. Ich wischte mir über die Stirn, um die Haare zur Seite zu streichen und einen Blick auf meinen Feind zu erhaschen. Meinen Verfolger kümmerte das Ganze herzlich wenig. Er wirkte geradezu amüsiert, während er mich beobachtete. Als wäre ich eine Maus und er die Katze, die mit ihrem Opfer spielte. Mein Schmerz war sein Vergnügen.

Der ganze Hass und die Verzweiflung in meinem Inneren bündelten sich im Bild des Mannes vor mir. Er wurde eine Projektion des Leids, das ich durchleben musste. Einer wie er, vielleicht sogar genau dieser Mann, hatte mir alles genommen. Hatte mir meine Eltern entrissen, mein altes Leben.

Ich werde ihn zerschmettern!

»Meinst du etwa mich?«, knurrte ich und war selbst überrascht über die Verbissenheit in meiner Stimme. Die Provokation schien Wirkung zu zeigen, denn mein Gegenüber war für einen Moment lang vollkommen perplex. Doch bereits eine Sekunde später hatte er sich wieder gefangen.

»Na warte, du Missgeburt!« Der Fremde packte den Kragen meines Mantels und holte seine Faust zum Schlag aus.

Das hier war meine Chance. Ich hatte nur diese eine. Ohne eine Sekunde verstreichen zu lassen, ließ ich mein Knie hervorschnellen und rammte es zwischen seine Beine, dort, wo es hoffentlich richtig schmerzte. Ein Keuchen ertönte, gefolgt von einem weiteren Fluch. Der Griff um meinen Kragen lockerte sich, sodass ich meine Chance nutzen konnte, um einen weiteren Gegenschlag auszuführen. Ich ballte meine Hand zur Faust und stieß sie meinem Peiniger mit voller Wucht gegen die entblößte Kehle. Röchelnd schnappte er nach Luft, wodurch Spucketröpfchen wie ein Schauer auf mich hinabregneten.

Der Mann stieß sich von mir weg und kraxelte rückwärts davon. Sein hasserfüllter Blick tackerte sich an mir fest und fixierte mich an Ort und Stelle. Langsam kämpfte ich mich auf die Beine, ohne meinen Feind aus dem Auge zu lassen, der sich ebenfalls wie in Zeitlupe erhob.

»Das wirst du bereuen«, knurrte er, wobei er seinen Hals umfasste, als würde er ihn vor weiteren Attacken schützen wollen. Er ging einen Schritt zurück und noch einen, bis er aus meiner Reichweite gelangt war. Schwer atmend musterten wir uns gegenseitig.

Plötzlich breitete sich ein heimtückisches Lächeln auf seinen Lippen aus, bevor er ein Funkgerät aus der Jackentasche zog und ins Mikro sprach: »Leute, ich hab sie. Delta Over.«

Zur Antwort erklang zunächst ein Rauschen, gefolgt von einem Befehl: »Halt sie in Schach. Wir kommen. Alpha Over.«

Die Konversation dauerte nur einige Sekunden. Eindeutig zu wenig Zeit, um abzuschätzen, was zu tun war. Ich scannte die Umgebung und ließ mich von meinen Instinkten leiten.

Ein wilder Schrei entfuhr mir, während ich nach vorn preschte und meinen gesamten Körper gegen den des Mannes rammte. Meine Muskeln brannten vor Anstrengung und meine Schulter gab ein Knacken von sich, als ich auf die harte Muskelmasse des Fremden prallte. Ich knirschte mit den Zähnen, um die Qualen zu kompensieren, und ließ mich durch nichts aufhalten.

Mein Plan ging auf. Und das war alles, was zählte.

Mein Verfolger stand zu nah am Abgrund und stolperte zusammen mit mir über die Kante. Der Überraschungsangriff war mir geglückt. Sein Funkgerät segelte an uns vorbei und zerschellte am Boden in seine Einzelteile.

Ein Ächzen erfüllte die Luft zwischen uns, während wir fielen. Die Erschütterung des Aufpralls ging meinem Gegner durch Mark und Bein. Sein Rückgrat krümmte sich und der Hinterkopf schlug begleitet von einem lauten Knacken auf dem Asphalt auf. Ihm entfuhr ein Laut, der einerseits einem Knurren glich und andererseits einem Schrei.

Ich selbst landete auf der Höhe seiner Magengrube und hatte dank des massigen Kerls unter mir nicht viel Schaden davongetragen. Es dauerte einen Moment, bis ich meine Orientierung zurückerlangt und sich das Wummern in meinem Kopf beruhigt hatte.

Vorsichtig kämpfte ich mich in die Höhe, wobei ich versuchte, nicht mein Gleichgewicht zu verlieren. Ich kniete auf der Brust meines Angreifers.

»Du verfluchte Göre! Scheiß aufs Geld! Ich mache dich fertig!«

Ich hatte keine Zeit, mich zu orientieren, da hatte mich der Fremde herumgewirbelt und drückte mich in den Dreck der Gasse. Nun war er es wieder, der über mir aufragte. Ich schnappte nach Luft, aber das Gewicht seines Körpers zerquetschte meinen Brustkorb und machte dies unmöglich. Meine Lungen brannten und einige Rippen bogen sich unter der Gewalt des Mannes. Bald würden sie brechen und ihre Splitter sich in meine Organe bohren. Mir entfuhr ein Winseln.

»Zum Glück hat niemand gesagt, in welchem Zustand wir dich aushändigen sollen.« Während er meine Arme unter den Knien einklemmte, tastete er in seinen hinteren Hosentaschen nach etwas. Gleich darauf blitzte der silberne Schein des Mondes in der Klinge auf. Ein Messer!

»Du hättest dich nicht so sehr wehren sollen. Dann wäre alles so viel einfacher gewesen.« Seine Augen glühten vor Zorn und Wahn. Er drehte und wendete die Messerschneide vor meinem Gesicht, als würde sie einen Tanz aufführen.

Bitte, bitte nicht!
Schon spürte ich das kühle Metall an meiner Kehle. Panik wallte in mir auf. Dennoch versuchte ich mir nichts anmerken zu lassen und atmete ruhig ein und aus.
Bloß nicht den Kopf verlieren!
Haha.
Ist Galgenhumor in dieser Situation wohl angebracht?
Das dreckige Grinsen vor mir riss mich aus meinen irreführenden Gedanken.

Meine Aufmerksamkeit trieb ab, zu dem Sternenhimmel hinter seinem Kopf. Der Mond erhellte diese makabre Szene wie eine Bühne im Theater. Die Sterne funkelten, als würden sie mir zuzwinkern, mich ermutigen.

Erst da realisierte ich es. Ich war nicht machtlos und allein. Meine Begleiter und ihre überirdischen Kräfte begleiteten und wachten über mich. Ich musste sie nur heraufbeschwören.

Innerhalb eines Wimpernschlags streckten sich meine Sinne zum Himmel aus und nahmen das Leuchten des Mondes und der Sterne in sich auf. Sein Schein war meine Quelle, an der ich mich nährte und aus der ich neue Energie schöpfte.

Mein Herz flüsterte sehnsuchtsvoll nach der Essenz aus Silberglanz, welche im gleichen Moment durch meine Adern pulsierte. Ich fühlte mich federleicht und schwerelos, als würde ich im Kosmos schweben.

Innerhalb dieses Augenblicks verschob sich mein Weltbild vollkommen. Wo zuvor nur Hoffnungslosigkeit war, eröffnete sich nun ein Weg, eine Möglichkeit, die mich befreien könnte.

Das Mondblut ließ die Finsternis weichen und erfüllte mich mit Hoffnung. Und zum ersten Mal wagte ich es, meinem Verfolger in die Augen zu sehen und in sein Universum einzutauchen.

Mich erwartete eine Galaxie voller Hass, Gewalt und Unsicherheiten. Rote Kometenschweife zogen sich in wilden Bahnen durch seinen Blick und schienen kein Ziel zu haben. Nur wenige Planeten kreisten um seine Pupille. Sie war eine schwarze Sonne, deren Feuer beinahe vollständig erloschen war.

Die Himmelskörper besaßen keine feste Umlaufbahn und wirkten leblos und zerklüftet. Sie standen offenbar für den Verlust von einst geliebten Menschen, wenn man ihre enorme Größe und ihren Zustand beachtete.

Während meiner Beobachtungen spielte sich Unglaubliches ab: Zwei der Planeten steuerten immer näher aufeinander zu.

Meine Augen weiteten sich, als die beiden miteinander kollidierten. Es machte währenddessen kein Geräusch, nicht den winzigsten Laut. Ein helles Licht erstrahlte an der Berührungsstelle der Planeten und zwei gewaltige Druckwellen jagten über die Oberflächen der Gestirne.

Gesteinsbrocken wurden in das Vakuum des Alls geschleudert und verloren sich in vollkommener Schwärze, bis sie nicht mehr zu erspähen waren.

Risse verunstalteten das Abbild der Himmelskörper und hinterließen tiefe Narben, die bis zu ihrem Kern hinabreichten.

So etwas habe ich noch nie gesehen!

Bin ich etwa für die Kollision verantwortlich?

Empfindet der Fremde vielleicht nicht nur Hass, sondern auch Schuldgefühle?

Ich muss sein Weltbild durch meine Lichtgabe erschüttert haben, sonst wären die Planeten nicht in meiner Gegenwart kollidiert.

Der forschende Gesichtsausdruck meines Verfolgers war nicht in Worte zu fassen. Ich las Unglauben darin, Zweifel und Angst.

»Was zur Hölle bist du?«, flüsterte der Mann, doch ich schwieg beharrlich. Kurz darauf brach er in nervöses Gelächter aus. Meine ausbleibende Reaktion brachte ihn aus der Fassung.

»Ich fürchte mich nicht vor dir! Das ist nicht real!«

Er griff nach meiner Hand und zog sie vor sein Gesicht. Mit Unglauben verfolgte er, wie das schimmernde Blut jede einzelne Ader in meinem Körper erhellte. Plötzlich ließ er von mir ab und sprang auf die Beine, um ein wenig Distanz zwischen uns zu bringen.

Auch ich kämpfte mich auf die Füße. Allerdings entfernte ich mich nicht von ihm.

Ich bin stark.

Ich werde nicht zurückweichen.

»Du solltest Todesangst vor mir haben!« Meine Furchtlosigkeit war ein Fehler gewesen, denn im selben Atemzug ergriff er mein Handgelenk, setzte das Messer an und zog die scharfe Klinge längs über meine Handfläche. Ein leiser Schrei entwich meiner Kehle, als ich das Mondblut hinunterrinnen sah. Es glich einem Spinnennetz aus Quecksilber. Wunderschön und erschreckend zugleich.

Seine Finger lösten sich von meiner Haut, als hätte er sich an ihr verbrannt.

»Ich denke, jetzt weiß ich, warum *sie* dich so dringend haben wollen!«

Dieser eine Satz sprengte meine Ketten der Untätigkeit auf. Ich spürte den tiefen Schnitt und den brennenden Schmerz in meiner Hand, allerdings kümmerte er mich nicht länger. Das Adrenalin belebte mich und ließ meine Gedanken auf Hochtouren rasen. Ein Knurren entwich meiner Kehle. Es war die Zeit gekommen, sich zu wehren.

»Ich werde niemals jemandem gehören!« Meine Stimme schallte wie ein Echo von überall und nirgends zu mir. Es war mir gleichgültig, dass mich die anderen Verfolger hören konnten. Sie befanden sich ohnehin auf dem Weg zu mir.

Meine Augen glühten wie zwei Sonnen. Ich bewegte meine vom silbrigen Blut getränkte Handfläche immer näher an das Gesicht des Fremden heran.

»Wer schickt dich?«, fragte ich.

Der Mann wirkte erst sprachlos, dann lachte er laut auf. »Sehr witzig. Das würde ich dir nicht einmal im Traum verraten! Und jetzt gib endlich auf.«

Der muskelbepackte Kerl machte Anstalten, mich erneut mit seinen mächtigen Pranken zu packen und unter sich zu begraben, doch ich ließ ihn nicht gewähren. Bevor er noch eine einzige Bewegung vollziehen konnte, hatte ich meine lichtblutende Hand gegen seine Stirn gepresst.

Nur einen Sekundenbruchteil später spürte ich, wie die pulsierende Macht der Sterne aus mir hinaus- und in den Körper des Fremden hineinfloss. Ich würde ihn in meinem Licht ertrinken lassen.

»Verdammt! Was tust du da?« Der Mann schrie auf. Offenbar hatte er Schmerzen. Gut.

»Wer. Hat. Dich. Geschickt.« Ich fragte nicht mehr, ich forderte. Während mein Sonnenblut dafür sorgte, dass sich meine Haut und mein Blut erhitzten, bewirkte das Mondblut das Gegenteil. Es war pure fließende Kälte. Wie flüssiger Stickstoff, der alles, was er berührte, zum Erstarren und Zersplittern brachte.

Ich ließ immer mehr meines Lichts in ihn strömen, sodass sein Herz kurz vor dem Bersten stand. Sein Zittern, Flehen und Beten zogen an mir vorbei. Dieser Mann hatte vor, mich zu verletzen und auszuliefern. Wer auch immer sein Auftraggeber war, er hatte nichts Gutes im Sinn. Bestimmt wäre es darauf hinausgelaufen, dass ich getötet wurde.

Ich musste mich wehren, wenn ich nicht in einem Grab neben meinem Vater und meiner Mutter landen wollte. Ich spürte nur noch das brennende Verlangen nach Rache und sah ständig Erinnerungsfetzen an meine Eltern vor meinem inneren Auge aufblitzen.

»Ihr habt mir alles genommen. Doch ihr habt nicht damit gerechnet, dass ich mir alles zurückhole. Und das war euer Fehler.«

Die Bewegungen des Mannes wurden schwächer, die Schreie leiser und das Licht hinter seinen Iriden fahler. Von Weitem hörte ich Schreie, die nach Delta riefen. Seinem Decknamen.

Das Team befand sich in der Nähe und suchte ihn. Mir blieb nicht mehr viel Zeit.

»Wer hat dich geschickt?«, flüsterte ich ein letztes Mal.

Seine Lippen liefen von der Mondkälte bereits blau an. Er wirkte bleich und starr. Er begriff endlich, dass ich ihn töten würde, hier und jetzt, falls er mir nicht gab, was ich wollte. Sein Mund formte ein einziges Wort, das ich von seinem Mund ablesen musste, um es zu verstehen.

Sirius.

Ich ließ einen letzten Kraftstoß in ihn hineinwallen. Eine Welle aus Licht, die ewige Finsternis brachte. Der Mann krümmte sich, bevor sein Körper unter meiner Berührung erschlaffte und zur Seite fiel. Ich sprang gerade noch zur Seite. Meine Beine schlotterten und ich drohte einzuknicken. Ich tastete mich zu einer Wand und lehnte mich atemlos an das Gestein.

Was habe ich nur getan? Was habe ich getan?

Die Augen des Mannes starrten ins Nichts. Sie wirkten trüb, leblos. Meinetwegen.

Ich habe ein Leben genommen.

Ich betrachtete meine nur noch schwach glimmenden Hände. Ihr blendendes Strahlen war einem sanften Schimmern gewichen. Sie waren zu einer Tatwaffe geworden. Einem Mordwerkzeug.

Ich stolperte von der Leiche zurück, raufte mir meine Haare, die wie ein leuchtender Schleier vor mein Gesicht fielen. Und dann schrie ich. Mir war es erschreckend gleichgültig, wer mich hörte und ob mich meine anderen Verfolger würden holen kommen.

Als hätte ich mit dem Schrei eine Kettenreaktion ausgelöst, zersprang der Körper des toten Mannes in unzählige winzige Eissplitter. Sie zerfetzten meine Haut mit ihren scharfen Kanten, sodass silbrig leuchtendes Mondblut auf den Boden tropfte und schließlich verblasste wie Sterne, die sich in der Morgendämmerung vom Himmel lösten.

Von dem Mann, den ich getötet hatte, war nicht die kleinste Spur zurückgeblieben.

Dreiundzwanzigstes Kapitel
Kind des Mondes

Das Blut pulsierte durch meine Ohren, sodass ich nur Rauschen hörte.

Das Einzige, was zählte, war, zu entkommen. Hinter mir ertönten die Rufe der Teamkollegen meines Opfers. Sie hörten sich an wie das Bellen von tollwütigen Hunden. Nur etwa zehn Meter trennten uns voneinander.

»Habt ihr gesehen, was sie mit Dan gemacht hat?«

»Das war nicht echt, oder?«

»Für mich sah das ziemlich real aus.«

Ich wandte mich von ihnen ab. Die Männer schienen unschlüssig zu sein, was sie gerade gesehen hatten und wie es nun weitergehen sollte. Das musste ich zu meinem Vorteil nutzen!

Ohne lange zu fackeln, rannte ich los. In die entgegengesetzte Richtung. Vielleicht gab es aus dieser Sackgasse noch einen anderen Ausweg. Die Feuertreppe fiel schon mal raus. Es würde zu viel Zeit kosten, wieder auf die Plattform zu gelangen.

Stattdessen lief ich auf die zwei Meter hohe Mauer zu, die das Ende der Straße blockierte. Vielleicht gab es eine Möglichkeit, an ihr emporzuklettern.

Ich fixierte die Wand vor mir, die mich vom Rest der Welt abschirmte. Tränen perlten über meine Wangen und zerbrachen am Boden, als ich meine verbliebene Kraft mobilisierte und in meine Muskeln sandte.

»Reißt euch zusammen! Lasst sie nicht entkommen!«

Eilige Schritte echoten durch die Gasse und schon nach wenigen Sekunden hatten mich die Verfolger beinahe eingeholt. Ich spürte ihren keuchenden Atem geradezu in meinem Nacken und musste einmal einen Haken schlagen, damit mich die grapschenden Hände der Männer nicht erreichten.

Die Mauer kam immer näher. Höchstens fünf Meter trennten mich von ihr. Das Hindernis wirkte mit einem Mal nicht mehr so unüberwindbar auf mich.

Mit genügend Anlauf kann ich mich hochhangeln und hinüberschwingen! Fest entschlossen presste ich die Zähne aufeinander.

Bis plötzlich eine Hand nach meiner Kapuze griff. Zum Glück war meine Jacke durch das Gerangel mit Delta, oder Dan, bereits halb abgerutscht, sodass ich leicht hinausschlüpfen konnte.

Der Fremde hinter mir hielt nur noch meine Jacke in seiner Hand, wohingegen ich einfach weiterrannte. Ein entnervter Aufschrei erschallte in meinem Rücken. Er trieb mich dazu an, noch schneller zu rennen.

Ich konnte seinen Frust verstehen, schließlich hatte ich gerade eben erst seinen Kameraden in Sternenstaub verwandelt.

Die Schuld verbrannte mein Innerstes und setzte mich in Feuer. Der Schmerz der Erinnerung überlagerte alles.

Die Wand war nur noch zwei Schritte von mir entfernt. Ich zog das Tempo ein weiteres Mal an, um auf jeden Fall schneller zu sein als meine Gegner. Ich streckte meine Hand aus und machte mich zum Absprung bereit. Dann sprang ich ab.

Doch statt des Widerstandes der Steine unter meinen Fingern spürte ich … nichts.

Ich sprang ins Leere und es war, als hätte sich die Erde direkt vor mir in Luft aufgelöst.

Die Welt zog in Bildfetzen an mir vorbei. Ich sah Farben und Lichter, jedoch keine festen Formen. Die Erde war ein bunter Schimmer, der durch meine Finger glitt wie Seide. Ich streckte meine Fingerspitzen aus und berührte alles und nichts um mich herum. Egal, was ich ertastete, einen Wimpernschlag später war es schon wieder verblasst.

Ich schnappte nach Luft, aber in diesem *Raum* schien weder Sauerstoff noch irgendetwas anderes, das vergleichbar war mit Materie, zu existieren. Meine Lungen explodierten beinahe und pressten sich gegen die Rippenbögen. Die Qual der Atemlosigkeit war seltsam beruhigend. Ich hatte den Schmerz verdient. Sicher musste ich mich nur noch eine kleine Weile hier im Nichts befinden, damit der Tod mich einholte.

Der Gedanke, das Leben gehen zu lassen und meine Sternenseele in den Himmel aufsteigen zu sehen, brachte mein Herz zum Stolpern. Sollte ich tatsächlich aufgeben? Nach allem, was ich durchgestanden hatte? Würde alles umsonst gewesen sein? Mein ganzes Leben?

Eine orangefarbene Farbwelle glitt über meine Handfläche. Ich betrachtete sie fasziniert und sog das sanfte Gefühl auf meiner Haut mit allen Sinnen auf. Die Wärme, die bis in meine Knochen drang und mich von innen erwärmte. Das Glimmen, das meine Hoffnung nährte und mich zum Aufwachen brachte.

Sobald ich realisierte, dass ich schon die ganze Zeit unbewusst weiterrannte und auf diese Weise dieses nicht existente Universum voller Prismen durchquerte, zwang ich mich dazu, mich selbst zu stoppen. Ich stemmte beide Füße in den Boden und vernahm nach unendlichen Sekunden der Taubheit ein lautes Knirschen und Knacken. Schlitternd kam ich zum Stehen und riss meine Lider auf, die ich aus purem Reflex zuvor geschlossen hatte.

Ich sah mich vorsichtig um. Vor dem Nichts war ich in der Sackgasse gewesen. Aber nun sah ich Baumskelette, die sich dem Wind beugten, der mich zum Erzittern brachte. Am Himmel türmten sich dunkle Wolken und der Asphalt war nass vom Regen. Straßenschilder wiesen mir den Weg. Ich war fast zu Hause.

Erst jetzt wagte ich es, einen tiefen Atemzug zu tun. Erleichtert spürte ich, wie der Sauerstoff durch meine Lungen spülte. Für einen Moment war ich von diesem Gefühl so überfordert, dass ich hustete, als würde ich an der Luft ertrinken. Erst nachdem sich mein Körper an meine Umwelt gewöhnt hatte, überkamen mich die Zweifel.

Wie ist das möglich?
Ich habe mich in einer verdammten Sackgasse befunden!
Es gab keinen Ausweg!
So schnell kann ich nie im Leben gewesen sein.

»Als hätte ich mich weggebeamt«, wisperte ich gedankenverloren. Die Worte schossen mir einfach durch den Kopf. Ich schüttelte hysterisch lachend den Kopf. »Du hast echt zu viel Star Trek geguckt, Stella«, versuchte ich mich selbst abzulenken, um der Wahrheit aus dem Weg zu gehen. Ich war mit unsagbarer Geschwindigkeit gerannt, hatte mich durch Materie bewegt und war innerhalb eines Sekundenbruchteils auf der anderen Seite der Stadt erschienen.

Verdammt, das Ganze wird immer verworrener!

Schweiß rann über meine Stirn. Ich wischte ihn achtlos fort. Meine Hände zitterten unkontrolliert. Ich betrachtete sie anklagend und beobachtete, wie sich die letzten Spuren des Mondbluts zurückzogen. Zorn keimte in mir wie eine giftige Pflanze und verseuchte mein Denken. Hilfe suchend richtete ich meinen Blick in den Himmel. Gedanklich verteufelte ich jeden Stern, jeden Mond und jede Sonne dieses Universums für mein Schicksal. Heute Nacht waren sie nicht wie sonst meine Freunde, meine Zuflucht gewesen. Heute Nacht hatte mir ihre Macht nur Unheil gebracht. Und jetzt versteckten sie sich hinter regenschweren Wolken.

Allerdings musste ich zugeben, dass ich ohne meine zweifelhaften Kräfte niemals entkommen wäre. Sie hatten mich gerettet.

Schwere Regentropfen stürzten auf mein nach oben gerichtetes Gesicht und liefen mir wie Tränen an den Wangen hinab. Meine Gefühle rissen und zerfetzten sich gegenseitig. Ich wusste nicht, wie ich mich fühlen sollte.

Schuldig, weil ich jemanden getötet habe und dann geflüchtet bin?
Erleichtert, dass ich noch lebe?
Glücklich, dass ich nun nach Hause gehen darf?
Zerschmettert, weil jegliche Kraft aus meinen Knochen gesogen worden ist?

Mit unsicheren Schritten begab ich mich auf den Heimweg. Ich konnte immer noch nicht begreifen, was geschehen war. Dass ich einen Menschen ... getötet hatte.

O Gott, Stella!
Du bist eine Mörderin!

Ich schluchzte auf und vergrub mein Gesicht in den Händen. Mörderin. Mörderin. MÖRDERIN!

»Ich musste mich schützen«, versuchte ich mich flüsternd zu verteidigen und meine panische Atmung zu normalisieren. Jemand hatte Kopfgeldjäger geschickt, um mich zu jagen. Sie hatten offenbar nicht damit gerechnet, dass ich in der Lage war, mich zu wehren. Dieses Wissen war wie ein Tropfen in einem alles versengenden Feuer. Nutzlos.

In der Ferne sah ich die Lichter des Hauses meiner Tante und meines Onkels aufleuchten. Ein schmerzhaftes Ziehen breitete sich in meinem gesamten Körper aus, sobald ich daran zurückdachte, dass ich die beiden in Gefahr bringen würde, sollte ich zurückkehren. Ich war innerlich zerrissen und wünschte mir, dass mir jemand diese Entscheidung abnehmen würde. Meine Hände ballten sich zu Fäusten und entkrampften sich nach wenigen Sekunden, nur um dieses Spiel von vorn zu beginnen. Immer und immer wieder, bis ich einen Entschluss gefasst hatte.

Ich will nach Hause.
Einfach nur heimkehren.

Dieser Gedanke begleitete mich, während ich die Treppenstufen zum Hauseingang hinaufstieg.

Ich hatte meinen Schlüssel vergessen.

Bevor ich die Klingel betätigte, hielt ich ein letztes Mal inne.

Wie konnte der heutige Tag nur so schieflaufen?

Für einige Stunden war ich davon ausgegangen, dass Brokkoli auf meiner Pizza das Schlimmste war, was mir widerfahren konnte. Das war vor der Verfolgungsjagd, dem Mord und meiner Flucht gewesen.

Normalität ist eine Illusion.

Jeden Tag geben wir vor, jemand zu sein, der wir nicht sind, und ein Leben zu leben, das uns gefällt, obwohl es das nicht tut.

Wir alle geben uns den Illusionen hin.

Wir sind davon überzeugt, dass niemand die Risse in unserem Universum bemerkt.

Wir sind so naiv.

Bis zu dem Moment, wenn uns die Vergangenheit einholt und die Sterne unser Schicksal besiegeln.

Normalität ist eine Illusion.
Die schrecklichste von allen.

Ich hob die Hand und betätigte die Türklingel. Dumpf schallten schlurfende Schritte über den Boden, kamen immer näher und stoppten kurz vor der Tür. Das Klackern der Schlüssel und das Aufschnappen des Schlosses sorgten dafür, dass ich zusammenzuckte.

Meine Finger begannen unkontrolliert zu zittern, weshalb ich die Arme vor dem Oberkörper verschränkte.

Als sich die Haustür einen Spaltbreit öffnete und meine Tante durch den Schlitz hinausspähte, bemühte ich mich um ein Lächeln.

»Stella! Du bist es!« Innerhalb von Sekundenbruchteilen hatte sie die Tür auf- und mich ins Haus gezogen.

»Mein Gott! Wie siehst du denn aus?« Meine Tante scannte mich mit einem mütterlichen *Was–hast–du–die–letzten–Stunden–getan-Blick*, bevor sie noch einen obendrauf setzte: »Du schaust drein, als hättest du einen Geist gesehen! Und wo ist deine Jacke?«

Wenn sie nur wüsste.

»Mir geht es nicht gut«, murmelte ich in meinen Wollschal und kämpfte erneut gegen die Tränen. Ich wollte nicht mehr so tun, als wäre alles in Ordnung. Ich hatte jemanden *umgebracht!*

Jetzt lächelnd durch die Gegend zu rennen, war einfach nicht meine Art. Ich seufzte auf und wollte mich von meiner Tante wegdrehen, wobei ich in George hineinrannte.

»Stella! Was tust du denn schon so früh hier?«

»Wonach sieht es denn aus?« Ich streifte meine Schuhe von den Füßen und sah zu, wie der kümmerliche Rest Schnee, der noch an den Sohlen haftete, zu einer schmutzigen Pfütze zusammenschmolz und den Boden ruinierte.

»Ich dachte, du wärst noch mit Jen unterwegs. Wolltet ihr nicht einen Film schauen?« Er klang verwundert, aber ich beachtete ihn nicht weiter. Ich hatte gerade wichtigere Sorgen.

»Ich gehe nach oben.« Mehr wagte ich nicht zu sagen. Ich stürmte in mein Zimmer und schloss die Luke hinter mir. Das besorgte Flüstern meiner Tante ignorierte ich währenddessen geflissentlich, ebenso wie das Starren meines Onkels.

Erst nachdem ich mir bewusst wurde, dass ich mich in meinen eigenen vier Wänden befand, brachen meine Emotionen aus mir heraus. Die Verzweiflung riss mir förmlich den Boden unter den Füßen weg, so als wäre ich in einen Strudel geraten und wurde nun gen Meeresgrund gesogen. Ich drohte an meiner Schuld zu ertrinken.

Ich hatte keinen Anker, an dem ich mich hätte halten können. Mir blieb nur mein Vertrauen in mich selbst.

Innerhalb weniger Stunden war mein Leben implodiert wie eine sterbende Sonne. Und das nicht zum ersten Mal. Voll Bitterkeit dachte ich an den Verlust meiner Eltern zurück.

Selbst mein *neues* Leben, das ich mir so vorsichtig und zaghaft wie ein Kartenhaus zusammengesetzt hatte, war in sich zusammengefallen.
Ich werde ein weiteres Mal von den Scherben meiner Existenz zerfetzt.
Ich war müde. So müde. Der Angriff, die Verfolgung und der Tod dieses fremden Mannes hatten mich ausgelaugt.
Zersplittert. Zerstört. Zerschmettert.
Die Schuld drohte mich zu zerfressen, zu zermalmen zwischen meinen Erinnerungen.
Warum ich?
Meine Hände krallten sich in die Sternenkarten. Meine ewig einzige Zuflucht.
Warum immer ich?
Ich verstand es nicht. Ich wünschte, ich könnte es verstehen, doch ich tat es nicht. Alles war so sinnlos. Der Tod des Mannes war sinnlos gewesen.
Aber das bedeutete nicht, dass ich aufgab. Ich würde kämpfen. Für mich.
Mechanisch richtete ich mich auf. Zunächst auf die Knie, dann auf ein Bein und daraufhin auf das nächste, bis ich in der Mitte meines Zimmers stand. Schwankend und dennoch aufrecht.
Wie ein Phönix, der aus seiner Asche aufersteht.
Wieso fühle ich mich dann immer noch tot?

Nach einigen Minuten entledigte ich mich meiner Kleidung, oder eher den dreckigen und nach Abfall stinkenden Resten, die sie inzwischen waren. Ich ließ alles achtlos zu Boden fallen und tapste nur in Unterwäsche bekleidet zum Bett. Das Licht ließ ich brennen. Ich wollte nicht der Dunkelheit ausgesetzt werden. Sie machte mir Angst und erinnerte mich an das Gefühl der Hilflosigkeit, wenn ich meine Augen schloss. Jedes Mal, wenn meine Welt von Schwärze erfasst wurde, sah ich sein Gesicht aufblitzen. Bei jedem Blinzeln stach ein Messer in meine Brust.
Erst als ich mich auf die federnde Matratze sinken ließ und die weiche Decke sich an meinen zerschundenen Körper schmiegte, wagte ich tief durchzuatmen. Mein erster richtiger Atemzug, der nicht durch schweres Schluchzen begleitet wurde. Mein Blick glitt über die digitale Anzeige des Weckers. Einundzwanzig Uhr.

Obwohl mein Körper sich schlapp und zerrissen anfühlte, konnte ich nicht einschlafen. Allein der Gedanke daran, der Finsternis hinter meinen Lidern schutzlos ausgesetzt zu sein, ließ die Panik in meinem Inneren hochkriechen.

So lag ich einfach nur da. Starrte ins Nichts und betete, dass das Echo der Schreie in meiner Erinnerung, die eindeutig nicht von mir stammten, bald verklingen würde.

Vierundzwanzigstes Kapitel
Vergangen

Gerade als ich mich damit abgefunden hatte, diese Nacht nicht mehr zu schlafen, hörte ich ein leises Klappern an meiner Luke, kurz bevor sie aufschwang.

»Liebes? Bist du noch wach?« Der sanfte Tonfall meiner Tante beruhigte meine zum Zerreißen gespannten Nerven sofort.

»Ja. Komm ruhig rein.« Im Gegensatz zu ihr klang ich rau und räusperte mich kurz.

Franny betrat zögerlich das Zimmer. Sie musterte die Klamottenberge auf dem Boden und ich erkannte am Zucken ihrer Finger, dass sie sich beherrschen musste, nicht die Putzfee zu spielen. Mit unsicheren Schritten trat sie näher heran und ließ sich auf meiner Bettkante nieder.

»Du kannst mit mir über alles reden, Stella.«

»Ja, ich weiß«, erwiderte ich leise.

»Wirst du mir sagen, was passiert ist?«

Ich zögerte. Lange. »Nein.«

Nun seufzte meine Tante. In der Luft lag bedrückende Enttäuschung.

»Ich habe natürlich bemerkt, wie *bescheiden* es dir geht, Stella. Dein Onkel ist in letzter Zeit auch so seltsam. Ständig telefoniert er herum und tut geheimnistuerisch. Besonders seitdem dieser Junge hier aufgekreuzt ist. Noris. Ich verstehe nur nicht, warum ihr beide immer so ein Geheimnis aus euren Angelegenheiten und Problemen macht.« Sie schaute auf ihre eigenen Hände hinab, als wären ihr ihre Gefühle und Gedanken peinlich. »Ich würde euch helfen, wisst ihr? Ihr müsst nur mit mir reden.«

Auf einmal fühlte ich mich furchtbar. Weil ich meine liebe, fürsorgliche Tante in ein bodenloses Loch gestoßen hatte.

»Franny, ich … Es tut mir leid. Aber es ist noch so frisch. Ich kann dir morgen gerne alles erzählen, aber gerade möchte ich einfach nur allein sein.«

Meine Tante wirkte nicht begeistert von meinen Worten. Ihre besorgte Miene sprach Bände. Aber ebenso wollte sie mir nicht zu nahe treten, weshalb sie nicht näher darauf einging. Bis morgen würde mir hoffentlich eine gute Ausrede für das ganze Drama eingefallen sein.

Nachdem wir uns eine ganze Weile angeschwiegen hatten, zog Franny ein kleines, in Leder gebundenes Buch hervor. »Ich glaube, das kannst du besser gebrauchen als wir. Es ist das Tagebuch deiner Mutter.« Franny strich ein letztes Mal über den abgegriffenen Einband, bevor sie es an mich weiterreichte.

Perplex nahm ich das dünne Buch entgegen und betrachtete es. Für einen Moment dachte ich nur daran, dass meine Mutter dieses Buch in den Händen gehalten haben musste. Über Stunden und Tage, Wochen und Monate, vielleicht auch über Jahre hinweg. Ihre geheimsten Gefühle und Gedanken waren darin aufgezeichnet. Das Leben meiner Mutter wurde mir überlassen. Wortwörtlich.

»Es befand sich in dem Karton mit den Überbleibseln deiner Eltern. George und ich waren der Meinung, dass es die richtige Lösung wäre, das Buch erst einmal für uns zu behalten. Aber ich denke, dass nun der richtige Zeitpunkt ist, um es dir zu geben. Vielleicht hilft es dir ja bei dem, was du durchmachst.« Mir entging nicht der bittertraurige Glanz in ihrer Sonne, der ihr Universum in dunkelblaues Licht tauchte. Ich setzte mich auf und umarmte meine Tante fest. Sie war inzwischen so viel mehr für mich als bloß irgendeine Verwandte.

»Danke für alles.« Ich hoffte, dass sie begriff, wie viel mir ihre Geste bedeutete.

»Dafür bin ich doch da.« Ihr Lachen hob ein Gewicht von meiner Brust. Ich lächelte an ihrer Schulter.

»Bleib nicht mehr zu lange wach, Kleine. Und versuch ein wenig zu schlafen. Ich lasse dich morgen auch ausschlafen.« Franny erhob sich und schlurfte gähnend auf die Bodenluke zu.

In diesem Moment schoss mir ein wirrer Gedanke durch den Kopf, der mich nicht mehr losließ.

»Franny? Kennst du jemanden mit dem Namen *Sirius*?«

Meine Tante lachte so auf, als hätte ich ihr gerade einen Witz erzählt. »Was für ein Zufall, dass du danach fragst. Der Zweitname deines Onkels lautet so!« Sie warf mir ein kurzes Lächeln zu und bemerkte offenbar meine entgleisten Gesichtszüge nicht, als sie sich von mir abwandte. »Und jetzt versuch ein wenig zu schlafen, Stella. Ich hab dich lieb.«

Die Luke schloss sich hinter ihr und ich blieb mit zersplittertem, zerfetztem Verstand zurück. Ich löschte das Licht und verkroch mich wieder unter der warmen Decke.

Was hat das zu bedeuten?

Als ich meinen Verfolger gefragt hatte, wer den Auftrag erteilt hatte, mich zu jagen, hatte dieser von Sirius gesprochen. Nun fand ich heraus, dass mein Onkel den gleichen Namen trug? Konnte das alles tatsächlich nur ein dummer Zufall sein? Ich glaubte an Schicksal, nicht an Zufall. Dennoch betete ich dafür, dass sich die Sterne irrten.

Im Kopf ging ich das Horrorszenario der letzten Stunden immer und immer wieder durch. Jedes Wort, das der Mann vor seinem Tod von sich gegeben hatte, könnte mein Schicksal beeinflussen und meine Zukunft retten.

Der Kopfgeldjäger hat von einer Geheimorganisation gesprochen.
Vielleicht lautet der Name der Organisation einfach Sirius.
Das würde alles zumindest ansatzweise erklären.

Mit einem Mal begann meine Haut zu prickeln und meine Finger zuckten unter der Bettdecke. Ich wollte herausfinden, wer mich angegriffen hatte und wer mich verfolgen ließ. Wenn es wirklich mein Onkel war, der hinter alldem steckte, musste ich es einfach wissen.

Mein erster Griff ging zum Smartphone. Sobald ich bei der Suchleiste von Google angelangt war, hielt ich inne.

Was soll ich überhaupt eingeben?

»Geheimorganisation Sirius« vielleicht?

Schulterzuckend gab ich die Begriffe in die Suchleiste ein. Es konnte schließlich nicht schaden, es wenigstens zu versuchen.

Natürlich ploppten sofort Meldungen auf, die nicht im Geringsten etwas mit dem von mir erhofften Ergebnis zu tun hatten. Ich scrollte über Buchtitel und Videobeiträge mit dem Namen »Sirius« hinweg, bis hin zu einer Fanpage von Harry Potter. Enttäuscht ließ ich das Handy auf die Bettdecke fallen und überlegte weiter.

Mein Blick fiel auf das Tagebuch meiner Mutter. Ich dachte daran zurück, dass mein Onkel mir offenbart hatte, dass er mit meinen Eltern zusammengearbeitet hatte. Wenn sie in irgendeiner Art und Weise in dem Ganzen verstrickt waren, so würde ich in den Aufzeichnungen meiner Mutter bestimmt Hinweise darauf finden, ob George irgendwie in diese Situation verwickelt war. Das Misstrauen gegen meinen Onkel ließ mich nicht mehr los. Hatte er deswegen das Tagebuch vor mir geheim gehalten?

Nun hatte mich die Neugierde gepackt. Hastig streckte ich die Finger nach dem dünnen Buch aus, das auf meinem Nachttisch ruhte und nur darauf wartete, dass ich die Geschichte darin las.

Ehrfürchtig strich ich über den ledernen Einband. Als ich das Buch aufschlug, befühlte ich die Seiten, erspürte das raue Papier zwischen meinen Fingerkuppen. Ich roch sogar probeweise daran und musste mir ein paar Tränen verkneifen, weil mir das schmerzlich bekannte Parfüm meiner Mutter entgegenschlug. Obwohl es nur ein zarter Duft war, der mich umwehte, fühlte es sich an wie ein Fausthieb in den Magen. Plötzlich war alles wieder da: die Bilder in meinem Kopf, die ich so lange erfolgreich zurückgedrängt hatte. Ihre leeren, toten Augen. Ihre entflohene Galaxie.

Ich schüttelte den Kopf und kniff die Lider zusammen, zählte bis zehn, so wie es meine Therapeutin in der letzten Sitzung mir geraten hatte. Leise wispernd stolperten die Zahlen über meine Lippen, quälend langsam und doch viel zu schnell.

»Zehn.« Ich hob meinen Blick und beobachtete erstaunt, dass das ganze Zimmer von einem warmen Glimmen erleuchtet wurde. Erst im zweiten Moment realisierte ich, dass das Licht von mir herrührte.

Ich erinnerte mich nicht daran, es gerufen zu haben, dennoch war es da. Es war immer da gewesen, selbst wenn ich es mir nicht bewusst herbeigesehnt hatte. Und es tat gut zu wissen, dass es einen Gefährten in meinem Leben gab, der mich niemals verlassen würde.

Mit neuer Kraft wagte ich es, die Worte, gebändigt in Tinte so schwarz wie die Nacht, zu lesen. Einzelne Einträge las ich mehrmals, da ich mich an diese Tage erinnerte und es erschreckend ungewohnt war, sie aus einer anderen Perspektive nochmals zu erleben.

»Heute habe ich einen ruhigen Tag mit Stella verbracht. Wir haben Filme geschaut und zusammen Eis gegessen. Für ein paar Stunden wirkte alles vollkommen normal. Ich liebe diese Augenblicke, in denen wir uns wie eine durchschnittliche Familie benehmen. Ich brauche das. Niemand ahnt, wie sehr ich diese Momente brauche.«

Meine Fingerkuppen strichen über die geschwungene Schrift, die meinen Namen formte. Ich stellte mir vor, wie meine Mutter tief über dieses Notizbuch gebeugt dasaß und ihre Gedanken durch die Tinte direkt in die Fasern des Blattes laufen ließ.

»Wir haben uns gestritten. Es ging um Stellas Zukunft und wie alles mit ihr weiterhin verlaufen soll. Lange kann es so nicht mehr weitergehen. Was machen wir, wenn sie aufs College gehen möchte? Mein Mädchen zu verlieren, wäre das Schlimmste für mich. Ich weiss nicht, was ich tun soll.«

Beim Lesen hatte ich das Bedürfnis, meine Mom in den Arm zu nehmen. Ich wollte ihr all die Furcht und die Unsicherheit nehmen, die sie damals so oft begleitet hatte. Doch das alles war teilweise schon mehrere Jahre her, wie ich dem Datum entnehmen konnte. Im Gegensatz zu den kühlen Aufzeichnungen über die Versuche an mir sprach hier eine fürsorgliche Mutter über ihre geliebte Tochter. Über mich.

»Manchmal wünschte ich, ich hätte ein ähnlich grosses Vertrauen in das Universum wie Stella. Sie weiss, was sie will und wo ihr Weg hinführt. Ich fühle mich neben ihr wie ein kleines Kind, obwohl sie meine Tochter ist. Wie soll ich jemals damit umgehen können?«

Ich blätterte gerade eine Seite um, als mir ein zusammengefaltetes Blatt entgegenfiel. Verdattert setzte ich mich auf und faltete das Papier auseinander. Es war schwer und glatt.
    Ein Foto!

Genauer gesagt eine Gruppenaufnahme. Etwa ein Dutzend Menschen in langen weißen Kitteln und Schutzbrillen auf den Nasen grinsten mir entgegen. Im Hintergrund konnte man unzählige Sternenkarten und mehrere, anscheinend wahllos aufgestellte Teleskope ausmachen.

Ich suchte die Gesichter ab und tatsächlich: Ganz rechts standen meine Eltern, deren Hände unauffällig ineinandergefaltet waren.

Allerdings waren sie nicht die Einzigen, die mir bekannt vorkamen: Im Zentrum des Fotos befand sich mein Onkel. Er schaute selbstbewusst in die Kamera. Sie sahen allesamt noch unglaublich jung aus, voller Tatendrang und Motivation.

Sobald meine Aufmerksamkeit von meiner eigenen Familie abschweifte, konnte ich kaum fassen, was ich entdeckte: Ganz links am Rand befanden sich eine Frau und ein Mann. Die Haut der Frau wirkte weiß wie geschliffener Marmor und das Haar des Mannes so schwarz und wirr, als wäre ein Wirbelwind hindurchgefegt. Mein Blick blieb an dem Mann haften. Er war das genaue Ebenbild eines Jungen, der mir nur allzu gut bekannt war. Der blasse Teint, die kantigen Gesichtszüge und das angedeutete schiefe Grinsen erinnerten mich sofort an eine ältere Version von Noris.

Ich war mir absolut sicher, dass es sich bei den Personen auf dem Foto um seine Eltern handeln musste. Meine Hände bebten, und von einer bösen Vorahnung getrieben, drehte ich das Foto um, sodass ich die Rückseite genauer betrachten konnte. Unten links fand ich eine winzige handschriftliche Notiz.

»Mitgliederschaft des Projekts: *Sirius - hellster Stern*«

Einen Moment lang erstarrte ich und mein Licht verblasste, wodurch der Raum in einen Schleier gehüllt wurde.

Fassungslos ließ ich mich zurückfallen. Mein Hinterkopf sackte tief in das Kissen ein. Alle Eindrücke hatten sich wie ein zäher Kaugummiball miteinander verbunden und waren kaum voneinander zu entzerren.

Ich schluchzte auf. Mein Kopf dröhnte und meine Gedanken schrien so laut, dass ich kaum noch meine eigene Stimme verstand.

»Stopp!«, keuchte ich und zwang meine Lungen, durch ruhigeres Atmen nicht zu hyperventilieren.

Wenn du merkst, dass deine Erinnerungen dich erdrücken und dir die Kraft zum Leben nehmen, dann hilft es manchmal, ein Machtwort zu sprechen und sich selbst zu warnen. Bleibe die Bestimmerin über deinen Körper.

Das war eine der wichtigsten Lektionen, die ich während meiner Zeit in der Klinik gelernt hatte.

Wenn du über den nötigen Willen und die Durchhaltekraft verfügst, kannst du auch dein Schicksal ändern und formen, wie du willst.

Ich befahl mir, innezuhalten und den Kopf zu leeren. Wie ein Papierkorb auf dem Computerdesktop, bei dem man alle Dokumente nach und nach löscht. Mit klarem Kopf war es mir möglich, alle Geschehnisse zu sortieren und einen Sinn hinter dem Ganzen zu erkennen. Es war beinahe wie bei einem Puzzle. Nur viel komplizierter und schmerzhafter.

Ich entdeckte, dass die Blätter des Tagebuchs am Rand Risse besaßen, als hätte jemand versucht, die Blätter herauszureißen, und sich schlussendlich dagegen entschieden. Ich kämpfte mich Wort für Wort, Zeile für Zeile voran.

»*Es ist der Tag gekommen, auf den wir uns seit Wochen vorbereitet haben. Wir sind endlich ausgetreten.*«

Ich konnte die Stimme meiner Mutter förmlich hören, ihre Erleichterung und Anspannung, die sie beim Schreiben verspürt haben muss.

»*Unsere Ansichten stimmen einfach nicht mehr mit denen von Sirius überein. Damals wollten wir uns und der Welt noch etwas beweisen, doch heute ist meine ganze Welt auf ein kleines Mädchen konzentriert. Stella ist der Grund für unseren Austritt.*
Wir haben ihr vor Jahren Monocerotis verabreicht und wir mussten dabei zusehen, wie sie zu etwas wurde, das jenseits unserer Vorstellung dieser Welt existiert. Ihre überirdischen Fähigkeiten, die wir immer noch nicht alle ergründet haben und die sich garantiert noch entfalten werden, faszinieren uns Tag für Tag. Sie ist eine wahre Sternenseele geworden.

Allerdings verlangt George nun das Unmögliche von uns. Anscheinend entwickeln sich ihre Fähigkeiten anders als erhofft. Er will sie ins Forschungszentrum holen, sie weiteren Tests unterziehen und wer weiß, ob er sie jemals wieder hätte gehen lassen. Die Geheimdienste der Regierung, mit denen wir eng zusammenarbeiten, hätten ihr Verschwinden schon ausreichend kaschiert, um kein Aufsehen zu erregen. Das werden wir nicht zulassen! Immerhin ist das meine Tochter, über die dort verhandelt wird! Nie und nimmer überlasse ich sie diesen skrupellosen Menschen. Sonst geschieht ihr noch das Gleiche wie dem Sohn von Mary und Louis.«

Sprach sie da etwa von Noris? Es musste so sein!

Ich hatte meine Eltern als Kind oft ins Institut begleitet, aber ein Junge in meinem Alter war mir nie aufgefallen. Allerdings war die Anlage auch so gigantisch, dass es mich nicht sonderlich wunderte. Sicherlich war auch darauf geachtet worden, dass wir uns nicht über den Weg liefen.

»Ich will sie beschützen und momentan ist der Austritt unsere einzige Chance. Sie ist erst siebzehn! Sie hat ihr ganzes Leben noch vor sich. Nachdem wir George unsere Kündigung mitteilten, bedrohte er uns sogar! Er würde schon noch an Stella rankommen, das versprach er uns. Wir beschlossen zu flüchten. Wir haben bereits alles in die Wege geleitet, um in wenigen Tagen ins Ausland reisen zu können. Leider hat das Visum länger beansprucht als gedacht. Hoffentlich werden die Behörden nicht zu unserem Verhängnis … Ich habe Angst davor, was uns noch erwarten könnte, falls wir nicht schnell genug hier wegkommen und welche Schritte er einleiten wird. Vor allen Dingen fürchte ich mich, Stella allein zu lassen und sie nicht mehr beschützen zu können. Jahrelang haben wir sie mit Mondstaub genährt und sie als ein Versuchskaninchen betrachtet. Viel zu lange habe ich in ihr nicht die Tochter gesehen, die sie schon immer für

mich war. Ich habe ihr keine Wahl gelassen. Nichts in meinem Leben bereue ich so sehr wie diese Tatsache.
Vor zwanzig Jahren war mein Wissensdrang größer als die Liebe zu meiner eigenen, bis dato ungeborenen Tochter! Ich war bereit, über Leichen zu gehen, und überzeugt davon, den Verlust ertragen zu können, sollte sich das Experiment als Reinfall erweisen. Heute schäme ich mich dafür. Jedes Mal, wenn ich Stella sehe, möchte ich ihr sagen, wie leid mir das alles tut. Deshalb habe ich den Entschluss gefasst, sie endlich einzuweihen. Ich werde ihr alles erzählen und ihre Fragen beantworten. Sie hat es verdient, die Wahrheit zu kennen. Ich habe solche Angst vor ihrer Reaktion, doch diese Lüge weiter aufrechtzuerhalten, ist keine Option. Morgen werde ich es ihr alles erklären. Womöglich habe ich dann noch eine Chance auf Vergebung.«

Mein Blick flog zu dem Datum, an dem der Eintrag verfasst wurde. Er war am Tag vor der Ermordung meiner Eltern niedergeschrieben worden.
Sie wollte mir alles sagen. Mom hatte vor, die Fehler der Vergangenheit wiedergutzumachen. Und dann ist sie gestorben, bevor sie die Chance dazu bekommen hat.

Ich wünschte mir so sehr, ich wäre in der Lage, die Last der Schuld von den Schultern meiner Mutter nehmen.
Ich unterdrückte einen Schluchzer. Offenbar waren die schlimmsten Befürchtungen meiner Mutter wahr geworden. Sonst würde sie noch unter uns weilen.

»Ich will die Organisation brennen sehen und all unsere Fortschritte zerstören, weil sie zu unserer heutigen Lage geführt haben. Und ich verfluche George aus tiefster Seele. Er ist ein Monster, das nur ein Ziel hat: mehr von Stellas Art herzustellen. So wie es seine Erzeuger mit ihm vorhatten.«

Ich schüttelte den Kopf, wollte nicht glauben, welche Vermutung sich mir offenbarte.

Warum spricht meine Mutter von ihm als Monster?

Kann es sein, dass mein eigener Onkel, der Mensch, der mir in der schlimmsten Zeit meines Lebens Obhut geboten hat, den Mordbefehl meiner Eltern ausgesprochen hat?

»Nein, nein! Das kann nicht sein! Das würde bedeuten, dass …«

Dass ich mit dem Mörder meiner Eltern unter einem Dach lebe?

Ich weigerte mich, diese Tatsache zu akzeptieren, obwohl alle Indizien darauf hindeuteten.

Würde mein Onkel seinen eigenen Bruder vom Antlitz des Planeten streichen lassen?

War er wirklich so ein berechnendes, hinterhältiges Stück Dreck?

Es muss einfach eine andere Erklärung geben!

Ich betrachtete die Worte meiner Mutter auf dem Papier und sah zu, wie sie nach und nach hinter einem Tränenschleier verschwanden.

Hoffnung suchend starrte ich auf die schwarzen, ineinander verschnörkelten Linien und verfolgte die letzten Worte meiner Mutter.

»*Stella ist anders. Sie ist ein Kind des Mondes, aufgezogen unter der Obhut der Sonne, in einer Welt voll funkelnder Sterne und Kometen, an die sie heranreichen will. Dabei erkennt sie nicht, dass sie bereits jetzt schon heller strahlt als sie alle zusammen.*«

Die Tränen versiegten und die Worte meiner Mutter berührten einen Teil meiner Seele, den ich längst verloren geglaubt hatte. Das Mondblut rauschte durch mich hindurch, trug mich fort von dieser düsteren Welt, hinauf in den Himmel zu den unendlich vielen Sternenseelen, die mich begrüßten und meine Anwesenheit mit ihrem Glanz verkündeten. Ich fühlte mich nach langer, langer Zeit endlich wieder daheim.

Fünfundzwanzigstes Kapitel
Pläne schmieden

Ich hätte nicht gedacht, dass das Schicksal noch eine Schippe Pech auf mein Leben häufen konnte, doch da hatte ich wohl nicht mit Montagmorgen gerechnet.

Nachdem das Wochenende mein ganzes Leben umgekrempelt hatte, wusste ich einfach nicht mehr, wo oben und unten war. Mein Onkel war am Sonntag spurlos verschwunden, woraufhin Franny nur meinte, dass er bestimmt etwas Wichtiges zu erledigen hatte. Sie wollte mich beruhigen, doch zugleich konnte ich die Sorge in ihrem Universum erkennen. Die Planeten drehten sich schneller um die eigene Achse als gewöhnlich und auch sonst herrschte eine gewisse Hektik in der Galaxie.

In meinem Inneren sah es garantiert nicht anders aus. Ich hatte in den vergangenen Nächten kaum geschlafen und mich in meinem Zimmer verschanzt. Verzweifelt hatte ich versucht, einen klugen Plan zu schmieden, doch ich kam einfach auf keinen Nenner. Es fiel mir schwer, es mir einzugestehen, aber ich brauchte Hilfe. Dringend. Meine Priorität bestand also erst einmal darin, Noris zu finden und einzuweihen. Über alles andere konnte ich mir zusammen mit ihm Gedanken machen.

Allein die Vorstellung, dass George jeden Moment mit einem Sondereinsatzkommando vor der Tür stehen und mich ins Forschungslabor mitnehmen könnte, ließ mein Herz rasen, als hätte ich mehrere Tassen Kaffee intus.

Ich musste aus diesem Haus raus! Und sei es nur für wenige Stunden. All die übernatürlichen Sorgen drückten mir wie ein Betonklotz auf die Seele. Die Verfolgungsjagd, der Tod des Mannes und die Geheimnisse, die sich mir gestern Nacht offenbart hatten, beherrschten mein Denken und Tun. Ich war kaum in der Lage, meine Gedanken in eine andere

Richtung zu lenken, und wollte zumindest einen kleinen Anflug von Normalität verspüren. Dazu musste ich zur Schule.

Nachdem ich an diesem Morgen mein zombiehaftes Äußeres ein wenig hergerichtet hatte, hatte ich den Bus trotz Ausdauersprint verpasst. Mir blieb also nichts anderes übrig, als zu laufen. Es dauerte fast eine Stunde, bis ich in der Schule ankam.

Ich hastete durch die menschenleeren Gänge und entdeckte ihn überraschenderweise am Ende des Flures.

Bei Noris' Anblick, wie er locker mit dem Rücken zu mir durch den Gang schlenderte, gefror mir das Blut in den Adern. Ich dachte plötzlich daran, wie er mich vor gerade einmal zwei Tagen auf dem Feld gehalten und geküsst hatte. Bei der Erinnerung an unseren Kuss begannen meine Lippen zu kribbeln und meine Haut zu prickeln. In mir blubberten hoffnungsvolle Erwartungen an die Oberfläche.

»Noris! Warte!«

Sobald er meine Stimme vernahm, wandte er sich zu mir um. Die Ungläubigkeit stand ihm ins Gesicht geschrieben. »Stella? Solltest du nicht im Unterricht sein?« Er grinste mich an und offenbarte seine weiß blitzenden Zähne. Automatisch lächelte ich zurück. Es war ein Reflex, den er in mir auslöste.

»Eigentlich schon, ja. Und was ist mit dir, müsstest du nicht auch längst in deinem Kurs sitzen?« Für einen Moment vergaß ich den Grund, warum ich überhaupt so dringend mit ihm reden wollte. Es wirkte so, als hätte der Wahnsinn seine Klauen ein wenig zurückgezogen. Nur dafür war ich heute Morgen hergekommen. Ich wollte nicht auf der Stelle treten und nur an die Vergangenheit denken, sondern mich nach vorn bewegen. Es war an der Zeit, diese beschissene Situation wieder in den Griff zu bekommen, damit ich mein Leben führen konnte, wie ich es wollte.

Deshalb war es nötig, Noris alles zu beichten. Jetzt sofort. Ich beugte mich näher zu ihm hin und flüsterte: »Wir müssen uns treffen. So schnell wie möglich.«

Er zog die Augenbrauen zusammen und runzelte die Stirn. Skeptisch sah er mich an und schien darauf zu warten, dass ich mit der Sprache rausrückte.

Wie soll ich am besten anfangen?

Ich habe herausgefunden, dass ich wahrscheinlich mit dem Mörder meiner Eltern unter einem Dach wohne, der mir wiederum Auftragskiller auf den Hals gehetzt hat?
Warum habe ich mir vorher keine Gedanken darüber gemacht?
»Es ist etwas passiert. Ich brauche deine Hilfe.«
Ich seufzte auf. Einerseits war es eine Erleichterung, Noris endlich gefragt zu haben, andererseits beschäftigten mich immer noch viel zu viele Fragen, und auf keine hatte ich bisher Antworten erhalten.
»Hast du morgen Nachmittag Zeit?«, fragte Noris leise. Offenbar wollte er nicht allzu viel Aufmerksamkeit auf uns lenken, obwohl der Flur menschenleer war. Obwohl es mir lieber wäre, wenn wir uns schon viel früher treffen könnten, nickte ich. Noris wirkte beruhigt, denn auch seine Miene erhellte sich.
Mit einem Mal wirkte er jedoch unsicher. Er trat von einem Bein aufs andere und kratzte sich mit der Hand am Hinterkopf. Er schaute mich hoffnungsvoll an.
Ich hatte keinen blassen Schimmer, was sein Verhalten bedeuten konnte, und wurde deshalb ebenso unruhig. Meine Finger begannen wieder zu kribbeln, sodass ich sie zu Fäusten ballte, während mein Blick über Noris' Gesicht schlich, auf der Suche nach einem Zeichen für seine Unruhe.
»Ich wollte dich noch etwas fragen, Stella.« Sein linker Mundwinkel zuckte leicht nach oben, während er mich beobachtete. Ich wurde unter seinen Blicken immer angespannter.
Atemlos starrte ich ihn an und wartete auf seine Frage. Inzwischen keimte eine leichte Vorahnung in mir auf, worum es sich handeln könnte.
»Willst du meineBegleitungfürdenBallsein?« Die letzten Worte sprudelten so schnell aus ihm heraus, dass ich einen Moment lang vollkommen perplex dastand und sie auseinanderknoten musste, bis ich ihre Bedeutung verstanden hatte.
Meine Kinnlade klappte nach unten und ich brachte keine Antwort zustande, während Noris mich musterte. Er stand total unter Strom, zappelte nervös herum und seine Pupillen wanderten suchend hin und her, als würde er ein Zeichen von mir erwarten.
Heilige Scheiße!

Sobald mir bewusst wurde, was hier gerade geschah, hätte ich beinahe Luftsprünge gemacht. Ich wollte den Mund öffnen, als er schließlich mit zittriger Hand abwinkte.

»Ach, vergiss es. Ich hätte wissen müssen, dass es eine dumme Idee war.«

»Ja!«, unterbrach ich ihn lautstark.

Er starrte mich an und schien mir meine Antwort nicht abzukaufen. Seine Hand war mitten in der Bewegung erstarrt und seine Mimik wie festgefroren.

»Ja, ich wäre gerne deine Begleitung für den Ball«, wiederholte ich noch mal weniger schreiend und dafür umso fröhlicher. Ich hätte nicht gedacht, dass eine so simple Frage mich so glücklich stimmen würde. All meine Ängste waren für eine Sekunde verschwunden und ich erlaubte mir, einfach ein Mädchen zu sein, das von ihrem Schwarm zum Schulball eingeladen worden war.

Auch Noris begriff endlich, was meine Worte bedeuteten. Um seine Augen herum entstanden winzige Lachfalten.

Erst als die Pausenglocke schellte, wurden wir aus unserem eigenen kleinen Kosmos gerissen.

Bevor die Schülermassen auf die Flure strömten, trat Noris vor und hauchte mir einen flüchtigen Kuss auf die Lippen. Die Berührung war so sanft, dass sie auch ein Lufthauch hätte sein können, und doch begann mein ganzer Körper zu beben.

Nachdem er sich von mir gelöst hatte, wisperte er noch ein leises »Bis Morgen.« Wenige Sekunden später wurde er von den vorbeiströmenden Schülern weggespült. Nur ich verweilte an Ort und Stelle, als wäre ich eine Sonne und die Schülermassen die Planeten, welche mich umkreisten.

Ich wusste nicht, wie lange ich dort gestanden und ihm nachgesehen hatte, bis mich etwas Schweres von hinten ansprang.

»Na, du Nudel!«, begrüßte mich Jen mit quietschender Stimme. Von ihrer plötzlichen Anwesenheit war ich so überrumpelt, dass ich zunächst nicht reagierte. »Ich hab dich in der ersten Stunde vermisst, wo hast du dich bitte rumgetrieben?«

Mein Mund öffnete und schloss sich wieder, da ich keine passende Entgegnung parat hatte. Ich war total durch den Wind.

»Mein Gott, was ist denn mit dir passiert? Du siehst ja aus, als wärst du vom Lkw platt gefahren worden!« Obwohl sie einen Witz gerissen hatte, konnte ich nur paralysiert neben ihr stehen. Schließlich murmelte ich eine Antwort, die sie hoffentlich überhören würde.

»Noris hat mich gefragt, ob ich mit ihm zum Ball gehe.« Eine Millisekunde später begann Jen einen kleinen Freudentanz aufzuführen.

Ich zog sie an meine Seite und verkniff mir ein Lachen.

Sie nahm meine Hand in die ihre und meinte: »Siehst du! Ich wusste es! Es hat sich total gelohnt, das Kleid zu kaufen. Es wird dir perfekt stehen und Noris wird aus allen Wolken fallen!«

Ich hörte ihr kaum zu, sondern hing meinen eigenen Gedankengängen nach.

Noris hat mich gefragt.
Er hat mich tatsächlich gefragt.
Das ist das Normalste, was mir in letzter Zeit passiert ist!
Und das Schönste.

»Ich möchte beim Mittagessen Einzelheiten zu dir und Noris hören.« Meine Freundin grinste wie ein Honigkuchenpferd und hakte sich bei mir unter, wodurch ich aus meinem Wolkenschloss gerissen wurde. Ich schnaubte und ein winziges Lächeln bildete sich auf meinen Lippen.

»Du bist echt unmöglich, weißt du das?«

»Ja, ich weiß! Aber deshalb liebst du mich auch so.«

Ich tätschelte ihren Lockenkopf, weil ich wusste, wie sehr sie das aufregte, und lehnte mich im Gehen an ihre Schulter. »Worauf du wetten kannst.«

Sechsundzwanzigstes Kapitel
Geständnisse

Schon Viertel nach drei!
Ich linste auf meine Uhr. Warum war Noris noch nicht da? Er hätte vor zehn Minuten bei mir zu Hause angekommen sein müssen.
Vielleicht ist ihm etwas zugestoßen?
Meine Kehle schnürte sich zu und ich meinte, an dieser bösen Vorahnung ersticken zu müssen.
Ich knetete den Stoff des Pullovers zwischen den Händen, um meiner Nervosität ein Ventil zu verschaffen, doch vergebens. Stattdessen erstickte ich an meinen wirren Gedankengängen.
Erst als jemand die Luke zu meinem Zimmer aufstoßen wollte, erwachte ich aus meiner durch Panik ausgelösten Trance. Weil ich genau darauf gestanden hatte, stolperte ich ein paar Schritte zurück. Ein schwarzer Haarschopf schob sich hindurch. Lässig erklomm Noris die letzten Stufen und schloss die Klappe hinter sich.
»Hast du mich gar nicht kommen gehört?«, fragte er und strich sich eine widerspenstige Strähne aus der Stirn.
Ich bekämpfte das Bedürfnis, ihm die Haare durchzuwuscheln, während ich auf das Fenster zuschritt, an dem mein Teleskop ausgerichtet war.
»Schon möglich. Ich war in Gedanken versunken.« Ich suchte die Umgebung außerhalb des Hauses ab. War jemand Noris gefolgt? Ich konnte keine zwielichtigen Gestalten auf der Straße oder unserer Einfahrt ausmachen, weshalb ich die Sache auf sich beruhen ließ. Vorerst.
Momentan entwickelte ich wirklich eine hartnäckige Paranoia. Jeder Schatten verbarg tödliche Gefahren und jeder Fremde, der mir auf der Straße entgegenkam, wollte mir natürlich an den Kragen.

»Woran hast du denn gedacht?«, hakte Noris nach. Er klang ein wenig heiser und das sanfte Lächeln, das auf seinen Lippen ruhte, raubte mir meine komplette Konzentration.

Einen Moment lang wusste ich nicht, was ich sagen sollte, bis mein Hirn sich dazu entschied, Abschied zu nehmen, und ich murmelte: »An dich.«

Noris blinzelte verwirrt. Auch mich irritierte meine eigene Ehrlichkeit.

Hitze schoss in mein Gesicht, als Noris eine Braue in die Höhe zog und schelmisch meinte: »Ich habe dich nicht so gut verstanden. Kannst du das noch mal wiederholen?«

Gespielt entnervt verdrehte ich die Augen. Mit diesen kleinen Neckereien begaben wir uns zurück auf sicheres Terrain. Große Gefühlsbekundungen waren nicht so unser Ding.

»An dich«, erwiderte ich selbstsicherer. Die Hitze auf meinen Wangen blieb. »Aber ganz bestimmt nicht aus dem Grund, den du dir erhoffst.«

»Ach ja, an was denke ich denn?«

»Dass ich mich nach dir sehne, mich nach dir verzehre und dich am liebsten jederzeit in meiner Nähe haben will?«, schlug ich vor. Hoffentlich verstand er den Sarkasmus, der in meiner Stimme mitschwang.

»Klingt ja schon gar nicht schlecht. Und was wäre, wenn ich an so etwas gedacht habe?« Er legte sein schiefes Grinsen auf und sofort war ich wie festgefroren. An Ort und Stelle. In Zeit und Raum.

»Dann muss ich dich leider enttäuschen.« Ich lächelte ihn zuckersüß an, während Noris so tat, als wäre er von einem Pfeil ins Herz getroffen worden. Er schwankte gefährlich und schaute mich bestürzt an.

»Autsch. Das tat weh!« Der Schalk tanzte in seinen Augen. Er genoss das kleine Wortgefecht wohl ebenso. Sobald er aber den Grund für unser Treffen erfuhr, war er garantiert nicht mehr zum Scherzen aufgelegt. Diese Tatsache holte mich schnell auf den Boden der Realität zurück.

»Wir haben Wichtiges zu besprechen.« Ich setzte mich im Schneidersitz hin und klopfte auf die Dielen neben mir. Ohne einen weiteren Kommentar über den plötzlichen Themenwechsel zu machen, ließ sich Noris nieder.

»Es ist etwas passiert.«

Noris legte die Stirn in Falten und sah mich auffordernd an.

Also fuhr ich fort: »Ich war gerade auf dem Heimweg von einem Treffen mit Jen. Dabei habe ich bemerkt, wie mich ein schwarzer SUV verfolgt hat.«

Er versteifte sich neben mir.

»Sie sind mir dann zu Fuß gefolgt, bis ich in einer Sackgasse gelandet bin. Ich musste mich verstecken, da mir einer der Männer hinterhergerannt ist. Er hat so viele schreckliche und verwirrende Dinge von sich gegeben und irgendwann habe ich es nicht mehr ausgehalten. Ich wollte nicht das Opfer sein. Nicht mehr.« Ich war immer leiser geworden und zitterte unkontrolliert. Ich rang mit mir, um die nächsten Worte hervorzubringen. Noris legte seine Hand auf die meine und seine Wärme sickerte durch die Haut in mein Innerstes.

»Ich … ich weiß nicht, wie ich es sagen soll.« Tränen schossen mir in meine Augen. Ich versuchte sie zurückzudrängen, aber es war zwecklos. »Ich hab ihn umgebracht, Noris. Ich habe meine Fähigkeiten benutzt, um einen Menschen zu töten. Ich habe ihn zwischen meinen Fingern zersplittern lassen wie Glas.« Der letzte Satz war nichts weiter als ein leiser Hauch, doch ich wusste, dass Noris jedes einzelne Wort gehört hatte. In meinem Inneren war etwas auseinandergebrochen. Als hätte der Mann, den ich auf dem Gewissen hatte, auch einen Teil meiner Seele herausgerissen.

Während die Leere in mir alle positiven Gefühle absorbierte, wurde der Schmerz umso mächtiger. Ein Krampf erfüllte meinen Körper und ein wimmernder Laut floss über meine Lippen. Ich riss mich von Noris los und wandte mich von ihm ab. Nicht, um meine Tränen zu trocknen, sondern um mich vor ihm zu verbergen. Ich war immerhin eine Mörderin.

Ich beugte mich nach vorn und schluchzte hemmungslos. Meine Haare bildeten einen glänzenden Vorhang zwischen uns. Ich fühlte mich wie der einsamste Mensch auf der ganzen verdammten Welt.

Bis ich spürte, wie er mich behutsam an seine Brust zog. Noris' Hände bewegten sich langsam auf und ab und strichen über meinen Rücken, während er mich an sich drückte. Nicht bestimmend und hart, sondern ganz sanft. Als wäre ich ein verletztes Tier. Ein Vogel, dem beide Flügel gebrochen worden waren und der erst wieder lernen musste zu fliegen.

Ich sackte gegen ihn und hatte seit zwei Tagen endlich das Gefühl, alles rauslassen zu können.
Es gibt jemanden, der Bescheid weiß.
Es gibt jemanden, dem ich vertraue.
Es gibt tatsächlich jemanden, der sich für meine Sorgen interessiert.
»Es ist nicht deine Schuld gewesen, Stella. Das weißt du, oder?«, flüsterte er mir zu, während ich lautstark schniefte.
»Natürlich war es meine Schuld! Ich habe ihn immerhin ...« Ich verdrängte den bitteren Kloß in meinem Hals, der nach Galle schmeckte. »... umgebracht.«
»Meinst du denn ernsthaft, er hätte lockergelassen? Wenn nicht er, so hätten dich die anderen gefunden. Früher oder später. Das weißt du genauso wie ich. Du hattest keine Wahl. Entweder du oder sie.« Er zog mich enger an sich, als wollte er mich vor weiteren Gefahren in der Welt da draußen beschützen. Als wäre ich es wirklich wert, beschützt zu werden.
»Du verstehst das nicht.« Sanft stieß ich mich von Noris ab. »Ich bin das Monster. Nicht die Kerle, die mich verfolgt haben.«
Ich bin das gewesen.
Ich ganz allein.
Niemand sonst.
»So eine Sache kann man niemand anderem in die Schuhe schieben ...«
Ich wandte meinen Blick von ihm ab. Innerhalb eines Wimpernschlags hatte Noris die Distanz zwischen uns überbrückt und umfasste mein Gesicht mit beiden Händen. Nun war ich dazu gezwungen, ihm in die Augen zu sehen. Anstelle von Enttäuschung oder Verachtung, erwartete mich ehrliche und innige Aufrichtigkeit. Er stand zu seinen Worten. Er hatte nicht einfach nur irgendeinen Mist erzählt, um mich zu beruhigen.
»Sag so was nie wieder«, knurrte er. »Du bist kein Monster, Stella. Du bist die wunderschönste Seele, die auf diesem grausamen Planeten wandelt, verstehst du? Du hattest keine Wahl!« In seiner Stimme lag so viel Überzeugung, dass es mir den Atem raubte.
Dennoch schüttelte ich den Kopf, obwohl das mit seinen Händen an meinen Wangen schwierig war. Ich schenkte Noris ein trauriges Lächeln. »Wir haben immer eine Wahl.«

Noris umfasste mein Kinn und reckte es ein wenig nach oben, sodass mein und sein Mund nur noch Zentimeter voneinander entfernt waren. Unser Atem kollidierte. Mein Herz raste. Unsere Körper wurden wie zwei Magnete zueinander angezogen. Wir gaben dem anderen Kraft, Halt und Besinnung. Noris war mein Gegenpol. Bei ihm fand ich Ruhe und meinen Frieden. Ohne ihn geriet die Welt außer Kontrolle und ich verlor die Orientierung.

Und dann senkten sich seine Lippen auf meine.

Ich schloss automatisch die Lider und begann zu fühlen, statt zu sehen. Dieser Kuss war anders. Er schmeckte nach salziger Verzweiflung, nach Tränen. Trotzdem lag eine seltsame Süße darin verborgen. Hoffnung.

Ich genoss diese Pause von der Realität, da ich wusste, wie schnell es wieder vorbei sein würde. Plötzlich stand die Welt still, während wir uns weiterdrehten. In unserem eigenen kleinen Universum fernab menschlicher Probleme. Wir waren Sterne in der Unendlichkeit, Sonnen in fernen Systemen, nur ein Lichtpunkt für fremde Augen. Lichtjahre voneinander entfernt und trotzdem durch unsere Seelen verbunden.

Ich konnte es spüren, auch wenn ich es niemals sehen würde: Die hauchdünne silbrige Schnur, die unsere Existenzen miteinander verknüpfte.

Ich war kurz davor, sie zwischen meinen Fingerspitzen zu halten, doch derartige Dinge konnte man nicht berühren, man musste sie fühlen. Zum ersten Mal seit langer Zeit begann ich zu begreifen, was dieses *Leben* überhaupt bedeutete.

Es hieß, sein Schicksal nicht bloß zu akzeptieren, sondern es zu finden. Seine Bestimmung und Zufriedenheit. Vielleicht führte dieser Weg über Steine und Felsen, oder sogar über ganze Berge, doch das Ziel war immerhin das eigene Glück. Dorthin sollte einem kein Weg zu lang sein.

Während ich Noris auf meinen Lippen schmeckte und die Zeit uns einen kleinen Aufschub von der Realität gewährte, spürte ich, dass ich den richtigen Weg gewählt hatte.

Es dauerte noch einige Minuten, bis wir uns nach Luft ringend voneinander lösten. Noris hatte seinen Arm um meine Schultern gelegt und vermittelte mir so, dass ich nicht allein war. Er war der Anker in meiner Welt, die gerade unterzugehen drohte.

Wir schwiegen eine Unendlichkeit lang. Eine wunderschöne Unendlichkeit. Aber selbst die Ewigkeit musste irgendwann ein Ende finden. Ich setzte mich ihm gegenüber.

»Es gibt noch mehr, wovon ich dir erzählen muss.«

Noris nickte, als hätte er bereits damit gerechnet.

Bin ich so leicht zu durchschauen?

»Ich bin geflüchtet. Ich brauchte vielleicht den Bruchteil einer Sekunde vom anderen Ende der Stadt bis vor meine Haustür. Es war beinahe wie Beamen oder Teleportieren!« Ich hatte begonnen, wild zu gestikulieren, weil ich so nervös war. Ich zwang meine Hände dazu, ruhig in meinem Schoß zu liegen, und wartete gebannt auf Noris' Antwort.

»Die Mutation entwickelt sich schneller weiter als gedacht. Deine universale Kraftquelle wird mächtiger mit jedem Atemzug, den du tust. Du kannst Materie kontrollieren, Stella. Du bist in der Lage, dich selbst zu zersetzen und deine Teilchen durch Raum und Zeit zu bewegen! Das ist einfach gigantisch!«

Was? Ach du Scheiße!

Wenn es stimmte, was Noris da sagte, dann bedeutete das, dass ich mich beamen konnte.

Materie zersetzen. Sich auflösen und im Nichts verlieren.

Was wäre geschehen, wenn ich mich nicht wieder hätte zusammensetzen können? Wäre ich für immer in diesem Raum voller Farben und ohne Leben umhergegeistert? Hatte ich währenddessen überhaupt existiert?

Mein Verstand rebellierte gegen meine Gedanken, die meinen Schädel beinahe zum Platzen brachten. Das Blut pulsierte durch meine Schläfen und sandte stechenden Schmerz durch meinen ganzen Körper, sodass ich die Augen schließen und tief durchatmen musste.

Noris redete ruhig weiter und betonte mehrmals, wie unglaublich unsere Fähigkeiten seien. Zu was wir alles in der Lage seien.

Ich, Herrscherin über die lichte Materie. Er, Gebieter über die dunkle. Zusammen waren wir unschlagbar. Niemand würde uns etwas anhaben können.

Seine Stimme strich wie Samt über meine Haut. Der Klang beruhigte mich. Ich entspannte mich etwas und beschloss, Noris noch mehr zu offenbaren.

»Der Mann hatte mir kurz vor seinem Tod verraten, dass *Sirius* hinter mir her ist. Eine Geheimorganisation, in der meine Eltern tätig waren und mein Onkel das Sagen hat. Und dank dem hier«, ich zog das Foto aus dem Tagebuch hervor und hielt es Noris hin, »vermute ich, dass auch deine Eltern Teil der Organisation und in der ganzen Sache irgendwie verstrickt sind.«

Noris versteifte sich mit jedem meiner Worte mehr und mied meinen Blick. Er wirkte, als hätte man ihn bei einer Straftat ertappt. Ich hatte nichts anderes erwartet. Noris verschloss sich vor mir. Hatte ich sein Vertrauen nach all dieser Zeit nicht langsam verdient?

»Du musst mir nicht erzählen, was damals passiert ist. Meine Mutter hat von einem Vorfall erzählt, von dem sie nicht wollte, dass er sich bei mir wiederholte. Ich denke, ich würde das alles besser verstehen, wenn du es mir sagst, aber ich werde dich nicht zwingen.« Ich hielt gespannt den Atem an. Natürlich hoffte ich, dass meine Worte ihn erreichten. Dass er endlich mit mir sprach.

Nach einigen Sekunden völliger Stille ließ er seine Fingerknöchel knacken. Obwohl das Geräusch eine Gänsehaut auf meinen Unterarmen erzeugte, tat ich nichts. Ich wusste, dass er dieses Ventil brauchte, um seine Unsicherheit auszudrücken, auch wenn seine Miene in stählerner Härte festgefroren war. Ich wollte gerade ansetzen, dass wir es einfach dabei belassen sollten, als Noris den Mund öffnete.

»Ich war dreizehn. Meine Eltern sind so euphorisch über meine Entwicklung gewesen und sie waren selten wirklich glücklich. Ich hatte vor, sie stolz zu machen.« *Knack, knack, knack.* »Eines Tages gab es Komplikationen. Dunkle Materie hat sich in meinem Blut gesammelt und drohte auszubrechen. Ich wusste plötzlich, dass ich die Finsternis, die dunkle Materie kontrollierte und nichts anderes. Derartige Anzeichen gab es vorher noch nie.«

Mit jedem weiteren Knacken seiner Fingerknöchel zuckte ich mehr zusammen.

»Der Vorsitzende befahl, mich in die Forschungslabore einweisen zu lassen, doch plötzlich zweifelten meine Eltern. Sie befürchteten, man würde mich von ihnen trennen oder gar *aussortieren,* sollte sich meine Entwicklung als fehlerhaft herausstellen.«

Ich gab dem Impuls nach, über seinen verkrampften Arm zu streichen. Sofort entspannte sich Noris ein bisschen. Er atmete tief durch. Ein und aus, ein und aus.

»Sie weigerten sich. Aber natürlich ließ sich *Sirius* nicht davon beeindrucken und sandte seine Handlanger aus, um mich zu holen. Meine Eltern warf er aus der Firma und schickte sie angeblich ins Exil, während er mich über Wochen hinweg in einem der Labors gefangen hielt.« Er strich sich automatisch die Haare aus der Stirn, als eine Locke nach vorn fiel.

»Ich musste auf einer schmalen Pritsche schlafen in einem Raum, in dem nie das Licht angeschaltet wurde. Ich war wochenlang vollkommener Dunkelheit ausgesetzt. Sie war mein einziger Freund und in dieser Zeit lernte ich, sie zu kontrollieren. Ich zwang sie dazu, durch meine Adern zu strömen und meinen Körper zu beherrschen, bis jede einzelne Zelle von Schwärze erfüllt wurde.« Er schloss die Augen, als würde er hinter seinen Lidern die von ihm geliebte Finsternis finden, die ihm das Gefühl von Kontrolle und Macht vermittelte.

„Nach einiger Zeit ließen sie mich gehen. Ohne ein Wort der Erklärung. Ich bekam eine neue Familie, die meine alte natürlich niemals ersetzen könnte. Meine Pflegeeltern wissen von nichts und tun alles, was die Organisation ihnen sagt, in der festen Überzeugung, dass sie mit Mitarbeitern des Jugendamtes sprechen. In meiner Anfangszeit haben sie zum Beispiel jeden meiner Schritte verfolgt, um sicherzugehen, dass ich keinen Kontakt zu meinen richtigen Eltern herstellte.« Er lachte trocken auf und schüttelte den Kopf. Die Enttäuschung in seinem Blick traf mich ins Herz, denn sie war mir selbst nur allzu bekannt.

»Was geschah mit deiner Mutter und deinem Vater?«, fragte ich, nachdem wir uns einige Minuten lang angeschwiegen hatten und Noris gedankenverloren an einem losen Faden seines schwarzen Shirts herumzupfte.

»Sie verschwanden und kamen nie zurück. Laut der Organisation wurden sie ins Exil geschickt. Neue Namen, neue Identitäten, ein komplett neues Leben ohne ein lästiges Anhängsel wie mich. Wer weiß, vielleicht hat *Sirius* sie aus dem Weg geschafft.« Er ließ den Kopf hängen.

»Du meinst, wie bei mir?«

Er nickte schwach. Mein Kopf war vollkommen leer gefegt. Ich hatte wenigstens die Gewissheit, was mit meinen Eltern geschehen war. Zumindest kannte ich die Wahrheit und konnte mich an sie klammern, auch wenn die Verzweiflung mich oftmals zu Boden warf. Aber nicht zu wissen, ob die eigenen Eltern noch lebten oder nicht? Das musste furchtbar sein. Die Hoffnung hielt einen an der Oberfläche und sorgte dafür, dass man auf eine Rückkehr wartete. Währenddessen zog die Resignation einen tiefer, bis man an gar nichts mehr glaubte und wie ein Schatten durch die Welt wandelte.

»Ich verstehe nur nicht, warum sie erst jetzt angreifen. Immerhin bist du schon seit ein paar Monaten hier. Sie hätten dich bereits viel früher von der Bildfläche verschwinden lassen können«, murmelte Noris und tippte sich ans Kinn.

»Keine Ahnung. Vielleicht dachte mein Onkel, ich wäre hier am sichersten, direkt unter seiner Aufsicht. Doch seit Kurzem muss er gemerkt haben, dass ich seiner Kontrolle entgleite. Er hat sich auch sofort erkundigt, warum ich schon so früh daheim sei, als ich nach der Verfolgung unversehrt zu Hause angekommen bin. Was, wenn er diese Frage nicht nur aus Fürsorge gestellt hat?«

Ich erhob mich und ging auf mein Bett zu. In dem Nachtschränkchen ruhte das Notizbuch. Damit gesellte ich mich zurück zu Noris.

»Das ist das Tagebuch meiner Mom. Sie hat eine Woche vor ihrem Tod noch hier hineingeschrieben und zugegeben, dass sie und mein Vater sich von der Organisation trennen wollten. Sie sind zu George, meinem Onkel, gegangen und haben ihm die Meinung gesagt, woraufhin er ihnen gedroht hat.« Ich warf Noris einen vielsagenden Blick zu. »Er ist auch auf dem Foto, wo unsere Eltern drauf zu sehen sind. Laut Franny hatten meine Eltern und mein Onkel jahrelang keinen Kontakt mehr. Doch anscheinend war das nicht der Fall. Sie haben weiterhin zusammengearbeitet, im Verborgenen.« Ich blätterte ziellos in dem Tagebuch herum und lauschte dem sanften Rascheln der Seiten, was meine aufgebrachte Seele zumindest ein wenig beruhigte.

»Weiß deine Tante von alldem?«

»Ich denke nicht. Sie wirkt zu harmlos und weiß nicht genug, um an der ganzen Sache beteiligt zu sein.«

Wir schwiegen wieder. Es war keine unangenehme Stille zwischen uns beiden, allerdings verspürte ich den Drang, Noris noch mehr zu erzählen.

»Im Tagebuch spricht meine Mutter davon, dass die Eltern meines Onkels ihm das Gleiche angetan hätten wie mir und aus ihm ein Monster geschaffen hätten, das noch mehr von seiner Art herstellen will.« Ein unangenehmer Schauder jagte meine Wirbelsäule hinab. Die Worte meiner Mutter waren eigentlich privat und nun besudelte ich ihr Erbe, indem ich ihre Geheimnisse mit Noris teilte. Doch ich wusste, dass diese Informationen unser Schicksal verändern konnten. Ich durfte sie Noris nicht vorenthalten. Das wäre mehr als unfair, nachdem er sich mir anvertraut und von seinen verschollenen Eltern erzählt hatte.

»Als ich meine Tante aus reiner Neugierde gefragt habe, ob sie einen *Sirius* kennt, hat sie mir gesagt, dass der Zweitname meines Onkels so lautet.«

Kaum hatte ich ausgesprochen, hatte mich Noris schon bei den Schultern gepackt. »Stella! Haben dir deine Eltern etwa nie von der Gründung der Organisation erzählt?« Er wirkte fassungslos, bis ich ihn daran erinnerte, dass ich bis vor wenigen Tagen nichts von der Existenz von *Sirius* wusste.

»Und jetzt erzähl es mir schon! Warum tust du gerade so, als hätte ich verpasst, dass die Welt untergegangen ist?«

»Weil das ziemlich nah an das herankommen wird, was ich dir gleich sage.« Sein Blick verfinsterte sich und fokussierte mich, sodass ich das Gefühl bekam, mich nicht mehr bewegen zu können. »Dein Onkel ist nicht nur ein hohes Tier bei der Organisation. Er ist ihr Gründer.«

Ich knirschte mit den Zähnen. Etwas in der Art hatte ich bereits erwartet. Ich hatte es bis zum Schluss nicht glauben wollen und obwohl es offensichtlich war, daran gezweifelt. Meine Schultern sackten herab. Diese Katastrophe nahm immer größere Ausmaße an.

»Meine Eltern haben mir alles erzählt, was ich wissen wollte. Sie waren der festen Überzeugung, ich würde irgendwann ihren Platz dort einnehmen, und wer weiß, vielleicht wäre es tatsächlich so gekommen.« Er kniff sich mit Daumen und Zeigefinger an die Nasenwurzel. »Selbst nach ihrem Verschwinden wurde ich oft ins Labor gerufen. Ich bin stets dort erschienen, doch seit einem Jahr herrscht absolute Funkstille. Ich vermute, seitdem haben sie ihren Fokus auf dich gelenkt. Bei mir gab es nichts Neues zu erforschen und so wurde ich einfach vergessen.« Seine Stirn legte sich in Falten, bevor er den Kopf schüttelte.

»Meine Eltern haben mir nämlich von der Gründung von *Sirius* erzählt. Es war quasi meine Gutenachtgeschichte. Irgendwann konnte ich sie auswendig.« Er räusperte sich.

»Es gab vor etwa fünfzig Jahren ein junges Ehepaar, beides Astrophysiker. Als ihr erster gemeinsamer Sohn geboren wurde, beschlossen sie, ihn zu nutzen, um etwas Bahnbrechendes zu erschaffen. Sie arbeiteten eng mit der Regierung zusammen und erforschten erfolglos nicht-irdisches Leben. Doch dann kam der 21. Juli 1969.«

»Die Mondlandung.« Meine Antwort war nicht mehr als ein heiseres Wispern. Noris nickte.

»Die Mannschaft brachte mehrere Mondsteine mit zur Erde. Sie wurden nur zur gerne der Wissenschaft zur Verfügung gestellt, da diese geradezu utopische Dinge versprach. Zum Beispiel Heilung von bisher unheilbaren Krankheiten.« Seine Stimme wurde schwer wie ein Schwarzes Loch. Ich drohte darin zu versinken, doch Noris' Worte durchbrachen meine Gedanken.

»Das Ehepaar experimentierte monatelang und fand eine Möglichkeit, das Material zu verflüssigen. Allerdings durfte die entstandene Lösung nicht an Lebewesen ausprobiert werden. Zumindest nicht offiziell. Deshalb fütterten sie ihr Kind mit dem Mondstaub. Bis es sich veränderte. Die Wissenschaft bedeutete ihnen mehr als die Liebe zu ihrem eigenen Kind.« Er machte eine Pause. Ich hatte mich gespannt vornübergebeugt und klebte förmlich an Noris' Lippen.

»Der Junge entwickelte unmenschliche Fähigkeiten. Zunächst waren sie unauffällig. Das Kleinkind redete von Universen in den Augen seiner Mitmenschen, von einem Kosmos in unseren Köpfen. Dann wurden seine Gaben immer auffälliger. Bei Tag begann er zu leuchten wie die Sonne und am Abend verwandelte sich sein Blut in flüssige Nacht.«

Ich stutzte. »Du meinst also, er beherrscht sowohl die lichte als auch die dunkle Materie? Wie eine Fusion aus unseren beiden Kräften?«, wisperte ich. Das war unmöglich! So etwas konnte es nicht geben. Oder?

»So ist es. Er entwickelte unglaubliche Macht und gründete schließlich eine Geheimorganisation, die er nach sich selbst benannte, um das Werk seiner Eltern fortzuführen.«

»*Sirius*. Der hellste Stern am Himmelszelt.« Ich presste die Lippen zusammen.

»Haargenau. Er holte seinen kleinen Bruder, den seine Eltern nach dem erfolgreichen Experiment *Sirius* nicht mehr angerührt haben, und dessen Ehefrau ins Boot. Er demonstrierte seine Gaben und überzeugte die beiden Wissenschaftler davon, dass auch sie ihren Beitrag zu einem Weltwunder leisten könnten, indem sie ihm ihr Erstgeborenes übergeben.«

Es war sonnenklar, dass Noris über meine Eltern sprach. Diese Tatsache erzeugte eine Gänsehaut an meinem gesamten Körper. Es fühlte sich an, als würden Tausende unsichtbare Spinnen über meine Haut krabbeln. Ich strich sie mit hektischen Armbewegungen weg. Das Schrecklichste war: Ich wusste genau, wie die Geschichte ausging. Sie ließen sich auf den Deal ein.

»Das klingt alles wie eine Folge von Akte X«, flüsterte ich und zog meine Knie an den Oberkörper, um mein Kinn darauf abzulegen. Noris schien ebenso betroffen zu sein wie ich.

»Ein zweites Ehepaar trat der Organisation bei. Auch sie erklärten sich bereit, ein von ihnen geschaffenes Leben der Wissenschaft zu opfern.«

Ich rückte näher zu Noris heran. Wir verschränkten unsere Hände ineinander und hefteten den Blick darauf.

»Es kamen immer mehr hinzu. Ein Kreis aus engen Vertrauten, die allesamt ein Geheimnis zu wahren wussten.« Noris schnaufte, weshalb ich mit dem Daumen kleine Muster auf seine Haut malte. Unter der sanften Berührung entspannte er sich.

»Womit keiner gerechnet hat, war …« Er schaute von unseren ineinander verschlungenen Händen auf und sah mir direkt in die Augen. Ich wurde von der Intensität seines Blickes beinahe umgeworfen. Seine Iriden waren dunkel und in seinen Pupillen tanzten schwarze Flammen. Seine Lippen verzogen sich zu einem teuflischen Lächeln. »… dass sich die Kinder aufspalten würden. Eines war pures Licht, rein und klar, während das andere nichts als Dunkelheit in sich trug. Kinder des Tags und der Nacht.«

Siebenundzwanzigstes Kapitel
Regeln des Kosmos

Keiner wusste mehr, was er sagen sollte. Ich hatte jegliche Orientierung verloren. Als würde ich an einer Kreuzung ohne Wegweiser stehen und nicht einmal das Ziel meiner Reise kennen.
Was ist wahr? Was falsch?
Gibt es keinen Kompass zum Überleben?
»Aber das macht keinen Sinn«, merkte ich schließlich an.
»Was meinst du?«
»Sein innerer Kosmos wirkt so harmonisch. Ich kann seine Gefühle darin lesen. Müsste sein Universum nicht auch unsichtbar für uns sein? Wie es unseres ist, wenn wir einander in die Augen schauen?« Ich suchte einen Ausweg, eine Logiklücke, die es nicht gab.
Noris' Hände zuckten. Die Situation setzte ihm ebenfalls zu.
»Du darfst nicht vergessen, dass er dieselben Fähigkeiten wie wir beherrscht, Stella. Wahrscheinlich sogar mehr. Er hat das Gleiche getan wie ich bei deiner Tante und seine wahren Intentionen verschleiert, um keine Aufmerksamkeit auf sich zu lenken. Oder hättest du den Feind in deiner eigenen Familie vermutet?«
Ich schüttelte den Kopf. Bedeutete das, er hatte meiner Tante vorgespielt, der liebe Familienvater sein zu wollen und es in Wahrheit nur auf meine Fähigkeiten abgesehen hat? Die Gedankenflut drückte mich unter eine imaginäre Wasseroberfläche. Ich schnappte nach Luft.
»Warte mal! Du hast vorhin selbst gesagt, dass er mich die ganze Zeit, in der ich hier wohne, hätte angreifen oder in seine Forschungslabore entführen können. Aber er hat es nicht getan. Warum?«
Meine Frage löste bei ihm ein Stirnrunzeln aus. Auch Noris stand die Unsicherheit ins Gesicht geschrieben und ich hatte die Hoffnung

auf eine Antwort fast aufgegeben, da riss er die Augen auf und starrte mich geradezu erschrocken an.

»Sie erwarten etwas. Etwas Großes! Sie beobachten dich, statt dich direkt einzufangen, um zu sehen, was geschieht.« Seine leise dahingemurmelten Worte verwirrten mich noch mehr. Bevor ich nachfragen konnte, was er meinte, erklärte Noris schon: »Überleg doch mal. Wenn sie dich direkt einsperren, würden sie nie deine natürliche Reaktion sehen. Deshalb warten sie ab und schauen, was passiert.«

»Und warum wurden mir dann Verfolger auf den Hals gehetzt, um mich einzufangen?«, fragte ich skeptisch.

»Vielleicht ist ihnen das Ganze zu unsicher geworden. Sie können nicht wissen, was geschieht, und haben ihre Pläne geändert. *Sirius* wollte dich in Sicherheit wissen. Anscheinend liegt ihnen wirklich was an dir. Das würde unsere Vermutung mit dem persönlichen Bezug zu deinem Onkel verstärken.«

»Und was könnte dieses Ereignis sein, von dem du redest? Irgendwelche Vorschläge?« Ich warf hilflos die Hände in die Luft. Das alles klang so kryptisch und nach Vermutungen. Wer gab uns Sicherheit, dass alles stimmte, was wir uns hier zusammenreimten?

»Unsere Kräfte sind vom Universum abhängig. Tag und Nacht, Licht und Schatten, Planeten, Kometen und dem ganzen Mist. Unsere Fähigkeiten sind an die Gesetze gebunden, die uns die Physik und die Galaxie vorschreibt. Doch was, wenn sich die Grenzen verschieben? Wenn das Kräftegleichgewicht durcheinandergerät und uns beide zu einem unkalkulierbaren Risiko machen würde?« Seine Theorie klang abstrus. Absolut wahnsinnig. Vollkommen irre. Und trotzdem irgendwie plausibel.

Ich verschränkte die Arme und sah ihn abwartend an.

»Und was stellst du dir vor? Was soll groß genug sein, um die Grenzen unseres Universums zu verschieben?« Ich sprach absichtlich mit hörbarem Sarkasmus und klammerte mich daran, dass Noris unrecht haben *musste*. Mein Verstand rebellierte gegen diese Vorstellung.

»Ich weiß es nicht.« Noris riss mich aus meinen verworrenen Gedankengängen. Plötzlich schnippte er mit den Fingern und schaute erwartungsvoll zu mir herüber. »Ich hab's! Deine Eltern haben doch alles Mögliche über den Himmel dokumentiert!«

Ich nickte zaghaft.

»Wir müssen ihre Unterlagen noch mal durchgehen und kontrollieren, ob in der nächsten Zeit irgendwelche besondere Ereignisse vorhergesehen sind.«

Ich schielte zu dem Stapel Kisten am anderen Ende des Zimmers hinüber. Entschlossen lenkte ich meine Aufmerksamkeit zurück zu Noris und nickte ihm zu. »Lass es uns anpacken!«

Zwei Stunden später saßen wir immer noch auf dem Boden meines Zimmers. Während ich alle Sternenkarten durchging, arbeitete sich Noris durch die vor ihm aufgestapelten Notizbücher. Ich seufzte und ließ die gefühlt tausendste Sternenkarte enttäuscht sinken.

»Schon wieder nichts«, grummelte ich. Mich hatte von Anfang an der Gedanke geplagt, dass das nichts werden würde. Wir wussten ja nicht einmal, wonach wir Ausschau halten mussten, und hofften einfach auf ein Zeichen.

Aber von wem?
Vom Universum?
Vielleicht von Gott, falls es ihn gab?

Ohne großartige Motivation nahm ich die nächste Papierrolle zur Hand und strich behutsam über das knitterige, leicht vergilbte Papier, bevor ich sie vor mir ausrollte. Es war beinahe ein Ritual, dass ich das tat. Ich hatte es mir mit der Zeit angewöhnt.

Wie immer zogen mich die detailgetreuen Zeichnungen und Pinselstriche in ihren Bann. Ich verlor mich zwischen Himmelskörpern und ihren Laufbahnen, zwischen einzelnen Sternen und ihren gedeuteten Bildern, bis ich mein Gesicht zur Sonne wandte. Beinahe spürte ich ihre Strahlen auf meiner Haut und mein Blut glomm kurz auf, als würde es auch die Verbindung zu ihr spüren. Mit einem Lächeln auf den Lippen betrachtete ich die abgebildete Konstellation näher. Ich erkannte sie erst auf dem zweiten Blick.

Alle Planeten bildeten eine gerade Reihe. Von der Erde aus würde man mit dem Teleskop nur den Mars und die Venus beobachten können, da sich die anderen Planeten dahinter verbargen. Ich betrachtete die Überschrift, die in geschwungenen und verschnörkelten Lettern über der ganzen Abbildung prangte: »Eine Konjunktion aller Planeten.«

Aber natürlich!
Das muss es einfach sein!

Ich warf einen schnellen Seitenblick zu Noris hinüber, doch der hatte sich konzentriert über die Notizbücher gebeugt und bemerkte nichts. Ich hatte bereits zweimal falschen Alarm geschlagen und ihn aus seinen Überlegungen gerissen. Ein drittes Mal wollte ich es nicht riskieren. Ich musste mir zu einhundert Prozent sicher sein.

Ich wusste zwar, dass die Konjunktion am 31. März eintrat, aber ich brauchte genauere Angaben. Hier musste es irgendwo einen Hinweis darauf geben, wann sie auftauchte …

Ich suchte das Papier ab und plötzlich störten mich die vielen feinen Verzierungen und Schnörkel, an denen ich zuvor immer so großen Gefallen gefunden hatte. Sie lenkten mich vom Wesentlichen ab. Doch ich spürte, dass ich auf der richtigen Fährte war. Meine Intuition trieb mich dazu, jeden Zentimeter des Blattes unter die Lupe zu nehmen. Bis ich eine winzige Notiz aufspürte, die mit Bleistift an den Rand der Karte gekrickelt worden war. Es war eine Zahlenfolge.

3103; 1900
Was könnte das nur bedeuten?

Ich biss auf meiner Unterlippe herum und versuchte mich an alles zu erinnern, was mir in diesem Kontext weiterhalf. Meine Hände spielten mit den Spitzen meiner Haare und ich begann, auf der Stelle herumzuzappeln, weil ich einfach nicht mehr still sitzen konnte. Mit einem Mal kam mir ein Gedankenblitz und ich dachte zurück an die besondere Art und Weise, in der mein Vater meiner Mutter und mir Uhrzeiten oder Daten mitgeteilt hat. Eine Erinnerung bildete sich vor meinem inneren Auge und verschleierte meinen Blick auf die Realität.

»Wir treffen uns am 2508 um 1645, okay, Schatz?« Das Lächeln meines Vaters verblasste inmitten all meiner vergangenen Gedanken.

»Dad! Sprich bitte in unserer Sprache und nicht immer in Rätseln.« Ich kicherte über seine seltsame Ausdrucksweise, *die er offensichtlich von seiner Arbeit als Forscher übernommen hatte.*

»Aber Stella, sonst macht das Ganze keinen Spaß!« Sein Seelenuniversum war erfüllt von Liebe und Gerissenheit. »Mal schauen, ob du pünktlich bist!«

»Dad, das ist gemein!«

Ich schluckte schwer und musste mehrmals blinzeln.

»Dad«, flüsterte ich lautlos. Lediglich die Bewegung meiner Lippen verriet, dass ich tatsächlich sprach. Eine Träne hatte sich in meinen Augenwinkel geschlichen, als ich an sein breites Lächeln zurückgedacht hatte. Ich wischte sie eilig fort und konzentrierte mich wieder auf meine Aufgabe.

Die Zahlen waren ein Teil von Dads Geheimsprache. Das wusste ich damals noch nicht. Er hatte einem damit immer Datum und Uhrzeit mitgeteilt und sich ins Fäustchen gelacht, wenn jemand die Reihenfolge vertauschte oder zu spät zu einem Treffen erschien.

3103. Damit ist eindeutig der Tag und der Monat gemeint! Der 31. März. 1900 muss demnach die Uhrzeit sein.

»Ich hab's«, wisperte ich. Sobald ich allerdings bemerkte, dass Noris mich nicht gehört hatte, wiederholte ich um einiges lauter: »Ich hab's! Noris, ich hab gefunden, wonach wir gesucht haben!«

Bei meinem plötzlichen Geschrei zuckte er so stark zusammen, dass ihm das Notizbuch aus der Hand und polternd auf den Boden fiel.

»Stella! Warum schreist du mich denn so an?«

Hat er mir etwa nicht zugehört?

Ich habe den entscheidenden Hinweis entdeckt!

Sofort stand ich auf und marschierte zu ihm hinüber. Auffordernd hielt ich ihm die Sternenkarte unter die Nase und erklärte ihm, was uns erwartete: »Am 31. März um sieben Uhr abends werden sich alle Planeten in einer exakten Reihe befinden. Dadurch tritt eine Verstärkung der Anziehungskraft auf, die unsere Körper und Kräfte kurzfristig beeinflusst.«

Ich war froh darüber, mit meinem Fachwissen über unsere Galaxie glänzen zu können. Noris nahm die Karte ungläubig an sich und betrachtete sie mit offensichtlicher Skepsis.

»Meinst du wirklich, Sirius wartet die Konjunktion ab? Was bewirkt sie überhaupt bei uns?«, fragte er zaghaft, als würde er nicht daran glauben, dass die Planeten unsere Gaben in irgendeiner Art und Weise beeinflussen konnten. Meine Euphorie verpuffte schlagartig.

Nun war ich überfragt. »Das weiß ich nicht. Die Konstellation könnte unsere Kräfte verstärken, aber auch schwächen oder komplett ausschalten. Vielleicht geschieht auch gar nichts.«

Erst als ich mir diese Tatsache noch mal durch den Kopf gehen ließ und das Datum genau beobachtete, fiel es mir siedend heiß ein. »Noris! An dem Tag findet der Ball statt.«

Er sah mich an und erkannte die Sorge in meinem Blick. Mir wurde erst jetzt bewusst, wie sehr ich mich auf diesen Tag gefreut hatte, auf das Stückchen Normalität, das er mir schenken würde. Ohne zu zögern, zog Noris mich zu sich hinab, sodass wir wieder nebeneinander im Schneidersitz auf dem Boden hockten.

»Stella.« Er hob mein Kinn mit seinem Zeigefinger an. »Mach dir keine Sorgen. So wie es bis jetzt aussieht, könnte die Konjunktion auch harmlos sein. Wir sollten uns nicht wegen einer Vermutung wahnsinnig machen. Die Bedrohung scheint ja nicht allzu groß zu sein.«

Ich wagte es kaum, zu ihm aufzusehen.

»Wir müssen unseren Plan verfeinern und abwarten, was passiert. Der Ball könnte eine gute Tarnung für uns sein. Bei so vielen möglichen Zeugen würde Sirius niemals zuschlagen.« Ich nickte beiläufig über seine Worte. Sie drangen nicht mehr ganz bis zu mir hindurch.

»Doch erst einmal müssen wir abwarten und planen«, schlussfolgerte ich leise.

»Ja.« Noris zog mich näher zu sich heran und legte schützend einen Arm um mich. Obwohl ich eine tiefe Verunsicherung spürte, fühlte ich mich sofort besser, weil er bei mir war.

»Wir sind stärker als all das, Stella. Manchmal muss man einfach etwas wagen und darf nicht länger darüber nachdenken, was schiefgehen könnte.«

Achtundzwanzigstes Kapitel
Flucht

»Schätzchen, hast du kurz Zeit?« Franny streckte ihren Kopf durch die Luke in meinem Zimmerboden.

»Ja klar, Noris ist gerade gegangen. Komm ruhig herein.« Ich hatte es mir auf meinem Bett bequem gemacht und starrte auf die Sternenkarte, die ich auf dem Bettlaken ausgerollt hatte. Ich rollte sie schnell zusammen, um meiner Tante Platz zu machen. Dabei bemerkte ich, dass sie meinem Blick geradezu auswich. Ihre Schultern hingen herab und die sonst so lockigen Haare wirkten schlaff.

»Ist alles in Ordnung?«, fragte ich zögerlich.

Die Antwort war unwissendes Schweigen. Franny seufzte leise auf, bevor sie mir einen Zettel überreichte. Man sah ihm deutlich an, dass er mehrmals zerknittert und wieder auseinandergefaltet worden war. Zudem war das Papier an einigen Stellen von Feuchtigkeit durchtränkt.

Es war ein Brief. Gerichtet an Franny.

Ich schaute sie skeptisch an, doch sie nickte mir bestätigend zu, als wollte sie mich darin bestärken, die Worte zu lesen. Ich überflog die Zeilen und ein beklemmendes Gefühl breitete sich in meiner Magengrube aus. Der Verfasser war George.

Ich kann nicht bleiben ...

Tauche für unbestimmte Zeit unter ...

Werde mich eine Weile nicht blicken lassen ...

Es ist besser so. Ich liebe dich.

Die Tinte war an einigen Stellen verschmiert, als hätte jemand darüber Tränen vergossen. Sofort schnellte meine Aufmerksamkeit zu Franny.

Sie wich meinem schockierten Blick dieses Mal nicht aus, sondern schaute mir in die Augen. Unsicher ergriff sie meine Hand.

»Was bedeutet das?«, flüsterte ich. War er etwa wegen des fehlgeschlagenen Entführungsversuchs untergetaucht? Das würde Sinn machen. Doch das konnte ich meiner Tante natürlich nicht erzählen. Hatte er etwa mitbekommen, dass ich herausgefunden hatte, dass er der Drahtzieher hinter allem war?

»Dein Onkel«, setzte sie an. Jede Silbe floss mit einem leichten, fast unhörbaren Zittern über ihre Lippen. »Dein Onkel hat uns verlassen. Er meint, er braucht Abstand von uns beiden. Vielleicht war ihm alles einfach zu viel. Die Adoption, deine Eingewöhnungsphase, die Tatsache, dass es nun nicht mehr nur um uns beide geht.« Ich konnte ihr deutlich ansehen, wie sehr sie an dieser Tatsache zu zerbrechen drohte. Das Fundament ihrer Seele wurde erschüttert. Die Planeten in ihrem Kosmos bebten und ruckelten, als wollten sie aus ihrer Umlaufbahn ausbrechen. Alle, bis auf meinem.

Ohne zu zögern, schloss ich sie in eine Umarmung und strich ihr über den Rücken, während ich beruhigende Worte murmelte. Unter meinen sanften Berührungen schmolz ihre Starre dahin. Sie ließ sich in meine offenen Arme gleiten und schmiegte sich Halt suchend an mich. »Du hast immer noch mich, Franny. Ich werde immer bei dir sein.«

»Ich weiß, Liebes. Ich weiß. Du bist die beste Tochter, die ich mir wünschen könnte.«

Eine Weile lang verharrten wir in dieser Position. Bis sich meine Tante von mir löste. Sie schniefte lautstark, woraufhin ich ihr ein Taschentuch reichte. Ein Lächeln huschte über ihre Lippen.

»Erzähl mir von etwas Schönem, Stella.« Sie fasste die Tüte ins Auge, in der sich mein Ballkleid befand. Jen hatte es mir heute in der Schule mitgegeben, weil ich sie darum gebeten hatte. So wie es aussah, würde das Kleid sowieso nicht zum Einsatz kommen. Das Risiko war einfach zu groß, dass auf dem Ball etwas passierte. »Willst du mir nicht deine Abendgarderobe für den Ball zeigen?«

»Ich werde wahrscheinlich nicht hingehen«, meinte ich.

»Aber wieso denn nicht?«

»Ich glaube einfach, es ist keine gute Idee.« Selbst in meinen eigenen Ohren klang diese Ausrede lahm.

»Ist es etwa wegen George?«, hakte Franny nach und beinahe wäre ich zusammenzuckt, weil ihre Frage punktgenau ins Schwarze traf. »Hat er es dir etwa verboten oder madig geredet, bevor er gegangen ist?«

Gewissermaßen.

Ich ließ meinen Kopf sinken, weil ich nichts Falsches sagen wollte.

»Stella, lass dir von ihm nicht dieses Erlebnis nehmen! Egal, was er getan oder gesagt hat, er ist nun fort. Womit auch immer er dir gedroht hat, ist nun nicht mehr von Belang. Er ist weg. Und das bedeutet, er kann nicht mehr über dich bestimmen.«

Ich spürte ihre warme Hand an meiner Schulter. Als ich aufschaute, begegnete ich ihrem entschlossenen Gesichtsausdruck.

Eigentlich hat sie recht.

Alles deutet darauf hin, dass sich Sirius zurückgezogen hat. Vielleicht hat er begriffen, dass er mich nicht einfach so in seine Finger bekommt. Hat er vielleicht sogar Angst davor, ihm könnte etwas Ähnliches passieren wie Dan? Warum soll ich mich von jemandem unterdrücken lassen, der sich vermutlich in vollkommene Abgeschiedenheit zurückgezogen hat?

»Das stimmt«, erwiderte ich verblüfft. Frannys Miene hellte sich auf.

»Natürlich stimmt es. Lass dich nicht unterkriegen, Stella. Du bist stark, klug und wunderschön.« Meine Tante erhob sich von der Matratze und ging auf die Tüte zu. Entschlossen fasste sie mein Kleid an den Trägern und hob es aus der Verpackung. Mit einem Leuchten in ihrer Galaxie wandte sie sich zu mir um, wobei sie mir das Kleid entgegenhielt. »Lass es jeden sehen. Versteck dich nicht.«

Nun stand auch ich auf und nahm das Kleidungsstück entgegen. Während meine Fingerspitzen über den glatten Stoff strichen, fasste ich einen Entschluss.

Ich werde den Ball besuchen.

Nicht aus Protest gegenüber Sirius oder aus Zustimmung zu Franny. Sondern ganz allein für mich.

Die Normalität würde mir guttun. Ich wollte endlich eine normale Schülerin mit normalen Problemen sein!

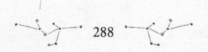

Neunundzwanzigstes Kapitel
Der Frühlingsball

Ich drehte mich vor dem Spiegel um die eigene Achse. Es war beinahe hypnotisierend, zu beobachten, wie sich das Kleid unter meinen Drehungen aufbauschte und nur Sekundenbruchteile später wieder zu Boden fiel. Ich fühlte mich schön. Wirklich schön. Und ich war glücklich.

Hinter mir im Spiegel erkannte ich meine Tante, die sich vor Freude eine Träne aus dem Augenwinkel wischte. Sie hatte darauf bestanden, mich auf den Ball vorzubereiten.

Die letzten Tage waren überraschend ruhig verlaufen. Noris und ich hatten uns unauffällig verhalten, um unseren Gegnern keine Angriffsfläche zu bieten. Außerdem stand uns nichts mehr im Wege. Mein Onkel war spurlos verschwunden und hatte keine Anzeichen hinterlassen, die auf eine Attacke hindeuteten. Ich glaube, ich hatte ihn wirklich vertrieben.

Im Moment wollte ich keinen Gedanken an die möglichen Katastrophen verschwenden, die womöglich nicht einmal eintraten, sondern den Moment genießen. Ich lächelte mein Spiegelbild an und bewunderte die Geschmeidigkeit des Kleides. Der Stoff fiel in Wellen zu Boden und erinnerte mich an einen Wasserfall aus Sternenstaub. Es war hochgeschlossen, Arme und der Rücken lagen frei, was mich jedoch nicht störte. In sanften Bögen schmiegte sich das Material an meinen Körper, sodass der leicht transparente Tüll meiner Haut einen silbrigen Schimmer verlieh. Ich strich über die winzigen Perlenstickereien und genoss das prickelnde Gefühl auf den Fingerspitzen, das von der Aufregung herrührte.

Franny trat hinter mich und zupfte an meiner Frisur herum. Ich hatte mich für einen *Messy Bun* entschieden. Aus dem locker hochgesteckten Dutt fielen vereinzelt Strähnen heraus, die ich mit einem Lockenstab in Form gebracht hatte und die nun mein Gesicht umspielten.

Zur Feier des Tages hatte ich sogar ein wenig Make-up aufgetragen. Ich wollte diesen Abend auskosten und dabei auf nichts verzichten. Sicherlich blieb George nicht auf ewig verschwunden, aber ich brauchte diese Atempause so dringend. Während ich mein Abbild bewunderte, fragte ich mich, ob Noris dieser Anblick gefallen würde.

»Liebes, du sieht zauberhaft aus!«, unterbrach Franny meine zweifelhaften Gedanken. »Wenn der Junge dir nach diesem Ball nicht zu Füßen liegt, dann schick ihn in die Wüste!«

Sie bedachte mich mit einem herrischen Blick. Am schelmischen Aufblitzen ihrer Sterne erkannte ich, dass sie scherzte. Schließlich hatte sie mir erst vor wenigen Tagen offenbart, dass sie Noris sehr sympathisch fand. Wir hatten nicht mehr über das Verschwinden meines Onkels gesprochen, doch seitdem suchte sie noch mehr meine Nähe und freute sich über jede Sekunde, die ich mit ihr verbrachte.

Plötzlich klingelte es an der Tür. Das Geräusch riss mich aus meinen Gedanken und zauberte ein wissendes Lächeln auf meine Lippen. Ich wusste natürlich, wer dort auf mich wartete.

»Ich komme schon!«, rief meine Tante und rannte in den Flur. Mein Herz begann schneller zu schlagen, als wollte es aus meinem Brustkorb entfliehen. Es war bereits drei Uhr. In einer Stunde würde der Ball beginnen.

Die Aufregung stieg unweigerlich an. Meine Hände wurden zittrig, was ich zu verbergen versuchte, indem ich sie faltete. Dieser Tag würde etwas Besonderes werden.

Aus dem unteren Stockwerk hörte ich aufgeregte Stimmen, woraufhin meine Tante zu mir hinaufrief: »Stella! Willst du deine Verabredung etwa einfach hier stehen lassen?«

Ich grinste mich im Spiegel an.

»Das wird ein toller Abend. Versau es nicht«, flüsterte ich mir selbst zu. Dann nickte ich, als hätte ich gerade einen Pakt mit meinem Ebenbild geschlossen, machte auf dem Absatz kehrt.

Ich hob den vorderen Teil des Kleides ein wenig an und hielt mich mit der anderen Hand am Geländer fest, damit ich nicht stolperte und die Treppe hinunterstürzte. Unten sah ich Noris und meine Tante, die eifrig Fotos knipste. Ich warf beiden ein schüchternes Lächeln zu. Die Zweifel pressten sich erneut auf meinen Brustkorb. Das Atmen fiel mir so schwer, als würde mir ein Korsett die Luft abdrücken.

Was, wenn Noris das Kleid nicht gefällt?
Oder die Haare?
Oder alles?

Bevor ich die letzte Stufe überwand, machte ich mir klar, dass ich mich in meinen Sachen wohlfühlen musste und sonst niemand. Wenn ich mich schön fand, würden mich auch andere schön finden. Also trat ich Noris lächelnd gegenüber, der mich seinerseits verblüfft anstarrte.

»Wow ...«, hauchte er und ergriff meine rechte Hand. Dieses eine Wort löste einen wohligen Schauer auf meiner Haut aus. »Du siehst atemberaubend aus. Wie ein Geschenk des Himmels.« Die letzten Worte raunte er mir ins Ohr, während er sich leicht vorbeugte. Sofort löste sich der schmerzhafte Knoten in meinem Magen.

»Du siehst aber auch nicht schlecht aus«, erwiderte ich lächelnd. Er trug ein am Kragen aufgeknöpftes schwarzes Hemd und eine gleichfarbige Hose. Obwohl er schlicht angezogen war, unterstrich das Outfit seine Persönlichkeit perfekt. Die dunkle Aura, zu der ich mich so hingezogen fühlte wie eine Motte zum Licht, wurde durch die Kleidung noch verstärkt. Seine Figur und insbesondere die breiten Schultern kamen besonders gut zur Geltung. Er übte eine derart große Anziehungskraft auf mich aus, dass ich mich am liebsten sofort an seine Brust geschmiegt hätte. Nur die Anwesenheit von Franny hielt mich davon ab.

Im Hintergrund knipste meine Tante nämlich weiterhin Fotos und kommentierte unseren Auftritt mit aufgeregten Quietschern, verträumten Seufzern oder Sätzen wie: »Ihr seht so zauberhaft zusammen aus! Rückt noch ein Stückchen näher zusammen.«

Bevor das Fotoshooting weiter ausartete und wir den ganzen Ball verpassten, zog Noris eine kleine Schachtel hinter seinem Rücken hervor.

»Ich wusste nicht genau, welche Farbe dein Kleid hatte, deshalb hab ich mich einfach für diese Blume entschieden. Ich hoffe, sie gefällt dir.« Er klappte den Deckel auf und für einen Moment fehlten mir die Worte. Er hatte tatsächlich ein Ansteckträußchen für mich besorgt!

Noris gab sich wirklich Mühe, diesen Tag so normal wie möglich für uns beide zu machen, und seine liebe Geste trieb mir beinahe die Tränen in die Augen. Ich streckte eine Hand nach der Blume aus und fuhr ihre Blütenblätter nach. Es handelte sich um eine purpurfarbene Rose, die von ein wenig Schleierkraut umrahmt wurde. Ich schaute zu meinem Partner auf.

»Sie ist perfekt.« Ich lächelte ihn aufrichtig an. »Danke.«

Schnell legte er mir den Strauß um das Handgelenk und zauberte aus der Schachtel eine weitere Rose in der gleichen Farbe hervor, die sich unter meiner Blume befunden hatte und die er sich nun ans Revers steckte.

»Damit jeder weiß, dass wir zusammen gehören«, meinte er mit einem schiefen Grinsen auf den Lippen.

Mein Herz schwoll in meiner Brust an und drohte zu platzen vor Stolz und Freude. Solch schöne Worte hatte ich selten gehört.

Damit jeder weiß, dass wir zusammen gehören.

Zusammen.

Nicht länger allein.

Diese Erkenntnis war wertvoller, als der gesamte Ballabend es jemals sein würde. Bevor ich mich in meinen Gedanken verlor, hupte es mehrmals von draußen. Ich sah Noris fragend an.

»Alex und Jen warten im Auto. Sie haben es eilig.« Er lachte heiser und strich seine zerzausten Locken zurück.

»Na, dann lassen wir sie nicht länger warten«, meinte ich aufgeregt und war schon auf dem Weg zur Tür, als meine Tante sich hinter uns lautstark räusperte und erst mir, dann ihrer Kamera einen strengen Blick zuwarf. Ich seufzte. Noris und ich mussten noch mindestens zehn Minuten lang für meine Tante und ihre Trillionen Fotos posen.

»Setz dich mal hierhin!«

»Nein, steh lieber wieder auf ...«

»Stell dich mal hier hinüber.«

»Lass uns eben in den Garten gehen, dort ist der Hintergrund schöner.«

Irgendwann hatte ich es tatsächlich geschafft, mich von meiner Tante zu verabschieden und Noris aus dem Haus zu schleifen. Ich entschuldigte mich bei ihm für die ausgeartete Foto-Aktion von Franny.

»Aber wieso denn?« Er lachte aus vollem Halse, offenbar hatte er an der ganzen Sache Spaß gehabt. »Ich finde sie total niedlich. Und ich kann verstehen, warum sie jeden Winkel ihrer wunderschönen Nichte festhalten will.«

Bei seinen Worten schoss Hitze in meine Wangen und wärmte meinen gesamten Körper.

Noris hauchte mir einen flüchtigen Kuss auf die Stirn, bevor er mich die Treppe zu unserer Einfahrt hinunterführte. Ich fühlte mich, als würde ich auf Wolken schweben, so leicht und schwerelos schritt ich neben ihm. Noris verlieh mir Flügel zum Fliegen, die mir das Schicksal abgeschnitten hatte. All die grausamen Ereignisse in meinem Leben hatten mich wachsen und stärker werden lassen.

Der letzte Schnee hatte sich verflüchtigt und tatsächlich begann die Welt um uns herum aufzuleben. In der Ferne zwitscherten Vögel und die ersten Knospen brachen den kalten Boden auf.

Der Frühling kommt. Vielleicht ist das endlich der Neuanfang, den ich mir so sehr wünsche.

Wenige Sekunden später öffnete Noris die hintere Wagentür und hielt sie mir auf. Auf der Rückbank wartete Jen. Bei ihrem Anblick war ich einen Moment vollkommen sprachlos. Sie sah einfach umwerfend aus in dem Kleid, das wir zusammen gekauft haben. Das knallige Rot hob ihre dunkel geschminkten Augen und Lippen hervor und ließ sie wirken wie eine Königin. Der Schnitt des mit Spitze verzierten Kleides passte sich perfekt an ihren Körper an und lenkte durch den herzförmigen Ausschnitt den Fokus auf eine goldene Kette, an der ein Herzanhänger baumelte. Jens Naturlocken tanzten um ihr Gesicht, sodass sie geradezu wild wirkte.

»Jen!« Ich stieg in den Wagen und umarmte meine Freundin stürmisch. »O mein Gott! Du siehst toll aus!«

Jen reagierte gar nicht auf meine Worte. Ihre Kinnlade war heruntergeklappt, während sie mich intensiv musterte. Erst nach gefühlten Minuten erwachte sie aus ihrer Trance und schloss mich ebenfalls in die Arme.

Dann folgte der emotionale Ausbruch: »Stella!« Ich zuckte bei ihrem Aufschrei zusammen. »Wie konntest du mir verschweigen, dass du in dem Kleid aussiehst wie eine verdammte Göttin? Ich hab völlig verdrängt, wie toll dir das steht!« Sie hielt mich eine Armlänge von sich entfernt und ließ ihren Blick über mich gleiten.

»Du siehst echt heiß aus. Neben dir stinke ich total ab!« Sie lachte und berührte meinen Oberarm mit der Spitze ihres Zeigefingers, woraufhin sie ein zischendes Geräusch von sich gab. Ich grinste dämlich vor mich hin und bemerkte erst jetzt, dass Alex, dem der Wagen offensichtlich gehörte, losgefahren war.

Natürlich besuchten Jen und ihr Verehrer den Ball zusammen. Allerdings hatte Alex mit der Einladung so lange auf sich warten lassen, dass Jen ihn schließlich gefragt hatte. Einfach so. Geradeheraus. Selbst ist die Frau. Bewundernd schaute ich sie an. Mir war noch nie so ein herzensguter, lebensfroher Mensch wie Jen begegnet. Ja, auch sie hatte ihre Ecken und Kanten, aber genau die liebte ich an ihr.

Ich sah nach vorn und ergriff Jens Hand. Noris warf mir über die Schulter ein vielsagendes Grinsen zu. Er hatte es sich auf dem Beifahrersitz bequem gemacht. Alex summte mit tiefer, brummender Stimme einen Song aus dem Radio mit und ich sog gierig den Geruch nach Leder und Parfüm in mich ein, der in der Luft lag. Eine unvergessliche Nacht wartete auf mich.

Schließlich kamen wir an der Halle an, wo der Ball stattfinden sollte. Überall standen Jugendliche in kleinen Gruppen zusammen und redeten, lachten, stießen gemeinsam auf die kommende Nacht an.

Wir mischten uns unter sie und kämpften uns zum Haupteingang, wo wir uns in die lange Schlange einreihten. Eine kühle Brise strich wie eine zarte Berührung über meine Haut.

Sofort legte Noris die Arme von hinten um mich. Gleich darauf durchströmte mich angenehme Wärme. Entspannt lehnte ich mich zurück und lauschte dem aufgeregten Gerede meiner Freunde. Vorfreude lag in der Luft und Euphorie rauschte durch mein Blut. Ich fühlte mich beinahe benebelt vor Glück.

Endlich waren wir an der Reihe und mussten unsere Ausweise vorzeigen. Der Security-Angestellte winkte uns kommentarlos durch und so betraten wir die Halle.

Staunend sah ich mich um. Alles war mit transparenten, roten Tüchern behängt und jegliches Mobiliar war mit goldener Farbe verziert. Rechts von mir befand sich eine freie Fläche, auf der zu diesem Zeitpunkt nur vereinzelt jemand tanzte.

Ich erkannte am anderen Ende der Halle eine lange Tischreihe, auf der ein Büfett aufgebaut worden war. Drum herum waren Tische und Stühle angeordnet. Die meisten Leute tummelten sich beim Essen.

Auch ich spürte bei dem herzhaften Geruch ein deutliches Grummeln im Magen. Ich hatte den ganzen Tag über kaum etwas gegessen vor Aufregung. Das machte sich nun bemerkbar. Lachend schob Noris mich in Richtung des Büfetts. Wir waren schon auf dem Weg zu den silbrigen Behältern, in denen das Essen warm gehalten wurde, als uns meine beste Freundin zurückzog.

»Bevor ihr euch vollkleckert, machen wir erst mal Fotos!«, forderte sie.

Noris sah mich mit hochgezogener Augenbraue an. Sicher dachte er ebenfalls an das unfreiwillige Fotoshooting mit meiner Tante und die Tausenden Bilder, die von uns existierten. Ich zuckte entschuldigend mit den Schultern und zog ihn mit mir, als Jen sich durch die immer größer werdende Menge zu einer der Foto-Kulissen durchschlängelte.

Jemand hatte eine Ecke der Halle mit Efeu und frischen Blumen behängt. Baumrinde war im Hintergrund angebracht worden und die verschiedenen Blumensorten kreierten vereinzelte Farbtupfer inmitten des grünen Meeres. Ich erkannte Vergissmeinnicht, Flieder und sogar ein paar pinke Rosen.

»Wow! Das sieht wahnsinnig toll aus!« Jen sprach aus, was wir alle dachten, und in Windeseile hatten wir uns vor der märchenhaften Kulisse positioniert. Erst alle zusammen für ein Gruppenfoto, dann Alex und Jen allein.

Schließlich waren Noris und ich an der Reihe. Zunächst stand ich verkrampft da. Unruhig zupfte ich am Kleid und meiner Frisur herum, bis Noris mich zu sich umwandte, sodass ich nicht länger in die Kameralinse sehen musste. Im Hintergrund hörte ich das Klicken des Fotoapparats, doch ich blendete es völlig aus.

In diesem Moment existierten nur Noris und ich und dieser wundervolle Wald. Kaum eine Sekunde später hatte Noris seine Lippen auf meine gesenkt und mich enger an sich gezogen. Ein Stromschlag durchfuhr uns beide. Zunächst zuckte ich heftig zusammen, danach war allerdings nur noch ein sanftes Vibrieren zu spüren.

Lächelnd löste sich Noris von mir. Erst jetzt bemerkte ich die Geräuschkulisse um mich herum. Alex pfiff lautstark und feuerte uns an. Die Röte kroch an meinem Hals hinauf und ich könnte schwören, dass sich unzählige Flecken auf meiner Haut gebildet hatten.

Neben meinen Freunden hatte sich ein kleines Grüppchen von Schülern angesammelt, die hinter vorgehaltener Hand über Noris und mich tuschelten. Ihre Blicke nahmen uns förmlich auseinander, als würden sie uns in unsere Einzelteile zerlegen und nach Fehlern suchen wollen. Im Hintergrund klimperte leise Klaviermusik vor sich hin, die die passiv-aggressive Stimmung auf abstruse Art und Weise untermalte.

In den letzten Wochen war die Gerüchteküche leider nicht zum Stillstand gekommen. Stattdessen hatten Noris und ich sie noch angeheizt, dadurch, dass wir zusammen gekommen waren. Der Ball war gewissermaßen unser erster gemeinsamer Auftritt als Pärchen. Da waren spitze Kommentare und ungläubige Blicke geradezu vorprogrammiert.

Noris zog mich aus der Foto-Ecke und bugsierte mich durch die Menge hindurch zum Büfett. Als wäre nichts geschehen, griff er zwei Teller und schritt mit mir die Tische ab, auf denen das Essen aufgebaut war.

Er deutete auf eine Ansammlung von Blätterteigschnecken, die durch Käse und Schinken verfeinert wurden. Daneben waren die Behälter aufgebaut, unter deren Haube sich Kartoffelgratin, Nudelauflauf und verschiedene Fleischgerichte befanden. Zudem gab es Salate als Beilage, ebenso wie verschiedene Gemüse- und Obstsorten. Am hintersten Tisch erspähte ich die Desserts: Schokoladenpudding mit Vanillesoße, eine Quiche und ebenfalls eine kleine Auswahl an Eissorten, die in einer Gefrierkühltruhe aufbewahrt wurden.

Noris füllte sich einfach alles auf. Ich verdrängte die Lästerattacke und bemerkte, wie Noris mir ein aufmunterndes Lächeln zuwarf.

»Lass dir von denen nicht den Abend vermiesen. Die sind nur neidisch. Du stehst da drüber.«

Zweifelnd schaute ich zu ihm auf. Sein Blick verhakte sich in meinem und ich meinte zu sehen, wie Lichtfunken zwischen unseren Augen stoben, nur um sich dann im Nichts zu verlieren. Neben Noris fühlte ich mich vollkommen. Er gab mir die Sicherheit und das Selbstvertrauen, das mir oftmals fehlte.

Er balancierte die beiden Teller und bot mir trotzdem noch seinen Ellenbogen zum Einhaken an. Ich legte meine Hand sanft an seinen Oberarm und ließ mich von ihm durch die Menge führen. Und mit einem Mal waren all die flüsternden Stimmen hinter unserem Rücken verklungen und die irritierten Seitenblicke richteten sich in eine andere Richtung. Offenbar hatte ich mich ein wenig zu sehr in die Ablehnung meiner Mitschüler hineingesteigert. Meine Wahrnehmung war wohl so daran gewöhnt, dass ich eine Zielscheibe für Anfeindungen war, dass ich die Realität gar nicht mehr richtig wahrgenommen hatte. Schon begrüßte mich Jen mit irrem Winken von ihrem Platz aus. Wir gesellten uns zu ihr und ihrem Date an den kreisrunden Tisch.

»Habt ihr etwa das ganze Büfett leer geräumt?«, fragte Alex lachend und deutete auf die Speisen. Noris und ich sahen uns kurz an, dann brachen wir in lautes Gelächter aus und konnten uns kaum auf unseren Sitzen halten. Wir hatten ein volles Drei–Gänge-Menü vor uns aufgestapelt und obendrein war alles miteinander vermischt.

Also verbrachten wir die nächste Zeit damit, querbeet zu essen und nicht über die Bauchschmerzen nachzudenken, die einen sicherlich überfielen, wenn man Schokopudding mit Salatsoße mischte oder Nudeln in Vanillesoße tunkte. Manche Kombinationen waren derart unpassend, dass wir angeekelt das Gesicht verziehen mussten. Die ein oder andere stellte sich aber auch als wahrer Glücksgriff heraus, wie zum Beispiel Pommes mit Vanilleeis zu verfeinern. Irgendwann machten wir ein Spiel daraus und der mit der krassesten Mischung gewann. Dabei bedienten wir uns alle von den zwei Tellern, die Noris befüllt hatte. Ganz nach dem Motto: *Wer wagt, gewinnt.*

Jen klinkte sich schnell aus. Ihre Gesichtsfarbe war zunehmend blasser geworden, bis sie schließlich meinte, dass sie unmöglich noch einen Bissen ertragen würde. Offenbar war ihr die Banane mit der Pilzrahmsoße nicht gut bekommen.

Während Jen also haushoch verlor, stellte sich Noris als absoluter Champion heraus. Alex und ich teilten uns freiwillig den zweiten Platz, nachdem Noris angekündigt hatte, als nächstes Chilischoten mit Eis und Tomatensoße zu kombinieren.

Alex und ich kniffen aus berechtigtem Grund. Es dauerte genau zwei Sekunden, nachdem sich Noris grinsend die rote Schote in den Mund geschoben hatte, da gab er nur noch ein heiseres Quietschen von sich, woraufhin er drei Gläser Wasser in einem Zug leer trank.

»Bei Schärfe soll Milch helfen«, gab Jen ihr Wissen zum Besten. »Leider gibt es die hier nicht. Du könntest es mit …«

Bevor Jen ausreden konnte, rannte Noris ans Büfett und klaute einen der Eisbehälter aus der Gefrierkühltruhe. Er löffelte den ganzen Eimer leer. Ohne Unterbrechung. Wir kriegten uns vor Lachen gar nicht mehr ein. Der Anblick von Noris war einfach zu köstlich. Im wahrsten Sinne des Wortes.

Die Stunden vergingen wie Minuten und ich bemerkte gar nicht, dass nach und nach das Büfett abgebaut wurde, um mehr Platz für die Tanzfläche zu schaffen. Tische und Stühle wurden beiseitegeräumt und mit der Zeit drangen immer mehr Menschen in die Halle. Offenbar kamen die meisten nur zum Feiern.

Noris nahm natürlich Notiz davon, dass ich die vielen Menschen beobachtete, die sich in wilden Drehungen oder sanften Bewegungen zur Musik bewegten, welche nach jedem Lied mehr an Lautstärke gewann.

Jen und Alex machten sich gerade fertig, um sich zu den anderen zu gesellen. Plötzlich stand auch Noris vor mir, wodurch er mir die Sicht auf die tanzenden Paare versperrte.

»Hey!« Ich machte ein empörtes Gesicht, was gar nicht so leicht war, da ich zu ihm aufsehen musste.

Er streckte seine Hand aus und hielt sie mir hin, während er lächelnd meinte: »Würdest du mir die Ehre erweisen?«

Ich starrte erst Noris und dann seine ausgestreckte Hand an, bevor ich leise auflachte. »Ich kann nicht tanzen!«, erwiderte ich. Trotzdem ließ ich mich von ihm auf die Beine ziehen.

»Dann wirst du es jetzt lernen.« Dieses ganz besondere Grinsen umspielte seine Mundwinkel. Es machte mich einfach wahnsinnig und sofort überkam mich das Bedürfnis, meine Lippen auf die seinen zu pressen, um dieses Lächeln zu schmecken. Immer und immer wieder.

Er führte mich zur Tanzfläche. Das Licht in der Halle wurde gedimmt, sodass von draußen orangerote Sonnenstrahlen den Raum erhellten.

Noris führte meine Handgelenke und legte sie sich selbst um den Hals. Dann spürte ich seine Hände auf meiner Hüfte. Wir schmiegten uns aneinander und begannen uns leicht im Takt der Musik zu bewegen.

Das warme Licht zauberte überall weiche Kanten und ließ den ganzen Ball wie einen Traum erscheinen. Der süße Duft des Essens, die Musik und die Tatsache, dass Noris und ich uns im Rhythmus des Liedes wiegten, konnte ich kaum realisieren.

Wir nahmen jedes noch so kleine Detail voneinander auf. Die tiefroten Strahlen der Abendsonne malten einen goldenen Rand an Noris' Haarspitzen. Seine Haut wirkte samtig und sein typischer Geruch nach Vanille benebelte meine Gedanken. Wie gerne wüsste ich jetzt, was er über mich dachte.

Er betrachtete mich wie einen kostbaren Kristall, der in Tausende Einzelteile zerschellen würde, sollte man ihn fallen lassen. Ich ertrug seinen Blick nur einen Wimpernschlag länger, dann schloss ich die Augen und überbrückte die Distanz zwischen uns. Wir standen still. Die Töne und Klänge der Musik prallten an uns ab, der Geruch des Essens wurde durch seinen Duft ersetzt und ich meinte tatsächlich, sein Lächeln zu schmecken.

Das Licht drohte in meinen Körper zu sickern, doch ich errichtete einen gedanklichen Wall und wehrte es ab. Meine seltsamen Fähigkeiten würden diesen Moment nicht zerstören.

Als Noris und ich uns voneinander lösten, meinte er: »Ich hätte dir das schon viel früher sagen sollen, Stella.« Er schien sich zu sammeln und Kraft zu schöpfen. »Ich …«

Dann verfiel er in Schweigen. Zunächst dachte ich mir nichts dabei, doch plötzlich fasste er sich an die Brust und öffnete den Mund, als wollte er schreien. Kein Laut verließ seine Lippen.

»Noris? Ist alles in Ordnung?« Ich versuchte ihn zu stützen, als er schwankte und sich an mir festhielt. Er krümmte sich vor Schmerzen. Ich stolperte zurück.

Was soll ich tun?

Was hat er nur?
Meine Glieder begannen unkontrolliert zu zittern und mit einem Mal spürte ich es auch. Etwas ballte sich in meinem Inneren zusammen und wollte mit aller Macht nach draußen gelangen. Wie ein Parasit fraß sich dieses Ding durch meinen Körper, brach durch meine Rippen und spaltete meinen Brustkorb auf, um in die Freiheit entlassen zu werden. Ich presste meine Lippen fest aufeinander, um nicht laut loszuschreien. Zudem gab ich mir wirklich Mühe, auf den Beinen zu bleiben, obwohl sich die Welt um uns herum drehte.
Wir müssen hier raus!
Sofort!
Ohne darüber nachzudenken, griff ich Noris, dem es von Sekunde zu Sekunde schlechter ging, unter die Arme. Auch mein Zustand verschlechterte sich rapide. Schweißperlen traten auf meine Stirn.

Ich war kaum noch in der Lage, mein Licht zu unterdrücken, und nahm ein panisches Flackern wahr wie bei einer kaputten Glühbirne. Wir sollten von hier verschwinden, bevor jemand unsere Veränderung bemerkte.

Während ich Noris betrachtete, sah ich, dass die Schatten aus seinem Körper zu kriechen begannen. Dank seiner schwarzen Kleidung nahm man dies nicht so schnell wahr, aber mein geübtes Auge erfasste seine drohende Verwandlung auf der Stelle. Wir stützten uns wortlos aufeinander ab und verstanden sofort, was getan werden musste.

Ohne die empörten Rufe der Besucher des Balls zur Kenntnis zu nehmen, die wir auf unserem Weg zum Ausgang zur Seite stießen, arbeiteten wir uns nach draußen vor.

Sobald wir die Halle verließen, brauchte ich nicht die Uhrzeit zu kontrollieren, um zu wissen, was für unseren Zustand verantwortlich war. Ich würde *All-in* gehen und meine Gabe darauf verwetten, dass es neunzehn Uhr war. Die Konjunktion trat ein.

Sobald wir an der frischen Luft ankamen, suchte ich den Himmel ab, doch natürlich konnte man von der Erde aus nichts von der Planetenreihe erkennen.

Ich fluchte los, als Noris zusammensackte. Meine eigenen Kräfte schwanden zusehends dahin und ich war definitiv nicht in der Lage, ihn noch viel weiter zu tragen.

Ein Security-Angestellter trat uns in den Weg, allerdings beachtete ich weder seine desinteressierten Fragen, die sich nach unserem Wohl erkundigten, noch sein dominantes Auftreten. Die Welt kippte und ich versuchte, das Gleichgewicht zu bewahren. Meine Lider klappten zu und tauchten die Umgebung in ein tiefdunkles Schwarz.

Es erinnerte mich an Noris' Schattenkräfte und ich wünschte mir, ich könnte auf ewig in der Schwärze treiben. Die Versuchung war gewaltig. Doch das war keine Option.

Also kämpften Noris und ich uns Meter für Meter voran, bis wir uns schließlich hinter dem Gebäude befanden, in dem der Ball stattfand. Der Security-Mann hatte schnell das Interesse an uns verloren. Vermutlich hielt er uns für betrunkene Teenager, die sich ein ruhiges Plätzchen suchten, um in Ruhe rumzuknutschen.

Warum lasse ich die Macht nicht frei?
Vielleicht enden dann diese höllischen Schmerzen.
Ich umklammerte Noris' Hand und holte Luft.

»Halt dich gut fest«, murmelte ich. Ich wusste nicht einmal, ob meine Worte überhaupt zu ihm durchdrangen.

»Ich habe das bis jetzt erst einmal gemacht. Hoffentlich geht alles gut.« Sprach ich mir damit selbst Mut zu oder richtete ich die Worte an Noris? Dann schloss ich die Augen und begann, in mich hineinzuhorchen. Meine Gabe reagierte sofort auf den leisen Hilferuf und ich spürte, wie sich unsere Umgebung auflöste und wir in eine Welt ohne Raum und Zeit fielen.

Dreißigstes Kapitel
Konjunktion

Das Universum verzerrte sich um uns herum. Farben zuckten wild umher und drangen durch meinen Körper, der sich nach und nach zersetzte. Ich sah die Welt vorbeiziehen, das Licht schwinden und wiederkehren. Angst umspülte mich und verlor sich im Nichts. Ich fürchtete mich davor, Noris in diesem Nichts zu verlieren und nicht wiederzufinden. Unsere Moleküle hafteten aneinander und ließen einander nicht los, doch wenn sich das Universum dazu entschied, uns voneinander zu trennen, hätten wir dagegen nichts unternehmen können.

Dieses Mal katapultierte mich nicht bloß ein Sprung durch Raum und Zeit, ein paar Kilometer weit vom jetzigen Standort. Dieses Mal fühlte es sich anders an. Als würde die Zeit an uns zerren und reißen, obwohl wir nicht länger aus fester Materie bestanden. Die Zeit verlor an Bedeutung. Wir hätten uns Minuten, Stunden oder eine ewige Unendlichkeit in diesem Nichts aufhalten können, ohne es zu bemerken.

Sobald ich die Augen aufschlagen konnte und die Welt sich verfestigt hatte, durchfuhr mich ein Schauder. Das Nichts klebte an meinen Armen wie eine unangenehme zweite Haut und das seltsame Gefühl verflüchtigte sich erst, nachdem ich mit zitternden Fingern über meine Oberarme gerieben hatte. Kälte umhüllte mich und rauer Wind wirbelte meine Haare auf. Für einen Moment stand die Erde still. Als hätten wir mit unserem Sprung das Zeitgefühl der Erde aus dem Takt gebracht.

Gerade als ich mich umwandte, um nach Noris zu sehen, begann die Welt sich weiterzudrehen, denn die Schmerzen, die ich während des Balls gefühlt hatte, kehrten auf einen Schlag zurück. Ich schrie auf.

Ohne dass ich es verhindern konnte, brach das Licht aus mir hervor und ich sank auf die Knie. Goldenes Blut strömte in meinen Armen hinab und explodierte aus den Fingerspitzen. Der Schmerz ebbte ab, je heller ich leuchtete. Er floss aus mir heraus und hinterließ ein stumpfes Echo der vorherigen Qualen.

Nach nur einem Wimpernschlag war ich vollkommen umhüllt vom Licht. Mein Haar hatte sich aus seinem lockeren Dutt gelöst und wirbelte gleißend um meinen Kopf herum, während ich mich mit glühenden Händen langsam vom Boden abstieß und schwankend auf die Beine kam. Ich benötigte einen Moment, um mich an das Strahlen zu gewöhnen. Ich sah an mir hinab. Noch nie in meinem Leben hatte ich derart hell geleuchtet.

Habe ich vielleicht einfach zu viel getrunken auf dem Ball? Verträgt sich meine Gabe mit Alkohol?

Es ist aber unmöglich ein Zufall, dass Noris' und meine Fähigkeiten zur gleichen Zeit verrücktspielten.

Verdammt! Ist heute nicht die Konjunktion?

Von wegen, die Auswirkung der Planetenverschiebung auf unsere Körper ist sicher harmlos! Wie konnten wir uns nur so irren?

Noris!

Oh verdammt! Blitzschnell drehte ich mich um meine eigene Achse und entdeckte Noris etwa zehn Meter hinter mir. Er starrte mich mit entsetztem Gesichtsausdruck an und ich ahnte, dass er gesehen hatte, wie das Licht aus meinem Inneren herausgebrochen war. Wie meine Haut nachgegeben hatte und zersplittert war, um meinem Strahlen Platz zu machen. Er hatte genau beobachtet, wie die Schmerzen mich beinahe gebrochen hätten.

Ich erkannte sofort, dass auch er unter der drohenden Verwandlung litt. Er war nicht stark genug, um sie aufzuhalten. Ich wusste es einfach. Es war, wie sich einem Tsunami entgegenzustellen oder einen Waldbrand mit bloßen Händen ersticken zu wollen. Naturgewalten musste man nachgeben. Sich unterwerfen lassen und ihnen auf diese Weise ebenbürtig werden. Denn erst wenn man die Stärke des anderen anerkannte, wurde man sich seiner eigenen bewusst.

Noris' schmerzverzerrtes Gesicht verzog sich zu einer grotesken Grimasse und ich ertrug die Distanz zwischen uns nicht länger. Ich eilte mit großen Schritten auf ihn zu. Licht zuckte über die karge Landschaft und blendete mich immer wieder, bis ich erkannte, dass meine eigenen Bewegungen daran schuld waren. Wir waren am Rand eines Waldes gelandet. Vor uns erstreckten sich kleinere Hügel und Felder, sodass ich in einigen Kilometern Entfernung die Umrisse unserer Heimatstadt ausmachen konnte. Meine Muskeln schmerzten und wurden mit jedem Schritt schwerer, als hätte ich einen schlimmen Muskelkater. Mein Körper rebellierte gegen die Kräfte, die ihn in alle Richtungen ziehen wollten.

Obwohl ich so schnell rannte wie ich konnte, waren die Schatten schneller. Ich war nur drei Schritte von Noris entfernt, als er den Mund aufriss und ein animalischer Schrei über seine Lippen flutete, der sich über mir ergoss wie eine Welle kalten Wassers. Ich verharrte auf der Stelle und konnte lediglich tatenlos zusehen, was mit dem Jungen geschah, mit dem ich vor wenigen Minuten noch auf dem Schulball getanzt hatte.

Der Schrei wurde immer lauter und greller, während Noris sich an sein Herz fasste, als würde er eine unsichtbare Macht davon abhalten wollen, von ihm Besitz zu ergreifen.

Doch es war zu spät.

Es begann bei seinen Augen. Nachtschwarze Finsternis floss aus ihnen heraus und kurz glaubte ich, Noris würde schwarze Tränen weinen, bis ich erkannte, dass es die hauchfeinen Adern waren, die sich ausgehend von seinem Wimpernkranz langsam verfärbten. Stück für Stück, Millimeter für Millimeter nahmen sie sein ganzes Gesicht, dann seinen Hals, den Oberkörper, Arme und Beine ein, bis Noris' gesamte marmorweiße Haut von dunklen Netzen durchzogen war. Niemals zuvor hatte ich die dunkle Materie um ihn herum so deutlich gespürt wie in diesem Moment. Ich sog die Luft ein und wollte schreien, aber meine Stimme versiegte in einem erstickten Laut.

Noris zerbrach.

Er fiel in sich zusammen. Die Schwärze verschluckte ihn gänzlich. Er wirkte wie ein lebloser Schatten. Obwohl mein Herz nur aus Licht bestand und nichts als Helligkeit pumpte, spürte ich es heftig schlagen. Der Angstschweiß verdampfte zischend auf meiner glühend heißen Stirn. All mein Denken fokussierte sich auf den Jungen zu meinen Füßen.

Ich stolperte zitternd nach vorn, um zu sehen, ob es Noris gut ging. Er war doch nicht etwa …? Hatten die kosmischen Kräfte ihn niedergerungen?

Ich ließ mich neben ihn auf die Knie fallen und rief seinen Namen. Ich hoffte, er würde mich hören und dass meine Stimme nicht zwischen Licht und Dunkelheit verhallte.

Verzweiflung packte mich und so streckte ich meine vor Licht pulsierende Hand aus, um Noris zu berühren. Ich erwartete, auf Widerstand zu stoßen und sein weiches Hemd unter der dunklen Wolke zu spüren. Da war nichts. Ich griff ins Leere. Noris war vollständig zum Schatten geworden.

Als hätte er meine Berührung dennoch gespürt, schraubte sich das Schattengewölk in die Höhe, während ich noch am Boden kauerte. Gerade eben noch hatte er noch hilflos vor mir gelegen. Nun ragte er wie eine Gewitterwolke über mir auf. Mein Herz gefror zu einem Eisklumpen bei seinem Anblick. Und trotzdem: Da war dieser winzige Schimmer. Die Hoffnung, dass sich alles zum Guten wenden würde.

»Noris!« Erleichtert atmete ich auf. Er lebte noch! Anstatt mir zu versichern, dass es ihm gut ginge, starrte er mich versteinert an. Seine Iriden erzeugten einen Wirbel, wie es Schwarze Löcher taten, und absorbierten jegliches Licht, das ich aussandte.

Ich ertrug es nicht länger, zu ihm aufsehen zu müssen, weshalb ich mich auf die Beine kämpfte, um mit ihm auf einer Höhe zu sein.

Da spürte ich es. Die knisternde Anspannung, die sich in winzigen Blitzen zwischen unseren Körpern entlud. Funken sprühten zwischen seiner Finsternis und meinem Licht. Als würde er alles von mir aufnehmen und sich mir gleichzeitig entziehen wollen. Seine Dunkelheit sickerte in mein Licht und verlor sich in den Strahlen, die meine Haut aussandte. Wir waren die Verkörperung zweier Pole eines Magneten. Wir zogen uns an, nur um uns wieder abzustoßen.

Ich wusste einfach nicht, wo diese Gefühle herrührten. Mein Innerstes war hin- und hergerissen. Einerseits von dem Willen, bei ihm zu bleiben, und andererseits von dem Wissen, dass irgendetwas nicht stimmte.

Ich beobachtete stillschweigend, wie die Finsternis aus seinen Poren floss und in die Erde unter uns sickerte. Unwillkürlich trat ich einen Schritt zurück, um nicht mit der wabernden schwarzen Masse in Kontakt zu kommen. Wie Tintenfinger krochen sie auf mich zu. Um nicht noch weiter zurückzuweichen, rammte ich meine Fersen in den harten

Untergrund. Ich durfte keine Schwäche zeigen. Was aus Noris geworden war oder was auch immer von ihm Besitz ergriffen hatte, zielte offenbar darauf ab, mich zu verunsichern.

Ich zwang mich dazu, stillzustehen, während seine Nachtfinger sich an meinen Beinen emportasteten und einen Schatten über das Leuchten legten. Seine Berührung verschluckte mein Licht und ließ mich verstummen.

Sie hinterließ kühle Spuren auf meiner glühenden Haut, drang bis in mein Innerstes und brachte meine Knochen gleichzeitig zum Schwingen und zum Bersten. Ich schrie, doch die Dunkelheit fraß jeglichen Klang.

Zu spät erkannte ich, dass dieses *Ding*, dieser Schatten dessen, was Noris einst gewesen war, versuchte, Kontrolle über mich zu erlangen und mein Licht zu absorbieren. Es wollte mich nicht nur verunsichern, sondern mich besitzen.

Ich versuchte mich loszureißen, aber dadurch kroch die Finsternis nur noch schneller an mir empor. Inzwischen war sie bei meiner Taille angelangt.

Verdammt! Was soll ich tun?

Instinktiv schloss ich die Lider und horchte in mich hinein, während ich das unangenehme Gefühl der Schattenfinger auf meiner Lichthaut ausblendete. Ich ballte die Hände zu Fäusten und spürte, wie die Kälte sich über meinen Brustkorb ausbreitete.

Ich bekam keine Luft mehr und war in Versuchung, die Augen aufzureißen und erneut panisch herumzustrampeln, doch ich vermutete, dass ich mich auf diese Art und Weise unmöglich befreien würde. Die Dunkelheit hatte von Noris Besitz ergriffen. Er war dunkle Materie durch und durch. Und Schwarze Löcher waren nur dazu da, um jegliches Licht im Universum zu absorbieren.

Die Schwärze begann meinen Hals zu umfassen und drückte mir auf den Kehlkopf, weshalb ich hektisch nach Luft schnappte. Ich schloss die Lippen allerdings schnell, da sich die Dunkelheit einen Moment später über mein Kinn ausbreitete und bald den Mund erreichen würde.

Ich versuchte einen Funken zu erzeugen. Oder zumindest irgendetwas, das die Dunkelheit vertreiben und mich befreien würde, allerdings ließ meine Verzweiflung jedwede Hoffnung im Keim ersticken.

Die Nachtschwärze floss über mein Gesicht und tauchte meine Welt vollständig in Finsternis. Mir blieb nicht mehr viel Zeit. Als die Schwärze in meine Ohren drang, verstummten die Geräusche der Außenwelt zu einem dumpfen Pochen.

Poch. Poch. Poch.

Erst jetzt realisierte ich, dass es mein eigener Herzschlag war, den ich pulsieren hörte. Nichts anderes. Ich war allein.

Ich muss hier weg!

Existierte ich überhaupt noch? Da war bloß dieses unendliche Schwarz. Eine so vollkommene Dunkelheit, die man nicht anders als die Abwesenheit von Licht bezeichnen konnte. Und damit die Abwesenheit, die Nicht-Existenz von mir.

Panik drohte mich zu verschlingen und mich der Finsternis zu übergeben. Plötzlich sah ich ihn! Einen Funken! Mir sprang beinahe das Herz aus der Brust. Ein Licht? Hier im Nichts? Wie war das möglich?

Ich näherte mich von dem Funken. Behutsam, damit er nicht verlosch und meine Hoffnung mit sich nahm. Mit jedem Herzschlag wuchs er heran. Ich ließ meine Kraft in ihn hineinfließen und erlaubte dem winzigen Schimmer, an meiner Stärke zu wachsen. Er wurde immer größer und intensiver. Das Licht vertrieb die Finsternis. Doch ich wollte mehr. Ich *brauchte* mehr!

Komm schon.

Es zitterte und schrumpfte. Ein Flackern durchfuhr meinen ganzen Körper. Ich war zu voreilig gewesen und bemerkte, wie die Energie, die ich in dem Funken gebündelt hatte, in sich zusammenzufallen drohte. Vorsichtig schraubte ich einen Gang zurück und begrub meine Ungeduld unter der Gewissheit, dass dies meine einzige Chance war. Würde ich sie vermasseln, so wäre ich in dieser unendlichen Dunkelheit gefangen. Vermutlich für immer.

Ich lasse nicht zu, dass ich absorbiert werde! Noris weiß offensichtlich nicht, was er tut. Er würde mir niemals schaden! Ich muss ihn zur Vernunft bringen.

Wut begann in meinem Inneren zu brodeln und kämpfte sich wie flammendes Feuer an die Oberfläche. Es nährte den Funken, der mein Lebenslicht in sich trug, und ließ ihn erneut wachsen, bis er schließlich meinen gesamten Körper umfasste. Ich war ein Lichtpunkt in einsamer Schwärze, ein einsamer Stern in dunkler Nacht.

Und ich werde glühen wie eine Sonne!

Als ich meine Lider aufschlug, tanzten helle Fontänen auf meiner Hautoberfläche und vertrieben die Schwärze mit ihren leuchtenden Flammen. Ich erkannte das Phänomen sofort. Sonnenwinde. Ich hatte einen Sonnensturm heraufbeschworen, der mir gehorchte und auf mir feurige Wellen schlug. Die Hitze liebkoste mich wie ein sanfter Schleier und wusch die Kälte der Dunkelheit fort.

Die Flammenschlieren bahnten sich ihren Weg durch die Finsternis und langsam wurden die Umrisse der Welt sichtbar. Mein Tatendrang wuchs ins Unendliche. Der Feuersturm barst aus mir heraus und explodierte im Takt meines Herzens zu einer Supernova. Die letzten Tropfen der zähen Schwärze perlten von meinem Körper ab.

Ich genoss das absolute Gefühl des Strahlens und Leuchtens. Diese Macht! Ich spürte Moleküle auf meinen Fingerspitzen tanzen und das Vibrieren meiner Kräfte über die Erdkruste wandern. Ich fühlte alles.

Niemals wieder würde ich etwas anderes sein als pure Energie. Ich bemerkte, wie meine Kräfte die Dunkelheit tilgten und verdrängten. Ich war eine Bestie, die ihre leuchtenden Fangzähne in die dunkle Materie schlug und sie mit Helligkeit ausfüllte, bis sie zersplitterte. Die Schatten wurden in ihre ursprüngliche Form gerückt.

Doch ich wollte so viel mehr als das. Ich wollte, dass die Dunkelheit vom Antlitz dieser Welt verschwand und das Licht über uns alle herrschte.

Was hat der Mensch schon für eine Bedeutung im Angesicht einer solchen Macht des Universums?

»Stella!«

Die Stimme riss mich aus dem Gedankenstrudel. In meinem Lichtermeer stand ein junger Mann. Ein schwarzer Punkt in weißem Strahlen. Ich sah sein Gesicht und in mir kam das Bedürfnis auf, ihn zu berühren. Die Sorge hinfortzustreichen mit meinen Lichtfingern. Durch die schwarzen Haare zu fahren und ihre Dunkelheit zu spüren. Meine Lippen auf die seinen zu senken und die Welt in Gleichgewicht zu bringen. Ein Spiel aus Licht und Schatten. Beinahe hätte ich vergessen, wer er war. Beinahe hätte ich vergessen, wer ich war.

»Noris!« Meine Stimme war ein Flüstern, getragen durch Sonnenstrahlen. An seinem erleichterten Grinsen erkannte ich, dass er mich gehört hatte.

Endlich *sah* ich wieder. Die Sonnenstürme umwehten mich wie ein Tornado. Ich war das Auge des Sturms und umgeben von Stille und der Illusion von Harmonie, während um mich herum Zerstörung wütete. Die Macht hatte mich berauscht, mich betäubt und mir vorgespielt, dass ich ihr nur die Führung überlassen bräuchte, um der Dunkelheit dieser Welt ein Ende zu setzen. Und beinahe hätte ich mich darauf eingelassen.

Durch die Fetzen des brennenden Lichts, das mich von Noris trennte, machte ich aus, dass auch er sich in seiner wahren Form befand. Durch meinen Ausbruch musste ich ihn von den Fesseln seiner Schattenkräfte befreit haben. Zuvor hatte die dunkle Materie ihn ebenso beherrscht, wie die lichte es bei mir getan hatte. Er hatte mich beinahe absorbiert, allerdings war ich es gewesen, die im Angesicht der Supernova von ihrer Macht überwältigt und gesteuert worden war.

Ich schämte mich dafür, dass mir exakt das passiert war, wovor ich Noris hatte schützen wollen. Unsere Kräfte waren wie eine Naturgewalt über uns hereingebrochen. Kontrolle war eine Illusion gewesen, der wir hoffnungslos verfallen waren.

Und nun standen wir hier, nur wenige Meter voneinander entfernt. Meine Sonnenwinde kämpften gegen die Schwaden seiner Finsternis, sie versuchten sie zurückzudrängen und zu besiegen. Seine Dunkelheit wand sich unter meinem Licht, verblasste und kehrte umso stärker zurück, wann immer sich eine Feuerzunge von ihm abwandte. Es war ein Kräftemessen des Kosmos.

Dunkelheit oder Licht?
Schatten oder Helligkeit?
Kann es überhaupt einen Sieger geben?
Ich runzelte die Stirn. *Nein.*

Lichte und dunkle Materie herrschten gleichermaßen im Universum vor. Sie balancierten diese Welt aus wie zwei Waagschalen, die exakt das gleiche Gewicht trugen.

»Noris! Wir müssen aufhören!«, schrie ich über das Tosen der Sonnenwinde hinweg.

Sonst werden wir alles vernichten!

In unserer unmittelbaren Nähe waren Baumstämme umgeknickt und verkohlt. Die Schatten hatten sich vertieft und der Boden lag grau und steinig unter uns. Beinahe wirkte die Gegend wie aus einer apokalyptischen Welt entnommen.

Wenn wir nicht bald aufhörten, unsere Kräfte gegeneinander aufzuwiegeln, würden wir jegliches Leben im Umkreis auf dem Gewissen haben.

Es war nahezu unmöglich, dass jemandem dieses Ausmaß an Zerstörung entgangen war. Und je mehr ich die Umgebung absuchte, umso unruhiger wurde ich.

Plötzlich entdeckte ich einen schwarzen Van, der über das weite Stoppelfeld auf uns zugerast kam. In diesem Moment wusste ich, dass wir in größeren Schwierigkeiten steckten, als ich bis vor wenigen Sekunden gedacht hatte.

Sie haben uns gefunden.
Sie werden uns holen.
Wir müssen sie aufhalten.

Ich wandte mich zurück zu Noris und versuchte verzweifelt, meine Kräfte zu beherrschen, zurückzuordnen und wieder in meinem Inneren zu verschließen. Aber ich hatte keine Kontrolle über die Sonnenstürme, die um mich herum jagten. Ich war mir nicht sicher, ob ich für sie nun Jäger oder Beute war.

Während ich panisch zu Noris hinüberschaute, erkannte ich an seinen entgleisten Gesichtszügen, dass auch er daran scheiterte, die Kontrolle zu gewinnen. Nicht wir beherrschten unsere Kräfte, sondern sie uns.

Ich musste Noris vor der Gefahr warnen, die mit gefühlten 200 km/h in einem Van auf uns zuraste. Es reichte ein einziges Wort, um uns beide in blanke Panik zu versetzen. Obwohl meine Lippen unkontrolliert zitterten und das Wüten der Sonnenstürme und Dunkelwinde jeden einzelnen Laut von meinen Lippen riss, sodass Noris sie niemals hören würde, sah ich anhand seiner entgleisten Miene, dass er es von den Bewegungen meines Mundes ablas.

Sirius.

Einunddreißigstes Kapitel
Dämmerungsblut

Das Auto kam nur wenige Meter von uns entfernt mit quietschenden Reifen zum Stehen. Zeitgleich wurden alle Türen geöffnet und bullige Männer in eng anliegenden dunklen Anzügen umrundeten den Wagen. Meine Handflächen begannen zu schwitzen und ein weiteres Mal versuchte ich, die Kontrolle über meine Gabe wiederzugewinnen. Vergeblich. Die Kräfte des Lichts schmolzen jegliche Fesseln, die ich ihnen anlegen wollte, einfach weg.

Panik kroch in meine Glieder und ließ sie kribbeln. Das Adrenalin tanzte direkt unter meiner Haut und ließ die Flammen des Sonnensturms höherschlagen.

Sollen wir wegrennen?

Würde das etwas bringen?

Noris und ich sahen uns hilflos an. Ich nickte ihm leicht zu und drehte mich um die eigene Achse, um zu flüchten. Mit federnden Schritten lief ich fort von den Männern. Direkt auf den Wald zu.

Nur noch wenige Meter trennten mich von der vermeintlichen Sicherheit, die zwischen den Bäumen auf mich wartete. Vielleicht konnten wir sie abhängen, sodass sie unsere Spur verloren.

Noch bevor sich dieser Gedanke in meinem Kopf verfestigen konnte, erkannte ich meinen Fehler. Nur wenige Schritte von der Waldgrenze entfernt kam ich stolpernd zum Stehen.

Das brennende Licht züngelte an meinem Körper empor und streckte sich hungrig der Rinde und den Blättern der Bäume entgegen. Meine Hoffnung auf ein Entkommen verpuffte schlagartig. Wenn ich in den Wald hineinrannte, würde ich alles niederbrennen. Jede Pflanze, jedes Tier und auch Noris, der sich nicht gegen meine Macht schützen konnte.

Hektisch fuhr ich zu meinen Gegnern herum. Noris stand schwer atmend ein Stück weit entfernt. Auch er hatte das Problem erkannt und wusste offenbar nicht, was er tun sollte.

Am Horizont entdeckte ich den rot glühenden Feuerball, der mit dem Rand der Erde verschmolz und ein Meer aus Dunkelheit hinter sich herzog, er löste ein ungutes Gefühl aus.

Die Sonne geht unter.

Ich betrachtete meine zitternden Handflächen, die immer noch von goldenem Sonnenblut durchtränkt wurden. Was würde geschehen, sobald die Sonne verschwand und ihr Goldlicht mit sich nahm? Bis jetzt hatte ich meine Kräfte nur bei Tag oder Nacht angewandt. Niemals in dem Zwischenraum, der Dämmerung.

Ich wollte losschreien und Noris warnen, doch sein Blick hatte sich an den Männern in meinem Rücken festgetackert.

Sie waren näher an uns herangepirscht, während wir versucht hatten zu flüchten. Schließlich saßen wir in der Falle. Wir konnten nicht entkommen. Wir waren ihnen ausgeliefert.

Auch ich wandte mich ihnen zu und beobachtete, wie einer aus der Gruppe einige Schritte nach vorn trat. Ein kaltes Lächeln breitete sich auf dem Mund des Mannes aus, bevor er in einer einzigen fließenden Bewegung die Sonnenbrille absetzte und sie mit einem Bügel am Kragen seines Hemdes befestigte. Ich hatte es gewusst und trotzdem erschütterte mich seine Anwesenheit. Wie Platzregen, der einen innerhalb weniger Sekunden bis auf die Knochen durchnässte.

»Onkel?«

»Nenn mich doch Sirius. Ich denke, wir müssen beide nicht um die Tatsachen herumreden, Stella.« Seine Stimme übertönte das Chaos und Tosen um uns herum, als würden sich die Sonnenwinde unter seinem Klang beugen. Mit einem Fingerschnippen seinerseits verblassten meine Flammen zu einem dünnen Lichtstrahl und verloren sich in der nahenden Dämmerung. Auch die Dunkelheit, die Noris umgab, wurde erstickt. Ich horchte in mich hinein, um im Notfall auf das Sonnenblut zugreifen zu können, doch es war, als hätte jemand meine Quelle blockiert. Ich spürte nichts. Das Sonnenblut strömte unablässig durch meine Adern, doch ich konnte seine Macht nicht kontrollieren oder einsetzen. Die Sonnenstürme lösten sich auf, sodass ich beinahe wieder ein normaler Mensch war. Abgesehen von dem goldenen Blut, das durch mich hindurch pulsierte.

Noris erging es ebenso. Die schwarzen Wirbel verloren sich im Nichts, doch das tintige Netz aus Nachtessenz zeichnete sich weiterhin auf seiner Haut ab.

Sind unsere Gaben etwa versiegt?

Panik drückte auf meine Brust, als mein Onkel einen weiteren Schritt auf mich zutrat. Der Schock darüber, dass er uns offenbar unserer Kräfte beraubt hatte, rang sogar die Abgeklärtheit nieder, die ich ihm gegenüber empfand. Ich hatte mich damit abgefunden, dass George zu meinem Feind geworden war. Dennoch warf mich sein Angriff aus der Bahn. Ich war der festen Überzeugung gewesen, er wäre wirklich geflohen. Wie hatte ich nur so dumm sein können?

»Du musst mit mir kommen! Die Menschheit darf hiervon nichts erfahren! Ich versuche dich zu schützen!« In seinen Pupillen wogten finstere Nebula-Wolken und verdunkelten seine Galaxie. Ich wunderte mich einen Moment lang, warum er noch ein Universumsfragment in sich trug, wohingegen Noris und meine vollkommen leer waren.

»Das kannst du vergessen!«, spie ich ihm entgegen. Ohne lange zu überlegen, kehrte ich auf dem Absatz um und begann, in Richtung des Waldes zu rennen. Nun, da ich nicht mehr brannte wie eine lebendige Fackel, war die Flucht vielleicht nicht mehr ganz so unmöglich wie zuvor.

George rief mir hinterher: »Du bist genauso stur und unbelehrbar wie deine verfluchte Mutter, als ich ihr versucht habe zu erklären, wie wichtig du für die Organisation bist. Du musst geschützt werden.«

Ich hielt abrupt inne. Es schien so, als wären meine Gliedmaßen von Beton übergossen worden, sodass ich vollkommen unfähig war, mich zu bewegen.

Was hat er da gerade gesagt?

Plötzlich war weglaufen keine Option mehr. Das hier war zu persönlich, um es einfach hinter mir zu lassen.

Doch was kann ich ausrichten ohne meine Kräfte?

»Stella! Hör ihm nicht zu! Lauf weiter!« Noris' Stimme erschallte hinter mir. Ich warf ihm einen Blick über die Schulter zu, woraufhin er auf mich zutrat.

In derselben Sekunde ertönte ein lautes Klicken. Das Geräusch fuhr mir durch Mark und Bein und ließ mich zusammenzucken. Sobald ich mich zu meinem Onkel drehte, schaute ich direkt in die Mündung einer Pistole, die auf meinen Kopf gerichtet war. Er stand nur wenige Meter entfernt und würde mich garantiert nicht verfehlen.

»Wage es nicht, auch nur *einen* verdammten Schritt in ihre Richtung zu tun, oder ich erschieße deine kleine Freundin, verstanden? Ich gebe hier die Befehle!«, zischte Sirius.

Ich geriet in Versuchung, ihm an den Kopf zu werfen, dass ich auch seine Nichte war und nicht nur Noris' Freundin. Im Angesicht des nahenden Todes presste ich jedoch die Lippen aufeinander, anstatt zu riskieren, meinen Onkel zu provozieren. Noris bewegte sich nicht von der Stelle und hob die Arme, als wollte er sich ergeben.

Würde George uns abknallen?
Sind wir für ihn etwa nicht unentbehrlich?
Oder versucht er uns zu erpressen, um uns gefügig zu machen?

»Und jetzt kommt endlich! Steigt ein!«, bellte mein Onkel. In seinen Worten vibrierte etwas, das ich zuvor noch nicht wahrgenommen hatte. Furcht. Wovor?

Mein Blick huschte panisch über die Umgebung, suchte nach Details. Nach irgendetwas, das mir helfen würde.

Die Sonne hatte ebenfalls keine Geduld mit mir, obwohl mein Blut weiterhin in hellem Licht unter meiner Hautoberfläche pulsierte, näherte sie sich immer mehr dem Horizont. Inzwischen war sie nur noch als dünner roter Streifen am Rand der Welt auszumachen.

»Bewegt euch endlich! Wir haben kaum noch Zeit.« Noch während die Worte meines Onkels zu mir hinüberhallten, setzten sich seine Handlanger in Bewegung.

Ich spürte, wie sich in meinem Inneren etwas bewegte, als würden sich die Organe in meinem Körper verschieben. Das Gefühl war eigenartig und ungewohnt, jedoch nicht schmerzhaft. Meine Gabe regte sich! Doch dieses Mal handelte es sich nicht um das Sonnenblut, sondern um das Mondblut, das langsam in mir zu erwachen begann.

War es vielleicht möglich, dass ...

Alles geschah in Sekundenschnelle. Die Männer, die unter dem Befehl meines Onkels standen, hatten uns umzingelt, sodass der Fluchtweg in den Wald versperrt war. Man hätte uns ohnehin sofort erschossen, wenn wir es versucht hätten.

Demonstrativ hob Sirius seinen Arm und ließ die Waffe ins Gras fallen. Ich beobachtete ihren Fall und den dumpfen Aufschlag. Er brauchte keine Waffen, um uns gefügig zu machen.

George ließ die schwarze Anzugsjacke von seinen Schultern gleiten. Ich sah das goldene Licht, das unter dem weißen Hemd von seinem Herzen ausging und sich in seine rechte Körperhälfte ausbreitete. Womit ich nicht gerechnet hatte, war der Schatten, der sich tintenartig in den Adern seiner linken Glieder ergoss. Gespalten durch die lichte und dunkle Materie. Ein Wesen, das die stärksten Mächte des Universums in sich vereinte.

Schließlich stand nicht länger mein Onkel George, sondern Sirius vor uns. Ein Herrscher über Nacht und Tag, getrennt in Sonne und Schatten, Licht und Finsternis. Er fügte Noris' und meine Gaben in seinem Körper zusammen. Der Anblick war angsteinflößend und atemberaubend zugleich.

»Du musst mich verstehen, Stella. Es gibt keinen anderen Weg. Es ist wichtig, um deine Kräfte unter Kontrolle zu bekommen. Steig in den Wagen.«

Obwohl ich vor Angst zitterte, blieb ich standhaft. »Lieber sterbe ich, als freiwillig mit dir zu gehen«, presste ich zwischen zusammengekniffenen Zähnen hervor.

Mein Onkel seufzte tief. »Wenn das so ist, dann muss ich wohl zu anderen Maßnahmen greifen. Das hier ist zu deinem Besten, Stella. Wir müssen unsere Art geheim halten und uns schützen. Das habe ich die ganze Zeit versucht zu tun. Dich schützen und in Sicherheit wissen! Ich wollte dir nie schaden! Doch nun lässt du mir keine andere Wahl. Wenn die Welt von uns erfährt, hat niemand von uns eine Zukunft.«

In diesem Moment hob Sirius seine lichtdurchflutete Hand. Irgendetwas in meinem Inneren sprang sofort darauf an. Ein schmerzhaftes Ziehen breitete sich in meinem Brustkorb aus, bis ich gezwungen war, einen qualvollen Schritt nach dem anderen auf Sirius zuzugehen. Hinter mir ertönte Noris' Stimme wie aus weiter Ferne, aber keines seiner Worte erreichte mich, da sie allesamt im Rauschen des Blutes in meinen Ohren ertränkt wurden. Mein Herz wummerte immer schneller. Schließlich stand ich vor der Lichtschattengestalt und mein Onkel hob seine von Dunkelheit durchtränkte Hand, um auch Noris heranzulocken. Es dauerte gerade einmal ein paar Sekunden, dann befanden wir uns an seinen Seiten und starrten einander hilflos an.

Wir waren wie gelähmt, als würden nicht länger wir selbst die Materie kontrollieren, sondern jemand anderes. Wir waren willenlos. Machtlos.

Sirius besaß die Macht über unsere Kräfte. Er war älter, stärker und so viel erfahrener als wir beide zusammen. Ich schluckte. Jeder Gedanke brauchte ewig, um geformt zu werden. Als wäre mein Gehirn in zementierte Watte gepackt.

Bevor ich auch nur an Gegenwehr denken konnte, hatte sich Sirius umgewandt, sodass seine Schattenseite nun mir und seine Lichtseite Noris zugewandt war. Ohne einen Wimpernschlag zu verschwenden, packte er uns bei den Handgelenken.

Die Berührung glich einem Blitzeinschlag, der meinen Körper durchzuckte und tief in meinen Knochen und Organen vibrierte. Ich schnappte nach Luft, aber kein Sauerstoff strömte durch meinen Hals. Als hätte jemand meine Kehle mit heißem Wachs versiegelt, das mir den Hals hinunterlief und mein Innerstes in Brand setzte.

Das Licht schien unter seinem Griff aus meinen Adern zu entweichen und in seinen Schattenarm hineinzufließen.

Er absorbiert meine Kräfte!

Tut er das etwa, damit wir keine Gefahr mehr für ihn darstellen?

Noris ging es ähnlich. Mit seinem Sonnenblut ließ Sirius die Dunkelheit, die in Noris' Körper pulsierte, verblassen. Er würde uns aussaugen, bis wir nur noch leere Hüllen waren!

Tränen sammelten sich in meinem Blickfeld, während ich mich mit schwindender Stärke von ihm loszureißen versuchte. Es konnte doch nicht sein, dass der George, den ich in den letzten Monaten kennengelernt hatte, nur Einbildung gewesen war, oder? Hatte ich je einen echten Onkel gehabt oder war er schon immer dieses Monster gewesen? Gab es überhaupt einen George oder doch nur Sirius?

Schwarze Punkte begannen in meinem Sichtfeld zu tanzen und kündigten zusammen mit einem stärker werdenden Schwindelgefühl die nahende Ohnmacht an. Mein Blick zuckte nur noch ziellos umher, bis er auf den schmalen Streifen Rot am Rande der Welt fiel.

Der Sonnenuntergang!
Die Dämmerung!
Der Wechsel zwischen Tag und Nacht …

Ich wusste nicht wirklich, ob meine Intuition richtiglag, doch dieses Mal vertraute ich auf mein Gefühl und horchte in mein Inneres. Und dort fand ich sie beide zugleich. Einen Funken der Sonne und einen des Mondes.

Ich versuchte die Konzentration zu bewahren und zwang sie Stück für Stück zusammen, bis sie zu einem einzigen Leuchten fusionierten. Schweißperlen rannen mir über den Hals und die Schwärze hatte fast mein komplettes Sichtfeld ausgefüllt, als ich es spürte. Die Funken umspielten einander, tanzten gemeinsam, bis sie ineinanderwuchsen und in warmkalten Gold- und Silbertönen leuchteten. Es fühlte sich an, als wäre in mir etwas an den rechten Platz gerückt. Wie ein verlorenes Puzzlestück, das ich wiedergefunden und in das Gesamtwerk eingesetzt hatte.

Sobald die beiden Lichter ineinander verschmolzen waren, brachen sie aus mir heraus und tauchten die Umgebung in gleißende Helligkeit. Silberne und goldene Spiralen wirbelten durch mein Blut. Mond und Sonne vereint in meinem Wesen.

Der eiserne Griff meines Onkels um mein Handgelenk verschwand, sodass lediglich ein beengendes Gefühl zurückblieb. Ich röchelte und atmete pure Lichtessenz aus. Jeder Atemzug brannte wie Feuer. Darauf durfte ich keine Rücksicht nehmen. Meine Beine schwankten und zitterten, doch ich hielt mich aufrecht. Adrenalin rauschte durch meine Venen und verlieh mir die Kraft, die ich brauchte, um Sirius gegenüberzutreten. Sein entgeisterter Blick begegnete mir.

Ich war beinahe genauso erstaunt wie er. Ich hatte die Kontrolle, zum ersten Mal seit Langem. Meist beherrschten meine Fähigkeiten mich. Sie fielen über mich her und ich unterlag ihnen. Jetzt war alles anders.

Jetzt herrsche ich.

»Wie hast du …?« Sirius und seine Handlanger tauschten Blicke aus, als würde niemand von ihnen so recht wissen, was sie tun sollten. Die Männer warteten auf Befehle, die Sirius nicht geben konnte.

Ich ignorierte seine Frage, die er vor lauter Entsetzen nicht einmal zu Ende führte, und sah Noris bedeutungsschwer an. Auch er hatte sich aufgerappelt und die dunkle Materie in seinem Blut herbeigerufen. Er war ein Wesen der Finsternis und Dunkelheit. Das hier war seine Zeit. Er würde durch die nahende Nacht an Stärke gewinnen.

Ich wagte es, flüchtig an mir hinabzuschauen, und erkannte, dass sich Mond- und Sonnenblut miteinander vermengt hatten. Gold und Silber flossen gleichermaßen durch meine Adern, Kälte und Hitze tanzten auf meiner Haut und ich konnte die Macht beider Giganten des Himmels beschwören.

Wir mussten unsere Überlegenheit ausnutzen, weshalb ich Noris mit stummen Lippenbewegungen signalisierte: *jetzt.*

Innerhalb eines Wimpernschlags hatten wir all unsere verbliebenen Kräfte entfesselt. Wir ließen die Naturgewalten in unserem Inneren wüten und aus unseren Körperhüllen entweichen. Noris von seiner Seite aus und ich von der meinen. In der Mitte stand Sirius und versuchte sich vor den Mächten zu schützen, die über ihn hereinbrachen.

Ich sah, wie das Mondlicht aus mir hinausfloss, über den Boden flutete und ihn an den Füßen festhielt, sodass er sich nicht mehr bewegen konnte. Sonnenstürme umkreisten Sirius' gekrümmte Statur, schnitten in seine Haut, versengten ihn mit Haut und Haar. Von Noris' Position aus waberten dichte Nebelwolken zu Sirius hinüber, drangen durch jede Pore seiner Gestalt und erstickten jeden Laut, der über seine Lippen zu kommen drohte. Er war gefangen. Der Gigant, der gedroht hatte, uns mit sich zu nehmen wie Geiseln, wurde nun selbst zum Opfer.

Mondstaub stob durch meine Lungen und Sonnenfunken sprühten durch die Nacht. Wir waren die Bezwinger des Kosmos und wir würden uns nicht mit weniger zufriedengeben als mit vollkommener Gerechtigkeit.

Ich dachte an meine Eltern, die Gewaltsamkeit, mit der sie aus dem Leben gerissen worden waren und welches Leid mir damit angetan wurde.

Ich dachte an Noris, der seine Mutter und seinen Vater ebenfalls viel zu früh verloren hatte.

Ich dachte an alle, die wegen dieses selbstsüchtigen und grausamen Mannes hatten leiden müssen.

Das hier ist für euch.

Ein erbitterter Schrei entfuhr mir, als die letzte Kraftwelle aus meinem Herzen strömte und über Sirius hereinbrach.

Seine Haut glühte auf und wurde kurz darauf in dunkle Schatten gehüllt. Ein Knall ertönte, so laut wie eine Explosion und so klirrend wie das Zerbrechen von Glas. Für einen Wimpernschlag stand die Zeit still. Dann lösten sich die Umrisse meines Onkels auf und zerstoben in wirren Lichtfunken in die finstere Nacht, als hätte sich sein Körper in feinen Sternenstaub zersetzt. Sie schwebten schwerelos dahin wie Kometen im Vakuum. Der Anblick zerbrach mich innerlich, denn ich wusste, dass wir mit unserer Tat etwas unwiderruflich vernichtet hatten.

Die Sternenseele war zersplittert.

Zweiunddreißigstes Kapitel

Implosion

Ich sackte auf die Knie und starrte auf den verbrannten Grund vor mir. Leere breitete sich in mir aus und betäubte jegliches Gefühl, das sich anzubahnen drohte.
Er war weg.
Einfach weg.
Ausgelöscht.
Besiegt.
Mein Licht begann zu flimmern und zog sich in meinen Körper zurück. Ich erwartete unsagbaren Schmerz, der über mich herfiel und mir das Bewusstsein raubte, doch stattdessen war da bloß diese vollkommene Taubheit. Nichts.
Ich fixierte den Fleck, an dem *er* gestanden hatte, bis Noris auf mich zugerannt kam. Statt Dunkelheit breitete sich Sorge auf seinen Zügen aus. In meinem Kopf echote immer wieder ein einziger Gedanke: Er ist fort.
Hinter unserem Rücken ertönten Flüche und eilige Schritte, zusammen mit entsetzten Zwischenrufen.
»Schnell weg hier!«
»Scheiße, hast du das gesehen?«
Die Reifen der Vans drehten durch und gaben ein schrilles Quietschen von sich, bevor sie genügend Halt fanden, um den Wagen voranzutreiben. Weg von uns.
Ich sah nicht hin. In mir hatte sich ein Schwarzes Loch gebildet, das jegliche Emotionen und mein verbliebenes Licht in sich aufsog.
Ich habe jemanden umgebracht.
Erneut.
Und nicht irgendjemanden ... sondern meinen Onkel.

Die Schuld traf mich wie ein Fausthieb ins Gesicht. Ich stürzte erschüttert zu Boden.

Noris eilte zu mir und umschloss mich mit seinen Armen, während er beruhigende Worte in mein Ohr nuschelte, die nicht zu mir durchdrangen. Jeder Atemzug brannte, jeder Herzschlag verätzte mich und jeder Gedanke wog schwer wie Blei. Ich wollte nur noch hier liegen und in den Himmel starren, meinen Onkel inmitten der Sterne finden. Konnte ich seine Seele noch retten? Oder war sie gänzlich verloren?

Die Hoffnungslosigkeit ließ mich aufschluchzen. Ich verschluckte mich an meinen eigenen Tränen und schmeckte die salzige Schuld auf meiner Zunge. Würde ich jemals etwas anderes spüren als diese alles einnehmende Trauer?

Mein Blut hatte sich in Säure verwandelt. Da waren sie endlich. Die herbeigesehnten Qualen. Vielleicht würde auch meine Sternenseele zersplittern wie Sirius'. Konnte man an seelischen Qualen zerbrechen?

Ja. Das war ich bereits mehrmals. Ich hatte mich selbst aus den Scherben meiner Vergangenheit neu zusammengesetzt. Dieses Mal würde ich es nicht schaffen. Zu stark war der Schmerz, zu groß die Verzweiflung, die mich unter sich begrub.

In meinen Augen sammelten sich Tränen bei der Erinnerung an meinen Onkel. Ich hatte damit gerechnet, dass er mich angreifen würde. Doch die Radikalität, mit der er es getan hat, hatte mich dennoch überrascht. Meine Abgeklärtheit ihm gegenüber hatte sich schnell in Panik gewandelt.

Sein Verrat schmerzte mehr als sein Tod.

Bin ich ein schlechter Mensch, weil ich so denke?

Habe ich richtig gehandelt?

Hätte es auch eine andere Lösung, einen weniger gewalttätigen Weg gegeben?

Die Tränen flossen in netzartigen Rinnsalen meine Wangen hinab. Sie fühlten sich an wie Spinnweben, die meine Haut umwebten. Mein Leben brach auseinander.

»Stella? Was ist los? Du wirst ja immer wärmer.« Noris' Stimme war unendlich weit weg. Galaxien weit entfernt. Unerreichbar für mich.

Ich starrte ins Nichts. Mir war egal, was mit meinem Körper geschah. Alles, was ich wollte, war, weg von hier. Flüchten. So weit weg wie möglich. Ich vernahm ein seltsames Geräusch, irgendetwas zwischen Zischen und Reißen.

Meine Haut riss auf, tiefe Wunden bedeckten meine Arme. Dämmerungsblut strahlte aus den Verletzungen.

Der Anblick erinnerte mich daran, wie Magma bei einem Vulkanausbruch den Boden aufsprengte. Immer weiter breiteten sich die Krater aus strahlendem Licht auf meiner Haut aus.

In meinen Ohren dröhnte mein eigener Herzschlag, nur aus der Ferne hörte ich Noris' panische Rufe. Ich schaute hingegen weiterhin in den violetten Himmel, an dem nach und nach immer mehr Sterne aufblinkten. Die Aussicht war friedlich. Wunderschön.

Ich wünschte, ich wäre einer von ihnen. Ein Stern inmitten unendlicher Galaxien. Einsam und doch einer von vielen. Sehnsucht zerfetzte mein Herz und züngelte das Feuer noch mehr an.

Die Leere in meinem Körper schien mich aufzusaugen und zu absorbieren, während ich zeitgleich kurz vor einer Explosion stand.

Ich implodiere.

Wie eine Sonne, deren Energie versiegt war und die nun in sich zusammenfiel.

Ich hatte all meine Kräfte mobilisiert, um Sirius die Stirn zu bieten und ihn zu besiegen. Dabei hatte ich die Gefahr der Dämmerung nicht bedacht und dass sich Mond- und Sonnenblut miteinander vereinen würden.

Vor diesem Moment hatten sich meine Eltern ihr Leben lang gefürchtet. Dass ich meine Kräfte aufbrauchte und mich übernahm. Nun lag ich hier unter dem aufziehenden Nachthimmel, der wie eine kühle Frostschicht auf meiner Haut kristallisierte.

Mit jeder Sekunde, die verstrich, kam ich dem Tod ein bisschen näher. Würde meine Sternenseele ebenfalls zersplittern? Wie fühlte es sich an, nicht mehr zu sein?

Noris' hilfloser Schrei riss mich aus den Gedanken. Erschrocken sah ich zu ihm auf. Mein Leuchten erhellte sein Gesicht. Schuld verzerrte es zu einer grauenhaften Grimasse. Aus allen Stellen seines Körpers trat Dunkelheit und in seinen Pupillen blitzte ein Funken auf, den ich nie zuvor gesehen hatte. Er verwendete seinen Willen dazu, um etwas Großes in Bewegung zu setzen.

Dann spürte ich es. Die Zeit wurde zäh wie Kaugummi und irgendetwas schien sich der Welt entgegenzustellen, um sie am Weiterdrehen zu hindern. Die Schmerzen sickerten aus meinen Gliedern und das Leuchten aus den klaffenden Wunden wurde blasser, verschwand allerdings nicht vollständig.

Schließlich stand die Erde still. Kein Lüftchen regte sich und kein Geräusch war zu hören.

Noris hatte sich zu mir gelegt und meine Hand genommen. Seine Berührung war sanft und weich, während sein Blick auf mir ruhte. Ich atmete tief durch. Kein Betonklotz aus Schuld drückte mir die Luft ab. Erstaunt schaute ich ihn an.

»Was hast du getan?«, fragte ich.

»Ich weiß es nicht. Ich habe gesehen, wie du zerfällst.«

»Ich implodiere«, unterbrach ich ihn automatisch. Noris starrte mich verdattert an.

»Du implodierst?«

Ich nickte stumm zur Antwort.

»Wieso?«

»Ich denke, ich habe meine Energie aufgebraucht. Wie ein verglühender Stern, Noris.« In diesem Moment dachte ich an die Milliarden von toten Sonnen, die das Leuchten unserer Sterne erzeugten. Ihr Untergang spendete uns Licht in der Nacht.

»Weißt du«, setzte ich an, »genau genommen ist der Himmel nichts weiter als ein Friedhof.«

Noris' Griff um meine Hand verstärkte sich. Während ich beim Anblick der implodierenden Himmelskörper meinen Frieden fand, beunruhigten ihn meine Worte.

»Ich werde das nicht zulassen. Ich werde dich nicht einfach gehen lassen!«

In diesem Moment begriff ich, wieso ich nicht implodierte und in Sternenstaub zerfiel. Noris hatte mit seiner Gabe das Raum-Zeit-Kontinuum außer Kraft gesetzt. Wie ein Schwarzes Loch, in dem Raum und Zeit nichts bedeuteten und nicht messbar waren. Er hatte solch ein Loch inmitten unserer Welt erschaffen, um die Zeit zum Erliegen zu bringen und mich vor dem Untergang zu retten. Er kontrollierte es und sorgte dafür, dass es uns umfasste, jedoch nicht größer wurde und die Erde in einen ewigen Schlund voller Dunkelheit zerrte. Das Risiko, dass etwas schiefging, war mehr als gigantisch. Ich starrte ihn entgeistert an.

»Wie hast du das gemacht? Wie ist das überhaupt möglich?«, fragte ich mit zittriger Stimme. In seine Augenwinkel schlichen sich Tränen, die meine Vermutung bestätigten.

»Ich brauchte eine Möglichkeit, um uns Zeit zu erkaufen, und das war der einzige Weg. Wir brauchen eine Lösung, eine Chance. Ich werde dich nicht kampflos gehen lassen, Stella.«

Gibt es überhaupt einen Ausweg für mich?

Wenn Noris die Gefüge des Universums außer Kraft setzen konnte, dann war es vielleicht nicht so schwer, meinen Energieverlust auszugleichen. Oder?

Ich beobachtete den sichelförmigen Mond, der sich gerade über den Horizont geschoben und den Beginn der Nacht angekündigt hatte.

In mir reifte eine Idee, die alles verändern könnte. Es war riskant und wahnsinnig und gefährlich. Aber hatten wir eine andere Wahl?

»Du lächelst, als hätten dir die Sterne gerade ein Geheimnis verraten«, wisperte Noris neben mir.

»Vielleicht tun sie es ja«, entgegnete ich vage.

»Wirst du mich daran teilhaben lassen?«

Ich atmete tief durch, genoss das Gefühl, wie der Sauerstoff meine Lunge füllte und mich am Leben erhielt. Ich musste es ihm sagen. Nur er konnte mir helfen.

»Ich habe eine Idee. Sie ist idiotisch und ein bisschen größenwahnsinnig, aber sie ist vermutlich unsere Rettung.«

Noris nickte mir zu, als wollte er mir bedeuten, fortzufahren. Ich räusperte mich und deutete zum Mond hinauf. Sein silbriger Schein, der die Landschaft erhellte und über Baumwipfel und Felder floss, erinnerte mich an mein Blut. Ich schauderte.

»Der Mond könnte mir genug Energie bringen, um nicht zu implodieren und den Machtverlust auszugleichen. Du musst sein Licht absorbieren. So viel wie möglich. Und dann in mich hineinleiten.« Ich presste die Lippen aufeinander.

Noris starrte mich entgeistert an und ich rechnete damit, dass er die Idee ausschlug. Dann stimmte er zu.

»Wir werden es versuchen. Dazu muss ich das Raum-Zeit-Kontinuum intakt setzen. Es wird wehtun. Du wirst weiterhin implodieren. Wappne dich und mach dich bereit dafür, um lange durchzuhalten. Kannst du mir versprechen, dass du das schaffst?«

Ich sah ihm an, wie sehr er sich überwinden musste, meinen Vorschlag anzunehmen. Natürlich war das Risiko gewaltig und die Wahrscheinlichkeit, dass ich dem Druck nicht standhalten würde, verdammt groß. Doch würden wir es nicht wagen, wären wir für immer in dieser Gegenwart ohne Zeit und Raum gefangen. Für eine Sekunde lang war diese Vorstellung tatsächlich sehr verlockend. Schließlich drohten uns hier keine Gefahren und unsere ganzen Probleme würden schlichtweg nicht existieren. Aber wie lange wäre Noris dazu in der Lage, diesen Zustand aufrechtzuerhalten? Irgendwann würden seine Kräfte aufgezehrt sein und spätestens dann holte uns die Realität wieder ein.

»Ich verspreche es.« Ich konnte mich kaum dazu überwinden, den Mund zu öffnen.

Noris' Blick wurde weicher, bevor er sich zu mir hinabbeugte und mir einen sanften Kuss auf die Lippen hauchte. Er schmeckte nach Abschied und löste nicht wie sonst ein elektrisierendes Gefühl aus, sondern ließ mein Herz schwerer schlagen vor Trauer.

Womöglich war dies mein letzter Kuss.

»Wir werden das schaffen. Ich glaube an uns. Wirst du das auch tun?« Sein Atem strich über meine Lippen und sofort sehnte ich mich wieder nach seiner Berührung. Der Kloß in meinem Hals erschwerte mir das Atmen. Ich bebte am ganzen Leib.

»Das werde ich.«

Noris nickte, bevor er sich erhob und sich zwischen der Mondsichel und mir positionierte. Ich blieb am Boden liegen und starrte in den Sternenhimmel. Der Schmerz würde mich sowieso niederringen, stünde ich ebenfalls auf.

»Bereit?« Mühelos las ich die Nervosität aus dem Beben seiner Stimme.

»Nein. Aber das tut jetzt nichts zur Sache.«

Noris belächelte meine Aussage und ich prägte mir sein schiefes Lächeln genau ein, falls ich es nie wiedersehen sollte.

Er streckte die rechte Hand in Richtung des Mondes aus und öffnete die Handfläche, sodass das Licht auf seine Haut fiel. Die linke richtete er auf mich. Er schuf eine Verbindung zwischen dem Mondschein und mir. Dann zählte er langsam von drei zurück.
Drei.
Ich spannte den Körper an und versuchte mich dem entgegenzustellen, was mich erwartete.
Zwei.
Zweifel nisteten sich in meine Gedanken ein. Was, wenn es nicht klappte? Was, wenn ich implodieren würde?
Eins.
Ich konnte nichts mehr tun. Nun entschied das Schicksal, was mit mir geschah.

Plötzlich bewegte sich die Erde. Eine kühle Brise wehte mir um die Ohren und weit entfernt hörte ich das Rascheln von Kleintieren im Geäst. Vereinzelt schoben sich Wolken vor den Sternenhimmel und verschleierten sein Antlitz.

Mit einem Mal setzte der Schmerz ein. Mein Blut leuchtete auf und ich musste die Lider schließen, weil mich das Licht so sehr blendete.

Als ich sie wieder aufriss, übersäten Risse und Lichtwunden meine Haut. Panik schnürte mir den Hals zu und drückte meine Lungenflügel zusammen. Es war unmöglich, das Licht unter Kontrolle zu halten. Feuer brannte auf meiner Haut und knisterte lautstark, sodass es in meinen Ohren knackte. Die Gefühle und Sinneseindrücke übermannten mich. Ich fühlte zu viel. Als wäre ich ein Universum explodierender Sonnen.

In meinen Schrei mischte sich ein weiterer animalischer Laut. Ich erhaschte einen flüchtigen Blick auf Noris' schattenartige Gestalt, die den Schein des Mondes in einem einzigen Strahl bündelte und durch seinen Körper leitete. Die Handfläche, die mir entgegengerichtet war, leuchtete silbern auf, bevor das Mondlicht in sanften Wellen aus ihm hinaus- und in mich hineinlief. Die Kühle der Mondessenz löschte den Brand. Das Licht heilte die Wunden von innen heraus. Ich keuchte auf, da es einerseits schrecklich schmerzte, andererseits unendlich wohltuend war. Meine Gedanken hatte ich längst verloren, ich konnte an rein gar nichts denken und war nur noch dazu in der Lage, zu fühlen.

Leuchtende Fäden umwoben mich mit einem schützenden Kokon, bis meine Sicht nicht mehr aus dem dunklen Sternenhimmel bestand, sondern aus feinen Lichtspuren. Als ich mit den Fingerspitzen vorsichtig über das Geflecht strich, spürte ich einen leichten Widerstand.
Ich bilde mir das nicht ein.
Das Lichtnetz existiert wirklich.
Einen Moment länger als nötig blieb ich in dem schützenden Kokon und atmete durch, während ich meine Adern betrachtete, die die lichte Materie gierig in sich aufgenommen hatten.

Ich sah dabei zu, wie meine Hände sich zu Fäusten ballten und von innen gegen die Hülle schlugen, die mich vor der Welt schützen sollte. Einmal. Zweimal. Und ein drittes Mal, bis das Netz des Kokons zerriss und in lichten Staub zerstob. Kurze Zeit lang konnte ich nichts sehen außer dichtem Funkenstaub, der wie Schnee zu Boden rieselte.

Schließlich lichtete sich der Sternennebel. Vorsichtshalber tastete ich meine Glieder und mein Gesicht ab, doch ich stellte keine offensichtlichen Verletzungen fest. Erleichtert atmete ich aus.

Ich beäugte kurz die Umgebung. Das Gras war verkohlt und glomm an einzelnen Stellen vor sich hin. Rauchgestank verbiss sich in meiner Nase und trocknete meine Augen aus. Dunkle Schwaden erhoben sich schlierenartig in die Luft. Auch einige Tannen, die am Waldrand standen, hatte die Wucht der Implosion erwischt. Wie verdörrte Skelette ragten sie in die Höhe und sahen aus, als würden sie jeden Moment einknicken.

In diesem Augenblick trat eine dunkle Gestalt durch den schimmernden Staub auf mich zu. Ich sah einem müde lächelnden Noris entgegen, der seine Hand ausstreckte, um mir aufzuhelfen. Dankbar ergriff ich seine Hand und ließ mir auf die Beine helfen.

Kaum hatte ich mein Gleichgewicht wiedergefunden, hatte er mich in eine innige Umarmung gezogen.

»Ich habe für einen Moment lang gedacht ...« Seine Stimme schepperte, als wäre in ihm etwas zu Bruch gegangen.

Ich schüttelte wortlos den Kopf und lehnte mich an ihn, wobei ich meine Arme um seinen Oberkörper schloss. Mein Herz drohte mir aus der Brust zu springen, ob vor Freude, Glück oder gar Liebe, wagte ich nicht zu sagen.

Wir haben es geschafft.
Wir haben es tatsächlich geschafft!
Ich seufzte erleichtert auf und genoss das Gefühl von Noris' Körper an meinem. So standen wir da, während die Nacht über uns hereinbrach und unzählige Sonnen über uns am Himmel verglühten. Alles, was wir taten, war, uns gegenseitig festzuhalten in dieser Welt, die sich auch ohne uns weiterdrehen würde.

Dreiunddreißigstes Kapitel
Mutterliebe

»Bist du dir sicher?«

»Ja. Ich schaffe das. Du kannst nach Hause gehen, Noris.« Ein müdes Lächeln zuckte an meinen Mundwinkeln.

»Ich finde, wir sollten jetzt nicht allein sein.«

Ein Seufzen entfuhr mir. Mein zuvor wunderschönes Kleid war inzwischen nichts weiter als ein verkohlter Fetzen. Es war den Sonnenstürmen zum Opfer gefallen. Meine Schuhe hatte ich in die Hand genommen, weil ich einfach nicht mehr auf Absätzen laufen konnte.

Wir waren die halbe Nacht gelaufen. Noris und ich hatten nicht riskieren wollen, dass wir durch das Teleportieren unsere Kräfte einbüßten und eine weitere Implosion heraufbeschworen. Und so hatten wir uns zu Fuß auf den Weg zurück gemacht.

Ich hatte es genossen, über die weiten Felder zu wandern. Der Sternenhimmel über uns. Die Lichter der Stadt vor uns. Nur wir beide, Hand in Hand, auf dem Weg nach Hause. Die Kälte hatte an mir genagt, sodass Noris mir seine Anzugjacke überlassen hatte.

Jede Sekunde hatten wir damit gerechnet, dass uns irgendwelche Behörden oder die Feuerwehr entgegenkommen, doch das Waldgebiet, an dem unsere Auseinandersetzung mit Sirius stattgefunden hatte, lag so weit außerhalb, dass niemand auf uns aufmerksam geworden war.

Die Morgensonne schob sich in dem Moment über den Horizont, als wir vor meiner Haustür ankamen. Noris bestand darauf, mich hier persönlich abzusetzen. Ich brauchte ein wenig Ruhe und wollte erst mal mit meiner Tante allein reden. Die ganze Zeit hatte ich überlegt, einfach wegzurennen und der Konfrontation mit Franny aus dem Weg zu gehen. Doch ich kam zu dem Schluss, dass sie die Wahrheit verdient hatte. Sie musste erfahren, dass mein Onkel nicht länger existierte. Was er uns hatte antun wollen.

»Melde dich bei mir, wenn irgendetwas ist. Ruh dich solange aus.« Noris beugte sich vor und gab mir einen Kuss auf die Stirn. Ich nickte und schenkte ihm ein ermutigendes Lächeln, bevor er zögernd die Stufen hinabschritt und mich allein ließ.

Ich wandte mich zur Haustür und betätigte die Klingel, bevor ich mich doch zum Flüchten entschied. Meine Schlüssel hatte ich verloren, oder beim Ball vergessen. Genau wusste ich es nicht mehr, so viel war in der Zwischenzeit passiert.

Es dauerte einige Minuten, bis ich Schritte im Haus vernahm. Nervös trat ich von einem Bein aufs andere und knibbelte an meinen Fingernägeln, die vom Ruß ganz geschwärzt waren.

Schließlich öffnete sich die Tür mit einem leisen Knarren und eine verknautschte Franny sah mich an. Sie wirkte, als wäre sie gerade aus dem Bett gefallen mit ihrem Schlafanzug und den kleinen, gerade einmal halb geöffneten Augen.

Die Schuld überrollte mich wie eine Lawine. Wie sollte ich dieser herzensguten Person erklären, dass ihr Mann, ihr Gegenstück, in der vergangenen Nacht gestorben war?

»Stella? Wie siehst du denn aus! Komm erst mal rein ins Haus, du musst ja völlig durchgefroren sein.« Sie umfasste sanft meinen Ellenbogen und zog mich ins Haus. Drinnen war es angenehm warm, sodass ich Noris' Jacke von meinen Schultern gleiten ließ.

Franny führte mich zum Sofa und drückte mich bestimmt in die weichen Kissen. Dann holte sie alle Decken, die sie in der Umgebung fand, und gab sie mir. Dankbar schlang ich sie mir um die Schultern. Dennoch hörte ich nicht auf zu zittern.

»Ich mache dir schnell etwas zu trinken. Wie wäre es mit heißer Schokolade?« Ich sah in ihrem Universum, dass der Planet, der mich darstellte, inzwischen auf die gleiche Größe angewachsen war wie ihre Sonne.

Verdutzt starrte ich meine Tante an. Ich hatte nicht gedacht, dass ich für sie so immens an Bedeutung gewonnen hatte. Sogar mehr als George, wenn ich die restlichen Planeten in ihrer Galaxie so betrachtete.

»Nein, es geht schon.« Ich lächelte schwach und deutete auf den Platz neben mir. »Ich muss mit dir reden.«

»Na, jetzt bin ich aber gespannt auf deine Erklärung.« Franny ließ sich nieder und musterte mich. »Warum kommst du um halb sieben morgens heim und noch dazu in einem halb zerstörten Kleid? Wo ist Noris? Was ist passiert?«

Ich atmete durch. Ich musste fokussiert bleiben. »Es ist etwas vorgefallen, Franny. George ist zurückgekehrt und er hat mich angegriffen.«

Ihr Blick blieb undurchschaubar.

»Er wollte mich entführen. Ich musste mich wehren und dabei ist er« *Sprich es aus! Sprich es endlich aus!* »gestorben.«

Einen Wimpernschlag lang herrschte vollkommene Stille. Als würde die komplette Menschheit den Atem anhalten.

Ein Flackern ging durch das Universum von Franny. Wie bei einem Fernseher, der eine Empfangsstörung hatte. Ich rechnete damit, dass sich alles veränderte. Dass ihre Planeten zerbrachen und auseinanderklafften und ihre Sonne in einer Supernova explodierte.

Doch es geschah absolut nichts. Meine Worte lösten nichts bei ihr aus.

Glaubt sie mir nicht?

Passiert deswegen nichts?

Müsste sie nicht am Boden zerstört sein?

Erneut ging das Flackern wie eine Welle durch ihre Iriden. Ich runzelte irritiert die Stirn und wartete. In dieser Sekunde bemerkte ich es: Das silbrige Band, das die Seelen meiner Tante und meines Onkels miteinander verbunden hatte, hing schlaff neben Franny hinab. Das Ende wirkte ausgefranst, als wäre es gewaltsam durchtrennt worden.

Müsste sie das nicht gespürt haben?

Und wenn die Verbindung zu George so stark gewesen ist, warum erschüttert sie die Nachricht dann nicht mehr?

»Franny«, setzte ich an und streckte meine Hand nach ihr aus. Ohne zu zögern ergriff sie sie. Als würde es sie gar nicht interessieren, dass ich eine Mörderin war. Ein Lächeln breitete sich auf ihren Lippen aus.

»Stella, mach dir keine Sorgen. Solange wir beisammen sind, ist alles in Ordnung.«

Ich schaute sie erstaunt an. In diesem Augenblick fiel der flackernde Schleier vollkommen von ihrer Galaxie. Statt der gigantischen Sonne, die sonst immer Wärme und Geborgenheit ausgestrahlt hatte, und der vielen bunten Planeten und blitzenden Sterne gab es nur einen einzigen Himmelskörper, der ihr gesamtes Universum vereinnahmte. Nichts anderes existierte mehr. Nur mein Planet, der sich beständig und ruhig um die eigene Achse drehte.

Als hätte sich das Zentrum ihres Kosmos auf eine einzige Person verlagert. Mich.

Ich zuckte zusammen, als ich diese Veränderung sah. Eine solch drastische Wandlung innerhalb so kurzer Zeit war beinahe unmöglich. Es sei denn, dieses Universum hatte sich verborgen. Durch einen Schleier, den ich nun zum ersten Mal durchblicken konnte.

»Was zum ...« Der Fluch hing unausgesprochen in der Luft zwischen uns, doch Franny ließ sich davon nicht beirren.

»Endlich sind es nur noch wir beide. Mutter und Tochter. Für immer vereint«, meinte sie, während ihr Tränen der Rührung in die Augen traten.

Moment mal! Was?
Ich bin nicht ihre Tochter!
Was redet sie denn da?

Vorsichtig versuchte ich ihr meine Hand zu entziehen. Aber sie hielt mich fest umklammert, wie ein Schraubstock.

»Franny, ich bin nicht deine Tochter. Du bist meine Tante«, versuchte ich die ganze Sache klarzustellen.

»Nein! Du lügst!« Schreiend sprang sie auf. In ihren Augen blitzte der Wahn auf, sodass ich erstarrte. »Du kennst die Wahrheit nicht! Deshalb redest du so wirres Zeug.« Sofort war sie wieder an meiner Seite und strich mir beruhigend über das Haar. Die eigentlich sanfte Geste wurde vollkommen zerstört durch ihr viel zu breites Lächeln. Als wollte sie sich selbst davon überzeugen, dass ihre Worte stimmten.

Meine Gedanken rasten. Ich wusste nicht, was ich tun sollte. Also hielt ich still. Dennoch musste ich etwas sagen.

»Franny, du hattest eine Tochter, aber sie ist ...«, bevor ich ausreden konnte, umfasste meine Tante mit beiden Händen mein Gesicht. Ihre Fingernägel kratzten an meinen Wangen, während sie mich festhielt und sich mir gegenüber hinsetzte.

»Sprich nie wieder darüber! Du bist meine Tochter. Deine Eltern haben dich nicht verdient. Sie haben dich missbraucht für diese grauenhaften Experimente und deinen Körper für ihre Forschung benutzt. Ich wäre eine viel bessere Mutter gewesen. Und jetzt habe ich die Chance, es dir endlich zu beweisen.« Ihre Hände glitten von meinem Gesicht, woraufhin sie sie in ihren Schoß legte.

Fassungslos starrte ich meine Tante an. »Du wusstest davon? Von dem Forschungsinstitut? Von den Experimenten?«

»Von Sirius?« Sie lachte glockenhell auf, als sie meine entgleiste Miene sah. »Überrascht dich das wirklich? Ich bin jahrelang mit George verheiratet gewesen. Ich weiß alles. Von den Sternenseelen bis hin zu Monocerotis. George ahnte vermutlich nicht einmal, wie viel ich mir über die Jahre angeeignet habe. Mit der Zeit habe ich sogar gelernt, mein Universumsfragment zu manipulieren, so wie er es dir gegenüber getan hat. Ihm gegenüber musste ich immer auf der Hut sein, weil er mich zu Beginn immer wieder schnell durchschaut hat. Doch ich habe meine Fähigkeiten verfeinert und an mir gearbeitet. George hat es geschafft, aus dem Nichts seines Innersten die Illusion eines Universums zu kreieren. Ich habe euch genauso wie George Dinge sehen lassen, die es niemals gab. Güte, Liebe, Trauer.« Sie sah mir fest in die Augen und im selben Moment verschob sich ihre Galaxie mit schnellen, leichten Bewegungen in die gewohnte Form mit der gigantischen Sonne und den vielen bunten Planeten. Nur einen Wimpernschlag später erschien wieder der gigantische Himmelskörper im Zentrum, der mich darstellte.

Ich dachte die ganze Zeit, ich würde sie kennen. Aber das war alles nur eine Illusion!

Wenn ein Mensch nicht durchschaut werden wollte, dann war sein Seelenwesen auch für mich nicht sichtbar.

Über diese Tatsache bin ich mir von Anfang an bewusst gewesen, doch ich wollte sie nicht wahrhaben.

»Ich konnte dich die ganze Zeit im Auge behalten. Über Georges Protokolle und Mitschriften, durch seine Ergebnisse und die Berichte deiner ...« Sie sträubte sich nun, das Wort Eltern auszusprechen, wenn sie von den meinen sprach. »... Erzeuger. Ich habe all die Jahre auf dich aufgepasst, mein Schatz.«

Ein Schauder jagte über meinen Rücken, als sie mich mit so viel Liebe und Fürsorge ansprach.

Franny ist völlig irre!
Doch sie war noch lange nicht fertig. Offenbar gefiel es ihr, mir die ganze Wahrheit zu erzählen. Sie floss wie Honig über ihre Lippen. Als hätte sie die ganze Zeit auf die richtige Gelegenheit gewartet, um mir all das anzuvertrauen.

Der Schock hatte sich tief in meine Gedanken gekrallt und verbot es mir, zu handeln. Dabei wäre ich nur zu gerne aus der Haustür gerannt und weit, weit weg gelaufen.

»Und dann haben sie gekündigt.« Ihre Stimme wurde kalt. Sie wickelte eine meiner Haarsträhnen um den Finger und zog daran. Ich verkniff mir einen Schmerzenslaut und starrte meine Tante stattdessen abwartend an.

»Ich wusste nicht, was ich tun soll«, begann sie. »Ich habe befürchtet, dass wir dich nie wieder zu Gesicht bekommen werden. Dass ich nie wieder etwas von dir hören werde. Dabei wollte ich doch nur eins. Wie eine Mutter für dich sein.« Sie lockerte ihren Griff um meine Haarsträhne und betrachtete mein hellblondes Haar geradezu verträumt. »Es gab nur einen Weg. Ich musste deine Erschaffer aus dem Weg räumen.«

Ein Ruck ging durch meinen Körper. Ich riss mich endlich los und sprang auf.

Nein! Nein, das kann nicht sein!
Nicht Franny!
Alles, bloß das nicht!

»Du«, hauchte ich anklagend, weil ich einfach keine Luft bekam, egal, wie heftig ich ein- und ausatmete. »Du hast sie ermordet?«

Franny lachte auf. »Ach Schätzchen, so was würde ich doch nie tun.«

Für einen Augenblick entspannte ich mich ein wenig.

»Aber sagen wir mal so: Vielleicht war George von meiner Idee nicht gerade abgetan.« Ein diabolisches Grinsen zupfte an ihren Mundwinkeln.

Ihre Worte brachten die Gefühle, die die ganze Zeit unter meiner Oberfläche gebrodelt hatten, zum Vorschein. Ich brach aus. Explodierte vor ihren Augen.

»Wie konntest du das nur tun? Du bist krank! Du bist schuld an allem! Und ich war so dumm, dir zu vertrauen!« Ich spie ihr meine

Vorwürfe entgegen. Der Speichel brannte auf meinen Lippen wie Lava. Ich hoffte, dass meine Worte sie innerlich verbrannten.

Franny erhob sich langsam von der Couch und streckte mir eine Hand entgegen, als wolle sie mich an sich ziehen. Ich trat einen weiteren Schritt zurück.

»Aber Stella, ich habe das alles nur für dich getan. Damit wir zusammen sein können. Als Familie vereint. In den Jahren, die ich in der Ferne auf dich gewartet habe, ist mir bewusst geworden, dass du dich nur bei mir wirklich entfalten kannst. Du bist meine Tochter.«

Ich konnte nicht fassen, dass sie ihre Taten immer noch verteidigte. Sie begriff anscheinend nicht, was sie angerichtet hatte.

»Das wollte ich nie! Ich war glücklich mit meinen Eltern, meinen richtigen, leiblichen Eltern. Sie haben versucht, mich zu beschützen. Vor Menschen wie dir und George.« Ich streckte den Rücken durch und starrte sie an. Meine Wangen wurden feucht und erst jetzt realisierte ich, dass ich weinte. Fahrig wischte ich die Nässe mit dem Handrücken fort.

»Ich gebe zu, George hat das Ganze etwas übertrieben. Er wollte seinen eigenen Nutzen aus der Sache ziehen und dich wieder zum Forschungsinstitut bringen. Er meinte, das wäre das Sicherste für dich. Doch das konnte ich nicht zulassen. Ich wollte dich schließlich hier bei mir haben. Ich realisierte, dass ich dich auch vor ihm schützen musste.« Ihr Blick ging verträumt in die Ferne, als würde sie mit Stolz an ihre Taten zurückdenken.

»Was hast du getan?«, raunte ich fordernd.

»George war ein Werkzeug für mich. Ein Machtinstrument, um an das heranzukommen, was ich wirklich von Herzen begehrte. Dich.« Sie hielt kurz inne und musterte mich. »Doch er begann eigene Pläne zu schmieden. Unsere Interessen gingen weit auseinander. Besonders seitdem er eines Nachts beobachtet hatte, dass du dein Blut in Licht wandeln kannst. Also streute ich ein paar Hinweise, um dir sein wahres Wesen zu zeigen und dich zu schützen.«

Mein Kopf rauchte, so sehr versuchte ich mich an Situationen zurückzuerinnern, in denen Franny die Fäden gezogen haben könnte.

Ich erinnerte mich zurück an den Abend, an dem ich mich zum ersten Mal gewandelt hatte. Damals hatte ich das Schließen der Bodenluke bemerkt und mir deswegen Sorgen gemacht.

»Das Foto in dem Tagebuch, die Informationen aus den Unterlagen, Monocerotis. Das warst alles du?« Ich riss meine Augen auf und erblickte meine Tante in einem völlig neuen Licht. Sie war nicht die freundliche, ja geradezu niedliche Persönlichkeit, die ich kennengelernt hatte. Nein, sie war manipulativ, wahnsinnig und völlig in ihrem Weltbild gestört, wenn sie tatsächlich dachte, dass ich uns beide als Mutter und Tochter sah. Vielleicht hatte der Verlust ihres ungeborenen Kindes etwas so unwiderruflich in ihr zerstört, dass nur noch der Wahn in ihr herrschte. Wie lange hatte sie mich schon beobachtet? Wie lange hatte sie all das geplant?

»Zu Beginn war ich dagegen, dass George dir all diese Informationen freiwillig zulassen kommen wollte. Er war der Meinung, dass du dann freiwillig mit ihm ins Institut gehen würdest. Doch dann sah ich meinen Vorteil darin. Ich habe einige Überbleibsel entfernt, andere abgeändert und das Tagebuch deiner Mutter mit einigen Details gegenüber deinem Onkel, wie zum Beispiel diesem einen bestimmten Foto, ausgestattet und schon war der Samen des Misstrauens gesät.« Sie erzählte davon, als wäre sie tatsächlich stolz darauf.

Ich spürte die Galle in meinem Rachen aufsteigen und musste mich wirklich beherrschen, um ihr nicht vor die Füße zu speien.

»Doch George, mein kluger George, hat irgendwann realisiert, was ich plane. Also ging er zum Gegenschlag über. Er wollte dich immer noch zum Institut bringen und hat mir in einem Streit tatsächlich vorgeworfen, dir zu schaden. Er meinte, ich sei wahnsinnig, ist das zu fassen?« Sie lachte auf und ließ mich dabei nicht aus den Augen, als würde sie meine Reaktion genau beobachten. Ich verharrte in meiner Position und wagte mich kaum zu bewegen.

»Er hat die Verfolger auf mich angesetzt«, schloss ich aus ihren Erklärungen. Ich erinnerte mich daran zurück, dass sie mich lebendig an ihren Auftraggeber ausliefern sollten.

Hat George etwa auf seine eigene Art und Weise versucht, mich vor Franny, seiner verrückt gewordenen Ehefrau, zu retten?

»Ja, doch er hat nicht mit deiner enormen Entwicklung gerechnet und dass du seinen Handlangern entkommen könntest. Als du kurz darauf hier zu Hause aufgeschlagen bist, hat er sich noch am selben Tag aus dem Staub gemacht. Nun gut, vielleicht habe ich ihn auch vertrieben, indem ich drohte, ihn und seine Machenschaften auffliegen zu lassen. Genug Beweise hatte ich schließlich. Von da an habe ich über dich gewacht wie ein Adler.« Sie trat noch einen Schritt näher an mich heran und strich mir über die Schulter. »Aber das ist nicht länger unser Problem, nicht wahr? Du hast ihn für uns beseitigt. Damit wir beide zusammen sein können. Ich bin so stolz auf dich, meine Sternenseele.«

Als sie mich umarmen wollte, brannten mir endgültig die Sicherungen durch. Ich stieß sie mit beiden Händen von mir weg und fauchte sie an: »Wage es nie wieder, diesen Namen zu verwenden!«

Sternenseele.

Dieser Spitzname war nur meinen richtigen Eltern vorbehalten.

»Wenn du es wagst, ihn noch einmal auszusprechen, werde ich dich vom Antlitz dieser Erde wischen!«

Franny versteinerte in ihrer Pose. Die ausgebreiteten Arme begannen zu zittern, bevor sie die Hände zu Fäusten ballte und sinken ließ.

»Wage du es nie wieder, so mit mir zu sprechen«, zischte sie.

Ich knirschte mit den Zähnen und betrachtete die Frau vor mir mit so viel Hass, dass ich einfach nicht verstehen konnte, dass sie gestern noch zu meinen engsten Vertrauten gehört hatte. In mir peitschte der Zorn. Ich wollte sie spüren lassen, dass sie mit ihren Taten jedwedes Vertrauen zerstört hatte, was sich zwischen uns jemals aufgebaut hat.

»Du hast mir gar nichts zu befehlen. Du bist schließlich nicht meine Mutter.«

Sie zuckte bei meinen Worten zusammen. Gut. Dann spürte sie vielleicht ansatzweise die Schmerzen, die sie mir zugefügt hatte. Georges Verrat hatte mich innerlich erkalten lassen, sodass ich nun nur noch den Hass fühlte.

»Und wirst es auch nie sein.«

Frannys Blick verdunkelte sich. Finstere Nebula-Schwaden wickelten sich um meinen Planeten und ließen seine Umrisse zwischen Wut und Missgunst verschwimmen. Doch ich war noch nicht fertig.

»Du wirst nie ihre Güte besitzen. Du wirst nie so hilfsbereit und liebevoll sein. Du wirst nie meine Kindheit durchlebt haben, so wie sie es tat. Und vor allen Dingen wirst du eines nie können.« Ich ging auf sie zu, sodass ich auf sie hinabsah. »Du wirst niemals deine Fehler einsehen und Reue zeigen, so wie sie es getan hat.«

Sie sah mich an, als hätte ich ihr ins Gesicht geschlagen. Und für einen Moment lang zog ich tatsächlich in Betracht, es auch zu tun. Trotzdem wandte ich mich von ihr ab. Ließ sie stehen und ging auf die Haustür zu, die noch einen Spaltbreit offen stand, weil wir vergessen hatten, sie zu schließen.

Plötzlich spürte ich ihre Hand an meinem Arm. Meine Tante hielt mich zurück. Ich wandte mich um und erblickte sie irre grinsend hinter mir stehen. Der Planet in ihrem Universum drehte sich viel zu schnell, als hätte sie vollkommen die Kontrolle verloren.

»Deine Worte haben mich sehr verletzt. Du warst ein böses Mädchen, Stella. Ich sollte dich bestrafen, so wie es sich für eine gute Mutter gehört.« Erst jetzt bemerkte ich das Messer in ihrer Hand. Sie musste es sich von der Küchenzeile geholt haben, während ich mich von ihr abgewandt hatte.

Die Klinge befand sich bloß eine Handbreit von meinem Bauch entfernt. Franny zitterte nicht. Sie zweifelte nicht. Offenbar war sie sich ihrer Sache sicher.

»Bleib bei mir, Stella, und ich schwöre dir, dir wird nichts geschehen. Ich werde auf dich aufpassen. Sag nur das eine Wort.«

»Welches?« Natürlich wusste ich längst, was sie meinte.

Mutter. Mom.

Doch ich würde es nie an diese Frau richten. Eher würde ich einen Messerstich ertragen.

Sie starrte mich fordernd an. Wartete.

»Vergiss es«, zischte ich und riss mich von ihrem Arm los. Bevor sie zustechen konnte, horchte ich in mein Innerstes und beschwor mein Sonnenblut hervor. Trotz der Anstrengungen der vergangenen Nacht reagierte es sofort und schoss golden durch meine Blutbahnen.

Franny ahnte, was gerade geschah, und trat einen Schritt zurück. »Tu nichts Unüberlegtes, mein Schatz.« In ihrer Hand hielt sie immer noch das Messer. Als würde ihr das helfen.

Ich hob meinen rechten Arm an und richtete die offene Handfläche nach oben. Nur wenige Zentimeter über meiner Haut bildete sich eine kopfgroße Sonne. Die rot glühende Oberfläche knisterte und knackte, während sich kleine Sonnenstürme über die Kugel bewegten. Ich hatte einen Sonnenball erschaffen.

Franny sah panisch zu mir hinüber.

»Tu das nicht, Stella. Wir können doch über alles reden. Wir sind eine Familie. Versteh das doch endlich.« Ihr Blick wurde flehend, doch nun, da ich einmal den Schleier der Illusion durchbrochen hatte, sah ich ihre wahren Absichten dahinter hervorblitzen. Sie gab sich friedfertig, würde aber weiterhin an ihren Vorstellungen festhalten, wenn ich nachgab. Es hatte sich nichts geändert. Der Wahn waberte weiterhin durch ihre Galaxie und verklärte ihre Persönlichkeit.

»Wir haben genug geredet, findest du nicht auch? Ich habe alles gesagt. Und ich werde gehen. Wage es nicht, mich aufzuhalten«, forderte ich von ihr.

In diesem Moment sprang sie nach vorn, die Klinge von sich gestreckt, als würde sie mich damit niederringen wollen. Allerdings hatte ich damit bereits gerechnet. Abgeklärt stand ich meiner Tante gegenüber. Ich hatte keinen Platz mehr für Angst.

Die Messerspitze war nur Millimeter von meinem Körper entfernt, als ich mich endlich dazu überwand, den Sonnenball auf sie zu feuern. Er zog einen feuerroten Schweif hinter sich her und traf Frannys Brust. Sie stieß ein schweres Keuchen aus, als sie getroffen wurde. Ihre Augen waren weit aufgerissen und ich erkannte gerade noch, dass mein Planet in ihrem Blick auseinanderbrach, bevor sie von mir weggeschleudert wurde.

Mit einem Scheppern fiel das Messer zu Boden und nur eine Millisekunde später krachte Franny gegen die Wohnzimmerwand und sackte zu Boden. Ohnmächtig.

Es zerbrach mir das Herz, zu sehen, was aus ihr geworden war. Was die Vorstellung, ich könnte ihre Tochter werden, aus ihr gemacht hatte. Ich sollte ihr eigenes Kind ersetzen. Aber zu welchem Preis? Sie war bereit gewesen, über Leichen zu gehen. Und wäre beinahe damit durchgekommen.

Ich sollte nicht noch mehr Zeit verschwenden. Ohne lange zu überlegen, griff ich nach dem Haustelefon und rief bei Noris an. Er ging sofort ran.

Es dauerte keine fünf Minuten, da stand er schon vor meiner Haustür. Ich hatte in der Zwischenzeit von der anderen Zimmerseite aus beobachtet, ob Franny sich regte. Sie lebte noch, atmete zumindest.

Noris stürmte ins Haus und sah sich daraufhin hektisch um, bis er mich in einer Ecke entdeckte und schnell in die Arme zog. In diesem Moment brach alles aus mir heraus. Ich erzählte ihm unter Tränen, dass Franny der Drahtzieher hinter allem war, was uns geschehen war.

Und trotzdem wollte ich sie nicht allein zurück- und sie damit ihrem Schicksal überlassen. Noris verstand meine geschluchzten Worte und sagte, ich solle auf ihn warten.

Dann ging er langsam auf meine Tante zu.

Er legte die Finger an ihre Schläfen und die dunkle Materie mischte sich in das Blut seiner Arme, Hände und Finger. Auch Frannys Schläfen verfärbten sich schwarz, besonders an den Stellen, die Noris berührte.

Es dauerte nur einige Minuten, bis er wieder von ihr abließ und sich zu mir gesellte. Franny sah wieder normal aus und auch die dunklen Adern unter Noris' Haut verschwanden.

»Was hast du getan?«, fragte ich.

»Ich habe ihr Universum absorbiert. Zumindest hatte ich das vor. Ich weiß nicht, ob es geklappt hat.« Er raufte sich mit einer Hand die verstrubbelten Haare. »Ich habe ein Schwarzes Loch in ihrem Kopf erschaffen, das einfach alles aufgesogen hat. Ihre Erinnerung, ihre Obsession, vielleicht auch ihren Wahnsinn, falls dieser nicht zu tief in ihrem Charakter verankert ist.«

»Sie wird sich an nichts erinnern? An rein gar nichts? Auch nicht an mich?« Die Vorstellung wirkte absurd auf mich.

»Das ist zumindest der Plan.« Noris ergriff meine Hand. Wir blickten auf Franny hinab. Ich konnte nicht fassen, dass sie tatsächlich meine Peinigerin gewesen war. Die ganze Zeit über. Und ich hatte nichts geahnt.

»Wir sollten die Polizei verständigen«, murmelte Noris irgendwann in die drückende Stille hinein.

»Ja das sollten wir.«

Bevor sie aufwacht.

Epilog

Ein Jahr später

Ich konnte meine Vorfreude nicht bändigen und hüpfte über den Bordstein. Vermutlich wäre ich vom Boden abgehoben, wenn Noris mich nicht an der Hand festgehalten hätte.

Er grinste über meine kindliche Freude. »Bist du etwa so aufgeregt?«

Ich grinste ihn über die Schulter hinweg an und nickte. Noris schüttelte lachend den Kopf und strich sich die schwarzen Locken aus der Stirn, bevor er zu einem Laden deutete, der nur wenige Meter von uns entfernt war.

»Dort ist es. Komm, wir sollten uns beeilen und niemanden warten lassen.«

Die letzten Schritte zum Geschäft überbrückten wir laufend. Wir stießen die Glastür auf, auf der ein markanter Schriftzug prangte: *Tattoostudio E.A.P.*

Ohne zu zögern, betraten wir den Empfangsbereich, der von einem breiten Tresen und mehreren bequemen Sitzmöglichkeiten beherrscht wurde. Ich ließ wie bei unserem Vorgespräch den Blick durch den Raum schweifen und musterte die vielen Bilder an den Wänden, deren Motive allesamt Tintenkunst auf nackter Haut waren. Die Farben wirkten selbst auf den Fotos leuchtend, aber nicht unnatürlich. Sie unterschieden sich in ihrer Form und jedes einzelne Foto erzählte seine ganz eigene Geschichte. Sei es ein geschwungener Namenszug, ein bestimmtes Zitat oder eine wundervoll ausgearbeitete Zeichnung. Die Tatsache, dass sich hinter diesen Aufnahmen ein Schicksal versteckte, stimmte mich glücklich. Bald würde auch unsere Geschichte in einem Bilderrahmen an dieser Wand hängen.

Eine von vielen.

Ich erinnerte mich an den Moment zurück, als Noris mich gefragt hatte, was ich von einem Tattoo halten würde. Bereits vor zwei Monaten hatte ich die Idee großartig gefunden und seitdem kribbelte die Vorfreude in meinen Fingern. Ich dachte an nichts anderes mehr und hatte jegliche Ersparnisse zusammengekratzt, die ich auftreiben konnte. Wir taten das hier in Gedenken an diese eine Nacht, die nun schon ein Jahr vergangen war. Um mit der Vergangenheit vollständig abzuschließen.

Wir wollen uns daran erinnern, was geschehen ist.
Wir wollen uns unsere eigenen Taten ins Gedächtnis rufen.
Wir wollen nicht vergessen.

Ich schluckte bei der Erinnerung an die Geschehnisse von damals. Diese eine Nacht hatte alles verändert. Nachdem die Polizei eingetroffen war, erzählten wir den Beamten von dem gestörten Verhalten meiner Tante und dass sie zugegeben hatte, Auftragskiller auf meine Eltern angesetzt zu haben. Natürlich konnte Franny nicht ohne Beweise festgenommen werden, doch da ihr Zustand nach dem Erwachen aus ihrer Ohnmacht einer dauerhaften Amnesie glich, wurde sie in eine psychiatrische Klinik gebracht und seitdem dort behandelt. Es war die Psychiatrie, in der auch ich stationär gewesen war.

Sie konnte sich an nichts mehr erinnern und murmelte nur noch wirre Sätze vor sich hin, als würde sich ihr Unterbewusstsein an einzelne Gedankenfetzen klammern. Allerdings musste ich nur in die Augen meiner Tante blicken, um zu erkennen, dass sie keine Gefahr mehr für uns darstellte. Sie war nur noch eine Hülle ihrer selbst, ihr Universum wirkte schwarz und unendlich leer.

Die Schuldgefühle hatten mich fast zu Boden gerungen. Ich war wie in einem Schraubstock gefangen gewesen, der gedroht hatte mich zu zerquetschen.

Schließlich war ich schuld an ihrer Situation. Zugleich war ich aber auch froh, dass der ganze Wahnsinn endlich ein Ende hatte. Und ich wusste aus erster Hand, dass es ihr in der Klinik gut gehen würde.

Und auch ich hatte endlich meinen Platz gefunden. Jen hatte natürlich ebenfalls von dem Vorfall erfahren und mir angeboten, zum Übergang bei ihr zu wohnen. Das war die beste Entscheidung, die ich treffen konnte.

Ihre Eltern waren ebenfalls begeistert von der Idee gewesen und hießen mich sofort mit offenen Armen willkommen. Also hatte ich nur wenige Tage nach dem schicksalhaften Ereignis das Gästezimmer in ihrem Haus bezogen. Um mich zu revanchieren, half ich von da an als Kellnerin in ihrer Pizzeria mit. Die Arbeit lenkte mich ab und erfüllte mich Tag für Tag mit mehr Freude. Zum ersten Mal seit langer Zeit fühlte ich mich vollkommen wohl in meiner Haut. Ich hatte meine ambulante Therapie fortgeführt und spürte, wie sich meine seelischen Wunden nach und nach schlossen. Sie würden auf ewig als Narben bleiben, aber ich lernte, sie zu ertragen.

Ich wurde aus meinen Gedanken gerissen, als uns eine Mitarbeiterin in ein Hinterzimmer winkte, das durch einen schweren Vorhang vom vorderen Ladenteil abgegrenzt wurde. Im Vorbeigehen bewunderte ich ihre zahlreichen Piercings und Tattoos, die ihren Körper in ein Kunstwerk verwandelten.

Im hinteren Teil des Ladens erwartete uns ein heller, freundlicher Raum, der mit mehreren Lampen ausgestattet war und das gesamte Zimmer in ein Lichtermeer verwandelte.

Ich erkannte, dass der Raum förmlich mit Skizzenpapier tapeziert worden war. Sie waren an die Wand gepinnt worden und das nicht sonderlich ordentlich, sodass alle Zeichnungen kreuz und quer übereinanderragten. Die handgemalten Motive bildeten Tintenflecke in diesem vollkommenen Weiß.

Eine Frau trat uns entgegen und lächelte uns fröhlich an. Ihre grau verfärbten Haare hatte sie zu einem lässigen Dutt hochgesteckt, der sich bei jeder ihrer Bewegungen ein wenig mehr lockerte. Sie strich sich über ihr Shirt, auf dem der Name einer Band geschrieben stand, bevor sie uns die Hände hinstreckte und verkündete: »Wir kennen uns ja bereits. Freut mich sehr, euch wiederzusehen. Sollen wir gleich loslegen?«

Ihr Künstlername lautete Toxic und sie bestand darauf, dass wir sie auch so nannten und nicht anders. Sie war jahrelange Mitarbeiterin im Studio und die Tochter des Inhabers.

Mit einem Arm deutete sie auf eine der zwei Liegen im Raum, bei der ich unweigerlich an Arztbesuche erinnert wurde. In der Luft lag ein leichter Geruch von Desinfektionsmitteln, den ich gierig einsaugte. Ich wollte dieses Erlebnis mit all meinen Sinnen aufnehmen und nichts verpassen.

Toxic zeigte uns ein letztes Mal die Motive, die wir uns gemeinsam überlegt hatten, und Noris und ich nickten sie begeistert ab.

Noris war als Erster dran. Nach dem üblichen Prozedere, das aus Desinfizieren, dem Auftragen der Zeichnung, der Ausrichtung der Lampen und dem Einstellen der Tätowiermaschine bestand, ging es zur Sache. Noris hatte sich den linken Oberarm als passende Stelle ausgesucht und nachdem alles vorbereitet war, surrte die Maschine los.

Sobald *Toxic* die Nadel auf Noris' Haut ansetzte, verzog er kurz das Gesicht, dann glätteten sich seine Züge. Ich verfolgte angespannt, wie die Künstlerin das surrende Gerät an- und absetzte, um über den Arm zu wischen. Nach und nach wurde das Tattoo auf Noris' blasser Haut sichtbarer, bis es schließlich nach ungefähr einer Stunde vollendet war. Noris sah zufrieden auf das Endergebnis hinab, bevor die Tätowiererin eine durchsichtige Folie darüber befestigte, um die empfindliche Haut keinen Erregern auszusetzen. Sie gab Noris noch einige Instruktionen, wie er mit dem frischen Tattoo verfahren sollte, woraufhin sie ihn entließ und mich heranwinkte.

Noris setzte sich neben mich, sobald ich auf der Liege Platz genommen hatte. Ich wurde immer hibbeliger, bis ich mich kaum auf dem Stuhl halten konnte.

Ich hatte mir als Stelle für das Tattoo das innere Handgelenk ausgesucht. Toxic vollzog erneut ihr Ritual, indem sie meinen Arm reinigte, die Handschuhe austauschte und die Maschine bereit machte.

Sie zog den Vordruck von meiner Haut, der wie eine Blaupause auf meiner Haut zurückblieb.

Die Künstlerin wartete ab, bis ich ihr zunickte, bevor sie die Nadel ansetzte. Ein kurzes, heftiges Ziehen schoss durch den gesamten Arm und ich sog die Luft ein, da der Schmerz mich mehr aus der Bahn warf, als ich erwartet hatte.

»Still sitzen bleiben«, ermahnte mich Toxic. »Sonst steche ich noch daneben.«

Also versuchte ich mich zu beherrschen. Mit der freien Hand tastete ich nach Noris, der sie sofort ergriff und Kreise auf meine geöffnete Handfläche malte. Seine Berührung kribbelte angenehm und lenkte mich ab.

Nach einer Weile hatte ich mich an das Ziehen gewöhnt, das sich ein bisschen so anfühlte, als würde man mit einem Kugelschreiber tief in die Haut drücken und Muster malen. Es war unangenehm, aber zu ertragen.

»Jen hat dir geschrieben«, merkte Noris an und hielt mir mein Handy entgegen. Eine Nachricht von meiner besten Freundin ploppte mitten auf dem Bildschirm auf, die hauptsächlich aus Emoticons bestand. Nur wenige, in Capslock getippte Worte konnte ich lesen: »ICH WILL ES ENDLICH SEHEN!«

Ich grinste. Sie freute sich ebenso auf das Tattoo wie ich. Jen war im letzten Jahr so etwas wie eine Schwester für mich geworden. Sie hatte mich in jeder Lebenslage unterstützt und das hatte uns noch mehr zusammengeschweißt.

Ich konnte mein Glück kaum fassen, dass ich diesen Moment tatsächlich erleben durfte. Vor einem Jahr wäre mein Leben fast vorbei gewesen, bevor es richtig angefangen hatte. Ich würde die Chance nutzen, die das Schicksal mir ermöglicht hatte, und dieses Leben in vollen Zügen genießen.

Die Organisation, die sich rund um meinen Onkel formatiert hatte, schien in sich zusammengefallen zu sein, seitdem der Anführer und damit die treibende Kraft hinter dem Ganzen fehlte. Wir hatten seit jenem Tag nichts mehr von Sirius gehört und uns dazu entschlossen, alle Beweise für eine mögliche Existenz der Geheimorganisation zu vernichten. Noris und ich hatten alle Kartons mit den Aufzeichnungen meiner Eltern in den Wagen seiner Pflegeeltern verfrachtet, waren auf ein Feld weit außerhalb der Stadt gefahren und hatten alles verbrannt. Restlos.

Mir blutete noch das Herz, wenn ich an die Flammen zurückdachte, die am Papier leckten und ihren schwarzen Rauch in den Himmel pusteten. Die Arbeit und Forschung meiner Eltern war dahin. Aber es war besser so. Ein derartiger Vorfall durfte sich nicht wiederholen.

Nur das Tagebuch meiner Mutter hatte ich aufbewahrt. Das war das Einzige, was ich noch von ihr hatte. Ich klammerte mich vor dem Einschlafen an ihre Worte, an ihre Liebe und ihr Leben, um nicht zu vergessen. Ich dachte jeden Tag an meine Eltern, an ihre Fehler und daran, wie sie versucht hatten, alles wiedergutzumachen und daran gescheitert waren. Ich wollte sein wie sie.

Ich plante, ebenfalls in die Forschung gehen und die Astrologie mit meinem Wissen unterstützen. Ich hatte vor, sie in eine gute Richtung zu lenken. Eine Richtung, die die Welt verändern würde, aber auf positive Art und Weise. Die Geheimnisse des Universums warteten nur darauf, von mir ergründet zu werden.

»Du musst doch nicht weinen, Liebes. Du hast es gleich geschafft!« Als die Stimme meiner Tätowiererin erklang, öffnete ich die Augen mit zitternden Lidern. Ich hatte gar nicht bemerkt, dass eine Träne auf mein Shirt tropfte. Ich wischte sie eilig fort und warf Toxic ein zaghaftes Lächeln zu. Natürlich hatte ich nicht wegen der oberflächlichen Schmerzen geweint, sondern aufgrund der klaffenden Wunden in meinem Inneren, die wahrscheinlich nie vollständig heilen würden.

»Willst du es sehen?«, fragte sie und ich nickte. Dann schaute ich auf mein Handgelenk und war überwältigt. Trotz der Rötung erkannte ich die feinen Linien und geschwungenen Verzierungen. Hinter schleierhaften Wolken verschwand die Silhouette eines Sichelmondes. Vereinzelt waren Punkte auf meiner Haut eingebettet, winzige Sterne am Nachthimmel. Ich liebte die verschlungenen Details und die Leidenschaft zur Tinte, die durch die meisterhafte Hand von Toxic deutlich wurde.

»Und? Wie findest du es?«, hakte sie nach.

Ich brachte kaum einen Ton heraus, bloß ein paar dahingestammelte Worte: »E-es ist perfekt.« Ich lächelte sie breit an.

Kurz darauf verließen wir das Geschäft. Noris und ich zeigten uns unsere Tattoos und bestaunten die Kunstwerke auf unserer Haut. An Noris' Oberarm war eine Sonne zu sehen, deren Strahlen in geschwungenen Linien über seine Haut flossen. Er war mein Gegenstück.

Zum Zeichen, dass wir immer verbunden sein würden, hatten wir uns die Gabe des jeweils anderen stechen lassen. Ich den Mond als Symbol der Nacht und der Dunkelheit und Noris die Sonne für mein Licht und mein goldenes Blut. Wir glichen uns aus, gaben uns gegenseitig Kraft und wuchsen zusammen an den Aufgaben, die uns das Leben stellte.

Ich umfasste seine Hand und ging mit ihm an meiner Seite nach Hause.

Schlussendlich sind wir nur Sterne und Monde und Licht, festgehalten durch einen irdischen Körper.

Und das Licht, nach dem du jahrelang gesucht hast, schlummerte schon immer in deinem Inneren.

Danksagung

»Mondstaub und Sonnenstürme« ist ein Buch, das sehr viel von mir abverlangt hat. Doch es hat mich ebenfalls wachsen lassen und in jeder Hinsicht gestärkt. Diese Geschichte ist alles andere als gewöhnlich und ich bin unfassbar froh darüber, dass ich Menschen an meiner Seite habe, die mich unterstützen und das Potenzial in Stella und Noris gesehen haben.

Zuallererst möchte ich deswegen der Drachenhüterin Astrid Behrendt danken. Du hast meinen Sternenseelen eine Chance gegeben und mir damit einen sehnlichen Sternschnuppenwunsch erfüllt. Dafür werde ich dir ewig dankbar sein!

Ein riesiges Danke geht auch an Marie Graßhoff, die das galaktisch-geniale Cover zu meinem Buch entworfen hat. Du hast riesiges Talent, Marie. Ich bin so glücklich, dich kennengelernt zu haben und könnte dir jeden Tag für die schönen Gewänder danken, die du zu meinen Worten zauberst.

Weiterhin danke ich meiner Lektorin Pia Euteneuer vom ganzen Herzen. Ich weiß es wirklich zu schätzen, wie viel Mühe, Zeit und Herzblut du für Stella und Noris aufgeopfert hast. Mit dir macht das Planen von bösen Plottwists einfach doppelt so viel Spaß! Ich freue mich auf viele weitere Projekte mit dir zusammen.

Außerdem danke ich Michaela Retetzki für das gründliche Aufspüren der letzten Fehler während des Korrektorats.

An dieser Stelle gebührt mein Dank definitiv der gesamten Drachenfamilie. Wir freuen uns gemeinsam, wir lachen gemeinsam und werden sicherlich noch einige Wunder gemeinsam erleben. Ich bin froh, ein Teil von euch zu sein.

Außerdem danke ich allen Testlesern, die mir mit ihrer Meinung zu Stella und Noris bedeutend weitergeholfen haben: Nadine Dzaack, Toni Gepperth, Julia Seuschek, Katharina Krais, Katharina V. Haderer, Franzy Stein, Kim A. Just, Lara Brendl und Claudia Gerschwitz. Mit eurer Hilfe konnte ich die Geschichte perfektionieren. Danke an dieser Stelle auch an Stella Tack, die Namensvetterin meiner Protagonistin. Ich hoffe *meine* Stella hat dir gefallen.

Zudem verneige ich mich vor meinem gesamten Bloggerteam. Ohne eure fleißige Mitarbeit und eure Leidenschaft wäre ich vollkommen aufgeschmissen. Fühlt euch alle umarmt!

Mein Dank gilt natürlich auch meiner Familie und meinen Freunden. Ihr unterstützt mich auf meinem Weg und seid für mich da. Ich weiß, ich kann immer auf euch zählen. Das ist das Wichtigste.

Besonders möchte ich an dieser Stelle Marc Ribeiro danken. Ohne deine Unterstützung, deinen Zuspruch und deine aufbauenden Worte wäre ich schon längst an dieser Geschichte und ihren widerspenstigen Figuren verzweifelt. Ich bin so froh, dich an meiner Seite zu haben. Danke für einfach alles. Ich liebe dich.

Zu guter Letzt will ich euch, meinen Lesern, danken. Ihr haucht der Geschichte Leben ein und lasst sie zu einem Teil eurer Fantasie werden. Ohne euch wären meine Sternenseelen nicht das, was sie heute sind.
    Eure Meinung interessiert mich außerdem immer brennend, weshalb ihr mir gerne jederzeit euer Urteil mitteilen könnt. Ich freue mich über jede Rezension, jedes Foto und jede Nachricht, die ihr mir schickt.

Eure Maja

Maja Köllinger
Madness – Das Land der tickenden Herzen
ISBN: 978-3-95991-115-3, kartoniert, EUR 14,90

»Ich hätte wissen müssen, dass es keine gute Idee war, dem Kaninchen quer durch London zu folgen. Doch wer hätte denn ahnen können, dass dieses seltsame flauschig weiße Ding mit der Taschenuhr mich hierher bringen würde? Ich meine, wo bin ich hier überhaupt? Die Bäume bestehen aus Kupfer und ihre Blätter wiegen schwer wie Blei. Überall schwirren Käfer mit Flügeln aus Glas umher und am Firmament drehen sich gigantische Zahnräder, als würden sie allein diese Welt in Bewegung halten. Und dann … ist da noch Elric. Ein Junge, aus dem ich einfach nicht schlau werde und der so herz- und emotionslos scheint. Doch ich bin entschlossen, sein Geheimnis zu lüften, um zu erfahren, was der Grund für seine Gefühlskälte ist. Oh, und falls ich es noch nicht erwähnt habe: Ich bin übrigens Alice. Und wie es scheint, bin ich im Wunderland gelandet… kennst du vielleicht den Weg hinaus?«

1

Cocktails and Dreams

Es war Samstagabend und die Nacht hatte sich bereits wie ein Schatten über die Straßen Londons gelegt. Die Erwartung an das bevorstehende Ereignis ließ mein Herz vor Aufregung rasen. Ich würde zum ersten Mal in meinem Leben einen Szene- Club besuchen.

Den weißen Kajal beiseitelegend, warf ich einen letzten Blick in den Spiegel. Die blonden Locken fielen wild über meine Schultern und offenbarten bei jeder Bewegung einen Blick auf die lila Strähnchen, die ich mir gestern eigenhändig nachgetönt hatte. Zusammen mit dem perfekt geschwungenen Lidstrich, um den mich meine Freundinnen so oft beneideten, und der blassen Haut haftete mir etwas Zerbrechliches an – als wäre ich aus Porzellan geschaffen. Ein Blick in meine Augen belehrte mich jedoch eines Besseren. Sturheit und Trotz spiegelten sich darin und offenbarten meinen wahren Charakter.

Das bin ich. Nimm mich, wie ich bin, oder verschwinde.

Das war meine Lebensdevise. Ich wollte mich für das, was ich war, nicht schämen und hatte vor einiger Zeit beschlossen, mein inneres Wesen auch nach außen hin zur Schau zu stellen.

Ich war sowohl bunt und farbenfroh als auch blass und durchsichtig. Meine Seele entsprach der eines Rebellen, der aus den Zwängen und Normen der Gesellschaft auszubrechen versuchte und sich seinen Weg zur Selbstfindung erkämpfte. Aber zeitgleich wünschte ich mir auch die Zugehörigkeit zu einer Gruppe, das gemeinsame Teilen eines Lebensgefühls, die Verbundenheit einer Gemeinschaft … So war ich zum Punk geworden und hatte mich der Szene angeschlossen.

Ein drängendes Klopfen riss mich aus meinen diffusen Gedankengängen. Ich hastete eilig zu meiner Zimmertür und öffnete diese anscheinend ein wenig zu vorschnell, denn mir stolperten sogleich zwei Personen entgegen, die sich zuvor an die Tür gelehnt hatten.

Ich wich einen Schritt zurück und ruderte mit den Armen, um die Balance zu halten. Ohne das Korsett, das um meinen Oberkörper geschlungen war, wäre das nur halb so schwer gewesen. Bevor ich vollends das Gleichgewicht verlor, bekamen mich zum Glück zwei Hände zu fassen und zogen mich in eine aufrechte Position. Keinen Augenblick später stand ich meinen zwei liebsten Menschen auf diesem Planeten gegenüber.

»Oh mein Gott, Alice! Du siehst …«, kreischte Lucy mit übertrieben hoher Stimme. …

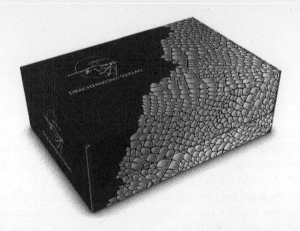

Du brauchst Lesenachschub und hast Entscheidungsschwierigkeiten, möchtest dich überraschen lassen oder wünschst Empfehlungen? Da können wir helfen!
Wir stellen für dich ganz individuell gepackte Buchpakete zusammen – unsere

Drachenpost

Du wählst, wie groß dein Paket sein soll, wir sorgen für den Rest.

Du sagst uns, welche Bücher du schon hast oder kennst und zu welchem Anlass es sein soll.
Bekommst du es zum Geburtstag #birthday
oder schenkst du es jemandem? #withlove
Belohnst du dich selber damit #mytime
oder hast du dir eine Aufmunterung verdient? #savemyday
Je mehr wir wissen, umso passender können wir dein Drachenmond-Care-Paket schnüren. Du wirst nicht nur Bücher und Drachenmondstaubglitzer vorfinden, sondern auch Beigaben, die deine Seele streicheln. Was genau das sein wird, bleibt unser Geheimnis ...

Die Wahrscheinlichkeit ist groß,
dass sich das ein oder andere signierte Exemplar in deiner Box befinden wird. :)

Wir liefern die Box in einer Umverpackung, damit der schöne Karton heil bei dir ankommt und als Geschenk nicht schon verrät, worum es sich handelt.

Lisan bringt das kleinste Drachenpaket zu dir, wobei *klein* bei Drachen ja relativ ist. € 49,90
Djiwar schleppt dir in ihren Klauen einen seitenstarken Gruß aus der Drachenhöhle bis vor die Tür. € 74,90
Xorjum hütet dein Paket wie seinen persönlichen Schatz und sorgt dafür, dass es heil bei dir ankommt – und wenn er sich den Weg freibrennt! € 99,90

Der Versand ist innerhalb Deutschlands kostenfrei. :)

Zu bestellen unter www.drachenmond.de